पोन्ना का अभिशाप

पेरुमाल मुरुगन की कुछ और पुस्तकें

नर–नारीश्वर
पोन्ना की अग्निपरीक्षा
एक कापुरुष के गीत

पोन्ना का अभिशाप

पेरुमाल मुरुगन

अनुवाद
मोहन वर्मा

हार्पर हिन्दी

वाणी प्रकाशन

हार्पर
हिन्दी
(An imprint of HarperCollins Publishers India)
A-75, Sector 57, Noida-201 301
www.harpercollins.co.in

वाणी प्रकाशन
4695, 21-ए, दरियागंज, नयी दिल्ली 110 002
फ़ोन : +91 11 23273167 फ़ैक्स : +91 11 23275710

शाखाएँ

अशोक राजपथ, पटना 800 004, बिहार
कॉफ़ी हाउस कैम्पस, महात्मा गांधी मार्ग, इलाहाबाद 211 001, उत्तर प्रदेश
महात्मा गांधी अन्तरराष्ट्रीय हिन्दी विश्वविद्यालय, वर्धा 442 001, महाराष्ट्र
सुल्तानिया रोड, मोतिया पार्क, भोपाल 462 001, मध्य प्रदेश

www.vaniprakashan.com
marketing@vaniprakashan.in
sales@vaniprakashan.in

Ponna Ka Abhishap
Tamil Original *Aalavaayan* Published by Kalachuvadu Publications, 2016
by Perumal Murugan
Translated to Hindi by Mohan Varma

ISBN : 978-93-90678-92-1
Novel

प्रथम संस्करण 2021

मूल्य : ₹ 299

थॉमसन प्रेस (इंडिया) लि. में मुद्रित

वाणी प्रकाशन का लोगो मक़बूल फ़िदा हुसेन की कूची से

अनुवादक की ओर से

जैसा कि पेरुमाल मुरुगन अपन उपन्यास *आलवायन* की भूमिका में लिखते हैं कि *मादोरुबागन* के प्रकाशन के बाद बहुत से पाठकों ने उनसे यह प्रश्न किया कि आख़िरकार काली का क्या हुआ। इस प्रश्न के उत्तर में उन्होंने *मादोरुबागन* की उत्तर–कथा स्वरूप दो उपन्यास लिखे, *आलवायन* एवं *अर्द्धनारी*। चूँकि मैंने *मादोरुबागन* का हिन्दी में अनुवाद किया था अतः मेरे लिए यह अनिवार्य हो गया कि मैं उन दोनों उपन्यासों का भी अनुवाद करूँ, क्योंकि यह प्रश्न हिन्दी पाठकों के मन में भी उठ रहा था।

अर्द्धनारी उपन्यास में जब काली को उसकी स्वीकृति के बिना पोन्ना का रथयात्रा उत्सव में चले जाने का रहस्य पता चलता है तो वह व्यथित होकर आत्महत्या करने का प्रयास करता है, परन्तु सही मौक़े पर उसकी माँ के आ जाने से ऐसा सम्भव नहीं हो पाता है। अतः *अर्द्धनारी* कथा है काली और पोन्ना के अटूट सम्बन्ध को बनाये रखने के संघर्ष की। इस उपन्यास *आलवायन* में मुरुगन काली को इस संसार से विदा लेने देते हैं। अतः अब प्रश्न उठता है काली से रिक्त पोन्ना के जीवन का और उसके बालक का। बाड़ा, खेत और सभी वस्तुओं में वह काली को देखते हुए खेतीबाड़ी का सारा काम अपने ऊपर ले लेती है और अपने ही ढंग से उन्हें सम्पन्न करती है। वास्तव में यह उपन्यास नारियों की शक्ति एवं सामर्थ्य की भव्य गाथा है। इस उपन्यास में मुरुगन एक ऐसी संस्कृति की संरचना करते हैं जिसमें काली तो है ही नहीं बल्कि अन्य पुरुषों के होते हुए भी हम

उनकी उपस्थिति का अनुभव नहीं कर पाते हैं। यह पूर्णरूप से नारी का संसार है और उस संसार में अपनी भूमिका निभाने के लिए वह किसी भी अर्थ में पुरुष से कम नहीं हैं। पोन्ना की माँ तथा उसकी सास उसे अपने पाँवों पर खड़ा होने में उसकी किस तरह से सहायता करती हैं, काली की माँ और पोन्ना खेतीबाड़ी का सारा काम, जो पुरुषों के ही निमित्त समझा जाता था, बहुत ही उत्कृष्टता के साथ पूरा करती हैं। इसमें उनका साथ देने के लिए एक चतुर खेतिहर मददगार औरत भी है। इसके अतिरिक्त घर का सारा काम पोन्ना की माँ सँभालती है। पुरुष हैं पर उनकी ओर ध्यान ही नहीं जाता। मुरुगन इस नारी जगत को रचने में अत्यधिक रूप से सफल हुए हैं।

मैं एक बार फिर पेरुमाल मुरुगन एवं उनके प्रकाशक कण्णन सुन्दरम का हृदय से आभारी हूँ कि उन्होंने *आलवायन* एवं *अर्द्धनारी* को हिन्दी में अनुवाद करने के लिए मुझ पर भरोसा किया। मैं तमिल भाषा को लिखने एवं पढ़ने में पूर्णरूप से अक्षम हूँ, अतः यह दोनों अनुवाद अनिरुद्धन वासुदेवन द्वारा अंग्रेज़ी में किये गये अनुवाद *ए लोनली हार्वेस्ट* तथा *ट्रायल बाई साइलेन्स* के हिन्दी अनुवाद हैं। अतः उनकी अनुमति के लिए मैं उनका भी आभारी हूँ। *मादोरुबागन* का अनुवाद *नर–नारीश्वर* करते समय डॉ. एच. बालसुब्रह्मण्यम बहुत सहायक हुए थे, इस बार भी मुझे उनका बहुमूल्य सहयोग मिला है जिसके लिए मैं उनका अत्यन्त आभारी हूँ। इसके अतिरिक्त मेरे अभिन्न मित्र मंजुनाथ पेंडाकुर ने स्थान एवं व्यक्ति विशेष तामिल नामों को देवनागरी लिपि में लिखने में मेरी बहुत सहायता की है। उनके इस योगदान के लिए आभार बहुत छोटा शब्द है।

आशा है कि पाठक इस उपन्यास का भी उसी तरह स्वागत करेंगे जैसा कि उन्होंने *नर–नारीश्वर* का किया था।

मोहन वर्मा

फ़िलेडैल्फ़िया, यू.एस.ए.
20 सितम्बर 2019

भूमिका

(लेखक द्वारा तमिल संस्करण से)

जब नदी बहती चली गयी

मादोरुबागन के बहुत से पाठकों ने जानना चाहा था कि उपन्यास के अन्त में काली का क्या हुआ। इस बात से उत्कण्ठित होकर कि क्या मैं इन प्रश्नों का उत्तर दे सकता हूँ या नहीं मैंने *मादोरुबागन* की दो उत्तर–कथाएँ लिखीं।

इस उपन्यास *आलवायन* में मैंने काली को इस संसार से विदा कर दिया। मैं यह कल्पना करना चाहता था कि इसके परिणामस्वरूप पोन्ना का संसार विस्तृत होता है या सिमटकर रह जाता है। इसको साक्षात् रूप देने में मैं कितना सफल हुआ हूँ इसका अंकन करना मेरे लिए कठिन है। जिसका मैं अनुमान नहीं लगा पाया, वह था चीराई, पोन्ना की सास, के पात्र की इन उपन्यासों में बढ़ती हुई महत्ता। उनकी बातों का आनन्द लेते हुए, मैं स्वयं उनके क्रियाकलाप और उनकी हर दिन पैदा होने वाली नयी–नयी घटनाओं का सामना करने की क्षमता का दर्शक बन बैठा। इस उपन्यास को लिखने में मैंने नारी जगत में घूमने–फिरने की स्वच्छन्दता भी ली है।

इस उपन्यास को लिखते समय मेरी क़लम बड़ी सहजता के साथ आगे बढ़ती गयी। यह वह समय था, जब ऐसा महसूस हुआ कि नदी अवरोध और बाधाओं को पार करती हुई आत्मविश्वास के साथ

निर्बाध रूप से सागर की ओर बह रही हो। क्या ऐसा अनुभव मुझे फिर कभी हो सकेगा? अब मेरी राह में छोटे–बड़े बाँध बिखरे पड़े हैं। कुछ देर के लिए मुझे प्रवाहहीन होना पड़ेगा। कदाचित एक लम्बे समय के लिए। मुझे सम्भवतः एक और हाथ की आवश्यकता पड़े जो जलद्वार खोलने में मेरी सहायता कर सके। इन्हीं कारणों से यह उपन्यास मेरे लिए बहुत महत्त्वपूर्ण हो गया है।

यह इस उपन्यास का दूसरा संस्करण है। पात्रों की पहचान बनाने और हालात पैदा करने के पीछे एक ही कारण रहा है कि हम उनके साथ घनिष्ठता से बातचीत कर सकें। परन्तु अब यह बात मुझ पर प्रत्यक्षरूप से स्पष्ट हो गयी है कि यह वह युग है जिसमें सभी पहचानों को मिटा दिया गया है या फिर पहचानों को विशेष उद्देश्य से गढ़ा गया है। कभी–कभी मुझे अचरज होता है कि क्या हम पहचानों के बारे में इतनी सारी बातें इसलिए करते हैं क्योंकि हम उनको हाथ से खिसकते हुए देखकर और उनको सदैव के लिए खो देने के भय से स्वयं को बहुत असहाय महसूस करते हैं। अतः मैंने पहले संस्करण में कुछ परिवर्तन करके इसे पूर्णरूप से एक कल्पित कथा बना दिया है। मैं लोगों को यह बता देना चाहता हूँ कि यह एक उपन्यास है, एक काल्पनिक रचना है और पूर्णरूप से मेरी कल्पना–शक्ति की उपज है। इस उपन्यास में काम–वासना के सन्दर्भ में प्रयोग किये गये शब्द, घटनाएँ और कथाएँ सभी काल्पनिक हैं। मुझे उनकी रचना इसलिए करनी पड़ी है क्योंकि वह इस उपन्यास के प्रमुख कथानक के लिए अनिवार्य थे। कृपया इस उपन्यास को मानसिक अवरोधों से मुक्त होकर पढ़ें और अगर आपके लिए ऐसा करना सम्भव न हो, तो इस उपन्यास को पढ़ें ही नहीं। यह स्वयं आपके लिए, मेरे लिए और सभी के लिए सुखकर होगा। आभार!

पेरुमाल मुरुगन

नमाक्कल

26 नवम्बर 2016

1

पोन्ना ने पूवरशु के पेड़ की ओर देखा। प्रकाश को सभी जगह बिखेरती हुई और पत्तियों को दुलारती हुई भोर का धीरे–धीरे प्रादुर्भाव हो रहा था। अरुणोदय की लालिमा से नहलाया हुआ वृक्ष बड़ी शान से खड़ा था।

काली की मृत्यु के उपरान्त पोन्ना जैसे ही झोंपड़ी से बाहर आती, उसकी दृष्टि सबसे पहले उस पेड़ पर ही पड़ती थी और सदैव की भाँति आज भी उसकी निगाह उछलकर उस विशेष शाख पर जा पहुँची जो अब वहाँ नहीं थी। वहाँ केवल उस शाख को काटने वाली आरी के द्वारा बनाया हुआ एक गोल ठूँठ रह गया था। वह देखने में ऐसा लगता जैसे बाँह कट जाने पर कन्धे से झाँकता हुआ कोई टोंटा हो और वहाँ पर उग आयी नयी शाख ऐसी लगती थी जैसे कोई बढ़ता हुआ अंग एक तरफ़ लटककर झूल रहा हो। पहले जब कभी बच्चे पेड़ पर चढ़ते थे, तो वह इसी शाख से लटककर झूला करते थे। वह मज़बूती के साथ दोनों हाथों से एक–एक करके शाख को पकड़ते हुए उसके छोर तक पहुँच जाते थे और फिर इसी तरह वापस लौटकर उस शाख को छोड़कर नीचे ज़मीन पर कूद जाते थे।

काली पहले तो सीधे खड़े होकर अपने शरीर को तानता और फिर एक बरछे की तरह उछलकर उस शाख को थाम लेता और झूलने लगता था। उसके ऐसा करने पर पोन्ना ठट्ठा मारती हुई कहती, 'यह तो वही बात हुई जैसा लोग कहते हैं कि बिना बच्चों वाले घर में बूढ़े सूअर ही उछलकूद करते हैं।'

पूवरशु की वह शाख काली की मनपसन्द शाख थी। वह कहा करता, 'इसे देखो! यह तो ऐसे फैली है जैसे एक बड़ा–सा नाग लिपटा हुआ हो।'

'ज़रा सँभलकर! यह नाग रेंगता हुआ आकर कहीं तुम्हें डस न ले', वह उत्तर में कहती।

परन्तु काली का उस पेड़ के लिए स्नेह अडिग था। 'चाहे तुम इस पेड़ को कितना भी परेशान करो, यह बड़े धीरज के साथ उसे सह लेगा। प्यारी पोन्ना, सिर्फ़ इन्सान ही एक मामूली–सी परेशानी नहीं सह सकते।' काली ने सही ही कहा था। इस पेड़ ने न जाने क्या–क्या नहीं सहा था। वह तो काली ही था जो यह न कर सका। पोन्ना के लिए पूवरशु के पेड़ को और काली को अलग–अलग करके देखना सम्भव न था। अतः यह बात स्पष्ट थी कि चाहे कुछ भी हो जाये वह उस पेड़ को गिरने नहीं देगी।

उस पेड़ को कटवाने के लिए बहुत–से लोगों ने उसे समझाने की कोशिश की। यहाँ तक कि उसकी अपनी सास ने भी कहा, 'वह तो चला गया। जब तूने अपना पति ही खो दिया, तो अब इस पेड़ को लेकर क्या करेगी!' पोन्ना का पिता जो उसके पास खड़ा हुआ उसका सिर सहला रहा था, बोला, 'जब कोई पेड़ से लटककर अपनी जान ले ले, तो हमें उस पेड़ को खड़ा नहीं रहने देना चाहिए। ऐसा न करने पर यह पेड़ और बलिदान माँगने लगेगा।' लोगों ने यह भी कहा, 'काली की आत्मा स्वर्ग में शान्ति से रह नहीं पायेगी। वह आकर इस पेड़ पर ही बैठ जाया करेगी और इसके आसपास ही मँडराती रहेगी।'

परन्तु पोन्ना अपने निश्चय पर दृढ़ रही। यह बात कोई नहीं जानता था कि पोन्ना का मस्तिष्क काली के उस पूवरशु के पेड़ पर चढ़ने की स्मृतियों से भरा हुआ था। पेड़ के नीचे पड़ी हुई खाट बाक़ी लोगों के लिए मात्र रस्सियों का अम्बार थी, परन्तु पोन्ना के लिए वह उन सुखद क्षणों की बुनावट थी, जो उसने काली के साथ वहाँ पर बिताये थे। वास्तविकता तो यह थी कि वह नहीं चाहती थी कि कोई

उस दोषी शाख के भी टुकड़े कर डाले। परन्तु अन्त में उसे इतना तो झुकना ही पड़ा, अन्यथा वह पूरे पेड़ से ही हाथ धो बैठती।

उस शाख की एक जुड़वाँ टहनी भी थी जो उसके ऊपर की ओर फैलने से पहले पेड़ के तने से बगल में निकलकर अंकुरित हो आयी थी। अतः वह उस शाख को तने के पास से न काट सके और उसका थोड़ा–सा हिस्सा बिना काटे ही छोड़ दिया। पोन्ना ने कटी हुई शाख का एक डण्ठल लेकर खेत के एक कोने में रोप दिया। काली के दाहसंस्कार वाले दिन पोन्ना साँझ के समय श्मशान भूमि पर गयी, उसकी माँ रोती–चिल्लाती उसके पीछे–पीछे दौड़ रही थी। वह काली की जली हुई चिता से अपनी साड़ी के पल्लू में कुछ राख बटोरकर ले आयी। एक मुट्ठी राख उसने उस गड्ढे में डाल दी जहाँ उसने टहनी के डण्ठल को गाढ़ा था और बाक़ी की राख उसने खेत में छिड़क दी। उसकी सास, चीराई जो उसे ऐसा करते हुए देख रही थी, बोली, 'अगर कोई मरे हुए इन्सान की याद में पेड़ रोपे, तो वह उसे वापस ले आता है। यह तो बिल्कुल पगला गयी है। हमें दुखी करने के लिए क्या पूवरशु का एक पेड़ काफ़ी नहीं था? पूरे खेत को उनसे भरने की क्या ज़रूरत पड़ी है?'

चीराई ने उस रोपे हुए डण्ठल को खींचकर निकाल लिया और ग़ुस्से से उछालकर दूर फेंक दिया और फिर वह गाने लगी...

अगर वह पेड़ रोपेगी, अगर वह पेड़ रोपेगी
तो जो जा चुका है क्या वह उठकर बैठ जायेगा
और हड़बड़ाकर वापस चला आयेगा
क्या वह कहेगा, 'मैं चीराई का बेटा हूँ,'
और मेरे ठण्डे ह्रदय को सेंक जायेगा?
अगर वह पेड़ रोपेगी, अगर वह पेड़ रोपेगी
जो मर चुका है, क्या उठकर बैठ जायेगा
दौड़ा–दौड़ा हमारे पास आयेगा
क्या वह कहेगा, 'मैं पोन्ना का पति हूँ,'
और हमारे लिए ख़ुशियाँ लायेगा?

चीराई जब भी चाहती, मरसिया गाना शुरू कर देती थी। कभी–कभी आधी रात को भी वह रोते हुए गाने लगती और उसकी आवाज़ पूरे गाँव में फैल जाती। दूसरे दिन कोई–न–कोई आकर उसको ढाढस बँधाता। 'तुम अपना दुःख गाकर ही भुला सकती हो। तुम्हारे लिए उसकी तस्वीर को अपने दिल से मिटाना आसान नहीं है। है न?' परन्तु पोन्ना इससे बहुत चिढ़ जाती थी, पर कुछ कहती नहीं थी। उसका दुःख एक पत्नी का दुःख था जिसने अपना पति खोया था। दूसरी ओर चीराई का दुःख दोहरा दुःख था, पहले अपने पति को खोने का और फिर अपने बेटे को जिसे उसने बड़ी सावधानी के साथ पालपोस कर बड़ा किया था।

उस मनहूस दिन, जब पोन्ना के पास वह हृदयविदारक समाचार पहुँचा और वह दौड़ती हुई आयी, उन लोगों ने पेड़ पर से रस्सी को काट दिया था और काली के मृत शरीर को खाट पर लिटाकर उसे सफ़ेद धोती से ढाँक दिया था। पोन्ना उन सभी लोगों को चीरते हुए जो उसे रोकने की कोशिश कर रहे थे, मृत शरीर तक जा पहुँची और धोती को परे खींचकर उस चेहरे की ओर देखने लगी जिससे वह अगाध प्रेम करती थी। यह तो काली नहीं था। यह तो कोई और था, कोई और जिसे वह जानती भी नहीं थी। उभरी हुई आँखें भयावह ढंग से उसकी ओर देख रही थीं। बाहर निकली हुई जिह्वा दाँतों के बीच जकड़ी हुई थी और कुतरे जाने पर रक्त उस पर सूख गया था। पड़पड़ाये हुए होंठ सूज गये थे। चेहरे की मांसपेशियाँ जैसे अपनी जगह से खिसक गयीं थीं और उसके मुख को विकृत रूप दे रही थीं। उसकी चोटी भी खुली हुई थी। पोन्ना ने इससे पहले इतना लहूलुहान चेहरा नहीं देखा था। उसको विश्वास नहीं हो पा रहा था कि यही वह चेहरा था जो उसे भाया करता था और जिसे उसने कभी चाहा था। 'अय्यो!' चीख़ती हुई वह गिर पड़ी और मूर्च्छित हो गयी।

पोन्ना को होश में लाने के लिए एक दाई को बुलाया गया और जब तक वह होश में आयी, काली के मृत शरीर को श्मशान भूमि ले जाने का समय हो गया था। वह चीख़ते हुए लोगों से कहने लगी

कि वह खेत में गड्ढा खोदकर काली को वहीं दफ़ना दें। परन्तु उसके भाई मुत्तु ने कहा, 'प्यारी बहना, ऐसा न करो। तुम जब भी खेत में उस जगह पर जाओगी, तुम उसके बारे में ही सोचा करोगी।' पोन्ना दोनों हाथों से मुत्तु के गर्दन पर लपेटे हुए वस्त्र के सिरों को पकड़कर उसके चेहरे और वक्ष पर मुक्के मारते हुए बोली, 'तूने उसको मुझसे छीना है। वह मेरा सब कुछ था...तू कभी सुख से नहीं जियेगा... तू कभी भी सुख से नहीं जियेगा!' बहुत सारे लोग मुत्तु को उससे छुड़ाने के लिए उस ओर दौड़े। परन्तु वह बराबर यही कहते हुए 'तुमने उसको मुझसे छीन लिया, मेरा सब कुछ छीन लिया!' उसके सीने को पीटती रही। मुत्तु उसी जगह जड़ बना खड़ा रहा। वह अपने सुबकने पर क़ाबू नहीं कर पा रहा था।

पोन्ना की इच्छा पूरी करने के लिए कोई भी तैयार नहीं हुआ और मृत शरीर अन्त में श्मशान भूमि ही ले जाया गया। बाद में कुछ लोगों ने पोन्ना को तसल्ली देने के लिए कहा, 'उसने अपनी पूरी ज़िन्दगी नहीं जी और ना ही वह शान्ति के साथ मरा। तो फिर उसे इस ज़मीन के नीचे शान्ति कैसे मिलती। जब वह मरा तो वह जवान था और तन्दुरुस्त भी। उसके शरीर को जलाना ही उचित था।' परन्तु यह कुछ भी पोन्ना को शान्ति नहीं दे सका।

पोन्ना को पूवरशु की उस डाली की याद आयी जिसे उसने खेत में गड्ढा खोदकर और उसमें काली की भस्म डालकर रोपा था। चीराई उसे निकालकर दूर फेंक चुकी थी। पोन्ना ने उस राख के ऊपर एक पत्थर लाकर रख दिया। क्या हुआ जो उन्होंने काली का दाहसंस्कार कर दिया, इसका मतलब यह तो नहीं कि वह उसकी यादों का भी दाहसंस्कार कर देंगे। क्या हुआ अगर चीराई ने वह डाली निकालकर फेंक दी, वह पोन्ना को काली का चेहरा खेत में फैले पड़े पत्थरों में देखने से तो नहीं रोक सकती।

जब भी पोन्ना उस खेत में जाती, तो वह उस पत्थर को निहारा करती। वह पत्थर से बातें करते हुए कहती, 'तुम मुझे दुःख उठाने के लिए यहाँ अकेला छोड़ गये। यह कैसा न्याय है? अगर तुम अपने

दुःख के बारे में मुझे ज़रा–सा भी इशारा देते, तो मैं खुद अपनी जान ले लेती। तुमने क्यों अपनी जान ली? तुमने क्या किया था? वह मैं थी जिसने अपनी ज़िन्दगी बर्बाद कर ली, वह भी सिर्फ़ इसलिए कि मैं तुम्हें एक बच्चा देना चाहती थी। मैंने हमेशा ही तुमसे हर किसी चीज़ के बारे में पूछा, पर इस बार इसके बारे में तुमसे पूछना भूल गयी। मैंने औरों के कहने को सच मानकर खुद को बेवकूफ़ बन जाने दिया। मैंने उन्हें कायल कर लेने दिया कि वह तुम्हारी भी इच्छा थी। मेरे स्वामी, मेरे देवता! तुम मुझे धक्का देकर निकाल देते। तुम मुझे चिढ़ाने के लिए कहा करते थे कि तुम किसी और औरत के साथ शादी कर लोगे। काश तुम ऐसा ही करते। तुम्हें मरना तो न पड़ता। मुझे अपने पास बुला लो। अगर उन्होंने पेड़ की वह टहनी काट डाली है, तो क्या हुआ उस पेड़ पर और भी तो टहनियाँ हैं? मैं तुम्हारे पाँव पड़ती हूँ। मैं वहीं चली चलूँगी जहाँ तुम ले जाओगे।'

शुरू–शुरू के दिनों में कोई–न–कोई परछाईं की तरह पोन्ना के पीछे लगा रहता कि कहीं वह इन दूषित विचारों को अमल में न ले आये। उसका अपना परिवार और चीराई एक मिनट के लिए भी उसे अकेला नहीं छोड़ते थे। यहाँ तक कि जब वह शौच के लिए बाहर मैदान में जाती तो उनमें से कोई बाहर आकर कुछ दूरी पर खड़ा हो जाता था। रात को भी कोई–न–कोई उसके निकट सोया करता था। उसकी माँ, वल्लाई ने कहा, 'शर्म लगना अलग बात है, पर ऐसा क्या बुरा हो गया कि उसने अपनी जान ही ले ली? इस संसार में न जाने कितनी औरतें हैं जो हर दिन मर्दों के पीछे भागती फिरती हैं, और उनके पति अपना सीना फुलाकर बड़े गरूर के साथ घूमा करते हैं। पर मैंने तो इस जैसा कोई और नहीं देखा।' यद्यपि ऐसी बातें पोन्ना को ढाढ़स देने के लिए कही जाती थीं, परन्तु वह जानती थी कि उन सबने मिलकर सारा प्रपंच रचा था और काली को मार डाला। अब सारा दोष भी काली पर ही मढ़ रहे थे।

जब काली का अन्तिम संस्कार सम्पन्न हो गया, तब पोन्ना के पिता उसे अपने घर ले जाना चाहते थे। चीराई चुपके–चुपके रोयी।

बाक़ी सभी चुपचाप खड़े रहे। चीराई जब शान्तचित्त हुई, तो बोली, 'मेरे भाग में तो यही लिखा है कि मैं अकेले होकर रहूँ और अकेले ही मरूँ। अगर यह तुम लोगों के साथ चली जायेगी, तो अपने भतीजे की तरफ़ देखकर इसे थोड़ी–सी शान्ति तो मिलेगी। अब कुछ सोचो मत, इसे अपने साथ ले जाओ।'

काली के कुटुम्ब के कुछ लोगों ने भी पोन्ना को अपने माँ–बाप के साथ चले जाने की राय दी। 'इसके कोई बच्चे तो हैं नहीं जिनकी परवाह करनी पड़े,' वे बोले। 'अब तो इसका परिवार ही है, जो इसे इस दुनिया में लेकर आया है। इसके अलावा दस्तूर भी तो यही है।' परन्तु कुछ ऐसे भी लोग थे जिन्होंने कहा, 'पर अपना पेट भरने के लिए यह वहाँ पर करेगी क्या? इसे यहीं रहने दो, यहाँ पर यह कम–से–कम वही कुछ करती रहेगी जो यह करती आयी है और इस बुढ़िया की परवाह भी करेगी। इस बुड्ढी को भी तो कोई चाहिए जो इसकी देखभाल करे, क्या इसे नहीं चाहिए?'

अब आकर काली के परिवार वालों ने तरह–तरह की अफवाहें फैलाना शुरू कर दीं। कानाफ़ूसी होने लगी कि उसका तो बहुत दिनों से ताड़ के बाग वाले सेवत्तान के साथ चक्कर चल रहा था। आख़िरकार काली ने स्वयं अपनी आँखों से देख लिया और इसी वजह से उसने ख़ुदकुशी कर ली। लोगों ने तो यहाँ तक कहा कि जब काली ने इस बात को लेकर मुत्तु के साथ झगड़ा किया, तो मुत्तु ने उसे मार कर पेड़ पर लटका दिया। कुछ लोगों ने इशारा किया कि मुत्तु निःसन्तान दम्पति की जायदाद हड़पना चाहता था। जब लोगों ने सेवत्तान से इस सम्बन्ध में पूछताछ की, तो न तो उसने सहमति दी और न ही उसने इसका विरोध किया। वह बस बड़े अर्थपूर्ण ढंग से मुस्करा दिया।

पोन्ना को जब यह बातें पता चलीं, तब उसे यह निर्णय लेने में कि उसे कहाँ रहना चाहिए, कोई दुविधा नहीं हुई। उसने तय किया कि उसे कहीं भी नहीं रहना है। उसके लिए अब यही सही था कि वह काली के पास पहुँच जाये। अब उस दुनिया में रहकर वह क्या करेगी,

जिसमें काली नहीं है। वह उसका सब कुछ था, परन्तु अब वह जा चुका था और जाने से पहले उसने एक पल के लिए भी उसके बारे में नहीं सोचा था।

वह एक स्थान पर बैठकर बस रोती रहती। उसकी माँ, वल्लाई के लिए उसे एक कौर खाने के लिए उठा पाना भी कठिन हो गया। वल्लाई चाहे कितनी मिन्नतें करे, उसका पोन्ना के ऊपर कोई भी असर नहीं होता था। परिवार का अभी भी इस बात पर कि पोन्ना कहाँ रहे, वाद–विवाद चल रहा था। अतः उन्होंने किसी ज्योतिषी के पास जाने के बारे में सोचा। परिवार अपनी सांसारिक गतिविधियाँ फिर से तब ही शुरू कर सकता था, जब अन्तिम संस्कार पूर्णरूप से पूरे हो जायें और काट्टूर की पहाड़ी पर जाकर वह देवी–देवताओं की प्रार्थना करके आयें। परन्तु शोक की अवधि के दौरान जिसमें यह धारणा है कि आत्मा को शान्ति नहीं प्राप्त हुई है और वह अभी भटक रही है, उनके लिए मन्दिर जाना तथा किसी शुभ कार्यक्रम में भाग लेना वर्जित था।

बड़ी–बड़ी मूँछों वाले ज्योतिषी ने इमली के बीजों को कई बार हथेली में लेकर हिलाया और उन्हें ज़मीन पर फेंककर उनसे बनी हुई आकृति को पढ़ा फिर बोला, 'मैंने इसकी चार बार पुष्टि कर ली है। रुकावट तीन माह के लिए है। मरने वाला इतना हट्टा–कट्टा था कि उसकी आत्मा इससे पहले शान्त नहीं हो सकेगी। उसकी मृत्यु के दिन से तीन माह गिन लो, उसके बाद पहाड़ी के मन्दिर में जाकर प्रार्थना कर आना और हमारे गाँव के मन्दिर में जाकर बलि भी दे आना। फिर तुम जो कुछ भी करना चाहो, कर सकते हो।'

गाँव में किसी ने भी मूँछों वाले बूढ़े ज्योतिषी के सुझाव के विरुद्ध एक शब्द नहीं बोला, परन्तु पोन्ना के पिता ने उस ओझा से परामर्श करने का निश्चय किया, जो तन्मयावस्था में नाचने के लिए प्रसिद्ध था। वह पुजारी एरुक्कम के पुष्प लेकर भविष्यवाणी करता था। उसने मुट्ठी भर फूल उठाये और उन्हें ज़मीन पर फेंक दिया। यह देखने के बाद कि कितने फूल सीधे खड़े थे और कितने तिरछा

होकर गिर पड़े थे, उसने भी यही कहा कि बाधा की अवधि केवल तीन माह तक रहेगी। यह कहकर वह आगे बोला, 'उसका जीवन बीच में ही समाप्त हो गया है, अतः वह आत्मा आवेश में आकर जल्दी–जल्दी लौटती रहेगी। ऐसी आत्माएँ तभी शान्त होती हैं जब वह एक और बलिदान की माँग न कर लें। कृपया आप अपनी पुत्री की अच्छी तरह देखभाल करें।'

अतः जब तक यह अपेक्षित अवधि पूरी न हो जाये, तब तक पोन्ना को यहाँ पर ही रहना था। परन्तु वह घर में नहीं रहना चाहती थी। वह तो यही चाहती थी कि बाड़े में ही रहे। एक तरह से उसकी यह इच्छा तर्कसंगत थी। सब वहाँ रहकर भेड़ और गाय–बैलों की देखभाल ठीक से कर सकते थे। उन तीन महीनों के लिए उसकी माँ भी उसके ही पास रुक गयी। पहले तो वल्लाई हर दिन गाँव में चीराई के घर ही चली जाती थी और खाना पकाकर बाड़े पर ले आती थी। परन्तु फिर उसने एक–एक करके ज़रूरत का सामान बाड़े में लाना शुरू कर दिया और वहाँ पर ही खाना बनाने लगी। जहाँ तक चीराई का सम्बन्ध था, वह सदैव ही बेचैन रहती और स्वयं को किसी–न–किसी काम में लगाये रखती थी। पोन्ना कुछ नहीं करती थी। वह बस बहुत व्याकुल रहती। उसकी माँ और सास दोनों ही एक पल के लिए भी उसे अपनी आँखों से ओझल नहीं होने देती थीं।

पोन्ना अपना सारा समय झोंपड़ी के किसी–न–किसी कोने में बैठे हुए बिताती। वहाँ बैठकर उसे लगता जैसे वह काली की गोद में सिर रखकर लेटी है या फिर उसके सीने पर झुकी हुई बैठी है। यदाकदा उसकी निगाह पेड़ की उस शाख की ओर चली जाती। उसे लगता कि वह शाख पहले की तरह ही लम्बी होकर फैल गयी थी। उस क्षण वह रस्सी का फन्दा उस शाख से झूलता हुआ देखती और फिर अगले पल उससे लटकते हुए काली के शरीर को। काली की छवि उसी तरह लहूलुहान होती, जिसे उसने खाट पर लेटे हुए देखा था। केवल इतना ही अन्तर था कि काली का शरीर अब एकदम सीधा खड़ा था। उसके बालों का जूड़ा पवन के झोंकों के साथ हिलोरें ले

रहा था। वह यह दृश्य बहुत देर तक नहीं देख पाती थी। यह दृश्य उसे भय और रोष से भर देता था और वह रोने लगती थी। पोन्ना के विचार में काली की इस बीभत्स छवि को देखना उसकी मौत की दुखान्त घटना से कई गुना बड़ा दण्ड था। परन्तु हर दिन उस भयानक छवि को देखते–देखते पोन्ना उसे देखने की अभ्यस्त हो गयी थी और उससे बातें भी करने लगी थी।

जब उसने यह निर्णय कर लिया कि वह उस पेड़ की ओर आगे कभी नहीं देखेगी, उसने मटकी में पानी लेकर अपने मुख पर छिड़का और उसके उपरान्त थोड़ी–सी राख लेकर मंजन किया। उसे लगा जैसे पित्त उमड़कर उसके मुँह में आ गया हो।

इस पित्त के कारण ही पोन्ना का उन दिनों कहीं पर भी आना–जाना एक तरह से छूट ही गया था।

2

पोन्ना को सफ़ेद साड़ी में देखना वल्लाई के लिए बहुत कष्टप्रद था। पोन्ना से आँख चुराकर वह सिसकती और रोती रहती थी। जहाँ तक चीराई का प्रश्न था, वह दुखी थी कि उसकी बहू का जीवन भी उसके जीवन की तरह ही होकर रह गया था। उसने सोचा कि उसकी ज़िन्दगी में पति के मर जाने के बाद कम–से–कम एक बेटा तो था जिसने उसके जीवन को टिकाये रखा, परन्तु पोन्ना के पास तो वह भी नहीं था। पोन्ना बस खाट पर लेटी रहती जैसे कोई कपड़ों का पुलिन्दा वहाँ रखा हो या फिर वह पत्थर के ऊपर झुकी हुई पेड़ की ओर देखती रहती। उसकी माँ कटोरे में खाने के लिए कुछ लेकर आती और तब तक उसे नहीं छोड़ती थी, जब तक कि वह थोड़ा–सा कुछ खा न ले। यदि वह एक बच्ची होती, तो उसके ऊपर खाना खाने के लिए दबाव भी डाला जा सकता था, परन्तु पोन्ना तो एक वयस्क औरत थी। वे लोग उसकी परवाह कैसे कर पायेंगे?

यदि यह दोनों बूढ़ी औरतें वहाँ पर नहीं होतीं, तो भेड़ और बछड़ों का बहुत बुरा हाल हुआ होता। किसी ने सलाह दी कि वह मवेशियों को बेच डालें। जब तक शोक की अवधि पूरी न हो जाये और वह लोग पहाड़ी वाले मन्दिर न हो आयें, पोन्ना के पिता और उसके भाई ने इस बारे में सोचना स्थगित कर दिया। उसके पिता हर दूसरे दिन आ जाते थे और रात को ठहर भी जाते थे। वह ताड़ी पिए हुए आते और पोन्ना को देखते ही कुछ देर तक रोते रहते। उसके बाद वह सो जाते। हर बार जब वह आये उन्होंने यही विलाप किया,

'प्यारी बच्ची, क्या मैंने तुझे प्यार से पालपोस कर इसलिए ही बड़ा किया था, क्या मैं तुझे अपने कन्धों पर इसके लिए ही लेकर चला था कि मैं तुझे इस हालत में देखूँ? तुम दोनों ख़ुशी–ख़ुशी ऐसे जीते थे जैसे प्रेम के देवी–देवता, रति और कामदेव। हालाँकि तुम्हारे बच्चे नहीं थे, पर तुम एक–दूजे के लिए थे। पर हम सब लोगों ने मिलकर वह भी उजाड़ दिया। पूरे गाँव ने इस सुखी पति–पत्नी को नज़र लगा दी। मेरी प्यारी बिटिया, जब तक तुम दोनों साथ रहे, तू बहुत ख़ुश थी। अब किसी तरह उसकी याद करके ही बाक़ी का जीवन बिता दे। मैं इसकी ज़िम्मेदारी लेता हूँ कि तुझे किसी चीज़ की कमी नहीं होने दूँगा।'

वल्लाई ने उसको डाँटते हुए कहा, 'इस आदमी को तो यह भी अक़्ल नहीं है कि जब बच्ची शोक मना रही हो, तो उससे क्या कहना चाहिए। अब चुप होकर, सो जाओ।'

मुत्तु सप्ताह में एक बार आता था। जिस दिन पोन्ना ने चीख़ते हुए उसके सीने पर मुक्कों से प्रहार किया था, उस दिन के बाद से उसने पोन्ना के साथ बात नहीं की थी। उसकी आवाज़ और उसके शब्द, 'तुमने मेरा पति गँवा दिया!' उसके कानों में झनझनाते रहते थे। वह इस अपराध बोध से कि वह ही काली की मौत का ज़िम्मेदार था, बहुत उत्पीड़ित रहता था। उसने इस बात का ठोस प्रबन्ध किया था कि काली को हवा लगे बिना ही उनकी योजना सफल हो जाये। काश उस सुबह वह जल्दी उठ जाता, तो काली को मरने न देता। वह उसे रोकने के लिए कुछ–न–कुछ करता। वह इस ग्लानि के बोझ के नीचे दबा था कि वह उस रात नशे में धुत्त होकर सोता रहा था। यदि वह थोड़ा–सा भी सावधान होता, तो उसकी ग़लती की वजह से सब कुछ बरबाद नहीं होता और न ही काली मरता। वह उस प्रपंच से केवल इसलिए ही सहमत हुआ था क्योंकि निःसन्तान होने के कारण उन दोनों का दुखी रहना वह देख नहीं सकता था। पोन्ना उसकी बहन थी। वह उसे प्यार करता था। परन्तु वह काली था, जिसके वह वास्तव में बहुत ही निकट था। वह दोनों खेत–खलिहानों

और पहाड़ियों पर साथ–साथ घूमा करते थे। और मुत्तु यह सह नहीं सकता था कि काली ने स्वयं को बाड़े में बन्द करके अपने को सभी से पृथक् कर लिया था। अब जब भी मुत्तु आता, तो अपनी माँ से एक–दो शब्द कहता और जाकर पूवरशु के पेड़ तले लेट जाता था। वह सोया भी या नहीं कोई नहीं जानता था। पौ फटते ही वह उठ जाता और किसी से भी राम–राम किये बिना वापस चला जाता था। उसने पोन्ना को अपना चेहरा कभी नहीं दिखाया।

पहले महीने कोई–न–कोई रिश्तेदार या फिर अन्य कोई बातें करने के लिए और रात बिताने के लिए आता रहा। जब तक हालात सामान्य न हो जायें, तब तक मौत वाले घर में सगे–सम्बन्धियों का इस तरह आना आम बात थी। वह अपने दुःख को बातें करके हलका कर लेते थे। एक बुढ़िया, जो चीराई के लिए उसकी काकी की तरह थी, चिन्नूर से आकर उनके साथ तीन दिन रही। वह अस्सी साल से ऊपर की तो रही होगी, परन्तु झुकी हुई पीठ के अलावा उसकी सेहत काफ़ी अच्छी थी। मुर्ग़ियों की तरह उसकी नींद बहुत हलकी थी। जब सोते हुए, वह अपनी आँखें बन्द करती तो उसका मुख खुला रहता था तथा वह खर्राटे भी लेती थी, परन्तु दूसरे क्षण वह पूरी तरह जागी हुई होती। वह बिना रुके दिन–रात बातें करती रहती थी। उस बुढ़िया के आने से चीराई को अपने बचपन की यादें ताज़ा हो आयीं।

काली के आत्महत्या करने का सामान्य कारण जो वह लोगों को बताते थे, वह था उसका निःसन्तान होना। चीराई से अगर कोई पूछता, तो जवाब में वह यह कह देती : 'बच्चा पाने के लिए उन्होंने किसी भी मन्दिर में प्रार्थना और पूजा करना, चढ़ावा चढ़ाना नहीं छोड़ा। कोई भी ऐसा ज्योतिषी नहीं है जिसके पास वह न गये हों। पर किसी भी देवता ने अपनी दयालु आँखें खोलकर उनकी ओर देखा ही नहीं। यह बात उसको लगातार सताती रही। हमने सोच रखा था कि एक–दो साल और इन्तज़ार करके उसकी एक और शादी कर देंगे। उस दिन वह अपनी ससुराल गया था। उन लोगों ने उसके साले को भेजकर उन्हें उत्सव के लिए बुलवा भेजा था।

उन्होंने कहा कि जिस दिन देवता वापस पहाड़ी पर जायेंगे उस दिन वह मुर्ग़े की बलि चढ़ायेंगे और वह दोनों उस भोज में शरीक़ हों। उसने तो सभी जगह जाना छोड़ दिया था क्योंकि वह लोगों की उसके बच्चा न होने के बारे में बातें करने से तंग आ गया था। पोन्ना ने भी इसी कारण आना–जाना बन्द कर दिया था। पर मैंने सोचा कि हमें एक–दो लोगों से तो सम्बन्ध बनाये रखना चाहिए और कुछ नहीं तो इसलिए ही कि जब मैं मरूँ तो मुझे कन्धा देने के लिए कोई तो हो। इसलिए मैं लोगों के ख़ुशी वाले मौक़ों पर नहीं जाती थी, पर अगर किसी घर में कोई मर गया, तो उसके यहाँ शोक प्रकट करने के लिए ज़रूर पहुँच जाती थी।'

'काली तो सिर्फ़ अपनी ससुराल ही जाता था। पर पिछले दो साल से उसने वहाँ जाना भी छोड़ दिया था, यहाँ तक कि रथयात्रा के उत्सव पर भी नहीं। उसका साला उसके बचपन का दोस्त था। चूँकि उसने आकर विनती की, 'मापिल्ले, तुमने हमारे घर आना भी छोड़ दिया।' काली इस बार उत्सव में जाने के लिए तैयार हो गया और वह गया भी। यह सब काट्टूर के छोकरे हैं। वह उनके साथ कहीं अरक पीने के लिए चला गया। तुम्हें तो मालूम ही है कि उसके बहुत सारे दोस्त थे। वे लोग बातें करते–करते बहस करने लगे। उनमें से एक कुत्ते ने शायद यह कह दिया, 'ऐसे आदमी को जो एक बच्चा भी पैदा नहीं कर सका, यहाँ बात करने के लिए अपना मुँह नहीं खोलना चाहिए।' तुम्हें तो पता ही है कि ऐसी हालत में कोई निकम्मा कुत्ता जो उसके मन में आये कह ही बैठता है। मुझे सुनने में आ रहा है कि अब भी लोग तरह–तरह की बातें कर रहे हैं, ऐसी जगहों पर भी जहाँ वह शौच करने के लिए बैठे होते हैं। क्या हम कुत्तों का मुँह बन्द कर सकते हैं? उनका तो स्वभाव ही है कि ज़रा–सा शोर सुना तो भौंकने लगते हैं। अगर हम इन बातों को अपने दिल में लेकर बैठ जायें, तो फिर हम जियेंगे कैसे?'

'पर वह इतने नशे में था कि अपनी ससुराल जाना भी भूल गया और सीधा यहीं चला आया और उदास होकर पेड़ के नीचे बैठ गया।

वह तो मैं उसी समय चली आयी। मैंने सोचा कि काली और पोन्ना यहाँ हैं नहीं, तो आकर बछड़ों को चारा डाल दूँ और गोबर उठाकर फ़र्श साफ़ कर दूँ। तब मैंने उसे यहाँ पर बैठे हुए देखा और मेरे पूछने पर कि क्या हुआ उसने एक भी शब्द नहीं बोला। पर जब मैंने उससे बार–बार पूछा तब जाकर उसने बताया कि क्या हुआ था। मैंने उससे कहा, 'मेरे प्यारे बच्चे, हर कोई हमारे बारे में बातें करता है। ऐसा लगता है कि बातें करने के लिए बस हम ही रह गये हैं। तो यह कौन–सी नयी बात हो गयी? जाने दे इसे। जो समझदार लोग होते हैं उनके तो बच्चे नहीं होते, पर जो मूढ़ हैं वह एक के बाद एक बच्चा पैदा किये जाते हैं। यही भगवान की लीला है, हम लोग इसके बारे में क्या जानें?' मैंने उसे इस तरह से समझाकर कुछ तसल्ली दी और उसने मेरी बात सुनी भी। फिर मैं उससे बोली, 'बेटा, अब तू सो जा। मैं गाय बैलों को देख लूँगी।' उसने हाँ भरी और मैंने उसका ऐतबार कर लिया। अगर मैं कुछ और देर वहीं पर बैठी रहती और उससे बातें करती रहती, तो मैं जान जाती कि उसके दिमाग़ में क्या चल रहा था। मुझे क्या ज़रूरत पड़ी थी उसी समय काम के बारे में सोचने की! पर मैं तो काम के बारे में सोचती रही और उसे खो बैठी!'

'मैं वहाँ उस ओर गोबर का ढेर लगा रही थी और यहाँ इस तरफ़ वह पेड़ से लटक गया। मैं अँधेरे में कुछ भी नहीं देख पायी। उसने इस डाल से लटककर अपनी जान ले ली। जैसे सब कुछ आँख झपकते हो गया। मुझे लगा जैसे मैंने खड़खड़ाहट सुनी और मैं देखने के लिए आयी भी। पर वह यहाँ पर नहीं था। मैं झोंपड़ी में गयी और उसको पुकारा, 'कलियप्पा, कलियप्पा...' मैं उसे इसी नाम से बुलाती थी। हमने उसका नाम अपने कुलदेवता के नाम पर रखा था। इसलिए मैं उसे कभी 'मेरा बछड़ा' कहती और कभी 'मेरा सोना' या 'मेरा देवता।' मैं कहा करती कि अगर कोई 'कलियप्पा' कहे तो वह ऐसे ही है जैसे देवता का बार–बार नाम लेना। पर उस दिन उसने मेरे पुकारने पर कोई जवाब नहीं दिया। मैं घबरा गयी, पर फिर भी मुझे इस बात का अन्दाज़ा नहीं था कि वह ऐसा कुछ करेगा।

वह अपने बाप की तरह बहुत ज़िद्दी था। एकदम दबंग। मैंने सोचा वह शायद फिर से ताड़ी पीने के लिए चला गया था।'

'यह मरी पीने की आदत उसकी बरबादी का कारण बन गयी। वह बस ताड़ी ही पिया करता था। वह अरक का शौक़ीन नहीं था। उसने वह बदबूदार चीज़ कभी-कभार ही पी होगी। आजकल ताड़ी बनाने का मौसम चल रहा है, तो यह सोचती हुई कि वह फिर से पीने पिलाने के लिए चला गया है मैं झोंपड़ी से बाहर आ गयी। मैंने यह भी सोचा अगर वह ताड़ी पीने के लिए गया था तो उसके बाद वह गोश्त का सालन खाने के लिए अपनी ससुराल चला गया होगा।'

'वह तो तब मैंने ऊपर की तरफ़ देखा मैंने दहलीज़ पर जब अपना सिर झुकाया, तब मैंने पेड़ से झूलती हुई टाँगें देखीं। मैं रोते हुए उस ओर दौड़ी, पर उस तक नहीं पहुँच सकी। जब तक मैं चीख़ती-चिल्लाती बाहर आयी और लोगों को बुलाकर लायी, तब तक वह जा चुका था। हमारे लोग खेतों के पार दूर तक फैले हुए हैं। अगर वह पास कहीं रह रहे होते, तो जल्दी से आ सकते थे और हम उसे बचा सकते थे। शरीर को छोड़ने से पहले भगवान जाने उसके प्राण ने क्या-क्या न सोचा होगा, कि उसने कितना दुःख उठाया था... क्या मैंने इतनी परवाह करके उसे इसलिए ही पाला था, उसे अपनी गोद में और कन्धों पर उठाकर इसलिए ही चली थी कि मैं उसे हमेशा-हमेशा के लिए खो दूँ। मैंने उसकी आँधी और बारिश से रक्षा की, अपने सीने से लगाकर मैंने उसे कड़ी धूप और मेहनत करने से बचाया... और अब वह मुझे ही अकेला छोड़कर चला गया।'

जिस किसी ने भी उस रात के बारे में पूछा, चीराई ने एक-एक शब्द दोहराते हुए यही कह सुनाया। बार-बार दोहराने से यह व्याख्या उसे अब अच्छी तरह रट गयी थी। सुननेवालों में से केवल एक चिन्नूर की बुढ़िया ही थी, जिसने यह कहने का साहस किया, 'चीरा, मेरी बच्ची, यह तो तू कह रही है, पर क्या तुझे पता है कि पूरा गाँव क्या कह रहा है? लोग कह रहे हैं, 'उसकी औरत बहुत ही अक्खड़ है। उसने काली को ऐसा करने के लिए मजबूर किया।'

उनका कहना है कि उसका किसी मर्द के साथ चक्कर चल रहा था। यह सब वह इस तरह कहते हैं ताकि मैं अच्छी तरह सुन सकूँ। दो हफ़्ते से हाट में और सभी जगह यही चर्चा हो रही है।'

'तुम उमर में मुझसे बीस–तीस साल बड़ी हो,' चीराई तेज़ी में आकर बोली। 'क्या तुम जानती नहीं हो कि लोग कुछ भी हुए हुआए बिना कैसे क़िस्से गढ़ लेते हैं? कौन जानता है कि दूसरों की ज़िन्दगी में असल में हो क्या रहा है? यह सही है कि मेरी बहू थोड़ी मुँहज़ोर है, काली की तरह वह भी दिल दुखाने वाला एक शब्द भी नहीं सुन सकती है। फ़र्क़ बस इतना है कि काली बात को दिल में रखकर उस पर चुपचाप सोचता रहता था, पर यह अलग है। यह खुलकर किसी का भी मुक़ाबला कर सकती है। पर उसका दिल इतना खरा है जैसे सोना। जो कोई भी उस पर लांछन लगायेगा उसकी ज़बान सूखकर सिकुड़ जायेगी। वह कैसे उसे मारकर और माँ–बाप के घर जाकर शान्ति से बैठकर खा–पी सकती है? मुझे बताओ तो वह कौन है जो ऐसी ख़ुराफ़ात कर रहा है। मैं झाड़ू लेकर उसकी धुनाई करूँगी।'

काली के मामा और उनके परिवार अब फिर से उनके साथ घनिष्ठ हो गये थे। दोनों मामाओं की पत्नियाँ एक दिन मिलने के लिए उनके यहाँ आयीं। पोन्ना ने किसी से भी बात नहीं की। अगर उन्होंने उससे कुछ कहा भी तो वह सिर नीचा करके बस सुनती रही। एक बार जब वह शौच के लिए बाहर आयी तो उसने अन्दर हो रही बातें सुनीं। छोटे मामा की पत्नी रक्कासि ऊँची आवाज़ में बोल रही थी जैसे कि वह चाहती थी ताकि पोन्ना उसकी बात सुन सके, 'हमारे बुरे करम क्या हमें अकेला छोड़ सकते हैं? भगवान ही यह तय करता है कि भेड़ की पूँछ कितनी लम्बी हो।' अगर पोन्ना वहाँ होती, तो पहले की तरह जवाब देती, 'भगवान ने अगर भेड़ को छोटी पूँछ दी है तो बैल को इतनी लम्बी क्यों? ताकि वह अपनी पूँछ को गोबर–पेशाब में सान कर अपने ऊपर पोत ले।' परन्तु अब वह चुपचाप अन्दर आकर रोने लगी। अपने दिमाग़ में काली की छवि बनाकर वह उससे बोली, 'बताओ मुझे, क्या मैं बुरे कर्म करने वाली औरत हूँ?

तुमने क्या यह ठीक किया कि मुझे ऐसे शब्द सुनने के लिए अकेला छोड़ गये।' परन्तु काली ने क्या कभी उसके विलाप का उत्तर दिया था? वह बस कुटिलता के साथ मुस्करा देता था। वह बस इतना ही करता था।

रक्कासि का पोन्ना के ऊपर गुस्सा करने के पीछे काफ़ी दिन पहले हाट में हुई एक घटना थी। एक बार पोन्ना उसे मेले में मिल गयी। वह अपने साथ बीस अण्डे लायी थी और एक अण्डा छह पैसे में बेचना चाहती थी। अगर वह सभी अण्डे बेच लेती तो उसके पास एक रुपया और बीस पैसे हो जाते जो उसके हिसाब से मेले में ख़र्च करने के लिए पर्याप्त थे। जब रक्कासि को पता चला कि पोन्ना अण्डे बेचने के लिए लेकर आयी थी, तो वह बोली, 'हमारे घर तो सारी की सारी मुर्गियाँ बीमार पड़ गयीं और मर गयीं। हमें तो एक भी अण्डा नसीब नहीं हुआ। मेरे ससुर ने हाट से कुछ अण्डे लाने के की कहा है।' उसका अभिप्राय पोन्ना से मुफ़्त में कुछ अण्डे हड़पने का था। अगर उसने सीधे–सीधे पोन्ना से अण्डे माँगे होते, तो उसने चार–पाँच अण्डे उसे दे दिये होते। यद्यपि मेले से ख़रीदने के लिए उसे कुछ चीज़ें छोड़नी पड़तीं। परन्तु पोन्ना को रक्कासि का विनीत भाव से हक़ जमाना अच्छा नहीं लगा। अतः वह बोली, 'हर अण्डा छह पैसे का है। अगर तुम चाहो तो पाँच पैसे में ले सकती हो।' रक्कासि का मुख एकदम लटक गया।

स्पष्टतया रक्कासि ने हर किसी से कहा, 'ऐसा तो है नहीं कि उनकी दौलत का कोई वारिस हो। उसने मुझे चार अण्डे भी नहीं दिये। एक दिन जब वह बूढ़ी हो जायेगी और बीमार पड़ जायेगी, तो कौन उसकी देखभाल करेगा?' पोन्ना की प्रतिक्रिया यह थी, 'कौन कहता है कि हमारा कोई वारिस नहीं है? अगर मैं थोड़ा–सा भी खाना छत पर बिखरा दूँ, तो हज़ारों कौए उड़ते हुए उसे खाने के लिए आ जायेंगे। मैं बताये देती हूँ, उसके अपने बच्चे तक उसका पाखाना पोंछने के लिए नहीं लायेंगे।'

रक्कासि इतने दिनों से उस गाँठ को मन में रखे रही थी और आज पोन्ना को उसकी सजा दे रही थी। समय उन्हीं का साथ देता है

जो धूर्त और धोखेबाज़ होते हैं, वह बस सीधे–सादे लोगों को ही सताता है।

एक दिन पोन्ना की भाभी पूवाई उनसे मिलने के लिए आयी। बूढ़ी औरत से कहने के लिए तो उसके पास कुछ अधिक नहीं था। वह पोन्ना के साथ ही ठहरी और रात को उसके बराबर ही सोयी। इस बात को एक लम्बा अरसा हो गया था जब पोन्ना और पूवाई के बीच बोलचाल ख़त्म हो गयी थी। जब कभी पोन्ना अपने माँ–बाप से मिलने गयी, तब पूवाई अपने मायके चली जाती थी। बहुत साल पहले बिना सोचे–समझे कहे कुछ शब्दों के कारण उनके बीच अनबन हो गयी थी। जब पूवाई गर्भवती थी, तो पोन्ना ने उससे पूछा था, 'बता तुझे क्या खाने का मन कर रहा है। मैं तेरे लिए वही बनाऊँगी।' शायद पूवाई ने सोचा कि एक ऐसी औरत के हाथ का बनाया खाना खाना अपशकुन होगा जिसका विवाह उससे पहले हुआ था और जो अभी भी निःसन्तान थी। उसने कहा, 'कोई ज़रूरत नहीं है मेरे लिए कुछ बनाने की। ऐसा तो है नहीं कि मेरे खाने लिए चीज़ें बनाने के लिए कोई नहीं है। मेरे अपने परिवार में काफ़ी सारे लोग हैं जो मेरे लिए यह कर सकते हैं।'

इस बात से पोन्ना को बहुत गुस्सा आया और वह बोली, 'यह किसने कहा कि तेरे मायके में कोई नहीं है जो तेरे लिए यह सब कर सकता है? अगर तेरे लिए सभी कुछ वहाँ था, तो तू पेट से भी वहीं हो लेती। मेरे भाई के पीछे क्यों पड़ी थी?' पोन्ना ने तो यह मज़ाक़ में कहा था, परन्तु उसके शब्द पूवाई के दिल में अटक कर रह गये। किसी को यह नहीं पता चला कि पूवाई ने इससे पहले उससे क्या कहा था। वह सभी से बोली, 'मैंने तो उससे बस इतना ही कहा था कि मेरे घर से रास्ते के लिए पकवान बना कर लोग आयेंगे और फिर मुझे शानदार तरीक़े से अपने साथ ले जायेंगे।' इस बात पर वह मुझसे कहने लगी, 'अच्छा तो तुम्हें वहाँ का बना हुआ ही खाना चाहिए? तो तुम अपने भाइयों से ही बच्चा भी क्यों नहीं पैदा करवा लेतीं?' और हर किसी ने पोन्ना को कोसा, 'तू किसी ऐसी औरत से जो एक

दूसरा जीवन अपने पेट में पाल रही है, इस तरह की डाह–भरी बात कैसे कह सकती है?' पोन्ना ने विरोध में मुँहतोड़ जवाब दिया, 'हाँ, मैं ही हूँ जो कुछ कहती हूँ। वह तो गूँगी है जैसा तुम सब जानते हो। वह बेचारी तो बोल ही नहीं पाती।' और फिर वह चुप हो गयी।

जब पूवाई के बेटा हुआ उस बात को सात–आठ साल हो गये होंगे। उसके बाद से वह काफ़ी ज़िम्मेवार और सहनशील हो गयी थी। उस दिन जब रात बिताने के लिए वह यहाँ आयी तो बड़ी ज़िम्मेदारी से बोली, 'देख पोन्ना, जो हो गया सो हो गया। तेरा भाई भी हताश होकर इधर–उधर भटकता रहता है। सारा दिन पीने के सिवाय वह और कुछ भी नहीं करता है।' जब मैंने उससे कहा, 'तुमने अपनी बहन की ज़िन्दगी तो बरबाद कर दी तो अब क्या मेरी ज़िन्दगी भी बरबाद करने का इरादा है?' तो वह रोने लगा, 'अगर तू भी मेरे ख़िलाफ़ बोलेगी, तब मैं क्या करूँगा? मैं तो केवल भले के लिए ही कुछ करना चाहता था। अगर मैं यह जानता कि उसका नतीजा यह होगा, तो क्या मैं उस प्रपंच में पड़ता?'

पोन्ना तुरन्त ही पलटकर बोली, 'क्या इसीलिए उसने तुम्हें यहाँ भेजा है–यह बताने के लिए कि उसका दिल कितना बड़ा है।'

परन्तु उसकी भाभी इस बात से नाराज़ नहीं हुई और बोली, 'वह मुझसे कहने लगा, 'उसने तो मुझसे बात करना भी छोड़ दिया है। अगर तू गयी और उससे बातें कीं, तो कहीं वह और खफ़ा न हो जाये। इसलिए तू वहाँ मत जा।' पर मुझे तो आना ही था। मैं तेरी बुराई करने के लिए थोड़े ही आयी हूँ। किसका कितना दोष था, अब इसका मतलब ही क्या है? कोई नहीं जानता था कि यह आदमी इस तरह अपनी जान ले लेगा? उत्सव के वक़्त हज़ारों तरह की बातें होती हैं। अगर हर कोई उसे इसी तरह लेने लगे, तो हर साल हज़ारों लाशें पड़ी मिलेंगी। वह तुझसे बेहद प्यार करता था। यही तो मसला था कि तुम दोनों के बीच प्यार की इन्तिहा थी। जाने दे, अब छोड़ इसे। मैं अपने ऊपर तेरा दुःख तो नहीं ले सकती हूँ और न ही उसके बदले में और कुछ दे ही सकती हूँ। मैं तो तुझसे बस यही

कहने आयी हूँ कि अब तू वैसा ही कर जैसा तू चाहती है। अगर तू अपने मायके में आकर रहना चाहती है, तो आ और वहाँ आकर रह। मेरी तरफ़ से चिन्ता न कर कि इस बारे में मैं क्या कहूँगी। अगर तू वहाँ आकर रहने लगेगी, तो मुझे एक संगी–साथी मिल जायेगा। मैं तो यही सोचूँगी कि चलो अच्छा हुआ, मेरे बच्चे के साथ खेलने के लिए मुझे एक और बालक मिल गया।'

'और अगर तू यह सोचती है कि तेरे लिए यहाँ पर ही रहना ठीक होगा, तो ऐसा ही कर। हम लोग तुझसे मिलने के लिए आते रहेंगे। हम तुझे छोड़ थोड़े ही देंगे। न जाने किस–किस की आँखें तेरी जायदाद पर लगी हैं। मेरा ऐसा कोई मक़सद नहीं है। मेरा एक ही बच्चा है और मैं ईश्वर से यही माँगती रहती हूँ कि उसका साथ देने के लिए काश एक और बच्चा होता। इसी वजह से मैं तेरा कष्ट समझ सकती हूँ। हालाँकि मेरा एक बेटा है, फिर भी मैं लोगों के दिल दुखाने वाले ताने सुनती रहती हूँ। लोग कहते हैं, 'बस यह एक ही बच्चा पैदा कर पायी।' मैं अन्दाज़ा लगा सकती हूँ कि लोगों ने तेरे लिए क्या–क्या कहा होगा। हमारे पास जो कुछ भी है, अपने बच्चे को देने के लिए काफ़ी है। हम कड़ी मेहनत करते हैं और अपने खाने के लिए जितनी ज़रूरत है हमें उतना अन्न दाना मिल जाता है।'

'अगर तू दोनों जगह पर अपना वक़्त गुज़ारना चाहे, तो वह भी ठीक रहेगा। लोग क्या कहते हैं इस बात को ज़्यादा अहमियत मत दे। वही कर जो तुझे ठीक लगे। पर अपनी ज़िन्दगी ख़त्म करने की कभी भी मत सोचना। हमारे बारे में भी तो कुछ सोच। क्या तू यह समझती है कि अगर तू चली गयी, तो क्या हम चैन से रह सकेंगे? मैं तो तेरे भाई के व्यवहार को लेकर बहुत परेशान रहती हूँ। अगर तू कुछ कर बैठी, तो मैं यह सोचकर ही काँप जाती हूँ कि उसके बाद वह क्या करेगा। हम लोग यह सोचकर कि तूने क्या कर डाला, हर दिन ही मरते रहेंगे। पोन्ना, हमें उस हाल में मत ढकेलना।'

जब पूवाई यह सब कह रही थी, तब पोन्ना का दिल पसीजने लगा और वह ज़ोर से चीख़ी, 'नंग!' और उसने अपना सिर अपनी

भाभी की गोद में रख लिया। पूवाई सान्त्वना देने के लिए अपनी उँगलियाँ धीरे–धीरे उसके बालों में फेरने लगी। संकट के ऐसे ही क्षणों में हम जान पाते हैं कि कौन हमारा सच्चा मित्र है। मुसीबतें हमारे ऊपर सम्बल का स्रोत उजागर कर देती हैं। मृदुता से केशों को सहलाती हुई उँगलियाँ उष्णता को आँकने का अवसर देती हैं। सम्बन्धों के बीच पड़ी दरारों को पाट देती हैं। पूवाई ने न जाने कितने वर्षों से पोन्ना से बात नहीं की थी और अब उसे पूवाई से दया और दिलासा मिल रही थी जो उसे अपनी माँ से भी नहीं मिली थी। उस दिन के बाद से पोन्ना अपने भाई के बारे में भी सोचने लगी। वह उससे कह सकता था कि काली उस योजना के बारे में कुछ नहीं जानता था। उसने शायद यही सोचा होगा कि वह काली को किसी भी हालत में राजी नहीं कर पायेगा। पर ऐसा किया भी तो जा सकता था। किसी–न–किसी तरह वह लोग काली की सहमति ले ही सकते थे और अगर ऐसा न कर पाते तो आगे कुछ भी करने से ख़ुद को रोक सकते थे।

पोन्ना को लगा कि मात्र मुत्तु ही नहीं, उसकी माँ और सास ने भी उस योजना में अपनी–अपनी भूमिका निभायी होगी। वह अपने भाई को पूरी तरह से माफ़ करने के लिए स्वयं को तैयार नहीं कर पायी। परन्तु वह इस अपराध भावना से तबाह हुआ जा रहा होगा कि अपने घनिष्ठ मित्र ही नहीं अपने जीजा की मौत का वह ज़िम्मेदार था। उसकी माँ और सास ने मिलकर उस योजना की पहल की थी। उसका बड़ा भाई तो उनके कुचक्र का एक उपकरण मात्र बन गया। पोन्ना ने जितना इस बारे में सोचा उतना ही उसका क्रोध उन दो स्त्रियों पर केन्द्रित होता गया। सारी षड्यन्त्र रचना और नियोजन के बाद अब वह आने वाले आगन्तुकों के साथ इस तरह बात करती थीं जैसे वह दोनों पूरी तरह निर्दोष हों। जब लोग बूढ़े होने लगते हैं तो उन्हें हर चीज़ रोज़–रोज़ होने वाली बात लगने लगती है। ऐसा प्रतीत होता है कि जीवन भर कष्ट झेलने और संघर्ष करने के बाद हर चीज़ केवल सामान्य कहानी का हिस्सा बनकर रह जाती है और हृदय संवेदनशून्य हो जाता है।

काली की मृत्यु भी अब उनके लिए एक कहानी बनकर रह गयी थी। जिस तरह हर आने वाले व्यक्ति को वह पूरा विवरण कहकर सुनातीं, बस उसे ही सुन लीजिए। वह हर बात ब्योरेवार ढंग से जोड़तीं, यहाँ तक कि उस दिन सुबह उनका शौच के लिए जाना भी उसमें शामिल होता था। चीराई कह रही होती, 'बड़े बेवक़्त बछड़ा रम्भाने लगा। तभी मुझे सिहरन होने लगी और मैं समझ गयी।' यह सच नहीं था। उन्होंने कहानी को यथार्थ बना दिया था और उस पर विश्वास करने लगी थीं। वल्लाई भी उस कहानी को शब्द प्रति शब्द दोहराती रहती। जब किसी आगन्तुक के आने पर यदि चीराई घर पर नहीं होती थी, तब कहानी सुनाने का काम वल्लाई के कन्धों पर आ पड़ता और वह एक भी शब्द इधर से उधर किये बिना अपना काम बख़ूबी करती थी। केवल आवाज़ अलग होती थी। उन दोनों को देखकर पोन्ना को अपने भाई पर बहुत तरस आता था। अतः उसने अपनी भाभी से मुत्तु की अच्छी तरह देखभाल करने के लिए कहा, जैसा कि पूवाई ने भी कहा था कि पोन्ना को एक और ज़िन्दगी बरबाद करने का पाप अपने ऊपर नहीं लेना चाहिए।

यह सच है कि सबसे पहले चीराई ने ही काली को पेड़ से लटकते हुए देखा था। परन्तु घटना उस तरह नहीं हुई थी, जिस तरह वह उसका वर्णन करती थी।

3

काट्टूर के रहने वालों के लिए वहाँ का रथयात्रा उत्सव तीन महीने तक चलता था। फाल्गुन का महीना शुरू होते ही सारी तैयारियाँ शुरू हो जाती थीं और दुकानों, सवारियों और झूलों की सरगर्मी चैत्र माह में जाकर समाप्त होती थी और कभी तो वैशाख के महीने तक चलती रहती थी। परन्तु जहाँ तक उत्सव का प्रश्न था वह केवल बाईस दिन का ही होता था। अधिकांश लोगों के लिए तेईसवाँ दिन भोज खाने का दिन होता। इसके अलावा वह दिन जब देवता पहाड़ी से नीचे उतारकर लाये जाते थे तथा वह दिन भी जब वह पहाड़ी पर वापस ले जाये जाते थे, वह दोनों दिन उत्सव के सबसे महत्त्वपूर्ण दिन होते थे। उन दो रातों को भीड़ उनके दर्शनों के लिए उमड़ी पड़ती थी।

देवता को पहाड़ी से नीचे उतारकर लाने वाले दिन की तुलना में उन्हें वापस पहाड़ी पर ले जाने वाले दिन भीड़ अधिक होती थी। हज़ारों की तादाद में भीड़ सुबह से ही इकट्ठा होना शुरू हो जाती थी। लोग पैदल चलकर आ रहे होते और बैलगाड़ियों में भी। पूरा परिवार, पूरा का पूरा मोहल्ला और पूरा गाँव साथ मिलकर आता था। रास्ते में यात्रियों को पानी पिलाने के लिए विभिन्न स्थानों पर पंडाल लगाये जाते थे। काट्टूर के घरों के आसपास के खेत बिना जुते पड़े रहते। लोगों को लेकर आने वाली बैलगाड़ियाँ उन खेतों में ही खड़ी कर दी जाती थीं। उत्सव के अवसर पर बैलगाड़ियों के लिए अपने खेत देना पुण्य का काम समझा जाता था। एक ऐसी भी किंवदन्ती प्रसिद्ध थी कि एक किसान जिसने उत्सव के दिनों में अपने खेत के चारों

ओर मेंड़ बना दी थी, उसका पेट फूल गया और उत्सव के अन्तिम दिन उसकी मृत्यु हो गयी। अतः अब खेतों के चारों ओर अहाता बना हुआ देखना असम्भव था। यह एक कहावत बन गयी थी– 'क्या कोई भगवान को घर से बाहर करने की सोच सकता है?' जिनके खेतों में कुएँ थे वहाँ पर कलश और रस्सी भी उपलब्ध थे और उसके साथ ही पानी से भरी एक नाँद भी। जैसे ही नाँद में पानी कम हो जाता तो कोई–न–कोई कुएँ से पानी खींचकर उसे फिर से भर देता था।

यदि कोई चारों ओर निगाह डाले तो ऐसा लगता था, जैसे कि वहाँ पर मवेशियों का मेला लगा हुआ हो। लोग रास्ते के लिए खाने–पीने का काफ़ी कुछ सामान अपने साथ लेकर आते थे। उसके अलावा बहुत सारी दुकानें भी थीं जहाँ पर ताज़ा बना हुआ भोजन मिलता था। उन चारों मार्गों पर जिनसे होकर रथयात्रा निकलती थी तथा उस सभामण्डप में जो पहाड़ी की तली में बने मन्दिर का भाग था, विभिन्न सांस्कृतिक कार्यक्रम चलते रहते थे। लोग जो भी कार्यक्रम देखना चाहें, अपनी रुचि के अनुसार चुन लेते। जिनकी रुचि सभी कार्यक्रमों को देखने में थी, वह थोड़ा समय यहाँ और थोड़ा–सा समय वहाँ लगाते थे। उत्सव के चरमोत्कर्ष पर सभी नियम टूट जाते थे और रात्रि स्वयं अपनी साक्षी बनकर रह जाती थी। अन्धकार आवरण बनकर सभी चेहरों को ढक लेता और उस उल्लासमय आनन्दोत्सव में आदिम इन्सान जागकर जीवन्त हो उठता था।

जब वंश बढ़ाने के हेतु काली ने दूसरा विवाह करने से मना कर दिया, तो उसकी माँ ने पोन्ना को उत्सव में भेजने का सुझाव दिया। परन्तु उसके लिए भी काली सहमत नहीं हुआ। दो साल निकल गये तब उन्होंने काली की सहमति के बिना पोन्ना को उस उत्सव में भेज दिया। बड़ी धूर्तता से उन्होंने पोन्ना को यह विश्वास दिला दिया कि उसके पति ने उसे जाने की अनुमति दे दी थी। काली को जब इसका पता चला तो बहुत देर हो चुकी थी। वह विक्षिप्त होकर अपने बाड़े की ओर दौड़ा था। वह इस बात से आहत था कि सबने मिलकर उसके साथ विश्वासघात किया था।

वह यह स्वीकार नहीं कर सका कि उस रात पोन्ना किसी और पुरुष के पास जाने के लिए चली गयी थी। पोन्ना का जीवन तो उसके अपने जीवन के साथ गुँथा हुआ था। वह इस बात को सोचने का साहस नहीं कर सका कि किसी और पुरुष की गन्ध पोन्ना के शरीर पर बिखरे। पोन्ना का शरीर तो उसके शरीर के साथ मिलकर एक हो चुका था। पोन्ना का शरीर पिछले बारह वर्षों से उसकी ही गन्ध की प्रचुरता से अभिभूत था। पोन्ना का शरीर पूर्णरूप से उसका था, केवल उसका। वह अपने शरीर को भी इतना नहीं जानता था जितना कि पोन्ना के शरीर को। वह कहता कि उसके मुख से गुलाबजल की ख़ुशबू आती थी और उसकी काँख से घृतकुमारी की। उसके उरोजों से भेड़ का मादक और कच्चा दूध बाहर निकलता था और उसकी श्वाँसें आवरम पुष्प की महक फैलाती थीं। उसके अनुसार पोन्ना का शरीर सुगन्धि का गुलदस्ता था।

'और उसके लिए क्या कहते हो जिस तरह मैं बोलती हूँ?' वह पूछती।

वह उत्तर देता, 'उसमें से तो ख़ून की बू आती है।'

पोन्ना यह सुनकर नाराज़ हो जाती, रोने लगती और कहती, 'तुम भी औरों जैसी बातें करते हो। क्या मैं इस तरह बोलती हूँ जैसे किसी को सींग मार रही हूँ, ज़ख़्मी कर रही हूँ?' और काली उसको मनाने लगता, 'ज़रा भेड़ के ख़ून को तल कर तो देख। उसमें से ऐसी ही सुगन्ध आती है। मेरा मतलब उसी से था।'

वह अपनी सुवास को पोन्ना के शरीर की प्रत्येक सुगन्ध के साथ मिलाने का प्रयास किया करता था ताकि दोनों बदन एक होकर एक ही सुरभि दें। और अब कोई दूसरी गन्ध पोन्ना के शरीर पर अंकित हो जाये, तो वह एक दाग़ होगा—एक दाग़ जो कभी मिट नहीं सकेगा चाहे कितना भी प्रयास करो।

उसने यह पक्का निश्चय कर लिया था कि वह ऐसे दाग़ को छुयेगा भी नहीं। यदि यह सही है कि उस उत्सव में सभी पुरुष देवता बन जाते हैं, तो उस देवता को काली के शरीर में प्रवेश करने दो,

उस पर आधिपत्य ले लेने दो। ऐसे देवता का प्रयोजन ही क्या, जिसने उनकी प्रार्थनाओं और चढ़ावे पर ध्यान नहीं दिया और न ही उसके शरीर में प्रवेश ही किया?

यद्यपि सभी ने कहा कि गाँव में कितने ही बच्चे इस प्रकार ही जन्मे थे, परन्तु काली इस विचार के साथ तालमेल न बिठा सका। उसने सदैव यही सोचा कि पोन्ना उसकी थी और केवल उसकी। इसलिए उसको बहुत निराशा हुई जब उसको आभास हुआ कि पोन्ना उसकी मर्ज़ी के विपरीत उस रात उत्सव में चली गयी थी। वह यह अपेक्षा रखता था कि यदि वह स्वयं भी उसको जाने के लिए कहता, तब भी वह जाने से मना कर देती। परन्तु अब तो वह चली गयी। उसने तय किया कि पोन्ना को उम्र भर के लिए दण्ड मिलना चाहिए और उसने पूवरशु के पेड़ से अपने लिए फन्दा लटका लिया। उसने सोचा कि उसकी मृत्यु पोन्ना के लिए एक शाश्वत दण्ड होगा। वह हर दिन उसके बारे में सोचा करेगी और रोया करेगी। वह सदैव अपने किये पर पछतायेगी।

काली उस रात एक पल के लिए भी सो नहीं सका था, न ही पोन्ना और न ही चीराई। चीराई बाड़े में तब तक बनी रही जब तक कि चाँद सर के ऊपर न आ गया। वह अपने घर के अलावा कहीं और सो नहीं पाती थी। मवेशियों के लिए एक बार फिर चारे का प्रबन्ध करने के बाद वह घर जाने के लिए तैयार हुई। उसको आशा थी कि घर पहुँचकर वह थोड़ा-सा सो लेगी।

उसके होंठ बराबर यही राग अलापते रहे, 'ओ देवता, कृपा करो। मेरी बहू को आशीर्वाद दो।' वह घर पहुँचकर लेट तो गयी, पर खाट पर पड़ी हुई करवटें बदलती रही। इससे तो अच्छा यह ही होता कि वह बाड़े में ही बनी रहती। वह बराबर यही सोचती रही कि कहीं कोई मुर्ग़ियों को, भेड़ों को या अन्य मवेशियों को उठाकर न ले जाये। वह पोन्ना के बारे में भी सोचती रही और थोड़ी-थोड़ी देर बाद व्यग्र होकर प्रार्थना करती रही, 'हे भगवान सब भला करना।' वह होंठ जो मात्र पोन्ना के लिए दुआ माँगते रहे पता नहीं क्यों बेटे को याद करना भूल गये।

सम्भवतः ईश्वर इसको सहन नहीं कर सका। उसको तो मालूम भी नहीं था कि काली बाड़े में लौट आया था। यह सोचकर कि वह अपनी ससुराल में था, वह सुबह बहुत जल्दी उठ गयी। अभी भी अँधेरा काफ़ी घना था, वह बाड़े की ओर चल दी। उसे मवेशियों के लिए चारा डालना था और गोबर भी उठाना था। यह सब काली ही किया करता था। वह पौ फटने से पहले ही सारे काम कर डालता था। परन्तु चूँकि काली वहाँ नहीं था अब उसे ही यह सब करना था।

जैसे ही वह बाड़े के निकट आयी उसने देखा कि फूस का फाटक खुला हुआ था और कुत्ता भौंक रहा था। यह सोचकर कि देखरेख करने के लिए वहाँ पर कोई भी नहीं था, अतः कहीं कोई चोर तो नहीं घुस आया था? अगर कोई गाय–बैलों को उठा ले गया होगा, तो उसे काली के कर्कश शब्द सुनने पड़ेंगे। 'तुम रात को यहाँ ही क्यों नहीं रुकीं? यहाँ पर ऐसा क्या है जिसका तुम्हें डर लगता है? तुम ऐसे क्यों बर्ताव करती हो जैसे तुम कोई बेब्याही लड़की हो? कल जाने से पहले वह उसे साफ़–साफ़ बता गया था कि उसे क्या करना था। उसने मुँहतोड़ जवाब भी दिया था, 'जा, जाकर यह सब किसी और को बता जिसे कुछ करना न आता हो। मैंने सिखाया है तुझे यह सब काम करना और अब तू मुझे ही सिखा रहा है?' काली ढोर, भेड़, खेत और बाड़े की बहुत परवाह करता था।

घबराकर चीराई अन्दर की ओर भागी और जाकर मवेशियों की ओर देखा। वह सब सुरक्षित थे। वह झोंपड़ी के भीतर गयी। वहाँ भी हर चीज़ अपनी जगह पर थी। कुत्ता भौंकता हुआ उसके पास आया। उसने उसको चुप कराने की भरपूर कोशिश की। उसे अच्छी तरह याद था कि जाने से पहले उसने फाटक को ठीक से बन्द किया था। हो सकता है वह फाटक बन्द करना भूल गयी हो। उन दिनों उसको ऐसी चीज़ें याद नहीं रहती थीं। अपनी याददाश्त खो देने के लिए उसने स्वयं को ख़ूब लताड़ा और मवेशिओं के लिए चारा डालने से पहले वह गोबर साफ़ करने लगी। गोबर इकट्‌ठा करने का गड्ढा पीछे की ओर था, वह गोबर ले जाकर उसमें डाल आयी।

कुत्ता लगातार भौंके जा रहा था और बार–बार दौड़कर उसके पास आ रहा था। वह उस पर चिल्लाई, 'किस पर भौंक रहा है तू? क्या तू चुप नहीं रह सकता? सुबह हो गयी है और थोड़ी देर में सूरज भी ऊपर आ चढ़ेगा। तुझे लगता है कि ऐसी घड़ी में कोई चोर आ सकता है? क्या तुझे चोर पकड़ना है?' परन्तु कुत्ता चुप नहीं हुआ। वह एकदम उसके सामने आकर भौंकने लगा और फिर भौंकते हुए उसके पीछे आया जैसे उसकी साड़ी को पकड़कर वह उसे कहीं ले जाना चाहता था। ऐसा तो उसने पहले कभी नहीं किया था। 'क्या तूने कोई साँप या ऐसी ही कोई चीज़ देख ली है? तू इतना बेचैन क्यों है?' वह बोली और कुत्ते के पीछे–पीछे चल दी। जब उसने कुत्ते को पूवरशु पेड़ की ओर देखते हुए पाया, तो उसने भी अपनी निगाह ऊपर की ओर उठाई। वहाँ उसने एक उजली सफ़ेद धोती को देखा।

पहले तो उसकी समझ में कुछ नहीं आया। उसने सोचा कि वह धोती हवा से उड़कर वहाँ पेड़ में जाकर अटक गयी थी। फिर उसको लगा कि वह धोती किसी आदमी के शरीर पर लिपटी हुई थी। वह बोल नहीं पायी। उसके मुख से एक बेतुकी–सी आवाज़ निकली। वह तो जब हवा के झोंके से लाश घूमी, तब उसने देखा कि वह काली था। 'अय्यो! हे भगवान!' कहते हुए लोगों को बुलाने के लिए वह बाहर की ओर दौड़ी। कुछ दूर पर उसने हल चलाते हुए लोगों की हलचल सुनी। उनको आवाज़ लगाते हुए ऊँची आवाज़ में वह बोली, 'अय्यो! दौड़कर आओ। मेरा देवता वहाँ पेड़ से लटका हुआ है!' पूरे गाँव ने उसका बिलखना सुना होगा। लोग दौड़ते हुए आये। कण्णन झोंपड़ी में से हँसिया लाकर पेड़ पर चढ़ गया। उसने डाल के साथ–साथ रस्सी भी काट डाली। वह समझ गया कि काली मर चुका था।

काली के बालों का गुच्छा खुलकर उसकी गर्दन के पीछे फन्दे की गाँठ को छिपाये हुआ था। यद्यपि कण्णन जानता था कि इस बात की सम्भावना बहुत कम थी कि काली अभी जीवित था। फिर भी उसने बड़ी तत्परता के साथ पेड़ की उस शाख को काट डालने

की कोशिश की। वह रस्सी बहुत मोटी और भारी थी और दोनों हाथों से भी उसको थामना कठिन था। इसके अलावा इस काम के लिए दराँती भी ज़्यादा तेज़ नहीं थी। मकई के डण्ठल काटते–काटते वह मौथरी हो गयी थी। कण्णन टाँगें फैलाकर उस शाख पर बैठ गया और उसने ज़ोर से रस्सी पर वार किया। वह बहुत ही उत्तेजित था। जैसे रस्सी थोड़ी ढीली हुई, काली का शरीर भी नीचे की ओर आने लगा। रासान और सेल्लन जो नीचे खड़े थे, वह काली की टाँगों को थामकर उसके शरीर को और नीचे ले आये। ऐसा लगता था कि जैसे वह कोई भारी–भरकम चीज़ हो। उसमें से आती हुई भभक जो पहले से ही बहुत तीव्र थी, शरीर के नीचे आने पर और भी तेज़ हो गयी। परन्तु उन्होंने उसकी ओर कोई ध्यान नहीं दिया। उन्होंने काली के शरीर को लिटा दिया और गर्दन के चारों ओर रस्सी को कुछ ढीला करके अपने हाथों को उसकी नाक के नीचे रखा। कुछ भी तो नहीं था। बस उसका सीना हलका–सा गर्म था। 'यह अभी–अभी मरा है,' सेल्लन ने कहा।

जैसे ही चीराई ने यह सुना, वह ज़ोर से चीख़ी, 'मेरा देवता! तू भी मुझे छोड़कर चला गया। जैसा तेरे बाप ने किया था, तू भी मुझे अकेला छोड़ गया और चला गया!' दो लोगों ने उसे थामकर मृत शरीर से दूर हटाया और उसे अहाते से बाहर ले आये। कुछ लोग जो मृत शरीर के पास आये, वह बोले, 'अय्यो!' और दूर भाग गये। किसी ने चिल्लाकर कहा, 'मेरे बच्चों को यह मत देखने देना।'

कण्णन जब पेड़ से नीचे उतरा, तो उसके पैर अभी भी काँप रहे थे। उसने दौड़कर फूँस का फाटक बन्द कर दिया और अन्दर से सटकनी अच्छी तरह लगा दी। परन्तु तब तक ख़बर फैल चुकी थी और भीड़ इकट्ठा होने लगी थी। मृत्यु के साथ संघर्ष करने में शरीर ने मल छोड़ दिया था और जिसके कारण सेल्लन और रासान के कपड़ों में से भी बदबू आ रही थी। काली का शिश्न ऊर्ध्व खड़ा था तथा धोती से टकरा रहा था। उन दोनों ने चौड़े मुँह वाले मटके से पानी लेकर अपने हाथ–पाँव धोये और काली के ऊपर पानी उँडेल

कर उसके शरीर को भी साफ़ किया। उन्होंने एक नयी धोती लाकर उससे काली के शरीर को ढाँक दिया। परन्तु वह खड़े हुए शिश्न के लिए कुछ न कर सके और उसके ऊपर कपड़ों का ढ़ेर लगाकर उसे छिपा दिया। उन्होंने भींचे हुए दाँतों के बीच जगह बनाकर जीभ को अन्दर की तरफ़ करने की कोशिश की पर कर नहीं पाये। इस अवसर पर पेरियासामी ने कहा, 'किसी ऐसे आदमी के चेहरे की ओर देखने से अधिक और कुछ भी भयानक नहीं हो सकता, जिसने लटक कर आत्महत्या की हो। इस चेहरे को हमें किसी और को देखने नहीं देना चाहिए। उसे पूरी तरह से ढाँक दो।' और सेल्लन और रासान ने ऐसा ही किया।

तब तक वेलु, जो खेतों और पहाड़ियों के बीच दौड़ता हुआ सबको ख़बर सुना चुका था, अडैयूर में मुत्तु के घर जा पहुँचा। पोन्ना और उसके माँ–बाप काट्टूर के उत्सव से उस समय लौटे थे जब मुर्ग़ा पहली बाँग देता है। बैलों को बैलगाड़ी से खोलकर और उन्हें खलिहान में बाँधकर वह सोने के लिए चले गये थे। घर पर और कोई नहीं था। काली मुत्तु के साथ अरक पीने के लिए गया हुआ था। अतः उन्होंने सोचा कि जब उनका नशा उतर जायेगा, तब वह लोग सुबह ही वापस आयेंगे। वेलु वहाँ पहुँचकर दरवाज़ा पीटते हुए चीख़ा, 'मुत्तु, हे मुत्तु! तेरे जीजा ने पेड़ से लटककर अपनी जान ले ली।' पोन्ना के पिता, जो बाहर सो रहे थे, जाग गये। यह ख़बर सुनते ही पोन्ना तुरन्त बाड़े की ओर दौड़ी। उसे नहीं मालूम था कि उसके दिमाग़ में क्या चल रहा था। वह बस भागे जा रही थी और वह तभी रुकी जब अहाते के अन्दर पहुँच गयी।

4

भाभी से बातें करने के बाद पोन्ना में जैसे जान आ गयी। उसे ऐसा लगा कि अपने सभी काम वह अब स्वयं कर सकती थी। वह पौ फटने से पहले ही उठ गयी और गाय–बछड़ों की देखभाल करने में लग गयी। उसने थाली और अन्य बर्तनों को, जिसमें उसने रात को खाना खाया था, माँज डाला। वह सुराही भी भर लायी जिससे वह रात में पानी पिया करती थी। इससे पहले यदि कोई मिलने के लिए आता था तो जहाँ पर वह लेटी हुई होती, वह वहाँ पर ही उठकर बैठ जाती थी। साड़ी का पल्लू जो उसके वक्ष को ढाँके हुए होता, सरककर एक ओर गिर जाता और वह एक बूढ़ी औरत की तरह खुली हुई छातियाँ लिए बैठी रहती थी। वह अपनी सुधबुध पूरी तरह खो चुकी थी और जो लोग उससे बातें करने के लिए आये होते, उन्हें यह फूहड़पन लगता था। उसकी माँ या सास दौड़कर आतीं और पल्लू को खींचकर उसके वक्ष को ढँक देतीं। परन्तु अब वह उस तरह बिल्कुल भी नहीं थी। वह साड़ी को लेकर सावधान रहती। उसने अपने केश काढ़ने तो नहीं शुरू किये थे, परन्तु उनको बाँध कर जूड़ा बनाने लगी थी।

एक दिन सुबह जब सूरज ठीक आँख की सीध में आ गया, तो पोन्ना की माँ ने गाय को खेत में चराने के लिए ले जाने के बारे में सोचा और उसने यह भी सोचा कि शायद वह पोन्ना को भी साथ में आने के लिए राजी कर ले। 'पोन्ना, क्या तू मेरे साथ चलेगी?' उसने पूछा। पोन्ना ने विस्मय से बिना कोई शब्द कहे उसकी ओर हाथ से

इशारा किया, 'कहाँ?' उसने अभी बोलना नहीं शुरू किया था। उसको ढूँढ़ने पर भी शब्द नहीं मिलते थे। क्या यह वही औरत थी, जिसकी तेज़ ज़बान से पूरा गाँव डरता था? जब उसकी माँ ने बताया कि वह कहाँ जा रही थी, तो पोन्ना उठ खड़ी हुई और धीरे–धीरे गाय के पीछे चलने लगी। यह देखकर उसकी माँ को कुछ तसल्ली हुई कि उसकी बेटी अब शीघ्र ही स्वस्थ हो जायेगी। पोन्ना को ऐसा लगा जैसे वह अपने खेत को पहली बार देख रही हो। काली हर जगह था। कितने सारे काली। चूँकि कुएँ में पानी का तल बहुत नीचे हो गया था, काली चिन्तित था कि नारियल के पेड़ों को कम–से–कम इतना तो पानी मिल जाये कि वह अपनी जड़ें नम रख सकें। अतः उसने पेड़ों के चारों ओर गड्ढा खोद कर नाली बना दी थी ताकि बारिश का पानी गड्ढों में भरकर बहता हुआ पेड़ों तक पहुँच सके। रेती में बनी हुई पानी की लकीरों को देखकर पोन्ना कह सकती थी कि जो बारिश काली की मृत्यु के बाद हुई थी, उसने पेड़ों को कुछ नमी पहुँचायी थी।

दो साल पहले काली ने बैंगन के पौधों की केवल एक ही क़तार लगायी थी। अब कम–से–कम दस क़तारें हो गयी थीं। क़तारों के बीच इतनी जगह थी कि कोई भी व्यक्ति उनके बीच बड़े आराम से चल सकता था। पोन्ना ने उससे पूछा था, 'मामा, तुम पौधों को एक–दूसरे से इतनी दूर क्यों लगा रहे हो? जब हम पुरवाही करेंगे, तो बीच की रेत को सोखकर पानी बेकार ही जायेगा।' उत्तर में काली ने केवल इतना ही कहा, 'प्यारी पोन्ना, बस उस तरह ही कर जैसा मैं तुझसे कह रहा हूँ।' और वह पुरवाही के लिए बैलों को जोतने के लिए चला गया। वह पीछे से चिल्लायी, 'तेरी माँ ने शायद एक गूँगे को जन्म दिया है।' और काली ने जवाब दिया, 'मैंने तेरे साथ इसलिए ही शादी की है ताकि तू हम दोनों के लिए बोल सके।' पोन्ना ने इसके उत्तर में कुछ भी नहीं कहा। उसने गिनकर बैंगन की कोंपले लगा दीं। पूरी तेरह थीं। उनमें से दो कोंपलें बहुत छोटी और कोमल थीं। उसे लगा कि वह बढ़ नहीं पायेंगी, चूँकि वह उन्हें फेंकना नहीं चाहती अतः उसने उन्हें भी रोप दिया।

जब तक पोन्ना ने पौधों को रोपना ख़त्म किया, काली कुएँ से पानी खींचकर नालियों में डाल चुका था। वह जानता था कि अगर उसने बैंगन के पौधे कुएँ से बहुत दूर लगाये होते, तो नाली ने ही सारा पानी सोख लिया होता। इसलिए उसने पौधों को कुएँ के पास ही लगाया था। परन्तु फिर भी नाली तीन ढोल पानी तो पी ही जाती थी। और पौधों की क़तार के लिए भी तीन ढोल पानी की ज़रूरत होती थी। जब काली यह सब हिसाब लगा रहा था और कुएँ से पानी खींचने के लिए बैलों को हाँक रहा था, पोन्ना उसके पास गयी और उसने बालों की गाँठ खोलकर उसके बालों के गुच्छे को लपककर पकड़ लिया। बैल एकदम रुक गये और ख़ाली ढोल आधे रास्ते कुएँ में लटककर रह गया। वह उसके बालों को झटका देते हुए बोली, 'क्या कहा तुमने? क्या तुमने यह कहा कि मैं बहुत ज़्यादा बातें करती हूँ? गाँव वाले यह कह सकते हैं, रिश्तेदार यह कह सकते हैं, तुम्हारी माँ यह कह सकती है, मेरी माँ यह कह सकती है, गली के कुत्ते तक यह कह सकते हैं, लोमड़ियाँ भी यह कह सकती हैं, पर तुमने कैसे कहा!'

काली ने दुखते हुए सिर को पीछे की ओर झुका दिया, परन्तु उसने पोन्ना को छेड़ना बन्द नहीं किया। 'अच्छा तो बाक़ी सब लोगों को सच कहने की छूट है और बस मुझको ही झूठ बोलना है।' कहकर काली हँस पड़ा। पोन्ना दाँत किसकिसाते हुए बोली, 'तो तुम्हारा यह कहना है कि मैं गप्पिन हूँ?' और काली के गाल पर कस कर थप्पड़ मारा। वह बोला, 'देख, अगर तू अपनी हरकतों से बाज नहीं आयेगी, तो मैं चुप नहीं होऊँगा। मुझे जवाब देना आता है।' इससे पहले कि पोन्ना कुछ कहे, काली ने अपना बायाँ हाथ बढ़ाकर उसका कुच अपनी हथेली में दबोच लिया। पोन्ना उसके बाल छोड़कर साड़ी को सम्हालते हुए अपना वक्ष ढँकने में लग गयी। इन क्षणों का फ़ायदा उठाते हुए काली भागकर बैलों के बीच जा खड़ा हुआ।

काली के गठ्ठों से भरे हुए फावड़े जैसे हाथ सदैव ऐसी ही हरकतें किया करते थे। वह कहा करती कि जब वह दोनों बाहर जायें तो उसे उसके हाथों में हथकड़ी डालकर ले जाना चाहिए।

उस दिन लगाये बैंगन के सभी पौधे ख़ूब फले–फूले और उन पर बहुत अच्छी मात्रा में बैंगन भी लगे। जब पौधे काफ़ी बड़े हो गये, तब उसको मालूम पड़ा कि वह बैंगन की वह वाली क़िस्म थी जिसे 'बिल्ली के सर वाला बैंगन' कहते हैं। पौधे चौड़ाई में इस तरह फैल गये जैसे सूखे हुए सिर पर बाल फैलते हैं और उन्होंने काफ़ी जगह भी घेर ली। हर बैंगन इतना बड़ा था कि चार लोगों के परिवार को खाने के लिए पर्याप्त होता। पोन्ना उन बैंगनों को जिस तरह से भी पका सकती थी, उनकी सब्ज़ी बनाती। वह बड़े गर्व के साथ कुछ बैंगन अपने मायके दे आयी। इसके बाद भी अभी बहुत सारे बैंगन बचे थे। अतः बाक़ी बैंगनों को वह मंगलवार की हाट में बेचने के लिए ले गयी। पहली साल की बैंगन की फ़सल के बाद काली ने सावधानी के साथ पौधों की ऊपर से छँटाई कर दी थी और उनमें एक बार फिर पानी भी दे दिया था। अगले वर्ष वह और ज़ोर शोर से फैले। उसने गोबर की बुकनी बनाकर पौधों के नीचे डाल दी और जड़ के पास की ज़मीन को खुरपी लेकर कुरेद भी दिया था। उसने बैंगन उगाने के लिए कितना श्रम किया था।

यह अब बैंगनों का तीसरा साल था। चूँकि किसी ने उनकी देखभाल नहीं की थी, पौधे नीचे की ओर झुके हुए खड़े थे। पोन्ना पौधों के पास बैठ गयी और अपनी माँ से बोली, 'जाओ माँ, तुम जाकर गाय को खेत में बाँध आओ, मैं यहाँ पर ही बैठी हूँ।' उसकी माँ एक नज़र पोन्ना पर और दूसरी पास के कुएँ पर रखे हुए गाय को लेकर तेज़ी से चली गयी। पोन्ना पौधे के काँटों से भरे हुए डण्ठल को प्यार से सहलाने लगी। उसे लगा जैसे वह काली की बाँह को सहला रही थी। एकाएक उसने अपने वक्ष पर से साड़ी को हटा दिया और उस डण्ठल को वह अपने स्तनों पर मसलने लगी। काली के चौड़े हाथ उसके कुचों के साथ क्रीड़ा कर रहे थे। उसने उन्मादित होकर अपने वक्ष को आगे की ओर उभार लिया। उसे महसूस हुआ कि उसे बार–बार ऐसा करने की इच्छा और प्रबल हो गयी थी। वह पौधों के बीच होकर चलने लगी। कितने सारे हाथ हैं काली के!

उसकी माँ दौड़ती हुई आयी। 'लड़की क्या तू पागल हो गयी है!' वह पोन्ना को खींचकर बैंगनों की क्यारी से बाहर ले आयी। पोन्ना सिसकियाँ लेने लगी और रोते हुए अपने स्तनों को पीटने लगी, हर मुक्का आवाज़ करता हुआ उसके सीने पर बड़े ज़ोर से पड़ रहा था। उसके स्तनों पर नीले निशान पड़ गये थे। उसकी माँ ने पोन्ना के दोनों हाथ पकड़ लिए और रोते हुए बोली, 'नहीं, मेरी बच्ची नहीं! ऐसा मत कर।'

पोन्ना जब थक गयी तो ज़मीन पर लुढ़क गयी। उसकी माँ ने उसे अपनी बाँहों में ले लिया। वहाँ पर ही बैठकर उसने पोन्ना के सिर को धीरे–से अपनी गोद में रख लिया। परन्तु पोन्ना स्वयं को सिसकने से रोक नहीं पायी। 'तेरे पिता ने तेरा नाम पोन्ना रखा था, सोने की बनी हुई, क्योंकि वह तेरी ऐसे ही परवाह करना चाहता था जैसे कोई किसी क़ीमती गहने की करता है, पर अब देख तेरे शरीर पर कितने सारे नील पड़े हुए हैं।' यह कहकर उसकी माँ अपने सिर को पीटते हुए रोने लगी। हंगामा सुनकर पोन्ना की सास दौड़ती हुई वहाँ आ गयी। दोनों ही औरतें इस बात से सदैव बहुत सतर्क रहती थीं कि कुआँ वहाँ से बहुत निकट था। चीराई यह सोचकर कि कहीं कोई अनर्थ तो नहीं हो गया, बहुत घबराई हुई थी। दोनों को बैंगन की क्यारी के पास बैठा देखकर, उसने पूछा, 'क्या हुआ, बहना?' पोन्ना की माँ ने जवाब दिया, 'देखो तो, तुम्हारी बहू ने अपने साथ क्या किया है। वह बैंगनों के पौधों के बीच चलते हुए अपनी छाती को पीट रही थी।' और उसने पोन्ना की साड़ी को हटा कर चीराई को उसका वक्ष दिखलाया। जहाँ–जहाँ काँटेदार डण्ठल ने उसके वक्ष को मसला था वहाँ रक्त की बूँदें झलक रही थीं। खरोंचें भी बहुत थीं और दोनों ही स्तन सूजे हुए और मसले हुए थे।

'अरे तू बेरहम आदमी!' काली के बारे में सोचते हुए चीराई सिसकियाँ लेने लगी। 'तू तो एक छन में चला गया। अब मैं इसकी कैसे देखभाल करूँ? क्या तूने इसके बारे में सोचा? क्या तूने एक बार भी सोचा कि यह तेरे लिए क्या थी? मैंने न जाने कितनी बार तुम

दोनों से कहा था कि नये नवीले शादी वालों की तरह व्यवहार मत किया करो, तुमको दुनिया की नज़र लग जायेगी, कहा करती थी न मैं?' उसकी सिसकियाँ क़ाबू से बाहर हो गयी थीं।

तब वह कुएँ के पास गयी और नाली के पास उग आये जयन्ती के पौधों की बहुत सारी पत्तियाँ तोड़ लायी। चूँकि उन पौधों को अधिक पानी नहीं मिला था वह एकदम मुरझाई हुई थीं। उसने मुट्ठी भर पत्तियों को दोनों हाथों के बीच लेकर ज़ोर से मसला और उनसे निकलते हुए रस को वह पोन्ना के वक्ष पर टपकाने लगी। पत्तियों के हरे रस के नीचे प्रहार से पड़ी लालिमा ग़ायब हो गयी। पोन्ना की माँ ने उस रस को पोन्ना के पूरे वक्ष पर मल दिया। उससे थोड़ी–सी जलन हुई। दोनों औरतों ने जयन्ती के पौधों की बची हुई पत्तियाँ अपने साथ ले जाने के लिए उठा लीं और पोन्ना की बाँहें पकड़कर वह उसको उठाने की कोशिश करने लगीं। परन्तु पोन्ना अपने आप ही तुरन्त उठकर खड़ी हो गयी। उसने साड़ी के पल्लू से अपने आँसू पोंछे और साड़ी से अपने वक्ष को अच्छी तरह ढँकते हुए साड़ी को ठीक से पहन लिया। तब तक ऊँची आवाज़ें और शोरगुल को सुनकर पास के खेतों में काम कर रहे चार–पाँच लोग वहाँ आ पहुँचे थे। चीराई ने पोन्ना को अपनी माँ के साथ घर भेज दिया और लोगों को स्थिति समझाने के लिए स्वयं वहाँ पर ही रुक गयी। वह पूरा ब्योरा देते हुए बोली, 'वह तो चला गया, पर मेरे लिए इसके दुःख को देखना बहुत मुश्किल है। वह खाने का एक कौर भी नहीं खाती है। उसके शरीर में ज़रा–सी भी ताक़त नहीं बची है। चूँकि सारा दिन वह ख़ुद को झोंपड़ी में बन्द करके बस चारपाई पर लेटी रहती है, उसकी माँ गाय को चराने का बहाना बनाकर उसको यहाँ ले आयी। उसकी माँ को गाय को बाँधने और वापस आने में बस थोड़ी ही सी देर लगी, पर इसी बीच वह बेहोश होकर यहाँ बैंगन की क्यारी के पास आ गिरी। तुम्हें तो पता ही है कि बैंगन का तना और डण्ठल कितने काँटेदार होते हैं। उसका सीना बुरी तरह से लहूलुहान हो गया है।'

पोन्ना जो बिना किसी सहारे के एकदम सीधा होकर माँ की बगल में चल रही थी, बोली, 'अम्मा, तुम हमारे गाँव चली जाओ और भैय्या को बोलना कि वह कल सुबह उठते ही यहाँ आ जाये। बैंगनों की क्यारियों की पुरवाही करनी है।'

उसकी माँ ने कहा, 'नालियों को फिर से अच्छी तरह खोदना होगा। पूरी क्यारी में घास–फूँस उग आयी है, पहले तो उसे साफ़ करना होगा। अभी पानी कैसे दे सकते हैं? जिसने पौधे लगाये थे, वह तो चला गया तो अब उन पौधों की परवाह क्या करना?'

पोन्ना बड़ी दृढ़ता के साथ बोली, 'मेरी बात सुनो। अगर तुम नहीं जाना चाहती हो तो मत जाओ, मैं चली जाऊँगी। या फिर मैं ख़ुद बैलों को लाकर पुरवाही कर लूँगी। क्या तुम समझती हो कि मुझे कुएँ से पानी खींचना और खेतों की सिंचाई करना नहीं आता? तुम्हारे दामाद ने मुझे सब कुछ सिखाया था। और उसने यह सब कुछ करना मुझे इसलिए सिखाया था क्योंकि वह जानता था वह मुझसे पहले चला जायेगा।'

पोन्ना के सख़्त चेहरे और उसके दृढ़ संकल्प ने उसकी माँ को असमंजस में डाल दिया।

5

माँ से यह कहकर कि उसे अपने गाँव जाकर मुत्तु को साथ लेकर आना ही पड़ेगा, पोन्ना हेंगा और फाँवड़ा लेकर फिर से खेत में पहुँच गयी। उसने चीराई के विरोध करने की ओर भी कोई ध्यान नहीं दिया।

'तू क्या सोचती है, कितनी ताक़त रह गयी है तेरे बदन में? दो महीने से कुछ खाया–पिया भी नहीं है। मेरी बात सुन, मैं जाकर घास–फूँस निकाल दूँगी। कुछ दिन और घर के भीतर ही रह ले,' चीराई चिन्तित होकर उससे बार–बार कहती रही।

परन्तु पोन्ना ने कोई भी प्रतिक्रिया नहीं दिखायी। एक दिन पहले चीराई गाय के लिए घास का बण्डल उठाकर लायी थी। दो दिन से लगातार बारिश होती रही थी और खेतों में ऊँची हरी घास सभी जगह फैली हुई थी। खेतों के मालिकों ने कह दिया था कि जो भी जितनी घास चाहे आकर ले जा सकता था। मूँगफली के खेतों को देखकर चीराई उदास हो गयी। वह सोचने लगी कि अगर वह मूढ़ सब कुछ छोड़कर इस तरह न चला गया होता, तो उनके खेत भी मूँगफली और मकई के पौधों से हरेभरे होते।

काली खेतों के दो छोटे–छोटे हिस्सों में हमेशा सब्ज़ियाँ, हरी मिर्च और अन्य ऐसी ही चीज़ें अवश्य ही उगाता था। उससे उन्हें थोड़ी–सी अतिरिक्त आमदनी हो जाती थी। खेतों में काम करने के लिए किसी मर्द का होना कितना ज़रूरी है। जब उसका पति छोटे से बालक को उसे सौंपकर स्वर्ग सिधार गया, तब चीराई भी खेती करना नहीं जानती थी।

वह तो जब काली बड़ा हो गया, तब खेत, खेत जैसे लगने शुरू हुए। और अब पोन्ना को भी अकेले ही उसी तरह संघर्ष करना पड़ेगा। पोन्ना अपना सारा जीवन अकेले कैसे गुज़ारेगी? चीराई सारा समय काली के बारे में न सोचकर, पोन्ना के बारे में ही सोचती रहती। मृत लोगों के लिए सामना करने के लिए कोई समस्याएँ ही नहीं हैं, वह तो सिर्फ़ उन लोगों के लिए हैं जो जीवित बचे रह जाते हैं। मरने वाले के लिए केवल मृत्यु के अन्तिम क्षणों का ही संघर्ष है, परन्तु जिन्हें वे छोड़कर जाते हैं उनके लिए तो हर दिन जीना एक भरपूर संघर्ष होता है। परन्तु उसे काली के कष्ट के बारे में भी तो सोचना था। अगर इन्सान को केवल खाने की चिन्ता हो, तो वह एक जानवर की ज़िन्दगी बसर करके अपना काम चला सकता है। परन्तु इन्सान के लिए चिन्ता करने के लिए कितना कुछ है।

इन्हीं सब बातों पर गहराई से सोच–विचार करते हुए, उसने घास काट डाली। जब उसने इतनी घास इकट्ठा कर ली कि उसका बण्डल बनाकर आसानी से ले जा सके, तब उसकी निगाह खेत में यहाँ–वहाँ उग आयी कलकुमिट्टि पर पड़ी। मामूली कुमिट्टि तो आसानी से मिल जाती थी, मगर कलकुमिट्टि का मिलना विरल था। वह तभी दिखायी पड़ता था जब उस पर फूल आने लगें, फूल आने के बाद भी वह पौधा अपने को घने पत्तों के बीच छिपा लेता था। अतः उसको बड़ी होशियारी के साथ ढूँढ़ना पड़ता था। चीराई ने भी वही किया। उसने पत्तियाँ हटाकर देखना शुरू किया और उसको कलकुमिट्टि मिल ही गयी। जिस वस्तु का मिलना बहुत विरल हो, तो उसको पाना उतना ही आनन्दमय होता है। उस रात को वंगाट्टु की पवुनाई पाट्टि उनसे मिलने के लिए आयी। वह रिश्ते में एक तरह से चीराई की सास की तरह थी। जब कभी चीराई उसको कहीं मिल जाती, तो परिवार में हर किसी के बारे में बहुत प्यार से पूछना उसकी आदत बन गयी थी।

‘उस पागल लड़के ने यह किसलिए कर डाला?’ बुढ़िया ने पूछा। ‘जो लोग भूखे मर रहे हैं, वह भी किसी–न–किसी तरह गुज़र कर लेते हैं।

ऐसे भी तो लोग हैं जिन्हें रोज़ पेट भरने के लिए हर दिन खेतों में काम करना पड़ता है? तो क्या हुआ अगर उनके कोई बच्चा नहीं था? हमारे दिनों में मेरे मामा की भी कोई औलाद नहीं थी।' वह पुराने वक़्त के ख़यालों में डूब गयी। 'उनकी तीन एकड़ ज़मीन थी। वह बहुत मेहनत करते थे और उसी ज़मीन से ही उनका ख़र्चा निकलता था। बाद में उन्होंने अपनी सारी ज़मीन गाँव के मन्दिर के नाम कर दी। मेरे गाँव में मन्दिर की जो ज़मीन है, वह कभी मेरे मामा की हुआ करती थी। मेरी माँ यह उम्मीद लगाये बैठी थी कि वह ज़मीन उसको मिल जायेगी। पर मेरे मामा मेरे पिता के दख़लअन्दाज़ी करने वाले व्यवहार से ख़ुश नहीं थे, इसलिए उन्होंने ज़मीन मन्दिर को दे दी। कुछ भी तो नहीं बिगड़ा।'

वह बूढ़ी औरत बहुत कुछ जानती थी। जब तक वह और चीराई डण्ठलों से कलकुमिट्टि की पत्तियाँ तोड़ती रहीं, वह एक के बाद एक कहानी सुनाती रही। कलकुमिट्टि की पत्तियाँ बहुत छोटी होती हैं, अतः उन्हें बड़ी होशियारी से तोड़ना पड़ता है। चीराई ने पत्तियाँ तोड़ने के बाद उन्हें एक भीगे कपड़े में लपेटकर पानी की नाँद के ऊपर रख दिया। बुढ़िया और बहुत सारी कहानियों से चीराई का मनोरंजन करती रही और फिर उन दोनों की आँख लग गयी। बुढ़िया तड़के ही उठ गयी और सुबह होने से पहले ही वापस जाने की तैयारी करने लगी। वह बोली, 'सभी लोग सुबह उठकर खेतों में काम करने के लिए निकल जाते हैं। बस मैं ही घर में रह जाती हूँ। मुझसे घर का ज़्यादा काम तो हो नहीं पाता, पर घर में रुक जाने के लिए किसी–न–किसी को तो होना चाहिए, है न! मैं घर की रखवाली करती रहती हूँ। इसलिए मैं किसी दूसरी जगह रात नहीं बिता पाती। पर जब मैंने सुना कि मेरे पति की परचाची के पोते ने अपनी जान ले ली, तो मैंने सोचा कि मिलने के लिए आना और रात भी यहीं बिताना ठीक होगा। तभी तो मैं शाम को देर से आयी। पर मैं अगर अभी निकल जाऊँगी, तो धूप तेज़ होने से पहले ही घर पहुँच जाऊँगी। वह तो चला गया, पर तुम लोग जो पीछे रह गये हो,

अपना चित्त सदा के लिए उस पर ही मत लगाये रखो। पोन्ना, मेरे प्यारी बच्ची! बख़ूबी ज़िन्दगी बसर कर। ईश्वर हमें जीवन देता है और जब चाहता है तब उसे वापस भी ले लेता है। हमें उसे जानबूझ कर ख़त्म करने का अधिकार नहीं है।' यह कहने के बाद बुढ़िया ने थोड़ा–सा पानी पिया और फिर वह चली गयी।

चीराई ने बुढ़िया को थोड़ी देर और रुक जाने के लिए कहा। वह चाहती थी कि वह थोड़ा–सा दलिया और साग खाकर जाये, परन्तु बुढ़िया ने मना कर दिया। अतः जब बुढ़िया चली गयी तब चीराई ने कलकुमिट्टि की पत्तियों को कुचलना शुरू किया। उसकी ख़ुशबू ऐसी थी जैसे घी की। रस्मो रिवाज के अनुसार जब तक शोक की अवधि पूरी न हो जाये खाना पकाने में मिर्च मसालों का उपयोग निषिद्ध था। थोड़े–से भी मसालों की ख़ुशबू खेतों के पार पहुँच सकती थी। जब चीराई यह सोचकर चकित थी कि साग के पत्तों की मीठी सुगन्ध के कारण वह अपनी सभी चिन्ताएँ भूल बैठी थी, तब ही उसे खेतों से आती हुई पोन्ना की आवाज़ सुनाई दी। पोन्ना को खेतों से घर पर लाना और उसको कुछ खिलाना एक दुर्लभ काम था। एक पागल औरत की तरह वह अपनी माँ से बार–बार यही कहे जा रही थी, 'तुम अभी तक अपने गाँव क्यों नहीं गयीं? जाओ मेरे भाई को बुला लाओ। जाओ, जाओ न!' चीराई ने उसको सान्त्वना देने की कोशिश की, 'तुझे क्या हो गया है, पोन्ना! जाने से पहले अपनी माँ को साग के साथ थोड़ा–सा दलिया तो खा लेने दे। तुझे सिंचाई के लिए जब सूरज ऊपर चढ़ आये तभी तो मदद चाहिए। वह आ जायेगा। और अगर वह नहीं भी आया तो मैं ख़ुद पुरवाही कर लूँगी। चल, अब चलकर कुछ खा ले।' उसने पोन्ना को किसी तरह थोड़ा–सा दलिया खिलाया। पोन्ना कलकुमिट्टि का आनन्द लेने की हालत में नहीं थी। वह वहाँ बैठे–बैठे पूवरशु के पेड़ की ओर देखती रही और अन्यमनस्क ढंग से उसने दलिया के बस दो–चार कौर ही मुँह में डाले।

इसके बाद साड़ी के पल्लू से हाथ पोंछकर वह फिर से खेतों की ओर निकल गयी। चीराई ने पोन्ना से इस तरह के व्यवहार की

अपेक्षा नहीं की थी। सम्भवतः खेतों में काम करने से उसके भीतर काली की स्मृतियाँ जाग्रत हो उठी थीं। ठीक है कर लेने दो उसे काम जितना वह करना चाहे। चीराई स्वयं अपने कामों में व्यस्त हो गयी, परन्तु पोन्ना पर नज़र बराबर रखे रही। पोन्ना पहले तो बैंगनों की क्यारियों पर गयी। वहाँ पहुँचकर, जैसे काली करता था, उसने ऊपर उग आये डण्ठलों को तोड़कर एक तरफ़ फेंक दिया। उसने सूखी और मुरझाई हुई पत्तियों को नोच डाला और जिन बैंगनों में सूख जाने के कारण झुर्रियाँ पड़ गयी थीं या जिनमें कीड़े लग गये थे, उन्हें तोड़कर उनका एक तरफ़ ढेर लगा दिया। मुख्य तने को और ऊपर की उन टहनियों को जो हट्टी–कट्टी थीं उन्हें अछूता छोड़ कर उसने बाक़ी सब कुछ तोड़ कर पौधों को साफ़–सुथरा कर दिया। बैंगन के पौधे अब ऐसे लग रहे थे जैसे कि वह नल्लय्यन चाचा का मुँडा हुआ सिर हों।

बिना बुलाये आये हुए उस बिम्ब ने उसके होंठों पर हलकी–सी मुस्कान ला दी। उसको याद नहीं पड़ रहा था कि काली की मृत्यु के बाद चाचा मिलने आये थे या नहीं। न जाने कितने लोग आये और चले गये। वह लोग बातें करने के लिए उसके पास रुके भी। परन्तु वह ख़ाली निगाहों से उनकी ओर बस घूरती रही। उनमें से किसी का भी चेहरा उसके मस्तिष्क में अंकित नहीं हुआ। वास्तविकता तो यह थी कि उसने उनका बोला हुआ एक शब्द भी नहीं सुना। शायद चाचा भी आये होंगे। काली उनके बहुत निकट था। परन्तु उससे क्या? काली ने उनसे कुछ भी तो नहीं सीखा। जो कुछ हुआ उसके बारे में चाचा क्या कहते? पोन्ना ने नालियों में उग आयी घास–फूँस की निराई कर डाली। मिट्टी अभी सख़्त नहीं हुई थी। उसे ज़मीन के नज़दीक लगी घास की परतें साफ़ दिखायी दे रही थीं।

पोन्ना यह काम बीच में ही छोड़कर बाड़े में चली आयी। उसने अपने सिर पर एक कपड़ा इस तरह बाँध रखा था जैसे खेतों में काम करने वाली स्त्रियाँ सदैव बाँधे रहती हैं। इसे देखकर चीराई थोड़ा–सा ख़ुश हुई। उसे लगा कि इसके बाद पोन्ना का काम करने

का उत्साह बढ़ता ही जायेगा। पोन्ना अपने काम करने में बहुत दक्ष थी। वास्तव में, वह उत्कृष्ट काम करने वालों में से एक थी। इन सब ज़िम्मेदारियों में अपने को व्यस्त रखने से उसका दुःख बह जायेगा। पोन्ना अहाते के अन्दर आयी और उसने घड़े में से थोड़ा–सा पानी लेकर पिया। वह बहुत प्यासी थी। चीराई पोन्ना को इतनी आतुरता के साथ पानी पीते हुए देखकर बहुत ही प्रसन्न हुई। पोन्ना ने इसके बाद एक टोकरी को लेकर उसमें सूखा गोबर भर लिया और डलिया को सिर पर उठाकर वह फिर से खेतों की ओर निकल गयी।

चीराई पोन्ना की ओर बराबर देखती रही। वह देखना चाहती थी कि उसकी निगाह पूवरशु के पेड़ की ओर जाती है या नहीं। उसने देखा कि पोन्ना उस पेड़ पर अपनी निगाह टिकाये हुए ही आगे बढ़ रही थी। चीराई ने सोचा कि उसे अब बस इतना ही करना होगा कि पोन्ना का ध्यान उस पेड़ की तरफ़ न जाये। परन्तु ऐसा करने से फ़र्क़ क्या पड़ेगा। पोन्ना को और बहुत सारी चीज़ें मिल जायेंगी जो उसे काली की याद दिलाती रहेंगी और वह उसी तरह चीख़कर रोयेगी जैसे वह बैंगन के पौधों को देखकर रोयी थी। अभी कुछ दिन और उन्हें सावधान रहने की ज़रूरत थी। असल में उन्हें उस पेड़ को कटवा डालना चाहिए था। वह पूरी घटना का साक्षी बनकर वहाँ व्यर्थ ही खड़ा था। आने वाली न जाने कितनी पीढ़ियों को वह इस तरह ही देखता रहेगा। पोन्ना उस पेड़ को हटाने के लिए कभी भी राजी नहीं होगी। ऐसा करने की हर कोशिश का वह प्रबल विरोध करेगी, पेड़ को काट डालना उसके लिए ऐसा ही है जैसे उसको कष्ट पहुँचाना, उसकी ज़िन्दगी के टुकड़े–टुकड़े कर डालना। वह कितने ज़ोर से चीख़ी थी जब वह शाख काटी गयी थी, जिससे लटक कर काली ने अपनी जान ली थी। कण्णन, जो शाख काटने के लिए आया था, उसने कहा था, 'हे भगवान, इसकी चीख़ें तो मुझे थरथरा रही हैं। हमें इस शाख को ऐसे ही छोड़ देना चाहिए।' परन्तु पोन्ना के पिता ने तर्क दिया था, 'अगर यह शाख यहाँ पर बनी रही, तो यह और अधिक चीख़े–चिल्लायेगी और कष्ट झेलेगी। उसके रोने पर ध्यान

न दो और जल्दी से अपना काम पूरा करके तुम बस चले जाओ।' कण्णन जो अपने साथ एक तेज़ आरी लेकर आया था, उसने झटपट शाख को काटने का काम पूरा कर दिया। चीराई सोच रही थी कि पूरे पेड़ का अन्त भी अब कब होगा।

भेड़ों को चराने का बहाना बनाकर चीराई खेतों में पोन्ना के पीछे–पीछे चली आयी। पोन्ना ने सूखा गोबर पौधों पर फैला दिया और फावड़े के हत्थे से उसके छोटे–छोटे टुकड़े कर दिये। फिर उसने हेंगा लेकर पौधों के आसपास की ज़मीन को कुरेद डाला। ज़मीन बहुत सख़्त हो गयी थी, कुछ जगह पर तो उसे हेंगा को नीचे गाढ़ना पड़ा। अगर वह एक बार पानी देने के बाद ऐसा करती, तो ज़मीन को पलटने में उसे बहुत आसानी हुई होती। परन्तु उसको सब्र ही कहाँ था। यद्यपि उसमें शारीरिक शक्ति उतनी नहीं थी, परन्तु मानसिक रूप से वह बहुत शक्तिशाली थी। चीराई को इस बात का भय था कि पोन्ना कहीं पहले की तरह बैंगनों के काँटेदार डण्ठलों से अपने को घायल न कर ले। पोन्ना साड़ी के पल्लू से पसीना पोंछते हुए अपने काम में लगी रही। दिन काफ़ी गर्म हो चला था। चीराई तय नहीं कर पा रही थी कि वह पोन्ना को काम करने से रोके और घर जाने के लिए कहे या नहीं। क्या ऐसा करना ठीक होगा या नहीं। परन्तु सौभाग्य से उसी समय पोन्ना की माँ वहाँ आ पहुँची।

वह सीधे बैंगनों की क्यारियों के पास जा पहुँची और बोली, 'तूने बहुत दिनों से यह कोई काम नहीं किया है और अब इस तरह काम में लगी है। तू बीमार पड़ जायेगी। क्या हमें चिन्ता करने के लिए और कुछ नहीं है? बहुत कुछ कर लिया तूने, अब चल। बस पानी की नालियों को ठीक करना रह गया है। जब तक तेरा भाई आये और पुरवाही करे उससे पहले हम इसे भी कर लेंगे, अब आ जा।' पोन्ना ने चुपचाप वैसा ही किया जैसा उसे करने के लिए कहा गया था। डलिया वह अपने साथ ले गयी पर फावड़ा और हेंगा को उसने पास के पालै के पेड़ पर लटका दिया। काली भी उनको उसी जगह पर लटकाया करता था। चीकू का पेड़ फलों से लदा हुआ था।

वल्लाई पोन्ना के पीछे–पीछे चलने लगी। अहाते में पहुँचकर पोन्ना ने अपने हाथ–पैर धोये और उस हाँडी के अन्दर झाँका जिसमें सत्तू के सख़्त गोले रखे हुए थे। उसने एक गोला उठाकर कटोरे में रख लिया और उसके ऊपर थोड़ी–सी सब्ज़ी डाल ली। 'यह क्या है? नक्किरी का साग?' उसने पूछा।

'अरे नहीं,' उसे उत्तर मिला। 'यह तो कलकुमिट्टि है। मूँगफली के खेत में तेरी सास ने ढूँढ़ निकाली और उसने बड़ी होशियारी के साथ उसे तोड़ लिया।'

पोन्ना ने कुछ नहीं कहा। चुपचाप खाना खाकर अपने हाथ धोये और झोंपड़ी के भीतर जाकर खाट पर लेट गयी। कुछ ही देर में वह उसकी धीमे–धीमे साँस लेने की आवाज़ को सुन सकती थीं।

वल्लाई उसे देखने के लिए दबे पाँव अन्दर आयी। पोन्ना गहरी नींद में सो रही थी। यह देखकर कि कितने दिनों बाद पोन्ना इस तरह सोयी थी, उसकी आँखों में आँसू भर आये। उसे लगा आख़िर अब हालात कुछ ठीक हो जायेंगे। उसने बाहर चीराई को भेड़ों पर हुक्म चलाते हुए सुना। वह दौड़कर बाहर आयी और फुसफुसायी, 'धीरे बोलो। पोन्ना सो रही है।' चीराई ने अपनी आवाज़ नीची करते हुए कहा, 'क्या सच में?'

पूवरशु के पत्तियों के बीच से झरती हुई धूप सभी जगह फैल गयी।

6

चूँकि पोन्ना पूरी रात सोयी नहीं थी, अतः चीराई और वल्लाई भी सारी रात एक–एक करके जागती रहीं। उन्हें डर था कि कहीं पोन्ना चुपके से कोई अनिष्ट न कर बैठे। अपने को जगाये रखने के लिए दोनों स्त्रियों ने कुछ काम आपस में बाँट लिए। दोनों ने पशुओं के लिए चारा डालने की बारी लगा ली। चीराई कहती, 'बहना, मैं जल्दी से एक झपकी ले लूँ। कहीं तुम्हारी भी आँख न लग जाये।' परन्तु उस उम्र में वह कितना सो सकती थीं? उनके लिए आँखों को बन्द करने और खोलने के बीच जैसे कोई अन्तराल ही नहीं था। पोन्ना झोंपड़ी के भीतर सो रही थी और वह दोनों बाहर खाटों पर लेटी हुई थीं। चीराई के गाँव वाले मकान से खाटें मँगवा ली गयी थीं। अगर कोई मेहमान रात में रुक गया, तो उसके लिए भी एक अतिरिक्त खाट थी। यदि उन्हें झोंपड़ी में से आती कोई हलकी–सी हलचल भी सुनाई देती, तो दोनों तुरन्त जाग कर उठ जातीं। और अगर पोन्ना रात को बाहर मैदान में जाने के लिए निकल कर आती, तो कुत्ता उसका पीछा करने लगता था तथा कुत्ते के पीछे वह दोनों भी हो लेती थीं।

उन दोनों के पास एक–दूसरे से साँझा करने के लिए बहुत सामग्री थी। चीराई पोन्ना के पिता को अपना बड़ा भाई कहकर पुकारती थी और पोन्ना की माँ को अपनी भाभी मानती थी। परन्तु वह उसे 'अक्का' कहकर सम्बोधित करती, यानी बड़ी बहन। उन दोनों के बीच कभी भी कोई विवाद नहीं हुआ, परन्तु उन्होंने एक–दूसरे के

साथ घनिष्ठता से बातचीत भी कदाचित ही की थी। पिछले दो महीनों में न जाने कितनी बातें साँझा करके उन्होंने उस कमी को पूरा कर डाला था। दो वर्ष पूर्व एक ऐसी ही रात को, वल्लाई उनसे मिलने के लिए यहाँ आयी थी। वास्तव में चीराई ने उसको बुलवा भेजा था। उस रात जब वह दोनों ओसारे में लेटी हुई थीं, तब उन्होंने पोन्ना को उत्सव में ले जाने के बारे में बात की थी। वह घटना ही इस सारे काण्ड का आरम्भ था।

और अब इस रात को चीराई बोली, 'अक्का, उस मनहूस रात को हम लोगों ने क्यों उस मामले में बात की? अगर हमने इसकी शुरुआत न की होती, तो वह दोनों आज ख़ुशी–ख़ुशी रह रहे होते। हमने ग़लत काम करके एक जीवन तो खो ही दिया और अब दूसरी ज़िन्दगी पर हमें दिन–रात निगाह रखनी पड़ती है।'

वल्लाई बोली, 'उसका बाप भी इसी बात को लेकर मुझ पर दोष मढ़ता रहता है। वह तंज़ मारता रहता है, 'अगर औरतें ही मिलकर परिवार की समस्याएँ निपटाने लगें, तो क्या कुछ भी ठीकठाक ढंग से हो सकेगा।' यह मर्द लोग ख़ुद तो कुछ करते नहीं हैं और हमें भी कुछ नहीं करने देते। हम लोग भलाई के लिए ही यह करना चाहते थे। क्या उसका नतीजा यह होना था? चीरा, मैं मुत्तु का दुःख नहीं देख सकती। मेरी बहू मुझसे कहती रहती है, 'ऐसा लगता है कि तुम मेरी भी गृहस्थी बरबाद करके रख दोगी।' '

'अक्का, मैंने काली को बड़े इत्मीनान के साथ समझाया था। मैंने उसको बताया भी था कि गाँव में बहुत से लोग हैं जो इसी तरह जन्मे हैं। परन्तु उसने तो कुछ सुना ही नहीं। क्या मैं जानती थी कि वह ऐसा कर बैठेगा? यह सोचने का कौन–सा ढंग है? आख़िरकार पोन्ना में ऐसा क्या है जो किसी दूसरी औरत में नहीं है? उसका तो यही मानना था कि पोन्ना पूरी तरह से बस उसकी ही होकर रहे। कितनी ही औरतें हैं जो यह बहाना बनाकर कि वह घास काटने जा रही हैं, चुपचाप मकई और बाजरे के खेतों में गैरमर्दों के पास जाती रहती हैं। और उसके बाद घड़े भर पानी से अपने को धो–धाकर चुपके

से वापस लौट आती हैं। हमने तो पोन्ना से ऐसा कुछ भी करने के लिए नहीं कहा, बोलो क्या कभी कहा? हमने तो काली से पोन्ना को केवल एक बार इस धार्मिक काम के लिए भेजने को कहा था। परन्तु वह तो इस क़दर नाराज़ हो गया। हमें वह सब उससे पूछे बिना ही करना चाहिए था। परन्तु फिर भी इस बात का क्या भरोसा कि यह बेवकूफ़ लड़की उससे क्या कह बैठेगी। यह उससे अलग थोड़े ही है,' चीराई ने अपने दिल की भड़ास निकाली।

'ऐसी बात नहीं है, चीरा,' वल्लाई बोली। 'हमें इन दोनों को हर समय एक–दूसरे के साथ लिपटने–चिपटने नहीं देना चाहिए था। न जाने कितने पति–पत्नी हैं जिनको एक–दूसरे के साथ ठीक से बात करना भी नहीं आ पाता है और उनके बच्चे हो जाते हैं। और वे लोग रात को अँधेरे में ही एक–दूसरे को मिल पाते हैं, पर यह दोनों? क्या यह उस तरह थे? नहीं न! उत्सव वाले दिन मैंने पूरी कोशिश की थी कि इन दोनों को आपस में बात करने का मौक़ा न मिले। पर तुम्हारे बेटे ने हमारे यहाँ भी पूवरशु का पेड़ रोप रखा था जैसे उसने अपने यहाँ लगाया हुआ था। वे दोनों उसके नीचे ही बैठे रहे। वह उसके साथ मीठी–मीठी बातें करता रहा और वह मुस्कराती रही। जैसे एकदम नौटंकी हो रही हो। अगर मैं उन्हें कर लेने देती, तो वह दोनों उसी छन, वहीं पर सहवास भी कर लेते। देखो तो, वह दोपहर का वक़्त था। बस उसी समय सारा किया कराया चौपट हो गया। वह नहीं चाहता था कि कोई और उसको पा सके। चाहे एक बार के लिए ही क्यों न हो, उसे अपनी घरवाली को ऐसा न कर लेने के लिए बहुत ही गुमान था। क्या कहती हो, चीराई?'

'तुमने बिल्कुल ठीक कहा। अक्का, मेरी माँ के ज़माने में तो अगर तुमने किसी मर्द के साथ शादी कर ली और उसके परिवार का हिस्सा बन गयीं, तो तुमसे यही उम्मीद की जाती थी कि तुम्हें घर के हर किसी आदमी के साथ सोना पड़ेगा। मेरे पिता अपने बाप को 'अन्ना' पुकारते थे, यानी बड़ा भाई। मुझे बहुत कौतूहल रहता था कि वह अपने पिता को बड़ा भाई क्यों कहते थे, तो एक दिन मैं

उनसे पूछ ही बैठी। वह मुस्कराये और बोले, 'अरे! हम दोनों के एक ही बाप थे।' मैं तब बहुत छोटी थी और कुछ समझ नहीं पायी। वह तो जब मैं थोड़ा बहुत समझने लायक हुई, तब मेरी दादी ने मुझे बताया। वह उमर में मेरे दादा से दस साल बड़ी थीं। जब मेरे दादा पाँच या छह साल के थे, तभी मेरी दादी के साथ उनकी शादी कर दी गयी थी। वह रही होंगी कोई पन्द्रह साल की। वे दोनों रिश्ते में फुफेरे भाई बहन थे। उनकी माँ मेरे पिता की बहन थीं। यह शादी इसलिए कर दी गयी ताकि जायदाद वगैरह ख़ानदान में बनी रहे। सभी जानते हैं कि पन्द्रह साल की बहू अपने पति को कूल्हे पर लटकाये घूमती फिरती होगी। रात को लड़का अपनी माँ की बगल में जाकर सो जाता होगा। मेरी दादी कर भी क्या सकती थी। मेरे परदादा मेरी दादी को अपनी खटिया पर ले जाते थे।'

'पर अब हालात बहुत बदल गये हैं,' वल्लाई ने कहा, 'और हम लोग पहले से ज़्यादा सभ्य भी हो गये हैं। हमारे मर्द लोग गोरे लोगों की तरह बाल छाँटने लगे हैं और सिनेमा देखने भी जाने लगे हैं। इसकी वजह से ही यह सब बक़वास शुरू हुई है। एक बार जब यह दोनों हमारे यहाँ आये थे तो साला और जीजा दोनों बैलगाड़ी में बैठकर सिनेमा देखने गये थे। साथ में अपनी जोरुओं को भी ले गये थे। और वह भी रात के आख़री शो में। आधी रात को जाकर लौटे। दूसरे दिन पोन्ना ने मुझे कहानी सुनाई। पति अपनी पत्नी के चरित्र पर शक करके उसे पीटता है और धक्का देकर रंडी के पास चला जाता है और उसकी पत्नी धीरज रख कर यह साबित करने की कोशिश करती है कि वह पतिव्रता औरत है। क्या तुमने कहीं सुनी है ऐसी कहानी!'

'वह औरत करती तो करती भी क्या,' चीराई ने कहा, 'उसने उससे कहा होता, 'तू तो रंडी के पास चला गया और तूने सोचा होगा कि मैं यहाँ बैठकर छत को घूरती रहूँगी।' और फिर झाड़ू लेकर उसकी धुनाई की होती। शायद ऐसी बेकार की फ़िल्में देखकर ही काली अपने पर गुमान करने लगा था। अच्छा, यह तो सुनो!

तुमने मेरी दादी को हँसते हुए यह कहते सुना होगा। वह कहा करती, 'मुझे अपने ससुर से बहुत डर लगता था। अगर वह मुझे बुलाते, तो मैं कैसे न जाती। वह मुझे अपने सीने से ऐसे चिपटा लेते जैसे मैं कोई छोटी–सी चिड़िया होऊँ। मुझे कोई शिकवा नहीं है। उन्होंने मेरे साथ बहुत अच्छे ढंग से व्यवहार किया।' मेरा बाप उनका पहला बेटा था। मेरे दादा तो नाम के लिए उस बच्चे के पिता थे। उनकी उमर ही क्या थी, छह या सात साल के रहे होंगे उस समय। असल में मेरे दादा के पिता ही मेरे बाप के पिता थे... वह वक़्त बहुत अलग था। अब अगर हम यह कहानी लोगों को सुनाने लगें, तो वह हँस पड़ेंगे। मैंने अपनी दादी से पूछा था, 'आख़िर तुम अपने पति के पास कब जा पायीं?' वह हँसते हुए बोलीं, 'जो लड़का पेशाब करने के लिए अपने शिश्न को ठीक से पकड़ भी नहीं सकता था, वह मेरे साथ क्या कर सकता था? जब वह तेरह–चौदह साल का हो गया, तब मैंने उसको सब कुछ सिखाया।' मेरी दादी की मौत पहले हो गयी थी और दादा काफ़ी दिनों तक ज़िन्दा रहे। उनसे भी एक दिन मैंने पूछा, 'ताता, मैंने सुना है कि दादी ने ही आपको सब कुछ करना सिखाया। क्या यह सही है?' वह हँस पड़े, 'बिल्कुल सही। तेरी दादी कोई मामूली औरत नहीं थी। खाना खाने से लेकर टट्टी–पेशाब करना, वही थी जिसने मुझे यह सब सिखाया।'

चीराई की कहानी सुनकर वल्लाई को अपनी हँसी रोकना दूभर हो गया। परन्तु यह सोचकर कि उनको हँसता हुआ देखकर पोन्ना को ठेस पहुँचेगी कि शोक के घर में वह दोनों बुढ़ियाएँ हँसी मज़ाक़ कर रही थीं, उसको अपनी हँसी रोकनी पड़ी। अतः वे दोनों धीमी आवाज़ में बातें करने लगीं।

'उन दिनों,' चीराई ने कहा, 'लोग निष्कपट होते थे। वे सोचते थे ऐसा कर लेना ग़लत नहीं था। आख़िरकार किया भी तो बस एक बार ही। पर आजकल बात दूसरी हो चली है। तुम हमारे गाँव के माचामि को तो जानती हो? सपाट चट्टान के बगल में जो मकान है? हाँ वही आदमी। उस आदमी का जन्म देवता के आशीर्वाद से ही हुआ था।

उसके बाप को किसी को भी यह बताने में कोई झिझक नहीं थी। वह कहा करता, 'अरे तुम लोगों के बच्चे तो इन्सान से पैदा हुए हैं और मेरा बेटा भगवान ने पैदा किया है।' तो भला देवता के बारे में बुरा बोलने की किसकी हिम्मत हो सकती थी। न जाने कितने मर्द हैं जो इसी तरह से दस–दस औलाद पैदा कर चुके हैं और उनकी तरफ़ कोई ध्यान भी नहीं देता। वह भी बड़े गर्व से अपने को मर्द कहते हैं!'

चीराई ने सर झटककर ज़मीन पर थूका और आगे बोली, 'बड़े दुःख की बात है कि यह दोनों उस तरह के नहीं थे। इनका आपस का मेल ऐसा था जैसे खरल और मूसल का। वह यहाँ आधी रात को जाग जाता और घर पहुँच जाता। और वह वहाँ पर जागती हुई उसका इन्तज़ार करती होती। जब कभी यह तुम्हारे यहाँ जाती थी, तो उसके लिए एक दिन के लिए भी इसकी कमी को बर्दाश्त कर पाना मुश्किल हो जाता था। वह तुरन्त ही इसके पीछे–पीछे तुम्हारे यहाँ पहुँच जाता था। यहाँ इस अहाते में इन दोनों ने भरपूर आनन्द उठाया है। मैंने उनको कभी भी नहीं रोका, क्योंकि मैं जानती थी कि वह दोनों जवान थे और अपनी मनमर्ज़ी के मुताबिक़ जो कुछ भी करना चाहें तो कर सकते थे। पर एक रात को जब मैं यहाँ आयी तो मैंने उन दोनों को बड़ी बेढंगी हालत में देखा। उस दिन के बाद से मैंने यहाँ पर आना ही छोड़ दिया। हाँ, पोन्ना को मैंने हलके से यह ज़रूर समझा दिया कि उन्हें आसपास के लोगों से सचेत रहना चाहिए। उसके स्वभाव के बारे में कुछ भी कहना मुश्किल है। उस समय तो वह मुझसे कुछ नहीं बोली, पर कुछ दिन बाद कहने लगी, 'यह बात तुम अपने बेटे से क्यों नहीं कहतीं?' मैंने बस इतना ही कहा, 'कौन माँ अपने बेटे से इस तरह की बातें कर सकती है? बस तुम दोनों ज़रा सावधान रहा करो।' '

'किसी ने भी उन्हें इस तरह रहने से नहीं रोका,' वल्लाई बोली। 'जो भी वह करना चाहें सो उन्हें करने दिया। अब देखो, ऐसा लगता है कि वह अभी–अभी मरा है, जबकि पूरे दो महीने हो गये। क्या ले गया वह अपने साथ? यह शरीर या तो जलकर राख हो जाता है

या फिर ज़मीन में दफ़न हो जाता है जहाँ इसे कीड़े–मकोड़े खा डालते हैं। बस इतनी–सी कहानी है। इसके लिए उसको अपनी जान लेने की क्या ज़रूरत थी। अगर पतियों को अपनी पत्नियों की भूल के लिए मरना पड़े, तो न जाने कितने मर्दों को मरना पड़ेगा। और अगर पत्नियों को अपने पतियों की भूल के लिए मरना पड़े, तो न जाने कितनी औरतों को मरना पड़ेगा। किसी और की बात क्यों करें? जब तेरा पति मर गया, तो चीरा, तू कैसे अपनी ज़िन्दगी बसर कर पायी थी!'

यह जानकर कि वल्लाई उसे कुछ कहने के लिए उकसा रही थी, चीराई ने कहा, 'अब उसकी चर्चा करने से क्या फ़ायदा? मेरा पति चला गया, मेरा बेटा चला गया और अब मैं रह गयी हूँ जिसकी ज़िन्दगी का कोई मायने नहीं हैं। मैं तो ईश्वर से बस यही प्रार्थना करती रहती हूँ कि अगर मुझे एक और जीवन दे, तो अगली ज़िन्दगी में मुझे कौआ या गौरैया बनाये। इन्सान की ज़िन्दगी कोई छोटी–मोटी मुसीबत तो नहीं है। क्या कोई कौआ दूसरे कौए की बुराई करता है? सिर्फ़ इन्सान ही इस तरह के क्यों होते हैं? अब छोड़ो, अक्का, तुम एक झपकी ले लो और मैं जाकर गाय–बछड़ों को देख आती हूँ।'

जब वह दोनों अपनी कहानियाँ एक–दूसरे से साँझा कर रही थीं, तब उनके अपने दुःख–दर्द भी उनमें घुलकर नामोनिशां छोड़े बिना अलोप हो गये थे।

7

जब पोन्ना सोकर उठी, तो उसे अपने को सँभालने में कुछ समय लगा। वल्लाई, जो बड़े प्यार से उसे सोते हुए देख रही थी, बोली, 'पोन्ना, तू उठ गयी? अगर तू चाहे, तो थोड़ी देर और सो ले।' पोन्ना जब छोटी थी, तब उसके पिता भी उसके लिए ठीक इसी तरह कहा करते थे। वह किसी को भी पोन्ना को जल्दी उठाने नहीं देते थे। वह कहते, 'किसी को ठीक तरह सोने के लिए तभी तक मिलता है, जब तक वह बालक रहता है। सोने दो उसे।' और पोन्ना जैसे ही उनको यह कहते हुए सुनती, वह झट से फिर सो जाती थी। अभी भी कुछ पलों के लिए असमंजस में आकर उसने अपने इर्द–गिर्द देखा और फिर लेट गयी। परन्तु वह सो न सकी। वह पूरी तरह जाग चुकी थी, परन्तु आँखें बन्द किये बस लेटी रही। थोड़ी देर बाद वह उठी, झोंपड़ी से बाहर आयी और मुख पर थोड़ा–सा पानी छिड़का।

उसने सिर उठाकर आसमान की ओर देखा। सूरज ने पश्चिम की ओर राह पकड़ ली थी। वह घबराकर अपनी माँ से बोली, 'क्या भैया आ गया?'

वल्लाई ने कहा, 'वह जल्दी ही आ जायेगा। क्या तू रात का बचा हुआ कुछ खाना खायेगी?'

पोन्ना ने हाँ में सिर हिला दिया।

जब वह मन्दिर के उत्सव में गयी थी, उस समय वह जो साड़ी पहनकर गयी थी वह चन्दन के रंग की थी और पूरी साड़ी पर फूलों की छाप बनी हुई थी। वह साड़ी काली उसके लिए ख़रीदकर लाया था।

उसने साड़ी को बड़े शौक़ से पहना था। जब वह उस साड़ी को पहनकर और सिर में बेला की लड़ी गूँथकर निकली, तब वह एक नयी नवेली दुल्हन लग रही थी। वल्लाई ने सोचा था कि जैसे ही पोन्ना लौटकर आयेगी, वह उसकी नज़र उतार देगी। यही साड़ी पोन्ना की आख़िरी साड़ी थी। अब उसे सफ़ेद धोती पहने हुए देखकर यह कहना कठिन था कि यह वही पोन्ना थी। यह सोचते हुए वल्लाई ने गहरी साँस छोड़ी और पोन्ना के लिए एक कटोरे में पानी मिला हुआ दलिया ले आयी। उसे पी कर पोन्ना तेज़ी से खेतों की ओर निकल गयी। दोनों बुढ़ियाओं ने उसको नहीं रोका। अगर वह रोकतीं भी, तो क्या पोन्ना उनकी सुनने वाली थी। इसके अतिरिक्त उन्होंने यह भी सोचा कि यदि पोन्ना थोड़ी देर के लिए खेतों में काम कर लेगी, तो उसे रात में नींद भी अच्छी आयेगी जैसे वह दोपहर के बाद सोयी थी।

खेत में पहुँचकर पोन्ना ने अपनी साड़ी ऊपर उठाकर बाँध ली और फावड़ा लेकर सिंचाई की नालियों को खोदना शुरू किया। वह नयी सफ़ेद साड़ी पहने थी। अगर उस पर मिट्टी के लाल धब्बे पड़ गये तो उन्हें साफ़ करना बहुत कठिन होगा। उसको काली के अन्तिम संस्कार में दो सफ़ेद साड़ियाँ दी गयी थीं, वह उन्हें ही अदल–बदल कर पहनती रहती थी। चीराई ने सोचा था कि खेत में काम करने के लिए वह पोन्ना को कुछ पुरानी साड़ियाँ लाकर दे देगी, मगर वह पोन्ना के सामने यह विषय लाने से हिचकिचाती थी। पोन्ना को सफ़ेद साड़ियों को सँभालने में कुछ समय लगा। उन पर सभी तरह के धब्बे लग जाते थे और साड़ी को चाहे कितनी बार धोओ, धब्बों को छुटाना मुश्किल हो जाता था। अतः साड़ियों को धोबिन को देना पड़ता था और वह उन्हें चरक पर चढ़ाकर साफ़ करती थी। परन्तु बार–बार ऐसा करने से कपड़ा बरबाद हो जाता है।

चीराई के पास खेत और घर पर काम करने के लिए अलग–अलग साड़ियाँ थीं। इसके अलावा वह दो साफ़–सुथरी साड़ियों को एक डलिया में हमेशा अलग रखा करती थी। वह उन्हें तभी पहनती थी, जब उसे कहीं बाहर जाना होता था और जैसे ही वह लौटकर आती,

उन्हें तुरन्त धोकर साये में सूखने के लिए लटका देती और फिर तह करके डलिया में रख देती। जब वह खेत में काम करने के लिए आती, तब वह अपनी साड़ी के ऊपर किसी धोती का फटा हुआ टुकड़ा या फिर गमछा लपेट लेती थी। वह उन औरतों की तरह लापरवाह नहीं हो सकती थी जो खेतों में भी काम रंग–बिरंगी साड़ियाँ पहनकर किया करती थीं। अगर वह उस तरह की होती, तो हर साल उसे चार नयी साड़ियाँ और ख़रीदनी पड़तीं और शायद वह भी कम पड़तीं। अब अगर कोई हाट को जायेगा, तो उससे सादा कपड़े की बनी साड़ियाँ मँगवाना ठीक रहेगा। खेत में काम करने के लिए वह एकदम उपयुक्त होंगी। चीराई के लिए सिंचाई की नालियों से निकलती मिट्टी से पोन्ना की साड़ी पर पड़ते हुए धब्बों को देखना दूभर हो रहा था। परन्तु कुछ कहने के लिए उसने अपने ऊपर नियन्त्रण बनाये रखा। वह वल्लाई से बोली, 'तुम ज़रा उस पर निगाह रखो, मैं भेड़ों को चरा लाती हूँ।' यह कहकर उसने भेड़ों को इकट्ठा करना शुरू कर दिया।

यदि वह स्वयं पर नियन्त्रण न रखती और पोन्ना को वह सब कह बैठती जो वह उससे कहना चाहती थी, तो लोग सोचते, 'इसे अपने बेटे को खोने की परवाह नहीं है बल्कि यह उस साड़ी के ख़राब हो जाने से ज़्यादा परेशान है।' यह सच है कि कभी–कभी हमारा मस्तिष्क लोगों के बजाय अन्य छोटी–छोटी चीज़ों को अधिक महत्त्व देने लगता है, जैसे कि वह वस्तुएँ जीवन भर हमारे साथ रहेंगी। यद्यपि पोन्ना उस समय पलटकर कुछ कहती नहीं, परन्तु वह इस बात को हृदय में बसा कर रख लेती और बाद में किसी और दिन उसका उत्तर देती। जब कभी भी ऐसा कुछ घटा था, तब चीराई को इस बात का बड़ा आश्चर्य हुआ था कि पोन्ना पुरानी बातों को किस तरह से याद रखे रहती थी।

चार–पाँच साल पहले की बात है, पोन्ना ने पोंगल के उत्सव पर एक नयी साड़ी पहनी थी। चीराई उससे पूछ बैठी, 'क्या यह नयी साड़ी तुम्हारे मायके से आयी है?' उस समय तो पोन्ना धीरे–से कुछ भुनभुना दी, परन्तु तीन या चार माह बाद जब वह दोनों किसी

अलग ही विषय पर बात कर रही थीं, पोन्ना ने पूछा, 'उस दिन जब तुमने पूछा था कि क्या वह साड़ी मेरे माँ–बाप ने मुझे दी है, तो क्या तुमने यह सोचकर पूछा था कि मुझे साड़ी देने के लिए मेरे माँ–बाप के पास पैसे नहीं हैं या फिर इसलिए कि तुम्हारा बेटा मेरे लिए एक साड़ी भी नहीं ख़रीद सकता है?'

चोट खायी हुई चीराई बड़े घमण्ड के साथ बोली, 'मैं इस बात की क्यों परवाह करूँगी कि वह साड़ी तेरे घर से आयी थी या तेरे खसम ने तुझे तोहफ़े में दी थी। मेरे लिए तो तन ढँकने के लिए एक छोटा–सा कपड़े का टुकड़ा ही काफ़ी है। मैं तो बस यों ही पूछ बैठी थी। अगर अब कभी मैं यह कहूँ कि तू क्या पहने है, तो वह टूटी हुई चप्पल उठाकर मुझे पीटना।'

पोन्ना ने भी मुँहतोड़ जवाब दिया, 'क्या मैंने कभी तुम्हें चप्पल से पीटा है? लगता है इस तरह की बातें तुम मेरे बारे में औरों से भी कहती फिरती हो। तुम ही ने एक दिन फ़र्श बुहारते समय चप्पल मेरी ओर फेंकी थी और हीला यह किया था कि जैसे ग़लती से ऐसा हो गया हो। मैं तो कभी भी ऐसा नहीं कर सकती।'

वास्तव में ऐसा ही कुछ हुआ भी था। चीराई ने एक पुरानी टूटी हुई चप्पल कपड़े में लपेटकर एक कोने में रख छोड़ी थी। एक दिन जब वह फ़र्श पर झाड़ू लगा रही थी तो वह चप्पल बीच में आ गयी। चीराई ने बिना कुछ ध्यान दिये उसे उठाकर एक तरफ़ उछाल दिया। वह चप्पल पोन्ना के जा लगी जो अपने पैरों को लटकाये हुए ड्योढ़ी में बैठी थी। पोन्ना ने उस घटना को अपने मस्तिष्क में संचित कर रखा था ताकि भविष्य में वह चीराई पर उससे एकाएक प्रहार कर सके। पोन्ना की इसी आदत के कारण ही चीराई बहुत सावधान रहती थी कि उसको पोन्ना से कब और क्या कहना चाहिए।

सिंचाई की नालियों को ठीक करने में पोन्ना ने उसी प्रबलता के साथ काम किया जैसा कि कोई पुरुष कामगार करता। चूँकि अभी हाल ही में बारिश होकर चुकी थी, घास ने नालियों को पाट दिया था। वह नालियाँ बहुत लम्बी नहीं थीं, बस ज़मीन के एक हिस्से के

बराबर फैली हुई थी। परन्तु देखने में ऐसा लगता था जैसे उसने उसमें से एक बण्डल भर घास निकाली हो। जैसे–जैसे पोन्ना घास काटती गयी, वल्लाई मिट्टी को झाड़कर उसे एक तरफ़ रखती गयी। पोन्ना जब सिंचाई की नालियों से घास निकाल रही थी, तब उस समय उसमें रंचमात्र भी धैर्य नहीं था। वह रोष से भरी हुई थी। वल्लाई को बराबर यह भय लगा रहा कि पोन्ना कहीं अपने पैर पर ही फाँवड़ा न दे मारे।

मुत्तु अपने वायदे के अनुसार आया और सीधे अहाते में चला गया। पुरवाही किये हुए न जाने कितने महीने बीत गये थे। वह अपने साथ बहुत सारी रस्सियाँ भी लेकर आया था जिनकी उसे आवश्यकता पड़ सकती थी। उसने उन रस्सियों को सोकार में डाल दिया। उसने किसी से एक भी शब्द नहीं बोला। वल्लाई ने गौर किया कि वह नशे में नहीं था। वह धीरे–से पोन्ना से बोली, 'तेरा भाई आ गया है। देख, वह पुरवाही की तैयार–कर रहा है।' पोन्ना ने सिर उठाकर उस धुर्राही की ओर देखा जो पानी को खींचेगी। सिंचाई की नाली बैंगनों की क्यारियों के पास ही थी। काली ने नाली को वहाँ पर इस तरह बनाया था कि जैसे ही उसमें पानी भरे, तो वह सीधे बैंगनों की क्यारी में पहुँचे। नाली में से घास को निकालकर पोन्ना ने मिट्टी को दोनों ओर अच्छी तरह थोपकर नाली को काफ़ी गहरा बना दिया था। उसका अनुमान था कि जब तक मुत्तु पानी खींचेगा, तब तक वह भी अपना काम पूरा कर लेगी।

उस दिन दोपहर को वल्लाई से यह सुनकर कि पोन्ना ने स्वयं उसको आने के लिए कहा था, मुत्तु बहुत ही प्रसन्न था। उसने बार–बार पूछा था, 'सचमुच, क्या पोन्ना ने ख़ुद मुझे आने के लिए कहा है?'

'हाँ, मेरे बेटे हाँ,' वल्लाई ने उत्तर दिया था। 'काश तू उसे उस दिन देख पाता। वह एकदम चुड़ैल लग रही थी। मैं नहीं जानती कि इस सबका आगे चलकर क्या बनेगा,' और उसने मुत्तु को एक दिन पहले बैंगनों की क्यारी में जो कुछ हुआ था वह कह सुनाया।

'जाओ, जाकर मेरे भाई को इसी वक़्त लेकर आओ,' वह बोली थी। उसने घर जाने और तुझको ले आने के लिए मुझे धक्का दिया था।

मुत्तु को अचरज हुआ कि पोन्ना ने उसको अपना बड़ा भाई बोला। उसने तो सोच रखा था कि वह अब कभी भी उसके साथ बात नहीं करेगी। गड़ारी को लगाने के बाद उसने पुर को रस्सी से बाँध दिया। पुर पालै के पेड़ पर लटका हुआ था। एक गिलहरी ने उसके अन्दर घोंसला बना लिया था। उसने घोंसले को बड़ी सावधानी के साथ निकालकर देखा। गिलहरी ने अभी बच्चे नहीं दिये थे। उसने घोंसले को आहिस्ता से पेड़ पर एक ऐसे नुक्कड़ पर रख दिया जहाँ दो शाखाएँ मिलती थीं। उसके बाद वह बैलों को ले आया और पुरवाही के लिए उन्हें नवा दिया।

सोकार की मिट्टी बहुत ठोस हो गयी थी। जब तक नियमित रूप से सिंचाई होती रही, तब तक खेत की मिट्टी मुलायम और भुरभुरी बनी रही। परन्तु अब दो माह से उन्होंने पुरवाही नहीं की थी, अतः मिट्टी का ठोस हो जाना स्वाभाविक था। परन्तु ऐसा लगता था कि अभी भी उसको खरोंचकर बीज बोये जा सकते थे। मुत्तु पहले पानी खींचे बिना पंहिडी पर बैलों को हाँककर कई बार ऊपर–नीचे ले गया। उनके चलने से जब पंहिडी की सतह थोड़ी मुलायम हो गयी, तब उसने पहले आधा पुर ही पानी खींचा। जब पानी नाली में आ गिरा, तो उसने बैलों को थोड़ी देर के लिए थाम लिया। वह दौड़कर नाली पर गया यह देखने के लिए कि पानी नाली ही में होकर बहे। उसने दोनों तरफ़ के कगारों की मिट्टी को थोपकर मज़बूत बना दिया। फिर उसने सोकार में से एक तसले में पानी भरकर नाली में उड़ेल दिया। उसके दो बार ऐसा करने पर नाली पानी को बहाकर ले जाने के लिए एकदम तैयार थी। इसके बाद उसने पानी को रोकने के लिए जो बाँध बनाये थे, उनको हटा दिया और पानी को बेरोकटोक बहने दिया। उसने कुएँ में झाँककर देखा। पानी की सतह काफ़ी ऊँची थी। बारिश होने से धरती का पानी कुएँ में अच्छा–खासा इकट्ठा हो गया था और चूँकि पानी सींचा नहीं गया था, वह वहाँ पर ही बना रहा था।

कुएँ में कम–से–कम बीस पुर पानी तो रहा होगा। बैंगनों की क्यारी को तो बस पाँच–छह पुर पानी चाहिए था। बैलों ने मुत्तु का साथ दिया और पुरवाही करने में उसकी पूरी मदद की।

बैलों से थोड़ा आगे चलते हुए और पुर को कुएँ में नीचे उतारते हुए मुत्तु ने नहन को दो बार पैर से दबाया। वह अन्दाज़ लगा सकता था कि नहन आगे बढ़ रही थी और पुर तिरछा होकर पानी से भर रहा था। तब उसने ऊपर खींचने वाली नहन पर दबाव डाला और बैलों को आगे की ओर बढ़ाया। जब बैल पंहिडी में आधा रास्ता चल चुके, तो वह उछलकर नहन पर जा बैठा। बैलों को आगे और पीछे के भार का सन्तुलन महसूस हुआ। पानी से भरा पुर ऊपर आकर सोकार के मोहाने पर आ टिका और जैसे ही उसने झुकी हुई नहन को झटका दिया, पानी नीचे की ओर बहने लगा। चीराई एक मटका उठाये दौड़ती हुई आयी। इससे पहले कि पानी नाली में पहुँचकर बहने लगे उसने जल्दी से मटके को डुबोकर उसमें पानी भर लिया। जब नाली में पानी बहना शुरू हो गया तो उसने एक छोटी मटकी से पानी निकालकर पास की नाँद को भी ऊपर तक भर दिया। अगर नाँद को नियमित रूप से इस तरह भरा जाता रहे, तो बाद में इस्तेमाल करने के लिए काफ़ी पानी उपलब्ध हो जाता था। इस कुएँ से पानी खींचना इतना सरल नहीं था। अगर उनमें से कोई भी पानी खींचने का प्रयास करता, तो शायद दो पुर पानी ही खींच पाता और उसके बाद उसके हाथ भी बहुत दर्द करने लगते।

काली जब कभी किसी भी नाली में सिंचाई करने के लिए पानी खींचता था, तब वह उस मौक़े का फ़ायदा उठाकर झोंपड़ी और अहाते की सभी नाँदें भी भर देता था। उसकी मृत्यु के बाद रह गयीं बस दो औरतें और काली के ससुराल वाले जो हाथ से ही पानी खींच लेते थे। और सभी कामों में यह काम सबसे अधिक कठिन था। अगर वह दो टंकी भी पानी भर लेते, तो वह दो दिन के लिए ही पर्याप्त होता था। अब वल्लाई भी दो बर्तन उठाये दौड़ती हुई आयी। पोन्ना पानी की नाली में बहकर आने की प्रतीक्षा कर रही थी और जब पानी आया,

तब वह ऐसे लग रहा था जैसे छोटे–छोटे सर्प एक–दूसरे में गुँथकर रेंग रहे हों। पोन्ना ने बैंगनों की क्यारी के पास जाकर चुल्लू में पानी भर लिया। मिट्टी में मिल जाने के कारण उसका रंग लाल हो गया था। उसने चुल्लू भर पानी पिया और कुछ अपने मुख पर छिड़का। जैसे काली उस पानी में ही समाया हुआ हो, मुस्करा रहा हो और कह रहा हो, 'तुझे क्या हुआ है, ओ छोकरी?' और उसने छेड़ते हुए उत्तर दिया, 'ओह, तुमने मुझसे कुछ कहने की कृपा तो की। तुम्हारी बड़ी मेहरबानी है!'

चुप्पी साधे हुए और मुस्कराते हुए काली बहकर क्यारी में बिखर गया और मिट्टी जो कुरेदने के कारण ऊबड़–खाबड़ हो गयी थी, उसको समतल बनाते हुए उसने धीरे–धीरे बैंगन की क्यारी को भर दिया। वह जड़ों के ऊपर जाकर उनके भीतर पैंठ गया। पोन्ना इन्हीं कल्पनाओं में डूबी हुई थी और वह मुत्तु को सुन न सकी जो चिल्लाते हुए पूछ रहा था कि क्या पूरी क्यारी पानी से भर गयी थी या नहीं।

जो दृश्य पोन्ना की आँखों में बसकर रह गया था, वह था काली का नाली को ऊपर तक इस प्रकार भरना कि उसकी कगारें उसमें डूब न जायें।

8

'क्या इन बैलों को मैं अपने साथ ले जाऊँ?' मुत्तु ने चीराई से पूछा। 'तुम यहाँ पर किस–किसकी देखभाल करोगी? जब भी तुम्हें इनकी ज़रूरत पड़ेगी, मैं ले आया करूँगा।'

चीराई ने उत्तर में कुछ न कहकर चुपचाप पोन्ना की ओर इशारा कर दिया। परन्तु मुत्तु पोन्ना से बात करने में हिचक रहा था। यद्यपि पोन्ना ने सारी बात सुन ली थी, वह भी कुछ नहीं बोली।

मुत्तु थोड़ी देर तक असमंजस में खड़ा रहा, फिर बोला, 'ठीक है, इन्हें यहाँ पर ही रहने दो। इसे बाद में देख लेंगे,' और जाने के लिए तैयार हो गया। चीराई ने उसको रोकने की कोशिश की, 'रात को यहाँ ही सो जा। सुबह चले जाना।' परन्तु वह उस बाड़े में ठहरने के बारे में सोच भी नहीं सकता था, जहाँ पर काली नहीं था। यह तो उस तरह ही होता जैसे काँटों से भरे पलँग पर लेटना। उससे बुरी थी पोन्ना की चुप्पी जो कभी झड़ाझड़ ऐसे बोला करती थी जैसे छप्पर पर पटापट पड़ती बारिश की बूँदें। जब वह स्वयं काली की मौत को स्वीकार नहीं कर सका था, तो वह कैसे कर सकती थी? 'नहीं, अतै,' चीराई को अपनी बुआ की तरह सम्बोधित करते हुए वह बोला, 'मुझे घर पर कुछ काम है। मैं दो–तीन दिन बाद फिर आ जाऊँगा। आकर बैंगन की क्यारी की सिंचाई फिर से कर दूँगा।' वह मुड़ा और तेज़ी से अपने गाँव की ओर चल पड़ा।

ओसारे में दो बैल, एक दुधारी गाय, एक गाभिन गाय और चार अलग–अलग डील की बछियायें–कुल मिलाकर आठ पशु खड़े थे।

इन सबकी एक ही नस्ल थी और यह सब उस बछिया की ही सन्तान थे जो पोन्ना विवाह पर अपने घर से लेकर आयी थी। जब वह बछिया यहाँ आयी थी तब वह गाभिन थी और आने के बाद दस दिन के अन्दर ही उसने एक बछड़े को जन्म दे दिया था। पोन्ना उस बछड़े को जी भर कर दूध पी लेने देती थी और उसकी परवाह भी बहुत अच्छी तरह करती थी। उन लोगों को दही बनाने के लिए ही दूध चाहिए था। काली बिना दही के खाना नहीं खाता था और अगर दही ज़रा–सा भी खट्टा होता, तो वह उसे छूता भी नहीं था। यदि दही पनीला हो या फिर बहुत गाढ़ा, वह भी उसको बिल्कुल पसन्द नहीं था। उसको तो बस बढ़िया दही चाहिए था और कुछ नहीं। पोन्ना उसके लिए दही अलग–अलग कटोरों में जमाती थी। सुबह वह रात के बचे हुए खाने को दही में घोलकर पी जाता था।

एक बार पोन्ना ने गाढ़ा जमा हुआ दही अच्छे दही के साथ मिला दिया। मुँह में एक निवाला लेते ही काली बोला, 'मेरी प्यारी पोन्ना, यह क्या है? इसमें दही तो है ही नहीं। तूने फटे हुए दही को इसमें उड़ेल दिया। यही किया है न?'

'तो तुमको मालूम पड़ ही गया?' उसने जवाब दिया। 'तुम्हें तो किसी पुरोहित के घर में जन्म लेना चाहिए था। तब तुम्हें हर खाने के साथ मलाई वाला दही भी खाने को मिलता, न कि यह फटा हुआ दही। कल शायद तुमने गाय को हरी घास पर चरने दिया था, इसीलिए दूध थोड़ा पतला रहा होगा और इसीलिए उस पर मलाई भी मोटी नहीं पड़ी।'

काली ने बाक़ी का घोल पीते हुए कहा, 'पुरोहित लोग भी हमारे यहाँ से ही दूध मँगवाते हैं। तो क्या हमारा भी ऐसा भाग नहीं है कि हम भी मलाईदार दही पियें?' और फिर मुँह साफ़ करके बाहर जाते हुए वह बोला, 'कल ऐसा मत करना वरना मैं इतने ज़ोर से तुझसे पूछूँगा कि सारा गाँव सुन सके, 'तू किसके लिए यह बचत कर रही है? हमारे बच्चे तो हैं नहीं।' तब तू यह सुनकर ख़फ़ा मत हो जाना।'

इस बात को सुनकर पोन्ना नाराज़ हो गयी। 'कह!' वह चिल्लायी। 'कह के तो देख ! हाँ, हाँ, कह दे कि मैं एक बाँझ औरत हूँ। चल छोड़, तूने तो अभी कह ही दिया। क्या फ़र्क़ पड़ता है कल कहे या न कहे!'

वह मुस्कराता हुआ वहाँ से भाग लिया जैसे उसने पोन्ना की बात को सुना ही न हो। उसको भागते हुए देखकर वह भी मुस्कराने लगी।

वह खाते समय दही में नमक नहीं मिलाता था। उसकी इस ख़ास आदत का हवाला देते हुए एक दिन पोन्ना ने कहा, 'अगर तुम खाने में थोड़ा नमक मिला लिया करो, तो तुम्हें कुछ शर्म करना और गरूर करना भी आ जायेगा। तुमसे तो कोई कुछ भी कह सकता है और तुम बस मुस्करा देते हो। कहने वाला तुम्हारी पत्नी हो या तुम्हारी माँ या फिर गाँव का कुत्ता ही क्यों न हो। तुम एकदम बेशरम आदमी हो।'

काली ने तब पोन्ना को समझाया, 'बिना नमक मिलाये दही को खाकर तो देख। तभी तुझे पता चलेगा कि दही का स्वाद क्या होता है। अगर तुम दही में नमक मिला लो, तो तुम्हें नमक का ही स्वाद आयेगा। यह वह स्वाद होगा जो एक चीज़ को किसी और चीज़ को मिलाने से बनता है। हमें गाँव वालों की बातें भी उसी तरह अनदेखी कर देनी चाहिए जिस तरह दही और नमक। तभी हमें अपना ख़ुद का स्वाद मालूम पड़ेगा।'

पोन्ना ने पलटकर जवाब दिया, 'तो फिर तुम दही और चावल को मिलाकर क्यों खाते हो?'

उसने हँसते हुए उत्तर दिया, 'अरे प्यारी, हमें उन चीज़ों को ही मिलाना चाहिए जो मिलाने के लिए बनी हैं। देख, जैसे तू और मैं मिलकर एक हो गये हैं। अगर हम उन चीज़ों को मिला दें जिन्हें मिलाना नहीं चाहिए, तो वह ऐसा ही होगा जैसे बकरी और गाय का मिलन कराना। वह दोनों ही मर जायेंगे!'

'हम लोग चाहे जो भी बात कर रहे हों, तुम घुमा–फिराकर इसी बात को ले आते हो!' पोन्ना ने बनावटी अरुचि दिखाते हुए कहा।

दही के लिए काली की रुचि का ख़याल रखते हुए वह बराबर इस बात का ध्यान रखती थी कि घर में दूध देने के लिए एक गाय सदैव तैयार रहे। बछड़े और घर की ज़रूरतों को पूरा करने के बाद यदि दूध बच जाता, तो वह उसे बेच देती थी। परन्तु हर घर में गायें थीं। अतः उसके पास इतना दूध बच जाता था कि वह उसे जमा लेती और दूसरे दिन मथकर मक्खन निकाल लेती थी। वह हर दस–पन्द्रह दिन बाद काट्टूर जाती रहती थी और वहाँ पुरोहितों की गली वाली हाट में मक्खन बेच आया करती थी। मंगल की हाट में मक्खन को लोग तौलकर लेते थे।

काली के पास जो दो बैल थे वह एक ही समय में पैदा हुए साँड़ थे। काली ने उनके माथे पर लटकते बालों को अच्छी तरह देखकर यह तय किया कि वह बहुत अच्छी नस्ल के थे। उसने उन्हें अच्छी तरह से पालपोस कर बड़ा किया और फिर उन्हें बधिया कराकर वह उनका बैलों की तरह इस्तेमाल करने लगा।

'इतने सालों के बाद अब जाकर मुझे बैलों की सही जोड़ी मिली है। यह दोनों मिलकर ख़ूब बढ़िया काम करते हैं। चाहे वह खेत में हल चला रहे हों या फिर पुरवाही कर रहे हों, दोनों एक–दूसरे को भलीभाँति समझते हैं और क़दम मिलाकर चलते हैं। और जब मैं उन्हें बैलगाड़ी में जोतता हूँ, तो ऐसे चलते हैं जैसे पालकी लेकर चल रहे हों। मुझे झील से बालू लाने के लिए उनका इस्तेमाल करना चाहिए ताकि बालू को खेतों में फैला सकूँ। यह भी ठीक होगा यदि मैं उनको लेकर गाड़ी भर कर काट्टूर से खाद ले आऊँ।' इस तरह वह अक्सर योजनाओं की सूची बनाता रहता था। उसने बैलों की बहुत अच्छी तरह परवरिश की थी। वह पोन्ना से कहता, 'प्यारी पोन्ना, तू अपने साथ हमारा नसीब लेकर आयी है। देख तो, पूरी गौशाला एकदम भरी हुई है और दूध का मटका भी।'

और वह पलटकर कहती, 'सिर्फ़ मेरी कोख ही है जो अब तक खाली पड़ी है।'

'तुझे बस इतना ही कहना है,' वह उत्तर देता। 'आगे से जब कभी मैं ऐसी चीज़ों के बारे में बात कर रहा होऊँ जिनसे हमें खुशी मिली है,

तब तू इस तरह की बात मत किया कर। ऐसी बातें सब कुछ बिगाड़कर रख देती हैं।'

वह भाग्यशाली बछिया, श्रीदेवी, जिसे पोन्ना अपने साथ लेकर आयी थी, पिछले साल ही मरी थी। वह हर साल एक बछड़ा देती रही और इस तरह उसने पूरी गौशाला भर दी थी। वह बहुत बूढ़ी हो गयी थी और ज्वार का चारा नहीं खा पाती थी। उसकी छोटी–छोटी डंडियाँ उसके मुख को लहूलुहान कर देती थीं। काली ने मकई के डण्ठलों को बारीक़ काटकर श्रीदेवी को सावधानी के साथ चारा खिलाना शुरू किया। इस बूढ़ी गाय के लिए वह नरम घास लेकर आता। वह उसकी ऐसे परवाह करता जैसे किसी छोटे बच्चे की देखभाल कर रहा हो। जब कभी वह गर्मी में आकर साँड़ के लिए रँभाती, तो वह उसे दुत्कारता, 'तुझे अब भी उसकी ज़रूरत है? तू अपने शरीर के लिए तो खा नहीं पाती है और सोचती है कि एक और जीव का लालन–पालन कर सकती है?' काली ने श्रीदेवी को उसके बुढ़ापे में किसी साँड़ के अगाड़ी नहीं आने दिया, परन्तु यह बात उसको बराबर उकसाती रहती थी, 'गायें और भेड़ इतने बुढ़ापे में भी बच्चे कैसे पैदा कर लेती हैं। क्या वह उस तरह से ही नहीं रुक जाना चाहिए जैसे इन्सानों के लिए?' वह गाय और भेड़ों के बीच एक लम्बा समय गुज़ार चुका था, परन्तु केवल श्रीदेवी ही थी जो उसके मस्तिष्क में इस प्रश्न को बराबर उभारती रहती थी।

पोन्ना ने उत्तर में कहा था, 'जब तक औरतें बच्चे जनती रहती हैं, तब तक ही तुम उन्हें घर में रखे रहते हो। अगर गाय और भेड़ बच्चे पैदा करती रहें, तभी तक तुम उन्हें ओसारे में रखोगे, नहीं तो उन्हें कसाई को बेच दोगे। इसीलिए भगवान ने यह सब इस तरह रचा है। एक उम्र पर आकर जब औरतें बच्चे पैदा करना बन्द कर देती हैं, तो तुम मर्द लोग क्या हमें सताते नहीं हो?'

वह बोला, 'चलो ठीक है, तू घर छोड़ के चली जा। जब गाय बछड़े देना बन्द कर देती है, तब हम उसे बेचकर नयी गायें ले आते हैं, ठीक है? ऐसा ही हम औरतों के साथ भी क्यों नहीं कर सकते।'

'बेच दो इस श्रीदेवी को,' पोन्ना ने ताना मारा। 'मैं भी उसके साथ चली जाऊँगी।'

काली इसके उत्तर में कुछ नहीं कह सका। एक दिन बारिश की सुबह उन लोगों ने बूढ़ी गाय को मरा हुआ पाया। काली अफ़सोस प्रकट करते हुए बोला, 'यह रात को चुपचाप इसलिए मरी ताकि हम को उसकी तकलीफ़ देखनी न पड़े और उसकी मौत का कष्ट झेलना न पड़े। इन्सान भी दूसरों का इतना ख़याल नहीं रखता।' जब लोग उस गाय का गोश्त ख़रीदने के ख़याल से आये, तो उसने मना कर दिया। किसी ने कहा कि वह उसकी चमड़ी उतारकर लाश को दफ़ना देंगे, तो वह इसके लिए भी तैयार नहीं हुआ। उसने कहा, 'इस गाय ने हमारी बहुत सेवा की है, तो इसे उन्हीं खेतों में खाद बन जाने दो,' और उसने एक गहरा गड्ढा खोद कर उसे वहीं दफ़ना दिया।

जब श्रीदेवी की मौत हुई तो सभी रिश्तेदार सहानुभूति प्रकट करने के लिए आये थे। गाँव के लोग भी आये थे। लगभग एक सप्ताह के लिए खेतों में कुछ काम न हो सका। तीनों का सारा समय आने वाले आगन्तुकों को श्रीदेवी के क़िस्से सुनाने में व्यतीत हो जाता था। जब उन लोगों ने सभी को यह बताया कि दूध देने वाली गायों में वह किस बढ़िया क़िस्म की गाय थी और उसने उन्हें कितने सारे बच्चे दिये थे, तो लोगों ने कहा, 'अगली बार जब बच्चा हो तो उसे हमारे लिए रख लीजियेगा।' बहुतों ने सोचा कि उन्हें बछड़ा शायद मुफ़्त में ही मिल जायेगा और कुछ ने सोचा कि उन्हें बछड़ा शायद कौड़ियों के दाम मिल जाये। पोन्ना ने आने वालों से ज़्यादा बात नहीं की। वह तो काली और चीराई ही थे जो उस गाय के गुण गाते रहते थे। 'जब श्रीदेवी हमारे घर आयी, तो उसने हमें एक साल के लिए भी निराश नहीं किया। हर साल बछड़ा यां बछिया देने के बाद वह दो महीनों के अन्दर ही साँड़ के पास जाने को तैयार हो जाती थी और गाभिन हो जाने के बाद भी वह दूध देना बन्द नहीं करती थी। उसका एक भी बछड़ा मरघिल्ला नहीं निकला। हम दूध निकालना तभी बन्द करते थे जब हमें ऐसा लगने लगता था कि वह दूध एक

गाभिन गाय का दूध था। उस गाय ने हमें कितना कुछ दिया,' चीराई ने हर किसी से यही कहा।

अगर पोन्ना ने भी लोगों से यही बात कही होती, तो वह अवश्य ही यह टिप्पणी करते, 'ईश्वर ने तुझे ऐसी गाय दी जो बछड़ा देने में कभी नाकाम नहीं हुई, तो क्या ईश्वर तुझे भी एक बच्चा नहीं दे सकता था?' और यह सुनकर पोन्ना कुढ़ गयी होती। अतः इस तरह के वार्तालाप से बचने के लिए पोन्ना उनके स्वागत में एक–दो शब्द कहकर और काम का बहाना बनाकर वहाँ से हट जाती थी।

और आज उसका भाई बैलों को ले जाने की बात कर रहा था। बैलों के चले जाने पर गौशाला सुनसान हो गयी होती जैसे सारा घर काली के चले जाने के बाद लगने लगा था। घर में केवल औरतें ही रह गयी थीं, इसी तरह अगर बैल चले गये होते तो गौशाला में भी केवल मादायें ही रह जातीं। अतः उसने तय किया कि चाहे जो कुछ भी हो जाये वह बैलों को कहीं नहीं जाने देगी। यह सही था कि उनको रखने से ख़र्च काफ़ी होता। वह कम–से–कम दो ढोल तो पानी पीते और चार गट्ठर चारा। परन्तु बैलों को अपने पास रखना ऐसा ही था जैसे काली यहाँ पर हो। यद्यपि वह जानती थी कि काली जा चुका था, फिर भी वह उसको जाने नहीं देना चाहती थी।

पोन्ना यह ठान चुकी थी कि अब वह बाड़े की हर छोटी–बड़ी चीज़ में काली को बाँधकर रखेगी।

9

पोन्ना की माँ और सास एक–एक करके खेत में चरती हुई गायों को बाड़े में ले आयीं और उन्हें खूँटों से बाँध दिया। पोन्ना जहाँ बैठी हुई थी वहाँ से वह यह सब देख सकती थी। उसने भेड़ों को खदेड़कर लाने का शोर भी सुना। चिड़ियाएँ पेड़ों पर कलरव कर रही थीं। उनमें से एक–दो ने बाड़े में आकर पूवरशु के पेड़ पर बसेरा कर लिया। वे सब के सब कौए थे। काली भी शायद काग बनकर आ जाये। उसकी आत्मा यहीं पर मँडरा रही होगी। वह हर चीज़ को इतनी आसानी से जाने नहीं दे सकता। यह बाड़ा उसका सबसे प्रिय स्थल था। वह बिना देखे बता सकता था कि मेंड़ पर फैली बेल पर कितनी कोवै पक चुकी थीं, कितनी नयी निकल आयी थीं और कितनी अभी पकी नहीं थीं। कैसे कोई, जो हर वस्तु को इतना प्यार करता रहा हो, उन्हें अचानक छोड़कर इतनी आसानी से चला जा सकता है?

विश्व में ऐसी कोई भी तराजू नहीं थी जो पोन्ना के प्रति काली के प्रेम को तौल सकती हो। वह उसके प्रति अपना प्रेम एक हलके से स्पर्श या फिर एक चुम्बन में ही व्यक्त कर सकता था। केवल एक ही शब्द में वह उसके प्रति अपने स्नेह को समूचे रूप से अभिव्यक्त कर सकता था। वह सारा प्रेम और स्नेह अपने भीतर समाये हुए कहाँ चला गया? वह शायद एक पक्षी का रूप धारण करके पूवरशु की किसी शाख पर बैठा है और सब कुछ निहार रहा है। वह मेंड़ पर रेंगते हुए गिरगिट की टकटकी बाँधे निगाह से झाँक रहा है।

वह बछड़े के हिलते हुए बागी सिर में दिखायी दे रहा है। उसकी आवाज़ भेड़ों की गुरगुराहट में सुनाई दे रही है। वह ज़मीन पर लेटा हुआ है। इसकी बाँहें बैंगन की क्यारियों में एक छोर से दूसरे छोर तक फैली हुई हैं। वह कहीं नहीं गया, वह पूर्णरूप से यहीं है।

पोन्ना झोंपड़ी के सामने पड़े पत्थर पर बैठी थी। वह उस पत्थर के भीतर भी तो हो सकता है। उन्हें वह पत्थर खेत की जुताई करते हुए मिला था। वह दोनों मूँगफली बो रहे थे। वह हल चला रहा था और वह लीक बना रही थी। ज़मीन को चीरता हुआ हल जब आगे बढ़ रहा था, तो उसका फल किसी बड़ी–सी चीज़ में अटक गया। चूँकि रस्सी ने बैलों को पीछे की ओर झटका, वह रुक गये। काली ने बैलों को पीछे की ओर लाकर हल की फल को ऊपर निकालने का प्रयास किया। परन्तु वह अपनी जगह से रंचमात्र भी नहीं हिला। वह किसी चीज़ में बुरी तरह अटका हुआ था। उसने उसे खींचने की भरपूर कोशिश की परन्तु वह फल को ज़मीन के ऊपर न ला सका। उसे बैलों को हल से खोलना पड़ा। चूँकि ज़मीन गीली थी, वह फावड़ा ले आया और आसपास की ज़मीन को खोदने लगा। हल का फल एक पत्थर के बीच फँसा था। उसने सोचा कि पत्थर को निकालकर वह फल को रिहा कर देगा, परन्तु वह पत्थर बहुत ही बड़ा था। उसने सब्बल की मदद से हल को पत्थर के नीचे से निकाल लिया। वह पत्थर इतना बड़ा था कि उसे देखकर वह दोनों ही आश्चर्यचकित थे और अटकल लगा रहे थे कि वह वहाँ आ कैसे पहुँचा। उन्होंने उस पत्थर के इर्द–गिर्द जुताई करके बीज बो दिये। परन्तु अगले दिन काली उस पत्थर को पलटने के लिए खेत पर फिर से जा पहुँचा। उसने उसके चारों ओर ख़ुदाई करके उस पत्थर को ऊपर निकालकर एक तरफ़ लुढ़का दिया। वह इतना लम्बा–चौड़ा था जैसे किसी का सीना हो। वह देखने में ऐसा लगता था जैसे पसलियों का पंजर हो। जब उसने पत्थर को एक तरफ़ लुढ़काया, तो उन्होंने देखा कि वह पत्थर एक बहुत गहरे गड्ढे का मुँह बन्द किये हुआ था। पूरा–का–पूरा आदमी उसके अन्दर खड़ा हो सकता था

और तीन लोग वहाँ पर बैठ सकते थे। काली उस गड्ढे में उतर गया। नीचे वहाँ और कुछ नहीं बस बालू ही बालू थी।

वह बोला, 'मैं सोचता था कि मेरे दादा–परदादा यहाँ पर कोई ख़ज़ाना गढ़ा छोड़ गये हैं, परन्तु यहाँ पर तो कुछ भी नहीं है।' वह हँसने लगा।

'ठीक से खोदो और ज़रा सावधानी से देखो,' पोन्ना ने सलाह दी। उसने भी यही सोचा कि शायद वहाँ पर कुछ छिपा हो।

काली ने हँसते हुए कहा, 'चलो कल इसे तेरे भाई को दिखाते हैं। अगर कुछ निकला, तो उसके साथ हम इसे आधा–आधा बाँट लेंगे।'

वह उस पत्थर को वहाँ से अकेले खिसका नहीं सका। पोन्ना ने मदद करने की कोशिश की, परन्तु उस पत्थर को सरकाना कोई आसान काम नहीं था। अतः दोपहर के बाद वह मुत्तु को बुला लाया। वे दोनों दो सब्बलों का इस्तेमाल करके बलपूर्वक उस पत्थर को खिसकाते हुए बाड़े तक ले आये और उसके नीचे कंकड़ आदि डालकर उसे झोंपड़ी के ठीक सामने मज़बूती से लगा दिया। तीन लोग बिना रोकटोक के उस पर ऐसे बैठ सकते थे जैसे वह किसी बरामदे में बैठे हों या एक आदमी बड़े आराम से उस पर लेट भी सकता था। मुत्तु ने उस गड्ढे में कूदकर बख़ूबी छानबीन की, परन्तु उसको वहाँ कुछ भी नहीं मिला।

'मापिल्लै, ऐसे गड्ढों में कोई ख़ज़ाना मिलने वाला नहीं है। पुराने ज़माने में लोग ऐसी जगहों पर अनाज जमा किया करते थे। इस तरह से अनाज सुरक्षित रहता था। आओ, इसे मिट्टी से भरकर बन्द कर दें। वरना कोई मूरख दौड़कर अधिकारियों को इसके बारे में बता आयेगा।' मुत्तु ने कहा।

'परन्तु हमें तो यहाँ पर कुछ भी नहीं मिला,' काली ने तर्क किया। 'अगर कोई जाकर मालगुजारी वाले ऑफ़िसर को बता भी दे, तो इससे फ़र्क़ क्या पड़ता है? क्या वह हमारा गला काट देगा? अगर वह आना चाहे, तो आ जाये और आकर ख़ुद देख ले।'

परन्तु मुत्तु ने यह कहकर उसको डरा दिया, 'अगर तुम इसके बारे में झूठ कह भी दो, पर तुम्हें मालूम नहीं है कि सारी दुनिया में क्या हो रहा है? पिछली साल की ही बात है कि कैक्केरनूर में उन्हें एक ऐसा ही गड्ढा मिला था। जिस किसान का वह खेत था उसके एक रिश्तेदार ने, जिससे उसकी खटपट हो गयी थी, जाकर अधिकारी से बोल दिया कि उस किसान को वहाँ से सोने की अशर्फ़ियों से भरा मटका मिला था। फिर क्या था मालगुजारी ऑफ़िसर अपना अमला लेकर आ धमका और उसके साथ एक गोरा भी आया जो कैमरा लिए हुए था। ज़मीन के मालिक ने समझाने की बहुत कोशिश की, पर ऑफ़िसर कुछ भी सुनने को तैयार नहीं था। गोरे ने इधर–उधर खड़े होकर उस गड्ढे के फ़ोटो खींचे। इस हादसे से पूरा गाँव दहशत में आ गया। वह तो जब वह किसान उस गोरे के पाँवों में जा पड़ा, तब गोरे ने मालगुजारी ऑफ़िसर से पूछा कि आख़िर मामला क्या था। और जब ऑफ़िसर ने सारी बात बताई, तो गोरा ज़ोर से हँसा और उसने बताया कि उस जगह से सोना न पाने की वजह यह थी कि पुराने जमाने में ऐसे गड्ढे अनाज भरने के लिए बनाये जाते थे और उसने ऑफ़िसर से उस किसान को छोड़ देने के लिए बोला। परन्तु उस किसान को उस अफ़सर और उसके अमले को दस रुपये देने पड़े। दस रुपये कोई छोटी रकम तो नहीं होती, होती है क्या? एक पूरी फ़सल की आमदनी होती है वह। हमें उस तरह की मुसीबत में नहीं पड़ना चाहिए। चलो, उस गड्ढे में थोड़ी–सी मूँगफली डालकर उसे पाट दें।'

काली और मुत्तु ने वही किया। काली ने पत्थर को धो डाला। वह काले रंग का भुरभुरा पत्थर था। बाद में उसने छैनी लेकर उसकी खुरदरी सतह को समतल बना दिया।

काली निश्चित रूप से इन सब चीज़ों में मौजूद था। वह जा नहीं सकता था। जब पोन्ना की माँ ने उसे पुकारा, तब वह काली के बारे में ही सोचते हुए बैठी हुई थी। कोने में रखे ताँबे के बर्तन में पानी खौल रहा था। उसकी माँ ने उसे नहाने के लिए कहा,

'तूने सुबह से कितना काम किया है। बाद में तेरा सारा बदन दुखेगा। जा, जाकर गरम पानी से नहा ले,' वह बोली। काली ने बाड़े के एक कोने में पोन्ना के लिए एक छोटा–सा ग़ुसलख़ाना बना दिया था। उसने चारों ओर फूस की टट्टियाँ लगा दी थीं ताकि पोन्ना को कुछ एकान्त मिल सके।

काट्टूर में एक पुरोहित परिवार था जिनके यहाँ पोन्ना बहुधा घर का बनाया हुआ मक्खन बेचने के लिए जाया करती थी। उनके मकान के पीछे थोड़ी–सी ज़मीन थी। बहुत साल पहले उनके पूर्वज का वहाँ पर बहुत सुन्दर बाग़ था। उन्होंने पोन्ना को बताया कि वह फिर से वहाँ पर बाग़ लगाना चाहते थे। अतः उन्हें ज़मीन को तैयार करने तथा बीज और पौधे रोपने के लिए किसी की मदद चाहिए थी। जब पोन्ना ने काली से इसका ज़िक्र किया, तो उसने कहा कि वह स्वयं जाकर उस काम को कर देगा।

उस काम को पूरा करने में काली को तीन दिन लगे। पहले दिन उसने घास–फूँस को निकालकर ज़मीन तैयार की। हाते में चारों ओर काफ़ी अच्छी मेंड़ लगी हुई थी। दूसरे दिन उसने यह तय करके कि कहाँ पर कौन–सा पौधा लगाना चाहिए, उन स्थलों पर गड्ढे खोद डाले। इसके अलावा उसने नालियाँ भी बना दीं ताकि सिंचाई के लिए कुएँ से लाकर पानी उनमें डाला जा सके। तीसरे दिन उसने पौधे लगाकर उनमें पानी दे दिया। एक कोने में उसने सहजन की डण्डी रोपकर उसे गोबर से ढँक दिया और एक और कोने में उसने नारियल का पेड़ लगाने के लिए गड्ढा खोदा और उसमें एक नारियल दबाकर उस गड्ढे को बन्द कर दिया। बाग़ की बाक़ी जगह में उसने फूलों वाले पौधे लगा दिये और उनकी पसन्द की सब्ज़ियों के कुछ पौधे भी। एक महीने के अन्दर ही पूरा बाग फलने–फूलने लगा। मालिक लोग बहुत ही सन्तुष्ट हुए। घर की मालकिन ने काली को उस काम के लिए दस रुपये दिये। काली उस धनराशि को लेकर नटेसर के यहाँ गया जिसकी उसी गली में गहनों की दुकान थी और उसने नटेसर से पोन्ना के लिए बुन्दे बनवा लिए। बुन्दों की आकृति

ऐसी थी जैसे आम का फल। पोन्ना उन बुन्दों को बड़े गर्व के साथ सभी को दिखाया करती थी।

काली जब भी उस जगह काम करने गया, तो वह पीछे के दरवाज़े से ही जाता था। पीछे की ओर वहाँ पर एक ग़ुसलख़ाना भी बना हुआ था। उसने जब उसे देखा, तो तय कर लिया कि वह भी पोन्ना के लिए बाड़े में एक वैसा ही ग़ुसलख़ाना बनायेगा। अतः उसने चार समतल पत्थर ज़मीन में लगाकर चारों ओर इतनी ऊँची फूस की टट्टियाँ लगा दीं कि भीतर खड़ा व्यक्ति दिखायी न दे। पोन्ना वहाँ पर दिन में भी नहा सकती थी। उससे पहले वह न जाने कितनी बार शिकायत कर चुकी थी, 'कितनी परेशानी है कि गर्मी से बचने के लिए मैं कहीं बाहर दिन में नहा भी नहीं सकती। हर समय कोई–न–कोई यह करने के लिए, वह करने के लिए आता ही रहता है जैसे वह किसी और वक़्त नहीं आ सकता हो।' गाँव में औरतें शाम को अँधेरा होने का इन्तज़ार करती रहतीं और तब घर के पीछे जाकर स्नान करती थीं। और अगर वह किसी के घर मातम करके लौट रही होतीं तो कुएँ पर जाकर किसी से बोलतीं कि एक बाल्टी पानी खींचकर उन पर उड़ेल दे। परन्तु वह अपनी साड़ी वहाँ पर बदल तो नहीं सकती थीं। पर यह छोटा–सा ग़ुसलख़ाना उसके लिए बहुत आरामदायक था, अगर उसे दिन में पेशाब करने के लिए भी जाना होता, तो वहाँ जा सकती थी। अगर कभी उसका पेट ख़राब हो जाये, तो इसके अलावा कोई दूसरी जगह नहीं थी। वरना साड़ी को अधिक ऊँची उठाये बिना उसे घर की ओर दौड़ना पड़ता था और फिर कुएँ से पानी लाकर अपने हाथ–पैर धोने पड़ते थे। वह चिड़चिड़ाकर शिकायत करती, 'मुझे बैठकर अपने पिछाड़े को ठीक से साफ़ करने के लिए अँधेरा होने का इन्तज़ार करना पड़ता है। तुम मर्द लोग तो जहाँ चाहो वहाँ गमछा खोलकर अपने को साफ़ कर लेते हो।'

इस ग़ुसलख़ाने ने उन सब परेशानियों का निदान कर दिया। बाड़े में आने वाले लोगों के लिए वह अचरज का कारण था। काली ने नारियल की सूखी हुई जटाओं से बुनकर उसके लिए एक दरवाज़ा

भी बना दिया था। इस सबको करने में उसे कोई ज़्यादा मेहनत नहीं करनी पड़ी थी। एक बार जब हाट में भेड़ का मांस सस्ते दामों में बिक रहा था, तब वह दो या तीन फूँस की टट्टियाँ जिन पर मांस रखा हुआ था, वहाँ से उठा लाया था। उसने दो टट्टियों को लेकर उन्हें मज़बूती के साथ बाँध दिया ताकि वह खड़ी रह सकें। उसने उन्हें ताड़ के तन्तुओं से पूवरशु की टहनियों के साथ कसकर बाँध दिया। फिर उसने एक टट्टी को इस तरह बनाया कि वह एक पल्ले की तरह एक तरफ़ खुल सके। अन्दर उसने एक डण्डा भी लगा दिया जिस पर पोन्ना अपनी साड़ी टाँग सके। जब यह ग़ुसलख़ाना बन गया, तब मातमपुर्सी से लौट कर आती हुई गाँव की अन्य औरतें भी यहाँ ही स्नान करके कपड़े बदलने लगीं। पोन्ना को इस बात पर बहुत गर्व था। परन्तु जल्दी ही पानी की समस्या आ खड़ी हुई। एक बार कोई पाँच–छह औरतें एक साथ आ गयीं। ग़ुसलख़ाने के अन्दर नाँद में भरा हुआ सारा पानी ख़त्म हो गया।

उसके बाद उसने सबसे साफ़–साफ़ कह दिया, 'तुम सब इस ग़ुसलख़ाने का इस्तेमाल कर सकती हो, पर जाने से पहले कुएँ से एक बाल्टी पानी खींचकर नाँद को भरकर जाना होगा।' यह सुनकर वे सब नाख़ुश होकर बुदबुदाती हुई वहाँ से चली गयीं।

काली ने कहा, 'बेचारी औरतें। क्या हम उनके लिए चार बाल्टी पानी खींचकर नहीं ला सकते?'

पोन्ना ने जवाब दिया, 'तुम्हें कुछ भी नहीं पता, मामा। यह सब औरतें यहाँ आकर बड़ी ख़ुश होकर नहाती हैं, पर जाकर लोगों से कहती फिरती हैं, 'जाकर देखो तो काली ने पोन्ना के लिए कैसा महल बनाया है' एक दिन कपास के खेत में एक औरत गा रही थी, 'उसका सिर नहीं कुम्हलाता, उसकी छातियों में खम नहीं आता, देखो, देखो ग़ुसलख़ाने वाली पोन्ना को, वह एक अजूबा है।'

काली अपनी हँसी रोक नहीं सका। 'एक बार फिर से और,' वह ठहाका लगाते हुए बोला, 'मैं इसे एक बार और सुनना चाहता हूँ।' पोन्ना हाथ उठाकर उसे मारने के लिए उसकी ओर दौड़ी।

वह उससे पूर्व ही कूदकर पूवरशु के पेड़ पर चढ़ गया और वहाँ बैठकर गाने लगा, 'उसका चेहरा वह फूल है जो कभी नहीं मुरझाता, उसका भगद्वार ऐसा जो कभी नहीं सूखता, उस पोन्ना को तो देखो, सब ग़ुसलख़ाने का कमाल है।'

कुछ ही समय में गाँव में कम–से–कम दस और ग़ुसलख़ाने बनकर तैयार हो गये। कुछ दिनों तक क़सबे के चौक में लोगों को शिकायत करते हुए सुना जा सकता था, 'लगता है औरतों को भी अपने लिए अहाता चाहिए जैसे गाय और भेड़ों को। जहाँ बैठकर वह अपनी टोंटियाँ खोल सकें और अपना पानी निकाल सकें। उस नामर्द का शुक्रिया जिसने यह सब शुरू किया।' इसके बाद से गाँव में जब कोई नयी दुल्हन आयी, तो उस परिवार ने उसके लिए फूँस का ग़ुसलख़ाना बनवाया।

हर एक चीज़ जिस पर पोन्ना की निगाह पड़ती, वह काली से सम्बन्धित कोई–न–कोई याद ताज़ा कर देती थी और उसके मस्तिष्क पर काली छा जाता था।

10

उन लोगों ने उस दिन खाने के लिए कम्बु ज्वार पकायी। चीराई ने उसे एक बड़ी–सी हाँडी में बनाया था और उसे धीमी–धीमी आँच पर पकने दिया था ताकि वह थोड़ी गाढ़ी हो जाये। वल्लाई ने अवरै की दाल बनायी थी। जब पोन्ना बाड़े से पानी लेकर लौटी, तो वल्लाई ने थाली में भोजन डालकर उसे खाने के लिए दे दिया। यदि शोक मनाने की अवधि पूरी हो गयी होती, तो उन्होंने चावल भी बनाये होते। परन्तु उसके लिए तो उन्हें पहाड़ी वाले मन्दिर में भेंट चढ़ाने की प्रतीक्षा करनी होगी। चावल पकाने का अर्थ था कि स्थिति सामान्य अवस्था में वापस लौट आयी थी। वल्लाई को लगा कि खेत में इतनी कड़ी मेहनत करने के बाद पोन्ना को खाने के लिए चावल मिलने चाहिए थे। वह इस बात से बहुत दुखी थी कि काली को पोन्ना के साथ, जो इतनी कुशल थी और खेतों में इतनी अच्छी तरह काम करती थी, ज़्यादा दिन रहने का अवसर नहीं मिल पाया।

पोन्ना सदैव की भाँति थाली में पड़े खाने पर अपनी उँगलियाँ निरुत्साही ढंग से घुमाती रही। वह किसी भी चीज़ का स्वाद और आनन्द नहीं ले पाती थी। वह भोजन को यन्त्रवत मुख तक लाकर उसे बस निगल लेती।

पोन्ना को उसके सोच–विचार से बाहर निकाल लाने के प्रयास से वल्लाई बोली, 'यह कम्बु ज्वार और अवरै की दाल है।'

यह सुनकर पोन्ना चौंकी और बोली, 'तुमने अवरै की दाल बनायी है? यह उसको सबसे ज़्यादा पसन्द है।'

वल्लाई ने कोई उत्तर नहीं दिया। वह नहीं चाहती थी कि वार्तालाप उस दिशा में और आगे बढ़े। उसको डर था कि पोन्ना सुबह से जिस अच्छी मनोदशा में थी कहीं वह उससे बाहर निकल न आये। पोन्ना ने भोजन समाप्त करने में काफ़ी लम्बा समय लिया। जब उसने खाना खाना शुरू किया था, उस समय अँधेरा गहराने लगा था। वह एक कौर के बाद दूसरा कौर तब तक खाती रही जब तक आठ बजे काट्टूर के मन्दिर का शंखनाद सुनाई न देने लगा। यदि पोन्ना बच्चा होती तो वल्लाई ने दो–चार थप्पड़ मारकर उसको उचित ढंग से भोजन करना सिखा दिया होता। परन्तु अब उसके पास अपने उतावलेपन पर लगाम लगाने और साँस लेने के बीच बुदबुदाने के सिवा और चारा भी क्या था। थाली के ऊपर ही अपने हाथ धो लेने के बाद भी पोन्ना वहाँ पर ही बैठी रही। उस समय तक चीराई भी बाड़े में अपना काम समाप्त करके आ गयी थी। दोनों बुढ़ियाएँ अपनी–अपनी थालियों में खाना डालकर झोंपड़ी के आगे पड़ी खाट पर खाने के लिए बैठ गयीं।

वल्लाई बोली, 'आख़िर तुम्हारी बहू ने एक करछुल भर खाना खा ही लिया।'

झोंपड़ी के भीतर रखी लालटेन की रोशनी से बनती हुई छाया से पोन्ना के चलने–फिरने का पता चल रहा था। वह जाकर खाट पर लेट गयी थी। वल्लाई खाना खाने के बीच से उठकर भीतर गयी और लालटेन की बत्ती को उसने थोड़ा कम कर दिया। जब पोन्ना को रोशनी कम हो जाने का आभास हुआ, तो वह बोली, 'चाँदनी को ढँको नहीं। मेरे मामा को उसकी रोशनी बहुत अच्छी लगती है।'

पोन्ना के इस कथन से विचलित होकर वल्लाई बाहर निकल आयी। उसे डर था न जाने पोन्ना क्या कर डाले।

पिछले दो माह से गाँव में लोगों ने न जाने क्या–क्या कहना शुरू कर दिया था। उनका कहना था कि रात को काली का प्रेत आकर उनको डराया करता था। वह बहुत ही गौरववान पुरुष था। उसकी आत्मा इतनी जल्दी शान्त होने वाली नहीं थी।

जब कोई कम उम्र में मर जाता है, तो उसकी आत्मा आसानी से शान्त नहीं होती। दिन के समय में भी लोग गाँव और मरघट के बीच से जाती हुई सड़क पर बहुत कम चलते थे। जो किसान परिवार मरघट के पास रहते थे, वह अपना काम साँझ होने से पहले ही समाप्त करके घर लौट आते थे। वह रात को गायों के लिए चारा डालने के लिए भी नहीं उठते थे। बहुत–से लोगों का कहना था कि रात को उन्होंने घुंघरुओं की आवाज़ और चीत्कार का शोर भी सुना था। ख़ासतौर पर नचायी, जो पास के ही खेत में रहती थी, उसका कहना था कि जब वह रात को पेशाब करने के लिए घर से बाहर आयी, तो उसने काली को अपने घर के सामने वाले पूवरशु की डाल पर पागलों की तरह झूलते हुए देखा। वह घबराई हुई दौड़कर अन्दर भाग गयी और उसके बाद वह बीमार पड़ गयी। उस दिन से ही वह खाट पर पड़ी थी और उसके घरवाले उसका इलाज पवित्र भस्म लगाकर और ताबीज़ बाँधकर कर रहे थे। उसने यह बात स्पष्ट रूप से कह दी थी कि जब तक वह पेड़ काट नहीं डाला जाता और वहाँ से हटा नहीं दिया जाता, वह घर के बाहर क़दम नहीं रखेगी। अतः अगले ही दिन उसके पति ने उस पेड़ को कटवाकर काट्टूर में लकड़ी की दुकान वाले को बेच दिया।

लोग यह जानने के लिए कि पड़ोसी भलीभाँति और सुरक्षित तो हैं, खेतों के पार एक–दूसरे को आवाज़ लगाते रहते और रात को अलाव जलाकर उसके चारों ओर घेरा बनाकर बैठे रहते। ऐसा कहा जाता था कि कूनप्पालायम के ओझा ने अपनी समाधि से बाहर आकर भविष्यवाणी की थी : 'गाँव में प्रेतात्मा भटक रही है। दोपहर के समय वह प्रचण्ड बवण्डर बनकर घूमा करेगी और शाम को कुत्ते की तरह भौंका करेगी। वह पूवरशु के पेड़ में निवास करती है। सावधान रहना। वह पन्द्रह दिन के अन्दर एक जघन्य कर्म करने के बाद यहाँ से चली जायेगी।' मात्र ग्रामवासी ही नहीं, चीराई और वल्लाई को भी डर बैठा हुआ था। रात को अगर वल्लाई हवा के कारण हिलने से पूवरशु के पत्तों की सरसराहट सुनती, तो उसके मुख से चीख़ निकल पड़ती।

परन्तु धीरे–धीरे वह उन रात को होने वाली आवाज़ों की अभ्यस्त हो गयी।

वह दोनों बाहर ही सोती थीं। अगर पेड़ के नीचे बँधी गायें अचानक हिलतीं या पेड़ की शाखाएँ हिलने–डुलने लगतीं, तो चीराई उठकर खाट पर बैठ जाती। एक बार जब वह ऐसी ही आवाज़ सुनकर खाट पर उठकर बैठ गयी, तो बहुत ऊँचे स्वर में बोली, 'तू तो मर गया और चला गया। अब यहाँ पर किसलिए वापस आया है? तुझे हमारी ज़रूरत नहीं थी, तूने हमें दूर धकेल दिया। तू बड़ा आदमी है, तू सब कुछ जानता है। हम लोग तो नासमझ लोग हैं, बस वही करते रहते हैं जो हम कर सकते हैं और काम चला रहे हैं। तो अब हमें देखने क्यों आया है? क्या तू सोचता है कि अगर तू कोई डाली हिलायेगा, तो हम डर जायेंगे और यहाँ से भाग जायेंगे? क्या तुझे याद है जब तू छोटा बालक था, तो मैं तुझे उसी करछुल से पीटा करती थी जिससे मैं तेरे लिए दलिया परोसती थी? वह करछुल अभी भी मेरे पास है। मैंने उसे झोंपड़ी के अन्दर रख छोड़ा है। ज़रा मेरे पास आने की कोशिश तो कर। क्या तू समझता है कि मैं बूढ़ी हो गयी हूँ? मैं अभी भी काफ़ी ताक़तवर हूँ। मेरा शरीर भले ही कमज़ोर हो गया हो, पर मेरा दिमाग़ अभी भी सही सलामत है। क्या तू समझता है कि मैं भी तेरी तरह हूँ? अपने शरीर को चट्टान की तरह बलवान बनाने का क्या फ़ायदा हुआ? हमें ज़रूरत है एक पुख्ता दिमाग़ की जिस पर कोई चीज़ भी हमला न कर सके। अरे निकम्मे कुत्ते, जो जीने के लिए चाहिए, वह तेरे पास था ही नहीं। तू तो पेड़ से लटक गया। मैंने तुझ जैसी औलाद को कैसे और क्यों जन्म दिया?'

वल्लाई भी उठ बैठी थी और चीराई का प्रलाप सुन रही थी। वह बोली, 'हाँ, यह एकदम सही है। पूछ उससे, पूछ अपने लाडले सपूत से!'

चीराई ने कहा, 'अब उससे पूछने का क्या फ़ायदा? अगर वह हमारे सामने होता, तो हम उसे सवालों की झड़ी लगाकर शर्मसार कर देते। पर अब तो उसने हवा का रूप ले लिया है और यहाँ–वहाँ

मँडराता रहता है। हम उसे पकड़कर एक जगह पर कैसे रख सकते हैं?' वह काली से, जो वहाँ था ही नहीं फिर बोली, 'जब तू जवान था तब भी तू आवारा लोगों की तरह घूमने के सिवा और कुछ नहीं करता था। क्या मैंने तुझसे कभी पूछा कि तू कहाँ गया था और क्या कर रहा था? मैं जानती हूँ कि तूने न जाने कितनी भोसड़ियाँ चाटी हैं। परन्तु तुझे कितनी अनोखी पत्नी मिली थी। वह हमेशा तेरे इशारों पर नाचती थी। क्या इतने सालों में गाँव के किसी निकम्मे कुत्ते ने उसके बारे में कभी कुछ ग़लत कहा? तू भगवान जाने कहाँ मटरगश्ती करके आधी रात को आकर दरवाज़ा खटखटाता और वह दरवाज़ा खोल देती थी। तुझे कितनी ही बार आधी रात को उसकी ज़रूरत महसूस हुई और उसने तुझे अन्दर आ जाने दिया। कई बार तो तू पौ फटने पर आया और वह तब तक दरवाज़ा खोलने के लिए तेरा इन्तज़ार करती रही थी। क्या उसने नाराज़ होकर तेरे चेहरे पर कभी दरवाज़ा दे मारा? मैं हमेशा ताज्जुब करती थी कि वह लड़की सोयी भी या नहीं या पूरी रात तेरे इन्तज़ार में जागती रही। वह लड़की ही इस तरह की है।'

'चीराई, क्या यह सच है? इस बारे में पोन्ना ने तो मुझसे एक शब्द भी कभी नहीं कहा,' वल्लाई बोली।

'वह कह भी कैसे सकती थी?' चीराई ने कहा। 'वह ख़ुद उसके लिए इतनी मतवाली जो थी। वह अभी भी उसकी दीवानी है। अगर हम एक दिन के लिए भी उस पर नज़र रखना बन्द कर दें, तो वह भी कूदकर उसी पेड़ पर चढ़ जायेगी...बेवकूफ़ लड़की। ठीक है वह उसका पति था, पर इसको भी तो उसे क़ाबू में रखना चाहिए था। अगर वह दिन में भी यहाँ बाड़े में आती थी, तो दोनों भीतर जाकर दरवाज़ा बन्द कर लेते थे। जब कभी यह उसके लिए दोपहर का खाना लेकर आयी, तो गाँव वापस लौटने में उसे घण्टों लगते थे। उधर मैं थी कि चिन्ता करती रहती कि अँधेरा होने पर रेंगते कीड़े–मकोड़ों के बीच खेत कैसे पार करेगी। क्या वह समझता था कि मुझे उसके व्यवहार के बारे में कुछ नहीं पता था? अगर वह ज़िन्दा

रहा होता और मुझसे पूछने की हिम्मत करता, तो मैंने साफ़–साफ़ कह दिया होता–जा, जाकर गाँव में किसी से भी पूछ ले। जाकर मालूम कर ले न जाने कितनी औरतें अपने मर्दों को बाहर धकेल कर अन्दर से दरवाज़ा बन्द कर लेती हैं। कितनी ऐसी भी औरतें हैं जो अपने मर्द को उन्हें छूने भी नहीं देती हैं। वह अपने मर्द से पूछती हैं, 'क्या तुम सोचते हो कि तुम मेरे लायक हो?' पोन्ना ने सब कुछ बड़े ढंग से सँवारा और निभाया भी। तो फिर उसने इसे सताने की सोची कैसे? उत्सव के आख़िरी दिन वह तो सिर्फ़ देवता के दर्शनों के लिए गयी थी। किसी गैरमर्द के साथ सोने के लिए थोड़े ही गयी थी। क्या तूने ख़ुद जाकर वहाँ देखा था? क्या सबूत था तेरे पास? और अगर वह ऐसा करने के लिए गयी भी थी, तो वह देवता के साथ ही तो होती। तू समझता है कि तू देवता से भी बड़ा है? अगर मुझे इस बात का ज़रा–सा भी पता होता कि तू ऐसा शख़्स निकलेगा, तो मैंने अपनी छातियाँ खींचकर नोच ली होतीं, जिन्होंने तुझे दूध पिलाया था। तूने इस लड़की की ज़िन्दगी बरबाद करके रख दी। क्या तुझे लगता है कि तू मर कर चैन पा सकेगा? मैं तुझे बताये देती हूँ, वह इन्सान जिसे उसकी पत्नी की बद्दुआ लगी हो, वह कभी शान्ति से नहीं रह सकता।'

वल्लाई ने भी अपने मन की बात कह दी, 'वह यहाँ आने की कोशिश इसलिए ही करता रहता है ताकि इसे अपने साथ ले जा सके। तुझे क्या लगता है, हम दोनों किसलिए यहाँ पर रह रहे हैं? अगर हम तुझे उसे ले जाने दें, तो फिर क्या हम अपने को इन्सान कह सकेंगे? तू सोचता है कि तू पूवरशु के पेड़ पर मँडरा सकता है। हम इसे कटवा डालेंगे और यह पेड़ ही नहीं, वह पेड़ भी जो तूने हमारे यहाँ लगाया है। तब देखते हैं कि तू कौन–से पेड़ पर चढ़ता है। हम अपनी बेटी का विवाह तेरे साथ करने को राजी हो गये क्योंकि तू हमारे बेटे का दोस्त था। क्या तुझे इसका ज़रा भी अन्दाज़ा है कि कितने प्यार से हमने उसे पालपोस कर बड़ा किया था? तू अपने बारे में सोचता है कि तू बहुत महान है क्योंकि तू हमारा दामाद है।

आदर को तो हासिल किया जाता है, आदर उसी का किया जाता है जो उसके अनुसार व्यवहार करता हो। क्या हमने कभी तेरे साथ बुरा सलूक किया? हम दिवाली और पोंगल पर तुझे कभी भी बुलाना नहीं भूले और हमने हमेशा तुझे उचित उपहार दिये और तेरा सम्मान किया, किया था न? क्या हमने इस बात की पूरी कोशिश नहीं की कि औरों के सामने तेरा सर हमेशा ऊँचा रहे? जब गाँव वालों ने कहा कि तू नपुंसक है, तो हमने तुझे एक और शादी करने के लिए कहा ताकि तू उन्हें ग़लत साबित कर सके। पर तू तैयार ही नहीं हुआ...हमने उसे उत्सव में केवल एक दिन के लिए ही भेजा था, तो क्या बुरा हो गया? क्या उसने कभी तुझे नामंजूर किया? दो माह से चला आ रहा उसका रोना, देख तो ज़रा। हमें नहीं पता उसका क्या होगा। वह तेरे बारे में बावली है। तू उसको छोड़कर चला कैसे गया?'

पूवरशु की टहनियों ने हिलना–डुलना बन्द कर दिया। गायें शान्तिपूर्वक सो रही थीं। चारों ओर निस्तब्धता थी।

'क्या तूने देखा?' चीराई बोली। 'मेरे ख़याल में जब हम दोनों मिलकर उसके ख़िलाफ़ हो गये तो वह यहाँ से भाग निकला। परन्तु हमें सावधान रहना होगा। वह रात को फिर से लौटकर आ सकता है। एक बार जब वह पोन्ना के बारे में सोचने लगे तो इसका फ़र्क़ नहीं पड़ता कि रात है या दिन।'

वल्लाई ने उत्तर दिया, 'आने दो उसे, हम उससे बरत लेंगे।' उसने झाड़ू उठाकर अपने पास रख ली।

एक गरजता और खिलखिलाता हुआ हवा का झोंका उनके सामने से निकल गया।

11

काली निःसन्देह ही पोन्ना को तलाशता हुआ आया। उसने अपनी माँ की डाँट–फटकार की कोई परवाह न की। जो कुछ उसकी माँ ने कहा था शायद उसने उसे–सुना ही नहीं था। वह गाँव में एक पूवरशु के पेड़ से दूसरे पर छलांग लगाता हुआ अन्त में बाड़े में लगे पेड़ पर आ पहुँचा। गाय और बैलों ने उसको पहचान लिया। कुत्ता भी उसका वहाँ पर होना महसूस कर रहा था। वे सब के सब वहाँ पर फैली हुई परिचित गन्ध से हुलस रहे थे। उसने उन सभी पर लाड़ से हाथ फेरा और उनसे बातें भी कीं। वह बैलों के पास कुछ देर तक खड़ा रहा। वह उसकी ओर घूरते हुए उठ खड़े हुए और फिर उन्होंने लेटने से इनकार कर दिया। चीराई ने इसे देखा और उनको डाँटा, 'तुम अभी तक खड़े क्यों हो? क्या तुम्हारे लिए चारा काफ़ी नहीं था? उसने तुम्हें बिगाड़कर रख दिया है। ऐसा कहाँ देखा है कि कोई अपने बैलों को मुँह भरके चारा खिलाता हो जैसे बच्चे को खिलाते हैं?' और उसने सब्ज़ियों से बची छाँटन उनकी ओर सरका दी। परन्तु उन्होंने उसे छुआ तक नहीं। वह अपनी जीभें लपलपाते हुए बस ऐसे ही खड़े रहे।

काली अपने दोनों हाथों को उनकी ओर फैलाये हुए खड़ा था ताकि वह उसके हाथों को जीभ से चाट सकें। जब उन्होंने हथेलियों को चाटने के लिए अपने सर नीचे किये, तो उसने धीरे–से उनके सींगों को सहलाया और बोला, 'सुना है पोन्ना ने कहा है कि वह तुम्हें जाने नहीं देगी।' कुत्ते ने अपनी पूँछ को मरोड़ते हुए अपने बदन को

उससे सटकर रगड़ा और अपना मुँह उसके चेहरे के पास ले आया। काली ने ठठोली करते हुए उसे धक्का दे दिया। वह थोड़ी दूरी पर खड़ा हुआ काली की ओर देखता रहा। मुर्ग़े और मुर्गियाँ आकुल होकर शोर मचाने लगे। इस डर से कि कहीं वह चीराई को जगा न दें, उसने उनकी ओर हाथ हिलाते हुए उन्हें शान्त करने की कोशिश की। वे चुप हो गये और उन्होंने चुपचाप जाकर पेड़ पर बसेरा ले लिया। ऐसा लगता था कि वह पोन्ना के बाड़े में आकर रहने के निर्णय से बहुत प्रसन्न था। यद्यपि वह जानता था कि पोन्ना घबरायेगी नहीं, फिर भी वह अन्दर जाकर उसके चेहरे को देखने के लिए हिचकिचा रहा था। वह लड़खड़ाते हुए झोंपड़ी में घुसा। उसके रास्ते में आयी बिल्ली उछलकर पास की गली में भाग गयी। वह अपनी माँ की ओर देखकर मुस्कराया और सोचने लगा कि मुनियण्णन का अरक उस दिन शायद कुछ ज़्यादा ही ज़ोरदार और तीखा रहा होगा। चीराई उस रात लेटते ही सो गयी थी। यह सोचकर कि वह शायद जागी हुई थी वल्लाई ने उससे कुछ पूछा। जब उसे कोई जवाब नहीं मिला तो वह भी बड़बड़ाती हुई लेट गयी, 'हम लोगों की बातों के बीच ही तू सो गयी।'

लालटेन के प्रकाश ने झोंपड़ी के अन्दर सुनहरी दीप्ति फैला रखी थी। वे लोग बहुधा ही रात का खाना खाने के बाद लालटेन बुझा देती थीं ताकि मिट्टी का तेल अधिक ख़र्च न हो। परन्तु उस रात पोन्ना ने उसे जलता हुआ ही छोड़ दिया था। उस प्रकाश में काली इस प्रकार लग रहा था जैसे वह एक बृहत् परछाईं हो। पोन्ना अपने वक्ष से बैंगनों के डण्ठल लगाये लेटी थी, जैसे वह डण्ठल, डण्ठल न होकर काली की मोटी–मोटी उँगलियाँ हों। उन्हें अन्यमनस्क ढंग से प्यार से सहलाना उसकी आदत बन गयी थी। उसकी आँखें बन्द थीं, परन्तु वह जागी हुई थी। सम्भवतः वह जानती थी कि काली आयेगा। उसका चेहरा कुम्हलाया हुआ था, ठीक उसी तरह जैसे पूवरशु का फूल मुरझा जाने के बाद लगता है। उसके किनारे सुर्ख रंग के होते जाते हैं। काली इस असमंजस में वहाँ खड़ा रहा

कि वह उसको कैसे छुए। क्या वह उसके ललाट पर आ गयी लट को धीरे–से हटा दे या फिर उसके कान के लोब को हलके–से छू ले? यदि वह उसके कान के पास आकर धीमे से फूँक मारे, तो वह उसे पहचान लेगी। वह उसकी उँगली के एक हलके–से स्पर्श को भी जान जायेगी। यदि स्थिति भिन्न होती, अगर वह जीवित होता, तो उसने उसके दोनों हाथों को उठाकर अपने सीने पर रख लिया होता और फिर उसके बाद अपने गालों पर। कभी–कभी जब पोन्ना को इस बात की रंचमात्र भी अपेक्षा नहीं होती थी, वह अपने हाथ उसके उरोजों पर रख देता था और उस समय वह कहती, 'तुम्हारी आँखें हर समय इन्हें ही घूरती रहती हैं। मुझसे बात करते समय तुम मेरे चेहरे की ओर तो देखते ही नहीं हो।' और वह उत्तर में कहता, 'जब तू किसी नदी को देखती है, तब क्या तेरा मन चुल्लू में लेकर दिल भरके पानी पीने का नहीं करता? चलो ठीक है, अब आगे से मैं तुझसे बात करते समय तेरे चेहरे की तरफ़ ही देखा करूँगा।' और यह कहकर वह उसके गाल पर चुम्बन जड़ देता था।

परन्तु आज वह नहीं जानता था कि पोन्ना को किस तरह स्पर्श करे। वह अनिश्चित था और थोड़ा सिहरा हुआ भी। परन्तु यदि वह वहाँ पर बिना कुछ किये हुए यों ही खड़ा रहा, तो जो कुछ भी समय उसके पास था वह उसे खो देगा। जो कुछ भी वह पोन्ना से कहना चाहता था, कहीं उसको कहे बिना ही वापस न चले जाना पड़े। जब लालटेन की रोशनी में उसने पोन्ना के कुम्हलाये हुए चेहरे की ओर देखा, तो वह जानता था कि वह चेहरा उसकी स्मृतियों से भरा था। पोन्ना की साड़ी का पल्लू खाट से नीचे लटक रहा था। उसने साड़ी के उस छोर को हाथों में थामकर एक गहरी साँस ली। उसने पोन्ना के पाँवों को छुआ जो साड़ी के बाहर निकले हुए थे और जो लाल मिट्टी की धूल से धूसरित थे। या तो उसे ठण्ड लग रही थी या फिर उसके स्पर्श को महसूस करके पोन्ना ने जल्दी से पाँवों को समेट लिया। परन्तु इसके बावजूद भी काली ने अपने हाथ को नहीं खींचा। उसने पोन्ना को सुबकते हुए सुना। वह भी रोने लगा।

वह पोन्ना के पाँवों में अपना सिर रखकर रो रहा था। उसने पोन्ना के पाँव को कस कर चूम लिया।

काली ने खाट पर बिछे कम्बल को खींच कर इस तरह कर दिया ताकि पोन्ना के पाँव मूँझ की रस्सियों पर न रहकर कम्बल पर बने रहें, बरना रस्सियाँ उसके पैरों में गहरे निशान डाल देतीं। अब वह थोड़ा साहसी हो चला था। उसने पोन्ना के हाथों को थामकर अपने सीने पर रख लिया। पोन्ना की दोनों हथेलियाँ ताड़ के सूखे पत्तों की भाँति म्लान हो गयी थीं। उसने फिर उन हाथों को ऊपर उठाकर अपने गालों पर रख लिया। उसके चेहरे पर बहते हुए आँसुओं से पोन्ना की हथेलियाँ गीली हो गयीं। पोन्ना के हाथों ने स्वेच्छा से काली के आँसू पोंछ डाले। वह नीचे बैठ गया और अपना चेहरा पोन्ना के चेहरे पर रख दिया। पोन्ना ने एक तरफ़ खिसककर खाट पर काली के लिए जगह बना दी। जब उनका विवाह हुआ था, तब अनियूर के एक बढ़ई ने यह पलँग उनके लिए बनाया था। इस पलँग के पाये उसने पलाश की लकड़ी से बनाये थे। वह बहुत मज़बूत थे और उन पर सीलन का कोई असर नहीं होता था। पलँग की पाटियाँ नीम की लकड़ी की बनी थीं और बुनाई के लिए डोरी अगरु की मूँझ से बनायी गयी थी, अतः पलँग पर लेटने पर पीठ के लिए वह बहुत आरामदायक थी। बुनावट घनी और कसी हुई थी। दो लोग बड़े आराम से इस पलँग पर लेट सकते थे और उसके बाद भी करवट लेने के लिए काफ़ी जगह थी। काली बढ़ई के यहाँ से इस पलँग को अपनी बैलगाड़ी में लेकर आया था। यह वही पलँग था जिस पर पोन्ना इस घर में पहले दिन सोयी थी। परन्तु आज काली उसके पास नहीं लेटा।

उसकी बगल में बैठकर काली ने पोन्ना के चेहरे को अपनी ओर मोड़कर उसके होंठों को चूम लिया। यह जताने के लिए कि उसकी सुलह काली के साथ पूरी तरह नहीं हुई है, पोन्ना ने अपने होंठ कसकर सिकोड़ लिए। पोन्ना को मनाने के लिए काली ने अपने होंठों का इस्तेमाल किया। उसने अपने दाँतों से पोन्ना के होंठ खोलने की कोशिश की।

परन्तु वह आसानी से जाने देने वाली नहीं थी। जब उसको लगा कि काली की सामर्थ्य से टक्कर लेना उसके लिए सरल नहीं था, तब उसने उसके चेहरे को धक्का देकर अलग कर दिया।

'पर क्यों? मेरी प्यारी!' काली ने मनुहार करते हुए कहा।

'तुम अपनी सूजी हुई ज़बान को मेरे मुँह के अन्दर रखकर बाहर ले जाते हो।' वह उत्तर में बुदबुदायी।

काली बोला, 'तुम्हारा मतलब है इस तरह?' और उसने अपनी जीभ को बाहर निकालकर दाँतों से काट लिया। उसकी आँखें उभर आयीं और उसका मुख ऐंठने लगा।

'अय्यो!' वह सिहर उठी और उसने दोनों हाथों को फैलाकर अपने चेहरे को ढँक लिया।

काली पोन्ना के हाथों को हटाने की कोशिश करते हुए बोला, 'इधर तो देख।'

'मुझे डर लग रहा है। मेरे पास मत आओ। चले जाओ यहाँ से,' उसने कहा।

काली हँसा और बोला, 'इधर देख तो, चिन्ता मत कर। मैं बस तुझे डराने के लिए ही ऐसा कर रहा था।'

काली अक्सर ही चंचल बच्चे की तरह व्यवहार करता था। यदि वह पोन्ना को बाड़े की ओर आते हुए देखता, तो जाकर कहीं छिप जाता। एक बार वह पूवरशु के पेड़ पर चढ़कर ऊपर बैठ गया। जब पोन्ना 'मामा, मामा...' पुकारती हुई बाड़े में आयी, तो उसको कोई जवाब नहीं मिला। काली कहीं नहीं था। 'कहाँ चला गया वह?' वह बुदबुदायी और उसने उसे बाड़े के भीतर हर जगह ढूँढ़ डाला। जब वह बाहर पेड़ के नीचे से गुज़र रही थी, तब वह टहनी को हिलाकर चीख़ते हुए नीचे कूद पड़ा। वह एकदम डर गयी और ज़ोर से चीख़ी। वह उससे बोली, 'हमें इमली के पेड़ों पर रहने वाले भूतों का तो पता था, पर तुम तो पूवरशु के भूत निकले।' एक रात जब चाँदनी का प्रबल प्रकाश चारों ओर फैला हुआ था, वह उसके लिए खाना लेकर आयी। इस बार भी घटना ठीक उस ही तरह हुई।

उसने काली को सभी जगह तलाशा और न मिलने पर वह यह सोच बैठी कि वह ताड़ी लेने के लिए गया हुआ था। पूरे दिन का बाड़े का काम यथावत पूरा हो चुका था। वह खाना लिए हुए झोंपड़ी के अन्दर दाख़िल हुई। उसे लगा जैसे उसकी कमर पर कोई चीज़ रगड़ रही थी। वह तपाक से पीछे की ओर मुड़ी, परन्तु वहाँ पर कुछ भी तो नहीं था। उसे लगा कि यह उसकी अपनी कल्पना का खेल था और भोजन की थाली लेकर वह वहाँ ही बैठ गयी। पर इस बार फिर उसको लगा कि कोई उसकी कमर को कोंच रहा था। उसने घूम कर देखा कि कहीं साँप या कोई और डरावनी चीज़ तो वहाँ नहीं थी। परन्तु वहाँ कुछ भी नहीं था। वह उस अनुभव से हतोत्साह हो गयी।

अगली बार जब कोई चीज़ उसकी कमर से रगड़ी, तो वह मुड़ी नहीं बल्कि अपनी कनखियों से उसने उस ओर देखा। उसने देखा कि एक डलिया से एक डण्डी बाहर निकली हुई थी और उसकी ओर आ रही थी। यह अनुमान लगाकर कि वह क्या हो सकता था, उसने पास पड़ी करछुल को उठा लिया और बड़ी तेज़ी से डलिया को पलट कर करछुल से प्रहार करते हुए, वह चिल्लायी, 'अरे, यहाँ पर तो साँप है!' उसके वार को झेलते हुए काली ज़ोर से बोला, 'नहीं, प्यारी नहीं, ऐसा कुछ भी नहीं है!'

वह सदैव ही इसी तरह की ठिठोलियाँ किया करता था। एक बार जब वह इसकी कल्पना भी नहीं कर सकती थी, वह झोंपड़ी के पीछे से बाँहें फैलाये हुए दौड़ता हुआ आया और बड़े प्रदर्शनात्मक ढंग से उसे आलिंगन में लेकर चौंका दिया। एक दफा वह भेड़ों के बीच जाकर बैठ गया और पोन्ना को घबराने के लिए अचानक कूदकर बाहर आ गया। 'इस तरह की हरकतें मत किया करो,' उसने ग़ुस्से में आकर कहा था। 'मुझे बहुत डर लगता है, ख़ासतौर से तब, जब हम दोनों यहाँ अकेले होते हैं।' काली ने उत्तर में कहा, 'और कौन आ सकता है यहाँ? मेरी प्यारी पोन्ना, मेरी इजाज़त के बिना एक छोटा–सा कीड़ा भी तुझे छू नहीं सकता।'

क्या इस समय भी वैसा ही कुछ हो रहा था? अपनी जीभ से उसको छेड़ते हुए क्या वह उसके साथ क्रीड़ा कर रहा था?

उसने पूछा, 'जब तुम पूवरशु की शाख से लटके हुए थे, तब क्या तुम उस टहनी को एक हाथ से पकड़े थे?'

'हुम्म,' वह बड़बड़ाया। 'तू क्या उसे देखकर डर गयी थी?'

'और नहीं तो क्या,' उसने कहा। 'कौन करता है इस तरह की हरकतें? मेरे तो दिल की धड़कन ही रुक गयी थी। वहाँ तुम भेड़ बकरी की तरह आँखों की पुतलियों को बाहर निकाले हुए लटके हुए थे।'

'यह तो बस खेल था।'

'और ऐसे खेल बहुत ख़तरनाक हो सकते हैं। अब मुझसे कहो कि फिर कभी तुम ऐसी कोई हरकत नहीं करोगे।'

'मैं नहीं करूँगा। मैं कोई भी ऐसी बात नहीं करूँगा जो तुझे पसन्द न हो।'

'सच!'

'हाँ सच। मैं तेरी कसम खाता हूँ। ठीक है अब मुझे अपने होंठ तो दिखा।'

'चलो हटो। तुम उन्हें भी काट लोगे जैसे तुमने अपनी जीभ काट ली थी।'

'मैं उन्हें काटूँगा नहीं। मैं बस उन्हें छूना चाहता हूँ।'

धीरे–धीरे पोन्ना ने अपने होंठ अलग कर लिए। उसने अपने होंठ पोन्ना के होंठों से चिपटा दिये।

'तुम्हारे दाँतों पर ख़ून की बूँदें क्यों हैं?'

'यह कुछ भी नहीं हैं। यह बस तेरी कल्पना का फल है। अब तू एक अच्छी लड़की की तरह अपनी आँखें बन्द कर ले। तू सिर्फ़ मेरा स्पर्श ही महसूस कर पायेगी। ठीक है?'

'इतने दिनों से तुमने मेरी कोई ख़बर नहीं ली और अब अचानक ही तुम यहाँ पर आ गये।'

'मैं तो हर दिन आता रहा हूँ,' उसने कहा, 'पर तूने कभी अपना सिर उठाकर मेरी तरफ़ देखा ही नहीं। मैंने सोचा तू बहुत नाराज़ है,

इसलिए बस थोड़ी देर खड़ा रहकर मैं लौट जाता था। पर आज जब बैंगनों के डण्ठल अपने सीने से चिपटाकर तूने मुझे प्यार से बुलाया, तो मैं आ गया।' उसने बैंगन के डण्ठल उठाकर एक तरफ़ फेंक दिये और उनकी जगह अपना हाथ उसके वक्ष पर रख दिया।

'जाओ यहाँ से!' वह मुस्करायी। 'अब यहाँ किसलिए आये हो?'

'मैं तुझे वह चीज़ देने आया हूँ जो तू चाहती है।'

'क्या तुम्हें पता है, मैं क्या चाहती हूँ?'

'मैं तेरे साथ बारह साल से रहता आया हूँ। क्या तू नहीं जानती कि मुझे इतना भी नहीं पता है?'

'मैं बस तुम्हारे ही साथ रहना चाहती हूँ।'

उसने अपना चेहरा उसके अन्दर गढ़ा लिया। अब उसे उस पलँग पर अपने लिए अलग से स्थान नहीं चाहिए था। उस रात काली ने पोन्ना के साथ एक लम्बा समय बिताया।

जब चीराई नींद से जागी, तब तक लालटेन बुझ चुकी थी। 'लगता है तेल चुक गया,' वह बुदबुदायी। झोंपड़ी के भीतर से आ रही पोन्ना की करवटें बदलने की आवाज़ वह सुन सकती थी। 'यह छोकरी कब ठीक से सो पायेगी?' वह बड़बड़ायी।

काली हँस पड़ा। जब चीराई झोंपड़ी के अन्दर लालटेन में तेल डालने और पोन्ना को देखने के लिए आयी, तो काली ने पूवरशु के पेड़ की तरफ़ ज़ोर से फूँक मारकर और टहनी को हिलाकर उसका ध्यान बाँट दिया और चीराई बाहर आकर बोली, 'अरे ओ तू, क्या तेरी छेड़छाड़ अभी ख़तम नहीं हुई?'

पोन्ना को इसका कोई अनुमान नहीं था कि काली उसके पास कितनी देर ठहरा और वह निश्चित रूप से यह भी नहीं कह सकती थी कि वह कब वापस चला गया।

12

पोन्ना जब गहरी नींद के बाद सोकर उठी, तब सूरज काफ़ी ऊपर चढ़ आया था। रात को अचानक बहुत ज़ोर की बारिश हुई थी। परन्तु इससे पहले कि वह लोग उठें और चीज़ों को भीतर लेकर आयें वर्षा रुक गयी थी। जब बारिश हुई थी तब पोन्ना को उसके होने का पता था। वह एक तेज़ गहरी झड़ी थी जो झुलसती हुई धरती को ठण्डक पहुँचाने के लिए पर्याप्त थी। परन्तु पोन्ना उठी नहीं और न ही उसने बाहर आकर वर्षा को होते हुए देखा, वह बस सिकुड़ी हुई पलँग पर पड़ी रही जैसे खाना खाने के बाद केले का पत्ता गुड़ीमुड़ी करके एक तरफ़ फेंक दिया जाता है। वल्लाई यह देखकर बहुत परेशान थी कि केवल एक दिन की कड़ी मेहनत ने पोन्ना का क्या हाल कर दिया था। उन्होंने रात का बचा हुआ कम्बु का दलिया पानी में घोलकर रख लिया था। साथ में थोड़ा–सा दही भी था। दोनों बुढ़ियाएँ पोन्ना के जागने का इन्तज़ार कर रही थीं कि वह उठे और वे उसे कम्बु और दही खिला सकें। चूँकि पोन्ना देर तक सोती रही, अतः उन्होंने थोड़ा–सा दलिया खाकर भोजन कर लिया था।

बाहर ऐसा नहीं लग रहा था कि रात को वर्षा हुई थी। परन्तु उनके विचार में एक बार हल चलाने के लिए वह बारिश काफ़ी थी। मूसलाधार झड़ी का शुक्रिया जिसने पशुओं के अहाते को उलट–पलट कर रख दिया था। उन्होंने अहाते की सफ़ाई करके चीज़ों को फिर से अपनी जगह लगा दिया। सूरज की तेज़ किरणों को सह पाना कठिन हो चला था, परन्तु पोन्ना अभी भी सो रही थी।

चिन्तित और सन्दिग्ध होकर वल्लाई ने पोन्ना के निकट जाकर उसको देखा। वह नियमित रूप से साँसें ले रही थी। उसने सोचा कि वह और कुछ नहीं बस थकावट थी। उस समय बाड़ा ठीक उसी प्रकार ही लग रहा था जैसा कि वह तब लगा करता था जब काली वहाँ रहता था। परन्तु अब वास्तविकता यह थी कि काली अब वहाँ नहीं था। यही यथार्थ था। जब उन दोनों ने बाहर आकर खेत की ओर देखा, तब वह दोनों निःसन्देह ही काली का न होना महसूस कर रही थीं। बाक़ी सभी के खेत हरेभरे थे और काली का खेत ऐसा लग रहा था जैसे कि वह नातेदारों के बीच चल रहे किसी मुक़दमे का शिकार हो और उसको उजाड़ ही छोड़ दिया गया हो। यदि काली जीवित होता, तो उसने सिंचाई वाले दो हिस्सों में न जाने क्या–क्या बो दिया होता। इस साल उसका इरादा मिर्ची के बीज बोने का था। यदि वह उन्हें ज़मीन के एक छोटे–से हिस्से में ही लगाता, तब भी वह उनकी इतनी परवाह करता कि वह हरीभरी और भली–चंगी बनी रहतीं। उनके पास खेती के लिए पाँच या छह माह तक करने के लिए पर्याप्त काम था।

उसने एक हिस्से में रागी भी ज़रूर बोयी होती। खेत के बाक़ी हिस्सों में उसने मूँगफली और अरहर दाल उगाई होती और उन दोनों के बीच अलसी के बीज बोये होते। और मूँगफली के चारों ओर उसने हरे चने की कगार बनायी होती। बड़े वाले खेत में उसने कम्बु उगाया होता और बाक़ी के आसपास वाले खेतों में मकई। इस तरह से परिवार के लिए रागी और कम्बु पूरे वर्ष के लिए पर्याप्त होते। इसके अलावा पशुओं के लिए चारा भी यथेष्ट मिलता। उसने रागी के डण्ठल बछड़ों के लिए और मकई की डंडियाँ बैलों के लिए रखी होतीं। दुधारू गाय के लिए तो हरी घास हमेशा उपलब्ध थी। सभी खेतों में कोलुंजि और तुम्बै की झाड़ियाँ पटी पड़ी थीं। गाय उनके चारों ओर ही चरा करती थीं। अगर बारिश इस तरह ही होती रही, तो उन्होंने सोचा कि वह मकई भी बो सकेंगी।

चीराई ने सोचा कि इन खेतों के हालात तो तभी सम्हलेंगे जब मातम की मियाद पूरी हो जायेगी और यह भी तय हो जायेगा

कि पोन्ना कहाँ पर रहेगी। यह सब सोचते हुए चीराई ने गायों को चराने के लिए ले जाने और घास ले आने के बारे में निश्चय किया। निकलने से पहले वह वल्लाई से बोली, 'हम दोनों एक–दूसरे का मुँह देखते हुए कब तक इस तरह बैठे रह सकते हैं? अगर मैं जाकर एक गट्ठर घास ही ले लाऊँ तो कम–से–कम हम दुधारू गाय को तो खिला सकते हैं। इस बोआई के मौसम में मेरी जैसी खेती करने वाली औरत के लिए ख़ाली बैठे रहना बहुत बेजा लगता है।'

वल्लाई बर्तन माँजने में लग गयी और उसके बाद उसने मुर्ग़ियों को दाना डाला। वह बाड़े के आगे के भाग में आकर बैठ गयी और काले गौरैयों का हलचल मचाना देखती रही। चिड़ियाओं ने घोंसला बनाना शुरू कर दिया था। 'अगर पहले वाली चिड़ियाएँ मर भी जायें, तब भी नया जीवन लेकर नयी चिड़ियाँ तो आती ही हैं,' उसने सोचा। चौरस पत्थर वाली पीढ़ी पर बैठकर वह उन्हें कुछ देर तक देखती रही। तब उसने काम पर जाने वाले मज़दूरों के लिए काट्टूर के नौ बजे वाले साइरन की आवाज़ सुनी। वह पोन्ना को जगा देना चाहती थी। एक किसान औरत कैसे इतनी देर तक सोती रह सकती थी?

किसान औरत को तो मुर्ग़े की पहली बाँग के साथ ही उठ जाना होता है और कम्बु और रागी के दानों को कूटकर पूरे दिन के लिए खाना बनाना और उसके बाद मट्ठा मथना पड़ता है। तब तक दिन निकलना शुरू हो जाता है। फिर वह मर्द लोगों के लिए रात का बचा हुआ खाना पानी में मिलाकर कटोरों में उडेलती है। यह सब करने के बाद वह बाड़े में झाड़ू लगाती है और पशुशाला का फ़र्श साफ़ करती है। यदि उसका मर्द मेहनती और अच्छा काम करने वाला हो, तो वह दूध दुह देता है, अन्यथा उसे वह भी करना पड़ता है। कुछ बछड़ों को क़ाबू में रखना कठिन है, वह उछल–कूद करते हुए खूँटे से बन्धना नहीं चाहते। कुछ मर्द तो ऐसी स्थिति में भी कोई मदद नहीं करते। और अगर बोआई का मौसम हो, तो काम और भी बढ़ जाता है। दिन निकलने से पहले ही खाना साथ में बाँधकर उन्हें खेत पर पहुँच जाना होता है। क्या कोई दिन ऐसा भी है जब उन्हें

कड़ी मेहनत न करनी पड़ती हो? उनका दिनभर का काम तब जाकर समाप्त होता है, जब सन्ध्या धुँधलाने लगती है। इसके बाद वह रात के तीसरे पहर में जाकर ठीक से सो पाती हैं और फिर सुबह होते ही जाग जाती हैं।

वल्लाई को लगा कि उसके लिए तो पिछले दो माह निरर्थक ही चले गये। उसके अपने घर में उसकी बहू ही अकेले सब कुछ सँभाल रही थी। 'ठीक है, उसको भी महसूस कर लेने दो कि ऐसे दिनों में किसी दूसरे व्यक्ति की मदद कितनी हितकारी होती है,' वल्लाई ने सोचा। वह रोपने का मौसम था, अतः कामगार लोग खेतों में काम करने के लिए आ गये होंगे। बहू को केवल घर का ही काम करना होता होगा। वल्लाई इसलिए यहाँ आयी थी कि पोन्ना अकेली न रहे, परन्तु अब उसे यहाँ पर इतने लम्बे अरसे के लिए रहना पड़ गया।

वल्लाई सोचने लगी कि वह लोग खाना बनाने, खाना खाने और बेकार में इधर–उधर घूमने के अलावा और कुछ भी तो नहीं कर रहे थे। गायों को चराने के लिए ले जाना और फिर उन्हें वापस ले आना, कोई बड़ा काम तो नहीं था, था क्या? उसे लगा कि पोन्ना नींद में कुछ बड़बड़ा रही थी। कहीं उसे बुख़ार तो नहीं है? वल्लाई उसके बदन को छूकर देख सकती थी कि उसको बुख़ार है या नहीं, परन्तु वह उसको जगाना नहीं चाहती थी। फिर भी वह झोंपड़ी के भीतर गयी कि स्थिति को निकट से आँक सके।

पोन्ना की आँखें इस तरह खुली हुई थीं जैसे कोई पिल्ला पहली बार आँख खोलकर दुनिया को देखता है। पोन्ना की बरौनियाँ पपड़ा कर आपस में अटक गयी थीं। 'अम्मा,' उसने क्षीण आवाज़ में कहा।

वल्लाई ने उसके मुख से यह शब्द न जाने कब से नहीं सुना था। वह बड़े प्यार से दौड़कर पोन्ना के पास आयी और बोली, 'पोन्ना...क्या हुआ? तेरी तबियत तो ठीक है? क्या तुझे बुख़ार है? प्यारी बिटिया, कल तूने बहुत मेहनत भी तो की थी...' उसने अपना हाथ पोन्ना के माथे, गर्दन और गाल पर रखकर देखा कि कहीं उसे बुख़ार तो नहीं था। परन्तु पोन्ना ठीक थी।

'अम्मा, मुझे उठने में मदद कर दोगी?' वह बोली। वल्लाई ने उसे पलँग पर से ऐसे उठा लिया, जैसे वह किसी बच्चे को उठा रही हो। पोन्ना ने अपना सिर उसके हाथों में रख लिया और बोली, 'मुझे चक्कर आ रहा है।'

'जब तू थोड़ा बहुत कुछ खायेगी, तब जाकर अच्छा महसूस करेगी। तूने पानी भी तो नहीं पिया है। मैं तेरे लिए कुछ लेकर आती हूँ। तू यहाँ पलँग पर ही बैठे-बैठे उसे पी लेना, ठीक है?' वल्लाई ने कहा।

परन्तु पोन्ना बेतुकी आवाज़ में बोली, 'नहीं, मुझे पहले कुल्ला करना है।'

'तो ठीक है, मुझे थाम कर चल। पहले कुल्ला कर ले और फिर कुछ खा ले।' वल्लाई ने पोन्ना को पलँग से नीचे उतरकर धीरे-धीरे चलने में मदद की।

पोन्ना को एक क़दम भी उठाना दूभर लगा। उसको लगा जैसे कि उसके पाँव ज़मीन पर पड़ ही नहीं रहे थे। जैसे उसकी माँ का कन्धा ही उसे आगे खींच रहा था। उसकी इच्छा हुई कि वह कहीं पर अपना सिर टिकाकर बैठ जाये। वह माँ के कन्धे पर झुक गयी। वल्लाई ने उसे हाथ से पकड़कर बाहर आने में मदद की। जैसे ही पोन्ना बाहर आयी वह सूरज की तेज़ चमक को वहन नहीं कर सकी। चौंध से उसकी आँखें थोड़ी देर के लिए जैसे अन्धी हो गयीं। उसने मुड़कर पूवरशु के पेड़ की ओर देखा। जहाँ वह खड़ी थी वहाँ से वह पेड़ का पूरा विस्तार देख सकती थी। उसकी माँ ने उसे चौरस पत्थर पर बिठा दिया और पानी लेने के लिए चली गयी। परन्तु पोन्ना किसी सहारे के बिना पल भर के लिए बैठ नहीं पायी, अतः वह वहीं उस पत्थर पर ही लेट गयी। शरीर पर पड़ती सूरज की किरणों से उसे कुछ आराम मिल रहा था। रात को क्या घटा था उसके बारे में वह अनिश्चित थी। कभी वह उसको एक सपना लगता था तो दूसरे क्षण यथार्थ। उसने अपनी उँगलियों को अपने वक्ष पर फेरा। जहाँ-जहाँ बैंगन के डण्ठलों ने खरोंच डाली थी, वहाँ उसने देखा कि खुरण्ट बन गये थे।

घावों के ख़ून के थक्कों से उसका वक्ष सूज गया था। यह सब उसका ही किया कराया था। वह उसे अकेला नहीं छोड़ेगा, तब तक नहीं, जब तक कि वह उसके पास नहीं चली जाती। 'अगर तेरे पास आने के लिए यह सब ज़रूरी है, तो ले जा अपने साथ मुझे,' वह सोचने लगी।

वल्लाई ने उठकर पत्थर पर बैठ जाने में उसकी मदद की और पानी की मटकी उसके हाथों में थमा दी। पानी गुनगुना था। धूप में रखे रहने के कारण वह गर्म हो गया था। पोन्ना में मटकी को थाम लेने की भी शक्ति नहीं थी। उसकी माँ ने मटकी अपने हाथ में लेकर उसके होंठों से लगा दी। पोन्ना ने मटकी से पानी लेकर अपने मुख को अच्छी तरह साफ़ किया। जब थोड़ा–सा पानी उसके गले में चला गया, तो उसको उल्टी करने की तीव्र इच्छा हुई। उसको इतनी ज़ोर की उबकाई आयी कि उसे लगा कि इसकी अन्तड़ियाँ भी बाहर निकलकर आ जायेंगी। अपनी माँ की साड़ी का पल्लू पकड़कर वह नीचे की ओर झुक गयी और उल्टी करने की कोशिश करने लगी। वह अपना मुख एक छोटी–सी गौरैया की चोंच की तरह खोले हुए थी। उसको चाहे जितनी भी उबकाई आयी, परन्तु उसने उल्टी नहीं की। काफ़ी कोशिश करने के बाद बस थोड़ी–सी राल ही टपकायी। उसकी माँ ने उसे पानी पीने के लिए कहा। परन्तु पोन्ना मुख बन्द नहीं रख सकी। उसने न में सिर हिला दिया। वह बहुत ज़ोर से हाँफ रही थी। अपनी माँ के ज़ोर डालने पर पोन्ना ने पानी की एक घूँट ली, परन्तु वह उसे अन्दर नहीं उतार पायी। जो कुछ भी पानी उसके मुँह में था, उसने उसे अपनी माँ के ऊपर निकाल दिया। उसको फिर से मतली आने लगी जैसे इस बार बहुत ज़ोर से उल्टी करेगी। वह बहुत थक गयी। इसलिए कि शायद उसे फिर से उल्टी करनी पड़े वह निर्जीव होकर मुख खोले हुए अपनी माँ से चिपट गयी।

वल्लाई रोने लगी, 'मेरी तो कुछ भी समझ में नहीं आ रहा है कि तुझे हुआ क्या है। कल तक तो तू भली–चंगी थी। अब मैं करूँ तो क्या करूँ? इस वक़्त जब उसकी सख़्त ज़रूरत है, तो तेरी सास भी यहाँ पर नहीं है।' जब वह इधर–उधर चीराई को देखने की कोशिश

कर रही थी, तब उसने मेंड़ के पार गली में घास का गट्ठर देखा। वह चिल्लायी, 'चीराई, जल्दी करो! जल्दी से आकर पोन्ना को तो देखो। मेरे कुछ भी समझ में नहीं आ रहा कि इसको क्या हुआ है।' चीराई ने सर का गट्ठर वहीं ज़मीन पर फेंक दिया और दौड़ी–दौड़ी बाड़े में आयी। उसे लगा कि शायद पोन्ना कुछ भयानक हरकत कर बैठी थी। इसलिए वह अपनी छाती पीटते हुए और ज़ोर–ज़ोर से रोते हुए वहाँ आयी, 'अय्यो! अरे तू भी मुझे छोड़कर चली गयी।' पास के खेतों में काम कर रहे लोगों ने उसे ज़रूर सुना होगा। परन्तु जब वह बाड़े में आयी, तो उसने पोन्ना को उल्टी करते हुए देखा।

वह तुरन्त ही स्थिति समझ गयी। उसको पक्का विश्वास था कि जैसा वह सोच रही थी वह ऐसा ही था। 'पोन्ना!' वह ख़ुशी के मारे चिल्लायी, 'तूने तो मुझे बड़ी तसल्ली दे दी। मैं तो सोचती थी कि तू अकेली ही रह जायेगी। परन्तु भगवान ने तेरी कोख में एक नया जीवन दे दिया है। मेरे बेटे ने इस बात का पूरा ख़याल रखा कि इससे पहले कि वह अपनी जान ले, हमें एक नन्ही सी जान दे जाये।'

उसने निकट आकर पोन्ना के सिर पर अपना हाथ रखा और उसके बाद अपनी उँगलियाँ चटकायीं ताकि पोन्ना को बुरी नज़र न लगे। पोन्ना को कुछ भी समझ में नहीं आ रहा था। परन्तु वल्लाई अब सब समझ गयी थी। पुष्टि करने के लिए उसने पूछा, 'पोन्ना, तेरी पिछली महावारी को कितने दिन हुए हैं?' परन्तु पोन्ना ने इसका कोई हिसाब नहीं रखा था। जहाँ तक उसे याद पड़ता था, काली की मृत्यु के बाद से वह महीने से नहीं हुई थी। वल्लाई बोली, 'भगवान ने हमें भुलाया नहीं। तेरा अपना पति बालक बनकर तेरी कोख में आ गया है। अब चिन्ता करने की कोई बात नहीं है।'

अन्ततः पोन्ना भी सब जान गयी। परन्तु अपने सिर को दोनों हाथों के बीच थामकर वह ज़ोर–ज़ोर से रोने लगी।

13

आसपास के खेतों में काम करते हुए लोगों ने जब चीराई का बिलखना सुना, तो वह सब के सब आकर बाड़े में इकट्ठा हो गये। बड़ी भारी भीड़ लग गयी। परन्तु जब उन्हें असलियत का पता चला, तब सारे मर्द यह कहते हुए वापस चले गये, 'यह औरतें तो हमेशा ऐसा ही नाटक करती हैं। अगर कोई बुरी बात होती है तो चिल्लाती हैं और अच्छी बात होने पर भी चिल्लाती हैं। मैं सब कुछ छोड़छाड़ कर यह सोचता हुआ दौड़कर आया कि कहीं एक और मौत न हो गयी हो।'

परन्तु औरतें वापस नहीं गयीं। वह पोन्ना के पास जाकर उसे बधाई देने लगीं। जब पोन्ना ने उनके चेहरों की ओर देखा, तो वह रोने के सिवाय और कुछ नहीं कर सकी। उसको घेर कर खड़ी औरतें आपस में बातें करने लगीं। उनकी भावनाएँ हर्ष और दुःख का मिलाजुला मिश्रण थीं।

'कितना अभागा था वह। अपने मरने के लिए कितना ग़लत वक़्त चुना। उसका भाग्य ही कहाँ था कि इस समय इसकी ओर देख पाता।'

'यह उसका ही किया कराया है। एक ज़िन्दगी लेने के बदले में दूसरी दे गया। देख लेना तुम, लड़का ही होगा।'

'इसका तीसरा महीना चल रहा होगा, तभी तो इस तरह की मतलियाँ हो रही हैं इसे।'

'सही बात तो यह है कि अगर यह लोग खाना बनाने में मिर्च–मसाले डाल रहे होते तो इसको मतलियाँ आना पहले ही शुरू हो जाता।

पर यह ऐसा कर नहीं सकते थे, मातम के दिन अभी पूरे कहाँ हुए हैं। अगर इसने छौंक की ख़ुशबू सूँघ ली होती तो कभी की उल्टियाँ करने लग गयी होती।'

'किसी ने इस बात का हिसाब ही नहीं रखा कि इसका महीना पिछली बार कब हुआ था।'

'ठीक ही तो कहती हो। जब घर में मरद के न होने का ग़म मना रहे हों, तो किसको फ़िक्र रहती है कि किसका महीना कब हुआ।'

'सभी ज्योतिषियों ने जिनसे भी इन्होंने पूछा, सभी ने यही बताया था कि इनके बच्चा ज़रूर होगा। बजाय इसके कि थोड़ा–सा धीरज रखता उसने तो पेड़ से लटककर अपनी जान ही ले ली और वह भी इस बात पर कि किसी निकम्मे कुत्ते ने उसके लिए बुरा–भला कह दिया था। ऐसा भी गुमान क्या।'

इस नयी स्थिति के आ जाने पर हर किसी के पास कुछ–न–कुछ कहने के लिए था।

पोन्ना रोती हुई और सिसकियाँ लेती हुई बैठी रही।

'पोन्ना,...तू रो क्यों रही है? अब तेरा आनेवाला समय बस उम्मीदों से ही भरा है। जब तेरे चारों तरफ़ बच्चा दौड़ेगा, तो तेरे लिए जीना आसान हो जायेगा। तू ज़्यादा चिन्ता मत कर,' नोनिक्काडू की तोरत्तु पाट्टि ने पोन्ना का चेहरा अपने हाथ से ऊपर उठाते हुए कहा। पाट्टि की कोई औलाद नहीं थी। जब वह बहुत छोटी उम्र की थी, तब ही उसका पति मर गया था। वह यहाँ आकर अपने भाई के मकान में रहने लगी थी और यहाँ पर ही उसने अपनी सारी ज़िन्दगी गुज़ारी थी। पाट्टि ने जब पोन्ना को रोते हुए देखा, तो वह भी रोने लग गयी। वह गाने लगी :

चाहे तुम रेशम में लिपटी हुई हो
चाहे चार पालकियाँ तुम्हारे इन्तज़ार में खड़ी हों
चाहे तुम सोने से लदी हो
चाहे तुम शान से रहती हो
अगर तुम्हारी औलाद नहीं है

तब फिर जीने का मतलब ही क्या है
मान, अभिमान ही कहाँ है?
कुटुम्ब के होने की ख़ुशी ही कहाँ है?
लो अब एक बालक आ गया है
पोन्ना, तेरी ज़िन्दगी को
मतलब मिल गया है, गरूर मिल गया है
कुटुम्ब होने की ख़ुशी मिल गयी है।

सभी हँसने लगे और बुढ़िया के गाने से प्रफुल्लित भी हुए। परन्तु कुछ ने उसका मज़ाक उड़ाया, 'अगर तुम इसे रोक न लो, तो यह लोगों को इकट्ठा करके यहाँ पर ही कुम्मि नाच भी शुरू कर देगी।' अपने हाथों से पोन्ना के आँसू पोंछते हुए तोरत्तु पाट्टि ने कहा, 'मैं उन लोगों में से हूँ जो यह नहीं चाहते कि किसी को भी उन हालात से गुज़रना पड़े जिनसे मैं गुज़री हूँ। मैं तेरे बारे में सोचकर बहुत दुखी थी। चाहे हमारे भाई–बहन हों, सगे–सम्बन्धी हों, पर वह उसके बराबर नहीं है कि कोई पूरी तरह से अपना हो। क्या मैं ग़लत कह रही हूँ?'

एक गुस्ताख़ जवान ने अपना चेहरा भीड़ के बीच छिपाते हुए तोरत्तु पाट्टि को सम्बोधित करते हुए कहा, 'पाट्टि, मैं तुम्हारे भाई के पोते से जाकर यह कहे देता हूँ। फिर देखते हैं कि क्या होता है?'

तोरत्तु पाट्टि ने जवाब दिया, 'हाँ! कह दे जाकर। केवल मुझे ही पता है कि मुझे ज़िन्दगी में कितनी जद्दोजहद करनी पड़ी है। उसे क्या पता?' परन्तु पोन्ना मतलियों का होना नहीं रोक सकी। तोरत्तु पाट्टि ने चीराई की तरफ़ मुड़कर कहा, 'थोड़ी–सी काली मिर्च और सोंठ को कूटकर उसमें थोड़ी–सी करुप्पट्टी मिला कर इसे पीने के लिए दे। उबकाइयों का आना एकदम बन्द हो जायेगा। फिर इसको खाने के लिए कुछ बना, कुछ ऐसा जो इसको बहुत पसन्द हो। यह बच्चा देर से आया हुआ बच्चा है। इसलिए अपनी बहू की अच्छी तरह देखभाल करना।' जब तोरत्तु पाट्टि ने उससे यह बात कही, तब जाकर ही चीराई ने अपना होश सँभाला। उसने चूल्हे में कुछ

लकड़ियाँ रखकर आग जलाई। वल्लाई इस बात से शर्मिन्दा थी कि वह तुरन्त ही क्यों नहीं समझ पायी थी कि पोन्ना की तबियत ख़राब होने का कारण क्या था।

चीराई ने पानी से भरकर पतीला चूल्हे पर चढ़ा दिया। वह इस बात से बहुत प्रसन्न थी कि यह ख़ुशी की ख़बर सुनकर इतने सारे लोग इकट्ठा हो गये थे। कितना अच्छा होता अगर इस सुखद अवसर पर काली भी मौजूद होता। परन्तु वह इतने हर्ष और उत्साह से भरी हुई थी कि उसने इस सम्बन्ध में अधिक नहीं सोचा। 'मैं तो यह सोचकर कि कोई अनिष्ट हो गया है दौड़ी–दौड़ी आयी। मैं कुएँ के पास ही पहुँची थी जब मैंने इसकी माँ को बड़े ज़ोर से मुझे पुकारते हुए सुना। मैं और क्या सोचती! मैं तो एकदम घबरा गयी। पोन्ना उसकी याद में कमज़ोर होती जा रही है, मुझे लगा कि कहीं यह कुछ कर न बैठी हो। ऐसे हालत में तो कोई भी घबरा जायेगा। ऐसा करना स्वाभाविक ही है, है न? तभी तो मैं चिल्लायी। मैंने घास का गट्ठर वहीं फेंक दिया और दौड़ी–दौड़ी आयी। यहाँ आकर मैंने देखा कि इसको तो मतलियाँ हो रही हैं। तब जाकर मुझे याद पड़ा कि काली की मौत के बाद यह महीने से नहीं हुई है। मुझे इस बात की बड़ी ख़ुशी है कि आख़िरकार भगवान ने हमारी सुन ली,' चीराई ने मसालदानी का ढक्कन खोलते हुए कहा। उसको मसालदानी में काली मिर्च तो मिल गयी, परन्तु सोंठ वहाँ नहीं थी।

वह वल्लाई से बोली, 'मैं कुछ दिन पहले सोंठ ख़रीदकर लायी थी। लगता है वह गाँव वाले घर में ही रह गयी। बहन वल्ला, तुम इसका चेहरा पानी से धुलाकर इसे खाट पर लिटा दो। मैं बस दौड़कर गयी और घर से सोंठ लेकर आयी,' और वह लम्बे–लम्बे क़दम भरती हुई बाड़े के बाहर निकल गयी।

कुछ लोगों ने उसे गली में दौड़ते हुए देखकर कहा, 'चीराई की ख़ुशी को तो देखो। अब वह बहुत व्यस्त हो जायेगी।' चीराई का दिल वास्तव में हर्ष से प्रफुल्लित था। 'पोन्ना पेट से है।'

उसने यह ख़बर उन लोगों के साथ साँझा की। परन्तु उसने किसी से भी इससे अधिक और कुछ नहीं कहा। जब वह गाँव पहुँची, तो कुछ लोगों ने पूछा, 'चीराईक्का, हमने सुना है तुम्हारी बहू पेट से है?' वह बोली, 'अच्छा! तो यह ख़बर यहाँ तक आ पहुँची? हाँ, यह सही है। हमें आज ही पता चला है,' और यह कहती हुई वह आगे बढ़ती चली गयी। एक औरत ने पूछा, 'कितने महीने लग गये हैं उसे, सात या आठ?' चीराई उस औरत का चेहरा देखने के लिए रुकी नहीं और बोली, 'यह कौन धूर्त औरत है? अगर यह उसका सातवाँ या आठवाँ महीना चल रहा होता, तो क्या हमें अब तक मालूम नहीं पड़ जाता? और अगर ऐसा हुआ होता, तो क्यों मेरा बेटा ऐसी भयंकर मौत मरता? यह तो वही बात हुई जैसे किसी से जब उसका घर जल रहा हो, तो खाना पकाने के लिए तेल माँगना। यह हमारे बुरे दिन थे। भगवान ने काली के चले जाने के बाद अब हम पर दया दिखाने की सोची है। हमारे लिए कुछ अच्छा ही सोचो,' यह सब कहते हुए भी वह दौड़ती रही और जब घर पहुँची, तो अन्दर दौड़कर उसने मसालदानी खोली और उसमें से थोड़ी–सी सोंठ निकाल ली।

'अगर अब किसी ने कोई दिल जलाने वाली बात कही, तो मैं उसकी ज़बान ऐसे ही जलाकर रख दूँगी जैसे इस सोंठ के टुकड़े को भूनूँगीं। पर क्या करें, यह हमारे बुरे दिन जो हैं। यह तो होना ही है, जो लोग आराम की ज़िन्दगी जी रहे हैं, जो कुछ भी उनके मन में आये सो तो वह कहेंगे ही। अगर हम उन्हें अपनी तूती बजा लेने दें, तो हमारा क्या जाता है। हमें तो बस यही देखना है कि हमारे बुरे दिन जल्दी से निकल जायें,' वह स्वयं से ही बातें करती रही। जब वह वापस लौट रही थी, तो उसे रास्ते में जो कोई भी मिला उसने थोड़ी देर रुककर उससे बातचीत की।

जब वह गाँव के कुएँ के पास से गुज़र रही थी, तो उसने वहाँ कारान को हाथ में मटका लिए हुए खड़ा पाया। जब उसने चीराई को देखा, तो बोला, 'आया, मेहरबानी करके क्या आप मेरे लिए कुएँ से एक मटकी पानी खींच देंगी?'

वह बोली, 'क्यों नहीं,' और उसने कारान को उपकृत कर दिया। फिर उससे बोली, 'कारान, मेरी बहू, पोन्ना पेट से है। हमें यह ख़बर अडैयूर में उसके घर वालों को पहुँचानी है। क्या तुम चले जाओगे?'

कारान ने कहा, 'आपका मतलब है, हमारी मालकिन, पोन्ना? जी हाँ मैं चला जाऊँगा। मैं ज़रा घर पर यह मटकी रख आऊँ, उसके बाद तुरन्त चला जाऊँगा।'

'यह ख़बर सुनकर पोन्ना के घर वाले बहुत ख़ुश होंगे और यह ख़बर लाने के लिए तुझे इनाम भी ज़रूर देंगे। क्या पता तुझे एक नयी धोती ही मिल जाये। यों तो वह ख़बर सुनते ही वे लोग यहाँ आ पहुँचेंगे, पर फिर भी तू हमारी तरफ़ से उन्हें आने के लिए न्योता दे आना।'

'बिल्कुल मालकिन,' उसने कहा। 'मैं उन्हें कह दूँगा कि बैलगाड़ी तैयार रखें और यहाँ आने के लिए तुरन्त निकल पड़ें। यह बड़े दुःख की बात है कि यह ख़बर सुनना काली मालिक के नसीब में नहीं बदा था...'

उसकी यह बात बस हवा में ही रह गयी, क्योंकि चीराई बाड़े की ओर बढ़ चुकी थी। उसे अचानक याद आया कि वह दाई को कहलाना तो भूल ही गयी। दाई का मकान गाँव के दूसरे छोर पर था। यदि चीराई उस समय वहाँ जाती, तो उसको देर हो जाती। अतः उसने दाई को बुला लाने के लिए किसी और को भेजने का तय किया। जब वह उस रास्ते पर आयी जो गाँव से खेतों की ओर जाता था, तब उसने एक औरत को अपनी ओर आते हुए देखा। उसका चेहरा घास के गट्ठर के पीछे छिपा हुआ था जिसे वह अपने सर पर उठाये हुई थी। चीराई उसकी चाल से उसे पहचान नहीं पायी। परन्तु जब वह निकट आयी, तो उसने देखा कि वह मोचक्काट्टु की रहने वाली पोंगायी थी।

वह बहुत ही भली औरत थी, उसने कभी भी किसी का बुरा नहीं सोचा। उसने अपने पति की जिसकी मौत पीने के कारण हुई थी, बहुत अच्छी तरह से देखभाल की थी। उसके बाद उसने दो बेटियों

और एक बेटे को पालपोस कर अकेले ही बड़ा किया था। पोंगाई कुछ दिन पहले ही बाड़े पर आयी थी और रोते हुए बोली थी, 'यह कितने दुःख की बात है कि ऐसा इस तरह हुआ। क्या इन्सान की ज़िन्दगी का इतना सा ही मतलब है?'

चीराई ने उसे रोककर सूचना दी, 'पोंगा, क्या तू जाकर दाई को फ़ौरन ही यहाँ आने के लिए बोल देगी?'

पोंगा ने कहा, 'तुम जाओ और जाकर पोन्ना के लिए सोंठ का काढ़ा बनाओ। मैं अभी जाकर दाई को ख़बर दिये देती हूँ, बस ज़रा रास्ते से हटकर जाना पड़ेगा। अगर उसका मर्द घर नहीं भी होगा, पर दाई ज़रूर ही घर में होगी। वह तुरन्त ही आ जायेगी। यों तो तुम्हें पता है कि पोन्ना पेट से है, मगर अगर दाई आकर यह कहेगी तो तुम्हें तसल्ली हो जायेगी। मैं उसको बोल दूँगी। तुम फ़िकर मत करो।'

चीराई अपने हृदय में एक नयी शक्ति लिए हुए चलने लगी और हवा का एक हलका–सा झोंका उसको स्पर्श करते हुए निकल गया जैसे किसी कोमल फूल ने उसके शरीर को छुआ हो।

14

पोन्ना आकर पलँग पर लेट गयी। अब उसे पूरी तरह विश्वास हो चला था कि पिछली रात को काली ही उसके पास आया था। काली ने उसके साथ काफ़ी समय भी बिताया था और वही उसकी कोख में यह नया जीवन रख गया था। जब वह जीवित रहा, तब वह इस काम को पूरा न कर सका। परन्तु अब जाकर वह इस काम को सम्पन्न कर पाया। उसने अपने जीवन की बलि भी इसलिए ही दी ताकि वह पोन्ना की समस्या का निदान कर सके। ऐसा उसने पोन्ना के भले के लिए ही किया। पोन्ना को उनींदी धुन्ध में लाने से पूर्व उसने जो कुछ भी कहा था, उसका कहा हुआ एक–एक शब्द पोन्ना को याद आने लगा। अब भी वह उसकी आवाज़ सुन रही थी और इस कारणवश उसका सिर चकराने लगा। 'मैं तुझे वह देने आया हूँ जिसकी तुझको चाह थी।' और उसने वास्तव में वैसा किया भी। कल दिन क्या था? गुरुवार था। काली गुरुवार को ही मरा था। उसको मरे हुए ठीक दो माह हो गये थे। आज तीसरे माह का आरम्भ था।

वह उससे बिल्कुल भी नाराज़ नहीं थी। वह तो केवल उसकी मदद करना चाहता था। वह पिछली रात के बारे में फिर से सोचने लगी। उसको अशेष आनन्द में डूबते चले जाने की वह अनुभूति याद आने लगी जो इससे पहले उसने कभी भी अनुभव नहीं की थी। वह उन क्षणों को अभी भी महसूस कर रही थी। यह मतलियों का आना उसका ही परिणाम था। काली एक कुशल जादूगर था।

जो कुछ ही लोग देख सकते थे उसमें वह बड़ी आसानी से हेराफेरी कर लेता था। 'मामा,' वह कराही। 'ठीक है अब तुम मेरे भीतर हो। मैं तुम्हें जाने न दूँगी। पर लड़के का रूप लेकर जन्म मत लेना, तुम्हारे बाबा ज़्यादा दिन नहीं जिए और न ही तुम्हारे पिता। तुम भी कहाँ जिए। मुझको लड़की ही देना। मैं उसकी बहुत अच्छी तरह से परवरिश करूँगी और वह तुम्हारा नाम ऊँचा करेगी। वह मेरी गोद में ठीक उसी तरह लेटा करेगी जैसे तुम लेटा करते थे। मैं उसे इन छातियों से ही दूध पिलाया करूँगी। परिवार पर पड़ा शाप तुम्हारे ही साथ समाप्त हो जायेगा। अगर लड़का हुआ तो मेरी ही जैसी किसी लड़की को उसके साथ विवाह करना पड़ेगा और उसे भी वही झेलना पड़ेगा, जो मैं झेल रही हूँ। मैं यह नहीं चाहती। तुमने वायदा किया है कि तुम मुझे वही दोगे जो मैं चाहती हूँ। मुझे बस यही चाहिए,' पोन्ना सर चकराने की अवस्था में यही सब बुदबुदा रही थी।

वह सब की सब औरतें जो बाड़े में पोन्ना को देखने के लिए और यह कहने के लिए आयी थीं कि अब इसके आगे सब अच्छा ही होगा, जा चुकी थीं। केवल कुछ बूढ़ी औरतें जो खेतों में से कुछ साग बीनकर ले जाने के लिए आयी थीं, वह अभी भी टिकी हुई थीं। चीराई को तेज़ी से बाड़े में आते हुए देखकर उनमें से एक ने पूछा, 'चीराई, क्या तुझे सोंठ मिली?'

'हाँ, आया, मैं हमेशा ही ऐसी चीज़ें मसालदानी में रखती हूँ। ऐसे ही किसी समय पर अगर उसकी ज़रूरत पड़ जाये, तो उसे लाने कौन कहाँ जाता फिरेगा। यही अच्छा है कि अपने पास रखे रहो,' सोंठ के टुकड़े को कुचलते हुए और उसे खौलते हुए पानी में डालते हुए चीराई ने कहा। उसने साड़ी के पल्लू में बन्धीं गाँठ खोलकर करुप्पट्टियाँ निकालीं और उन्हें रई के हत्थे से कुचलकर उस पानी में ही मिला दिया। चूल्हे की आग बुझने लगी थी, अतः उसने सूखे ताड़ के पत्ते डाल कर कई बार चूल्हे में फूँका ताकि पत्ते आग पकड़ लें।

वल्लाई की ओर देखते हुए उसने पूछा, 'तो तुम्हारी बिटिया क्या कह रही थी?'

'मेरी बिटिया,' वल्लाई ने उत्तर दिया। 'वह तो तुम्हारी बहू है। तुम्हीं उस पर लाड़ लड़ाती रहती हो। उसका सिर चकरा रहा है। मुझे तो चिन्ता हो रही है कि यह बाक़ी के महीने पूरे कैसे करेगी?'

चीराई ने कहा, 'तुम माँ हो। इसके पास ही रहो और इसे ज़ायकेदार मसाले वाला गोश्त पकाकर खिलाओ। इसकी मदद करो ताकि इसमें कुछ ताक़त आ जाये।' उसने सोंठ के पानी को सूँघकर देखा कि वह पूरी तरह पक गया था या नहीं और फिर उसको छानकर हाण्डी और गिलास में कई बार आगे–पीछे उड़ेला ताकि वह ठण्डा हो जाये। फिर वल्लाई को गिलास थमाते हुए वह बोली, 'जाओ, जाकर उसे यह दे आओ। मैंने इसका घोलुवा नहीं बनाया है। इसे ऐसे ही रहने दिया है जैसे अदरक की चाय हो। और यह ज़्यादा गरम भी नहीं है। यह उसके गले के लिए एकदम ठीक रहेगी। मैं अब इसी आग पर थोड़े–से चावल पकाने के लिए रख देती हूँ। वह भी चावल खाना ही पसन्द करेगी। बिना कोई मसाला डाले हम थोड़ी–सी दाल भी बना लेंगे। वह उसको पी लेगी।'

वल्लाई ने पोन्ना को उठने में और एक–एक घूँट लेकर उस पय को पीने में मदद की। दो घूँट पीते ही पोन्ना ने बड़ी ज़ोर की डकार ली।

तेना पाट्टि जो बाहर बैठी हुई थी, बोली, 'हाँ, इससे तुझे डकार आयेगी। छोटी–छोटी घूँट लेकर धीरे–धीरे पी।' फिर वह चीराई से बोली, 'अरे, चीरा, ग़मी की मियाद अभी पूरी नहीं हुई है, तो तू चावल कैसे पका सकती है?'

चीराई इसी प्रश्न की आशा कर रही थी, अतः वह उत्तर देने के लिए पहले से ही तैयार थी, 'यह घर नहीं खेतीबाड़ी की जगह है। है कि नहीं, आया? हमें घर के अन्दर चावल नहीं पकाना चाहिए। पर यहाँ बाड़े में चावल बनाना ग़लत नहीं होगा। अब पिछले दो माह से हम खानाबदोशों की तरह यहीं डेरा डाले हैं। यहीं पकाते हैं, यहीं खाते हैं। घर में तो हमने चूल्हा जलाया ही नहीं है। जिस दिन मियाद पूरी हो जायेगी, उस दिन पहाड़ी वाले मन्दिर पर हो आने के बाद

घर की अच्छी तरह सफ़ाई कर डालेंगे और फिर रस्मों के मुताबिक़ ही सब कुछ करेंगे। पर तब तक मैं उसके लिए यहाँ ही खाना बनाऊँगी। उसकी तकलीफ़ को तो देखो। जब वह अपनी पसन्द की चीज़ें खायेगी, तो थोड़ा ठीक महसूस करेगी। यह सब रीति–रिवाज हमने ही तो बनाये हैं। है कि नहीं? तुम क्या सोचती हो? क्या तुम मेरी बात से इत्तफ़ाक़ रखती हो, तोरत्तु पाट्टि?' उसने एक और औरत को अपनी बात मनवा लेने के लिए घेरे में समेट लिया।

'हाँ, ठीक ही कह रही हो,' उस बुढ़िया ने सहमति जताई। 'कौन–सा अनर्थ हो जायेगा? यहाँ पर चावल पकाना उसी तरह है जैसे किसी और के घर में पका कर यहाँ पर लाना। ठीक है, उसके लिए चावल पका ले, चीराई। अगर काली को इस पर एतराज़ है, तो आ जाये और आकर कहे।'

सभी बुढ़ियाएँ पूवरशु के पेड़ के नीचे छाया में बैठी हुई थीं। तोरत्तु पाट्टि ने अपनी कमर से पोटली निकाली। उसकी पोटली को देखकर तेना पाट्टि ने उसका मज़ाक़ बनाया, 'तुम इस पोटली को अपनी कमर से ज़्यादा दूर नहीं रख सकतीं। ऐसा लगता है कि तुमने सभी से कह रखा है कि तुम्हारे मरने के बाद ही वह इस पोटली को छू पायेंगे और इसमें बँधे पैसों को तुम्हारे क्रियाकरम में ख़र्च कर सकेंगे। लगता है कि इसमें काफ़ी रकम बँधी है। देखो तो पोटली फूल कर कैसी कुप्पा हो रही है!'

तोरत्तु पाट्टि ने प्रत्युत्तर में कहा, 'इसमें तो सिर्फ़ पान के पत्ते और तम्बाकू है और थोड़ा–सा चूना। अगर तुम चाहो तो ख़ुद आकर देख लो,' और उसने पोटली में जो कुछ भी था सब बाहर निकाल लिया। पान खाने में सभी ने भाग लिया।

चीराई खाना पकाते समय उनकी यह चुहलबाज़ी सुन रही थी। पोन्ना ने चीराई की बनायी दाल और चावल थोड़े–से ही खाये, परन्तु कुछ खा लेने के बाद वह अच्छा महसूस करने लगी। इस बीच में दाई तंगाई भी आ पहुँची और बोली, 'तुम सब की सब बुजुर्ग औरतें यहाँ आकर इकट्ठा हो गयी हो, क्या कोई चल बसा है।'

तोरत्तु पाट्टि ने मुँहतोड़ जवाब दिया, 'अरे, अगर कहीं कोई बड़ी बात या बुरी बात हो गयी है, तो तुम्हें तो सुनकर बहुत ख़ुशी हो रही होगी, हो रही है न?'

तंगाई ने उत्तर में कहा, 'तुम चारों अस्सी तो पार कर चुकी हो। मुझे तो इसी का इन्तज़ार है कि तुम में से कम–से–कम कोई एक तो लुढ़के, ताकि मैं कुछ दिन तक दावत खाने का स्वाद ले सकूँ। पर ऐसा होकर ही नहीं दे रहा।'

उनमें से एक बुढ़िया बोली, 'तेरा खसम लोगों की हजामत बनाकर पैसे कमाता है, क्या वह तेरे लिए काफ़ी नहीं है? फिर क्यों तू लोगों के मरने से अपना गुज़ारा करना चाहती है?'

तंगाई ने जैसे यह बात सुनी ही नहीं, वह आगे बोलती ही गयी, 'काली जैसे हट्टे–कट्टे लोग रोज़ मरते रहते हैं, परन्तु घिसे–पिटे बूढ़े लोगों को कुछ भी नहीं होता। ठीक है, जीती रहो जब तक तुम सब सौ बरस की न हो जाओ।'

'तू हमें ज़हर देकर मार क्यों नहीं डालती? इस दुनिया को छोड़कर जाने की हमें तो बहुत ख़ुशी होगी,' तोरत्तु पाट्टि ने कहा।

वह सब जानती थीं कि तंगाई लोगों को हमेशा इसी तरह छेड़ा करती थी। उसकी किसी भी बात का उन्होंने बुरा नहीं माना। वह पूरे गाँव की दाई थी। वह सभी औरतों का इलाज करती थी और प्रसूति भी। यद्यपि उसका पति पेशे से नाई था, परन्तु पुरुषों के लिए वह वैद्य भी था। उन दोनों को अपनी सेवाओं के लिए मिलाकर सालाना ख़र्चा मिलता था। तंगाई पोन्ना का दायाँ हाथ उठाकर उसकी नब्ज देखने लगी। 'काली की ज़िन्दगी अब इसके भीतर खिल उठी है। यह बात पक्की है। कल सुबह मैं इसके लिए जड़ी–बूटियों से बने चार पिंड ले आऊँगी। इसे चार दिन तक एक गोला हर दिन खिलाना। यह मतलियाँ होना बन्द हो जायेगा,' वह बोली। पोन्ना उसकी ओर देखते हुए बड़े फीके ढंग से मुस्करायी। तंगाई शुभकामनाओं को जोड़ते हुए आगे बोली, 'इसके चेहरे पर मुस्कराहट है। सब ठीक होगा। यह एक सुन्दर और स्वस्थ बच्चे को जन्म देगी।

यह परिवार फले–फूलेगा और सबल बनेगा।' वल्लाई ने क़रीब आठ कटोरे कम्बु ज्वार लाकर तंगाई की साड़ी के पल्लू में डाल दिया। दाई उसको सँभालते हुए झोंपड़ी के बाहर निकल आयी।

तोरत्तु पाट्टि उससे बोली, 'आजकल तू कुछ ज़्यादा ही बोलने लगी है। हमें तेरे पति से कहना चाहिए कि वह तेरी जुबान थोड़ी–सी काट दे।'

'ऐसा तो हो ही नहीं सकता,' एक औरत बीच में बोली। 'वह तो इसकी पूजा करता है।'

'अच्छा! तो यह बात है? वह कैसे करता है इसकी पूजा? घुटने टेक कर या फिर इसके पाँवों में पूरी तरह लेट कर?'

'वह खड़े–खड़े ही स्तुति करता है,' तंगाई ने जवाब दिया। 'ज़रा इन बूढ़े लोगों की बातें तो सुनो।'

'ज़रा सावधान रहना। वह आदमी अपने हाथ में उस्तरा लेकर घूमा करता है।'

'पर वह पत्थर जिस पर घिस कर वह अपना उस्तरा पैना करता है, वह तो तंगाई के पास है,' एक और बुढ़िया बोली।

यह सभी बुढ़ियाएँ, यह पाट्टियाँ ठिठोली करते हुए ख़ूब हँस रहीं थीं और आनन्द ले रही थीं।

तंगाई तब तोरत्तु पाट्टि से बोली, 'क्या मुझे भी पान खिलाओगी?' बुढ़िया ने एक बार फिर अपनी कमर से पोटली निकाली।

'इस बुढ़िया की तो पोटली खोलने की मर्ज़ी नहीं थी,' तंगाई ने तंज़ किया।

परन्तु तोरत्तु पाट्टि ने उस वार को ऐसे ही नहीं जाने दिया। वह बोली, 'ठीक है, मेरे पास तो बस कमर की पोटली ही है। तेरे पास सोने का बना बटुआ होगा जिसे तू खोलकर हर किसी के साथ साझा करती होगी,' और उसने तंगाई को आधा पान और कुछ सुपारी दी।

'तूने मुझे पूरा पान क्यों नहीं दिया? अगर ऐसा करती तो तेरा क्या जाता? इससे क्या होगा?'

तोरत्तु पाट्टि बोली, 'मेरा दिया पान किसी भी मुँह को तृप्त नहीं कर सकता, बोल, क्या कभी कर सकता है?'

'मैं तो बातों में तुझसे जीत ही नहीं सकती,' तंगाई ने कहा। 'अच्छा ज़रा–सा चूना तो दे, मैं फिर निकलती हूँ। बहुत काम पड़ा है करने के लिए।'

एक और बुढ़िया बोली, 'इस पान के पत्ते को अपने घर ले जा और वहाँ जाकर अपने खसम से सफ़ेद चूने की लसदार लेई लगवा लेना।'

'हाँ, हाँ, क्यों नहीं। मुझे तुम लोगों को यहाँ बैठकर सुखपूर्वक बातें करते देखकर बहुत ख़ुशी हो रही है। भगवान करे तुम्हारी ख़ुशियाँ इसी तरह बनी रहें,' उसने दिल खोलकर उन सबकी ख़ुशियों के लिए कामना की।

जब तोरत्तु पाट्टि ने गाने की धुन में कहा, 'मुदित और मगन दाई माँ' बाक़ी की सभी औरतें भी कुम्मि की धुन पर तालियाँ बजाते हुए उसके साथ गाने लगीं।

मुदित और मगन दाई माँ
क्या यह पाजेब के घुँघरूओं की आवाज़ है, ओ दाई माँ
हम सुन रहे हैं कम्बु ज्वार का ठनठनाना, ओ दाई माँ
इसमें थोड़ा–सा गुड़ भी मिलाना, ओ दाई माँ
दरवाज़ा बन्द है यह पक्का कर लेना, ओ दाई माँ
बड़ी सावधानी से इनको कुचलना, ओ दाई माँ

तंगाई यह कहते हुए, 'आज यह बुढ़ियाएँ मुझे ऐसे ही छेड़ती रहेंगी। मैं यहाँ से चली,' वहाँ से भाग खड़ी हुई। किसी ने बड़े अश्लील ढंग से कहा, 'अरी, ज़रा सावधान रहियो। कम्बु को मज़बूती से पकड़े रखियो।' उसका इशारा कम्बु के दो अर्थी होने से था कम्बु यानी लम्बा डण्डा। परन्तु चले जाने से पूर्व तंगाई ने इसका कोई उत्तर नहीं दिया।

चावल पकने की ख़ुशबू चारों ओर फैल गयी। चीराई दूसरे चूल्हे पर दाल बना रही थी। वह वल्लाई से बोली, 'बहिना, यह पाट्टियाँ गाते–गाते थक गयी हैं। थोड़े–से कम्बु ज्वार को इनको पीने के

लिए पतला कर दो। उसे पी लेने के बाद इन्हें आराम कर लेने दो। दोपहर भी हो चली है।'

उनमें से एक पाट्टि ने कहा, 'अगर तुम्हारे पास कुछ दही हो, तो हमारे लिए थोड़ा–सा मट्ठा भी बना दो। अब दोपहर का खाना खाने के लिए घर जाने का वक़्त भी कहाँ है। हम बस उसे पीकर यहाँ ही पूवरशु के साये में पड़े रहेंगे और शाम को घर चले जायेंगे।'

चीराई ने उत्तर दिया, 'हाँ, क्यों नहीं? अगर चाहो तो रात को भी यहीं ठहर जाना। मैं तुम लोगों के लिए पेड़ के नीचे दो खाट डाल दूँगी।'

'पर इस पेड़ पर तो तुम्हारा बेटा बैठा रहता है।'

'बैठा रहने दो उस बेवकूफ़ को वहाँ। तुम तो पेड़ के साये में लेटोगी। क्या वह पेड़ के साये पर भी अपना हक़ जमायेगा।'

'वह हमारे साथ कर क्या सकता है? अगर वह हमें अपने साथ ले जायेगा, तो हम ख़ुशी–ख़ुशी चले जायेंगे। हम अब इस धरती पर बोझ बनकर किसलिए जीते रहें?'

इससे पहले कि वल्लाई ज्वार को पतला करे, चीराई ने दाल को पकाकर उसे अच्छी तरह घोट दिया ताकि वह आसानी से पच सके। वह एक थाली में थोड़े–से चावल और दाल डाल कर पोन्ना के लिए ले गयी। जब पोन्ना ने चीराई के हाथों से थाली लेकर अपनी गोद में रखी, तो उस गरम–गरम खाने से उठती हुई महक उसके नथुनों तक जा पहुँची।

एक लम्बे अरसे के बाद थाली से उठती हुई उस सुगन्ध भरी भाप को देखकर पोन्ना को पहली बार कुछ खाने की इच्छा हुई थी।

15

जैसा चीराई का अनुमान था, पोन्ना के पिता और उसका भाई बैलगाड़ी में बैठकर तुरन्त ही आ पहुँचे। वह अपने साथ मुत्तु की पत्नी तथा उसके बेटे को भी लाये थे। जैसे दहेज का सामान लेकर आये हों, वह बैलगाड़ी में से बोरे उतारने लगे। वे अपने साथ अनाज, भिन्न–भिन्न प्रकार की दालें, करुप्पट्टी, नारियल और अनेक विभिन्न प्रकार की चीज़ें लेकर आये थे। कुछ खाना बनाने वाले पीतल के बरतन भी थे।

पूवाई, पोन्ना की भाभी ने दौड़कर पोन्ना को गले लगा लिया। 'आख़िरकार तेरे अच्छे दिन आ ही गये,' वह बोली।

सारी बूढ़ी औरतें, जो पूवरशु की छाया में आराम कर रही थीं, उठकर बैठ गयीं और धीमी आवाज़ में आपस में बातें करने लगीं, 'अगर काली ज़िन्दा होता, तो वह इससे भी कहीं अधिक सौगातें लेकर आते।'

'यह तो कुछ भी नहीं है। अगर बेटा होगा, तो मामा बहुत सारे तोहफ़े लेकर आयेगा।'

'मामा का अपना भी बेटा है। अगर लड़की हो गयी, तो वह उनकी आपस में शादी करा देंगे। मुत्तु के एक ही बच्चा है और पोन्ना का भी एक ही होगा। इस तरह से सारी जायदाद परिवार के पास ही बनी रहेगी।'

'यह तो हम चाहते हैं, भगवान करे उसकी भी यही मर्ज़ी हो।'

'सही कह रही हो। अगर हमारी सभी इच्छाएँ पूरी होती रहें, तो फिर भगवान की किसको ज़रूरत है?'

'तुम ठीक कहती हो। हो सकता है जो हम चाहते हैं, ईश्वर जानबूझकर उसका उलटा ही करे। इसलिए बहुत–से लोग भगवान से किसी ख़ास चीज़ की मन्नत नहीं माँगते। वह बस यही प्रार्थना करते हैं कि वह जो भी करेगा, वह उन्हें मंजूर होगा।'

वह औरतें वहाँ पर बैठी हुई यही सब बातें करती रहीं।

इस बीच चीराई और वल्लाई दोनों ही शुरू से यह बताते हुए बड़े गर्व से बातें कर रही थीं कि उन्हें किस प्रकार इस बात का आभास हुआ था कि पोन्ना गर्भवती थी। पोन्ना खाना खाने के बाद अपने अन्दर थोड़ी ऊर्जा अनुभव कर रही थी। वह अपनी भाभी का हाथ पकड़े हुए झोंपड़ी से बाहर आयी और आकर पत्थर पर बैठ गयी। उसकी भाभी ने उसके केशों को खोलकर उसके सिर पर तेल मला। पोन्ना ने पिछले कई दिनों से अपने केशों की परवाह नहीं की थी, अतः वह आपस में उलझे हुए ताड़ के सूखे पत्तों की तरह लग रहे थे। 'तुम समय मिलते ही आँवले के चूरे को मलकर इस तेल को धो डालना, वरना फिर तुम्हारे बालों को पूरी तरह सुलझाना बहुत मुश्किल हो जायेगा,' उसने कंघी से पोन्ना के बालों को सुलझाते हुए कहा। वह बड़ी नरमी के साथ पोन्ना के सिर को कभी इधर कभी उधर मोड़ते हुए उसके बाल सुलझा रही थी कि कहीं कंघी का ज़ोर से झटका न लगे और पोन्ना को कष्ट न हो। पोन्ना को उसके इर्दगिर्द जो कुछ भी हो रहा था, उसका उसे पूरी तरह आभास नहीं था। उसको आशा नहीं थी कि इस समाचार से उसकी माँ और सास इतना अधिक ख़ुश होंगी। इसके अतिरिक्त गाँव के लोग भी आकर अपनी प्रसन्नता जताएँगे और अब उसके अपने घर से आये हुए इतने सारे उपहार। केवल एक औरत का गर्भवती हो जाना इतने सारे लोगों के लिए कितनी सारी ख़ुशियाँ ले आया था।

पोन्ना को लगा कि अब वह समझ सकती थी कि लोग निःसन्तान होने को क्यों इतना बड़ा दुर्भाग्य मानते हैं। एक बालक के अन्दर विशाल आनन्द और कितनी ख़ुशियाँ निहित हैं। समाचार सुनकर जब लोग इस तरह की प्रतिक्रिया दिखा रहे हैं, तो उस समय

न जाने क्या होगा जब वह बच्चे को जन्म देगी। उसकी भाभी के पास देने के लिए सलाह और सुझावों की कोई कमी नहीं थी, 'तुझे सुबह के वक़्त मतली आयेगी पर उल्टी करने के लिए तू अपने पर ज़ोर मत डालना, वरना तेरा गला बैठ जायेगा। बस ज़रा–सी करुप्पट्टी मुँह में रख लेना। उससे मतलियाँ होने में बहुत फ़र्क़ पड़ेगा। जाग जाने के बाद तुरन्त मत उठना, थोड़ी देर ऐसे ही लेटी रहना, इससे चक्कर आना कम हो जायेगा और जैसे–जैसे दिन चढ़ेगा तू अपने अन्दर थोड़ी ताक़त महसूस करेगी। ख़ुद को थकाने की ज़रूरत नहीं हैं। बस उतना ही काम करना जो तू कर सकती है। पाँचवाँ महीना शुरू होते ही उल्टियाँ होना बन्द हो जायेगा और तब तुझे पहले जैसा लगने लगेगा।'

चीराई मुत्तु से बोली, 'बेटे, अब हमें आगे की ओर देखना है। तेरे दोस्त ने जल्दबाज़ी की और वह चला गया। यह सही है अगर वह हम लोगों के बीच होता तो हम सबकी ख़ुशी का कोई ठिकाना नहीं होता। अगर हम अपना सारा वक़्त उसके बारे में ही सोचने में बिता दें, तब भी वह लौटकर आने वाला तो है नहीं। इस बच्चे की क़िस्मत में यही लिखा था कि अपने बाप को ले जाने के बाद ही इस दुनिया में आये। अब आगे से हमें तुम्हारी मदद का ही आसरा लेना पड़ेगा। कल रात बारिश हुई थी। अगर काली ज़िन्दा होता तो सुबह उठते ही उसने सबसे पहले बैलों को हल में जोता होता। ज्वार और मूँगफली बोने के लिए तो देर हो गयी है, पर हम पूरे खेत में मकई तो बो ही सकते हैं। इस तरह से जो भी गायें हमारे पास हैं हम उन्हें चारा खिला सकेंगे। जो घास उगेगी वह भी हम उन्हें खिला देंगे। वल्लाई घर की और इस लड़की की परवाह कर लेगी और मैं खेत में काम कर लूँगी। क्या तुम मेरी मदद करोगे?'

'अतै, अभी दिन काफ़ी बचा है,' मुत्तु बोला। 'मैं खेत के एक हिस्से में आज ही मकई बो दूँगा। बाक़ी की हम लोग कल पूरी कर लेंगे। मैं इस बात का पूरा ख़याल रखूँगा कि बीज बोते वक़्त मिट्टी नम हो। हम लोग कोई कसर नहीं छोड़ेंगे।'

'ठीक कह रहे हो, मुत्तु,' चीराई बोली। 'जब घर में एक नया जीवन पनप रहा हो, तो खेत में भी ऐसा ही होना चाहिए। काम करने का यही सही तरीक़ा है। परिवार भी उसी तरह फले फूलेगा, जैसे खेत। मुझे नहीं मालूम उसने मकई के कितने दाने बचाकर रखे हैं। शायद पूरे खेत के लिए काफ़ी न हों। उसने पहले ज्वार और मूँगफली के बारे में सोचा होगा और फिर बच गये हिस्से में मकई बोने के लिए ही दाने रखे होंगे। पोन्ना से पूछते हैं, उसे पता होगा। या फिर हम ख़ुद ही अन्दर जाकर देख लेते हैं।'

यह देखने के लिए कि वह खेत में मकई कहाँ पर बोना शुरू कर सकता था, मुत्तु तुरन्त ही खेत पर पहुँच गया। पोन्ना से आँखें मिलाने की शक्ति अभी भी उसमें नहीं थी। क्या कहेगा उससे वह? मन्दिर के उत्सव में जाने के कारण ही उसे सन्तान की प्राप्ति हुई थी। अतः बच्चा न होने का कारण पोन्ना नहीं थी। गड़बड़ काली के साथ थी। यदि काली जीवित होता, तो वह इस बारे में क्या सोचता? क्या वह इस बात से आहत होता कि यह बच्चा दुनिया में इसलिए आया है कि वह सबको बता सके कि कमी उसमें ही थी? या फिर वह इस बात से प्रसन्न होता कि गाँव वाले उसके निःसन्तान होने का अब ताना नहीं दे सकेंगे? यह बालक किसी देवता से प्राप्त हुआ है। परन्तु यदि सोचो तो हम सब भगवान की दी हुई सन्तान ही तो हैं। इसके अलावा कौन–सा ऐसा परिवार है जिसमें वंशावली खरी और विशुद्ध चली आ रही हो। हर परिवार की एक–न–एक कहानी है जिसे वह परिवार दबाये रखने की चेष्टा करता है। कोई भी ऐसा परिवार नहीं है जहाँ यह न कहा जाता हो कि वह वहाँ उसके पास गयी थी या फिर वह वहाँ उसके पास गया था। यह सब छोड़ो, उसका अपना बाप जब कभी क्रोध में होता था, तो उससे कहता था, 'कौन जाने तू किसकी औलाद है?' यह बात स्पष्ट है कि उसके पिता के मन में यह विचार कहीं घर किये हुए था। अगर कोई इस पर ग़ौर करे, तो वह सब क़िस्से कि लोग बदल गये, जातियाँ बदल गयीं, गाँव बदल गये और तो और यहाँ तक कि देश बदल गये, पता नहीं क्यों अब अर्थपूर्ण लगते हैं।

सेव्वूर में एक स्थल है जो वेल्लैयन काडु, अर्थात गोरे आदमी का खेत, कहलाता है। मुत्तु को उसके बारे में तब पता चला था, जब वह वहाँ पर जुताई करने के लिए गया था। उस परिवार में जहाँ वह मजूरी करता था, उसे पता चला कि हर पीढ़ी में कम–से–कम एक व्यक्ति का रंग बहुत ही साफ़ होता था, जैसा गोरे विदेशियों का होता है। परन्तु उन्हें अपने गोरे होने पर बहुत घमण्ड था। यहाँ तक कि उस किसान का भी रंग, जिसका वह खेत था, बहुत गोरा था। उसने ही मुत्तु को बताया, 'बहुत दिनों की बात है हमारे परिवार में एक औरत थी जो बहुत ही सुन्दर थी। उसका रंग भी काला था जैसे परिवार में बाक़ी सभी लोगों का, परन्तु उसके चेहरे पर कुछ इस तरह की चमक थी कि लोग उसकी ओर आकर्षित हुए बिना न रहते थे। विवाह के बाद जब वह अपने पति के साथ मन्दिर की रथयात्रा देखने के लिए गयी थी, वहाँ एक गोरे ऑफ़िसर ने जब उसे देखा, तो उसे पकड़कर जबरदस्ती अपने साथ ले गया। उसके पति ने उनका पीछा किया और उस ऑफ़िसर के बँगले के बाहर खड़े होकर उसकी प्रतीक्षा करने लगा। वह पूरी रात वहाँ पर ही बैठा रहा। आख़िरकार वह अपनी पत्नी को उस गोरे के पास छोड़कर तो नहीं जा सकता था, जा सकता था क्या? न तो वह उससे लड़ सकता था और न ही उसका विरोध कर सकता था। दूसरे दिन वह रोती हुई बाहर आयी और उसके पीछे–पीछे वह गोरा भी मुस्कराता हुआ बाहर आया। उसने उस आदमी की पीठ भी ठोंकी जैसे कह रहा हो कि वह कितना भाग्यशाली था कि उसे इतनी सुन्दर पत्नी मिली थी। उस गोरे ने उसे रुपयों की एक मोटी गड्डी पकड़ानी चाही, मगर उस आदमी ने पैसे लेने से इनकार कर दिया। वह रोने लगा। गोरा असमंजस में था कि कौन–सा इनाम उस शख़्स को दे जिससे वह प्रसन्न हो सके। उस ज़मीन में से जिस पर किसी का क़ब्ज़ा नहीं था, उस ऑफ़िसर ने दस एकड़ ज़मीन उस शख़्स को दे दी। किसान को और क्या चाहिए। अगर उसे ज़मीन मिल जाये तो वह सब कुछ भूल सकता है। इस तरह से यह ज़मीन हमारे पास आयी थी।

हमारी बुजुर्ग माँ का लाख–लाख शुक्रिया। इतनी बड़ी ज़मीन हमें और किसी तरह नहीं मिल सकती थी। उस गोरे ने जो बीज बोया, वह पीढ़ी–दर–पीढ़ी चलता चला आ रहा है। हर पीढ़ी में कोई लड़का या लड़की का रंग एकदम गोरा होता आया है। और इस तरह से इस जगह का नाम गोरे आदमी का खेत पड़ गया। इस गाँव में लोग अपनी जाति से बाहर शादी करते हैं, परन्तु चुपचाप होकर। परन्तु हमारे खानदान में उस औरत का गोरे आदमी के साथ जाने की बात सब जानते हैं। इसलिए जब कोई हमारे घर रिश्ता करने के लिए आता है, तो मैं साफ़–साफ़ बता देता हूँ कि हो सकता है कि औलाद गोरे रंग की हो।' उसने आगे जोड़ा, 'अगर बच्चा गोरे रंग का होता है, तो कोई भी आपत्ति नहीं करता। बल्कि उन्हें तो इस पर गरूर होता है।' अतः अन्त में यह इस पर निर्भर करता है कि चीज़ों के प्रति हमारा नज़रिया क्या है।

मुत्तु ने खेत की ओर बड़े ध्यान से देखा। ज़मीन के सभी चौकोर भाग बहुत अच्छी हालत में थे। उनकी उभरी हुई मेंड़ें काफ़ी ठीकठाक थीं। उसने एक चौकोर हिस्से को चुना जिसकी ज़मीन अभी गीली थी और उसमें उग आये कोलुंजि के पौधों को निकालना शुरू किया। मुत्तु ने सोचा कि ज़मीन के उस टुकड़े को न जाने कितने लोगों के हाथों ने छुआ था। जब कोई व्यक्ति पिछले मालिक से ज़मीन के किसी हिस्से को लेता है, तो वह उसकी जुताई और बोबाई जारी रखता है। मुत्तु ख़ुद से बोला कि उसका जितना भी सामर्थ्य है वह सारे काम ख़ुद ही करेगा ताकि पोन्ना को न करना पड़े। काली की मृत्यु से जो ख़ालीपन पैदा हुआ है, उसके लिए वह कुछ भी तो नहीं कर सकता था। उन दोनों की जोड़ी कितनी ख़ुशहाल थी। पोन्ना के आ जाने पर काली ने सभी कुछ छोड़ दिया था और अपने को बाड़े में ही सीमित कर लिया था। परन्तु काली और पोन्ना के विवाह से पूर्व मुत्तु और काली महीने में कम–से–कम एक बार औरतों की तलाश में निकलते थे। अतः जब काली ने मुत्तु से पोन्ना का हाथ माँगा, तब मुत्तु ने ऊपर से तो बहुत प्रसन्नता दिखायी थी, परन्तु मन–ही–मन वह चिन्तित

भी था कि काली अपने रंग ढंग बदल पायेगा या नहीं। मुत्तु को इस बात की किंचित भी आशा नहीं थी कि काली पोन्ना के प्रति इतना निष्ठावान होगा। पोन्ना उसे पूरी तरह अपने नियन्त्रण में रखती थी। यदि वह किसी ऐसे व्यक्ति के साथ मित्रवत हो जाता जिसे पोन्ना पसन्द नहीं करती थी, तो वह निस्सन्देह अपनी नापसन्दगी उस पर प्रकट कर देती थी।

न जाने कितनी बार काली ने मुत्तु से यह कहा था, 'मेरे साथ तुमने सबसे बड़ा जो उपकार किया है, वह है अपनी बहन का हाथ मेरे हाथ में देना।' मुत्तु सोचने लगा कि यदि काली उसके साथ अपनी मित्रता के बारे में सोचना बन्द नहीं करता, तो वह शायद अपनी जान भी नहीं लेता। काली पोन्ना को अपनी बहुमूल्य निजी सम्पत्ति समझने लगा था। काली के बिना मुत्तु को बहुत अकेलापन महसूस हो रहा था। जब वह खेत के आधे भाग में से ही कोलुंजि के पौधे निकाल पाया था, उसने अपने पिता की पुकार सुनी, 'अरे बेटा!' काली की मृत्यु के बाद से, मुत्तु के पिता उसकी ओर कुछ अधिक ही स्नेहशील हो गये थे। यद्यपि उसने उत्तर में कह तो दिया, 'आ रहा हूँ। अभी आ रहा हूँ,' वह वहाँ से तब तक नहीं हटा, जब तक उसने सारी कोलुंजि की निराई न कर ली और उसे गट्ठर में न बाँध लिया। कोलुंजि की टहनियाँ अभी भी ताज़ा थीं और कुछ पर फूल निकले हुए थे। यदि वह उन्हें एक गड्ढे में डाल दे, तो वह बहुत अच्छी खाद बन सकती थी। काली सदैव ऐसे छोटे–छोटे तरीक़ों के बारे में सोचा करता था। मुत्तु यह सोचता हुआ वहाँ से चल दिया कि यद्यपि काली जा चुका था, परन्तु वह अपनी इस भाँति की समझ और तौर तरीक़ों को पीछे छोड़ गया था। परन्तु मुत्तु इस विचार से स्वयं को मुक्त न कर सका कि यदि काली अभी भी उनके बीच होता, तो चीज़ों का कुछ और ही रंगरूप होता।

16

तोरात्तु पाट्टि ने मुत्तु को एक रस्म का स्मरण कराया जिसके बारे में वह कुछ भी नहीं जानता था, परन्तु उसके पिता को उसके बारे में कदाचित पता था।

साँझ होते ही जब सूरज की किरणें उतनी पैनी नहीं रह गयी थीं, सभी बुढ़ियाएँ अपने–अपने घर जाने के लिए तैयार हुईं। पोन्ना के गाँव से जो उपहार आये थे उसमें से हर किसी को दो केले और कुछ करुप्पट्टियाँ दी गयीं, जिसे उन्होंने अपनी साड़ी के पल्लू में लेकर बाँध लिया। कुल्लपाट्टि ने कहा, 'हम बुढ़ियाओं को तो तुम इतना सारा दे रहे हो, कारान को तुमने क्या दिया जो तुम्हारे लिए यह अच्छी ख़बर लेकर पहुँचा था?'

मुत्तु ने उत्तर दिया, 'आया, हमने उसको इतना इनाम दिया कि उसका दिल भर गया।'

चीराई से यह ख़ुशख़बरी सुनने के बाद, कारान तुरन्त ही पोन्ना के परिवार को यह समाचार देने के लिए निकल पड़ा था। उसकी जगह यदि कोई और भी होता, तो वह भी यही करता। कोई भी लड़का दौड़कर यह समाचार पहुँचाना और इनाम पाना पसन्द करता। यही कारण था कि कारान ने यह बात किसी और को नहीं बतायी। वह खेतों में से गुज़रता हुआ छोटे रास्ते से वहाँ गया। रास्ते में उसे अपने खेत में काम करता हुआ मुत्तु मिल गया। उसने यह ख़ुशख़बरी उसको सुना डाली। जोश में आकर मुत्तु ने कारान को बाँहों में लेकर ऊपर की ओर उठा लिया और बोला, 'तुम हमारे लिए कितनी बढ़िया

ख़बर लेकर आये हो!' कारान लजाते हुए बोला, 'सामी, इससे पहले कि कोई देख ले, आप मुझे नीचे उतार दें।' मुत्तु ने कहा, 'ठीक है! आओ घर चलो,' और आमोद में उछलता हुआ वह घर की ओर दौड़ने लगा। जब तक कारान उनके घर पहुँचा, तब तक मुत्तु ने एक धोती, एक गमछा और दो रुपये उसके लिए अलग निकालकर रखे हुए थे। कारान को भेंट देते हुए मुत्तु ने पूछा, 'क्या यह काफ़ी है?' कारान फूला नहीं समा रहा था। उसने उन सबके साथ बैठकर दोपहर का खाना खाया और बैलगाड़ी में उनके ही साथ वापस लौट आया। बाड़े के पास पहुँचकर जब कारान ने उनसे विदा ली, तो मुत्तु ने उसे खेत के काम में पोन्ना और चीराई की मदद करने को किसी औरत का इंतजाम करने के लिए बोला।

तेना पाट्टि ने पान और सुपारी माँगी और उन्हें मुँह में रखकर चबाते हुए बोली, 'सब कुछ ठीकठाक हो जायेगा। पोन्ना बच्चे को अच्छी तरह जन्म देगी और उसे ख़ूब अच्छी तरह पालेगी भी। फिर भी अगर कोई मदद चाहिए, तो हम सब जो हैं। जब भी ज़रूरत पड़े तो किसी को भेजकर हमें बुला लेना। हम लोग आकर उसके लिए उसकी पसन्द की चीज़ें पका देंगे। अगर एक ही जना रोज़–रोज़ खाना पकाता रहे तो उस भोजन को खाने से जी उचटने लगता है, पर अगर कोई दूसरा उसी पकवान को बनाये तो वह थोड़ा अलग लगता है।'

'मैं ग्राम पंचायत को बताना भूल गयी, तुम लोग उनको यह ख़बर ज़रूर दे देना कि पोन्ना गर्भवती है,' तरात्तु पाट्टि ने कहा।

यह पहली बार था जब मुत्तु को इसके बारे में पता चला। यदि पति के मरने के बाद कोई औरत गर्भवती हो जाये, तो ग्राम पंचायत को इसकी सूचना देना आवश्यक था। मृत व्यक्ति के अन्तिम संस्कार वाले दिन विस्तारपूर्वक समारोह का आयोजन किया जाता था जिसमें पूरे गाँव के लोग सम्मिलित होते थे। जब शवयात्रा के बाद लोग घर लौटकर आते और प्रार्थना समाप्त करते, उस समय नाई पानी से भरा हुआ मटका अपने निकट रखे हुए घर के दरवाज़े पर खड़ा हुआ मिलता।

पत्नी स्नान करने के बाद गीली साड़ी में बाहर आकर उस मटके को स्पर्श करती और उसे नमन करती। इसके बाद नाई ऊँची आवाज़ में बोलता, 'कुटुम्ब के नज़दीकी रिश्तेदार, चाचा और ताऊ, देवर और बहनोई, जाति के अन्य लोग और गाँव के लोग जो यहाँ इकट्ठे हुए हैं उनके लिए मेरे पास एक सूचना है। बात ऐसी है कि यह औरत जिसने फलाँ तारीख़ को शादी की थी और जो आज सफ़ेद रंग की साड़ी पहने हुए खड़ी है, उसका पति जो फलाँ शख़्स का बेटा था, जो फलाँ जगह का रहने वाला था और जो फलाँ खेतों का मालिक था वह फलाँ समय पर और फलाँ दिन, मेरे मालिक, वह परलोक को सिधार गया। आज के दिन जब हम सब प्रार्थना कर रहे हैं कि ईश्वर के पास पहुँचने में उसके रास्ते में कोई बाधा न आये, उसकी पतिव्रता पत्नी पूरे गाँव को यह बताने के लिए यहाँ मौजूद है कि उसका पति इसके गर्भ में बच्चा छोड़ गया है। उन्होंने हिसाब लगाकर बताया है कि इतने महीने और इतने दिन हो चुके हैं और बालक की उमर इतनी है। दस–बीस दिन की ग़लती हो सकती है, पर वह सब भगवान की मर्ज़ी है। चूँकि वह अपने पति के खो देने पर असीम दुःख से गुज़र रही है, मैं इस समाज का सदस्य होने के नाते, मेरे मालिकान, ग्राम पंचायत के सामने खड़ा होकर उसकी ओर से सभी को यह समाचार दे रहा हूँ। मेरे मालिक, आप सबसे यह फरियाद है कि इस समाचार को अनुचित टीका–टिप्पणी के बिना स्वीकार करें।'

वह अपना व्याख्यान बहुत ऊँची आवाज़ में बोलता ताकि सभी लोग सुन सकें। इसके बाद गाँव का एक वयोवृद्ध व्यक्ति सभी लोगों की ओर से उत्तर में कहता, 'ठीक है, हमें यह समाचार स्वीकार है। आगे जो कुछ भी करना है, उसे पूरा करो।' तब गाँव की कोई शादीशुदा औरत पत्नी के पास जाकर, जो अभी तक हाथ जोड़े हुए नतमस्तक खड़ी थी, उसे घर के अन्दर जाने का रास्ता दिखाती।

इस प्रथा का मूल कारण यही था कि कोई बाद में यह न कह सके कि औरत किसी तरह पति की मृत्यु के बाद गर्भवती हो गयी।

यदि लोग पति के अन्तिम संस्कार से पहले इस बात को नहीं जानते थे, तो ग्राम पंचायत को सूचित करना आवश्यक था। सरपंच को पंचायत की बैठक बुलानी होती और उस परिवार से किसी व्यक्ति को बुलाना होता जिसको सबके सामने खड़े होकर यह समाचार देना होता। अन्यथा पंचायत उस परिवार को समाज से बहिष्कृत कर देती। पाट्टि के याद दिलाने के पश्चात ही उन्हें इसका ख़याल आया कि उन्हें इस दस्तूर को पूरा करना था। उनका इस बारे में भूलने का कारण मात्र यही था कि एक लम्बे अरसे से गाँव में ऐसी स्थिति आयी ही नहीं थी। सरपंच से परामर्श करने के बाद और पंचायत बिठाने की तिथि निश्चित कर लेने के बाद उन्हें गाँव के लोगों को इसकी सूचना देने के लिए किसी को उनके पास भेजना था। सूचना प्राप्त होने के बाद पंचायत की बैठक में सभी निकट के सम्बन्धियों का सम्मिलित होना ज़रूरी था। काली अपने परिवार में अकेला लड़का था और उसका पिता और दादा भी। अतः गाँव में ऐसा कोई भी नहीं था जिसको उसका निकट सम्बन्धी कहा जा सके।

परन्तु गाँव में कुछ परिवार थे जो उनके कुटम्बी कहलाये जा सकते थे। प्रथा के अनुसार चीराई को स्वयं जाकर उन सबको तथा पूरे गाँव को सूचित करना था। अतः मुत्तु ने सुझाव दिया, 'अत्तै, तुम पहले जाकर सरपंच से बात कर लो। मेरे पिता को अपने साथ ले जाओ। जब हमें पंचायत बैठने की तारीख़ पता चल जायेगी, तब हम सुबह जाकर नज़दीकी रिश्तेदारों को बता आयेंगे और उन्हें आने का न्योता भी दे आयेंगे। तुमको ही जाना पड़ेगा। मैं जा तो सकता हूँ, पर वह सवाल करेंगे कि यह ख़बर देने के लिए साले को क्यों भेजा?'

अतः चीराई मुत्तु के पिता के साथ सरपंच से मिलने के लिए निकल पड़ी। तोरात्तु पाट्टि ने उनके साथ निकलते हुए कहा, 'हमारा मतलब गाँव को यह बताना है कि इसके पेट में बच्चा उस वक़्त आया था जब इसका आदमी ज़िन्दा था। इसको बच्चा किसी गैरमर्द के पास जाने से नहीं मिला है।'

पोन्ना ने उसकी बात सुन ली। जब उसकी भाभी उसके बाल काढ़ चुकी, तब पोन्ना अपनी खाट पर जाकर सिकुड़कर लेट गयी। उस दिन काली के प्रति जो भी प्यार उसने महसूस किया था, वह अब क्षीण हो चला था। काली ने उसको एक ऐसी अपमानजनक स्थिति में डाल दिया था कि उसको पूरे गाँव के सामने खड़े होकर कहना था कि वह केवल अपने पति के साथ ही सोयी थी। यदि यह न कहकर वह यह कह दे, 'यह बच्चा उसका नहीं है। मैं एक अनजान मर्द के साथ सोयी थी।', तो गाँव वाले क्या करेंगे? रात को काली उसके पास आया था और उसने बड़ी प्यार भरी बातें भी की थीं। पर आज रात वह क्या करेगा? यह देखकर कि उसे पूरे गाँव के सामने कितना अपमानित होना पड़ रहा है, क्या वह आकर उसका बचाव करेगा? पोन्ना को लगा कि काली मरणोपरान्त भी उसको बराबर सताता रहेगा। वह नहीं जानती थी कि वह स्वयं को काली से कैसे अलग करे।

पोन्ना बिस्तर में मुँह दबाये खाट पर पड़ी थी और रो रही थी। वल्लाई उसके पास आयी और उसके सिर को हलके–से छूकर उसे सांत्वना देने लगी, 'प्यारी बच्ची, पेट के बल मत लेट। अब तुझे एक तरफ़ करवट लेकर ही लेटना चाहिए। रो मत। यह हमारा मुक़द्दर है कि हमें यह सब झेलना पड़ रहा है। इसे अपनी क़िस्मत ही समझ। वह तो चला गया, मगर हमें तो ज़िन्दा रहना है। और अगर हम पूरे गाँव से दुश्मनी मोल ले बैठें, तो फिर ज़िन्दा कैसे रहेंगे, रह सकते हैं भला? तुझे बस इतना ही करना है कि जाकर उनके सामने खड़ी हो जाना है।'

पोन्ना उठकर और फिर एक ओर करवट लेकर लेट गयी। उसकी भाभी, पूवाई ने वल्लाई से कहा, 'तुम जाओ, मैं इसके पास बैठी हूँ।' जब वल्लाई चली गयी, तो वह पोन्ना से बोली, 'क्यों रो रही है तू? जब तेरे पेट में बच्चा है तो तुझे रोना नहीं चाहिए। हम सब तेरे साथ हैं। फिर तुझे किस बात की चिन्ता है? गाँव के अपने दस्तूर हैं। उनको इस बात का क्या इल्म कि हम औरतों को इस

सब से कितनी तकलीफ़ होती है। अगर उसे ज़रा भी पता होता कि तुझे सबके सामने खड़े होकर कितना जलील होना पड़ेगा, तो क्या वह अपनी जान लेता? पर ऐसा भी नहीं है कि सारे मर्द जो ज़िन्दा हैं औरतों की मुसीबतों को समझते ही हों। इन बातों के बारे में ज़्यादा मत सोच। अगर दस्तूर यही चाहता है, तो बस उसे पूरा करके अपनी जान छुड़ा ले। तू कितने मन्दिरों में दर्शन करने के लिए गयी, कितनी प्रार्थनाएँ कीं–हज़ारों और अब जाकर तुझे उनका फल मिला है। इसको याद रख और अपने दिल में ख़ुशी को थामे रख। अगर ऐसा न हुआ होता, तो तू एकदम अकेली पड़ जाती। भाई और बाप एक हद तक ही आसरा दे सकते हैं। पर अब कोई है जिसे तू अपना कह सकती है। इस बात पर ग़ौर कर और ख़ुश–ख़ुश रह। अगर हम हर चीज़ को मुसीबत की तरह लें, तो हमारे लिए सारी ज़िन्दगी जिद्दोजहद बनकर ही रह जायेगी।'

पोन्ना सोचने लगी कि क्या यह अच्छा होगा कि वह सब गाँव में अपने घर ही जाकर रहने लगें। उसे लगने लगा कि अब उसे बाड़े में नहीं रहना चाहिए। वह बाड़े में रहने इसलिए आयी थी कि वह काली की स्मृतियों के निकट रहना चाहती थी। परन्तु अब यदि वह वहाँ पर ही रहती रही, तो वह उसके लिए जीना दूभर कर देगा। उसने इसके बारे में भी सोचा कि प्रसूति होने तक क्या उसे अपने मायके चला जाना चाहिए।

वह काली के प्रति अत्यधिक रोष से भरी थी।

17

पंचायत की बैठक अगले सप्ताह शुक्रवार के दिन होना निश्चित हुआ। यदि कोई आकस्मिक स्थिति न आ पड़े, तो ऐसी बैठक सदैव शुक्रवार को ही होती थीं। बैठक होने की सूचना सभी के पास पहुँच गयी थी। गाँव के मुख्य भाग में दस या पन्द्रह ही घर थे। अतः बैठक की घोषणा करने के लिए उन्हें किसी आदमी को केवल उन घरों में ही भेजना पड़ा जो खेतों में बहुत दूर फैले हुए थे। चीराई स्वयं जाकर नाई और धोबी को कह आयी। धोबी का काम केवल इतना ही था कि उसे उस अवसर पर चादरें बिछानी थीं। नाई की भूमिका प्रमुख थी। उस अवसर के लिए जो कुछ भी चाहिए था उसे ख़रीदने के लिए मुत्तु ने नाई को पाँच रुपये दे दिये। जब चीराई ने उसे रुपये देने से रोका और स्वयं देना चाहा, तो मुत्तु ने कह दिया कि उसे चिन्ता करने की कोई ज़रूरत नहीं थी और वह ख़ुद ही सब कुछ सँभाल लेगा।

यदि निकट के रिश्तेदारों को गिना जाये, तो कुल मिलाकर सत्रह परिवार थे। पंचायत की बैठक का निमन्त्रण देने के लिए चीराई स्वयं हर एक के घर गयी। 'मैं नहीं जानती कुल देवी हमारे परिवार से क्यों ख़फ़ा है,' उसने बड़ी सावधानी के साथ उनसे कहा। 'हमारे ऊपर मुसीबतों का अम्बार लगाती जाती है। मुझे तो यह चिन्ता थी कि कहीं हमें गहरे गड्ढे में ही न ढकेल दे, पर अब उन्होंने दया करके एक वल्लरी भेज दी है जिसे पकड़कर अब हम बाहर चढ़ सकेंगे। हमें उस बेल को सावधानी से थामे रखना है कि कहीं वह टूट न जाये और उस गड्ढे में से बाहर आने में हमारी मदद करे।

ऐसा लगता है कि मैं अपने पति और बेटे दोनों को निगल चुकी हूँ और अब मैं एक असहाय विधवा हूँ। मेरे लिए आशा की एक ही किरण है और वही मेरा भरोसा है कि मेरी बहू गर्भवती है। इस गाँव में तुम्हारे अलावा कोई दूसरा तो है नहीं जिसे मैं अपना कह सकूँ। मेरा और कोई निकट का नातेदार नहीं है। हर मौक़े पर तुम लोगों को ही हमारे साथ खड़ा होना होगा।'

काली का दाहसंस्कार मुत्तु ने ही किया था और इस कारण इन सम्बन्धियों के मन में असन्तोष पैदा हो गया था। अतः मज़ाक़ उड़ाने वाली मुस्कराहट के साथ उन्होंने पूछा, 'चीराई, काली के अन्तिम संस्कार के समय तो तुमने हमारे बारे में सोचा नहीं, पर अब किस लिए तुम्हें हमारा ध्यान आया है?'

चीराई जानती थी कि कभी–न–कभी यह प्रश्न उसके सामने अवश्य आयेगा। 'अगर केवल एक परिवार होता, जिसे हम अपने सबसे नज़दीक समझते होते, तो यह मसला उठता ही नहीं,' उसने शान्ति के साथ समझाने का प्रयास किया। 'इतने तो परिवार हैं और मैं नहीं जानती थी कि किसको आने के लिए कहूँ। अगर मैं तुम में से किसी एक को बुलाती, तो दूसरे लोग बुरा मानते। इसके अलावा उस दिन मेरी हालत ऐसी नहीं थी कि किसी भी बात के लिए ठीक से सोच सकूँ। मैं तो यही सोचकर परेशान थी कि हम लोगों के कुनबे में कितने लोग अपनी औरतों को अकेले जूझने के लिए छोड़कर मरने लगे हैं। इस सब मायूसी के बीच जब यह सवाल उठा कि उसका क्रियाकर्म कौन करे, तो उसका साला तुरन्त ही आगे आ गया। वह कलियप्पा को बहुत प्यार करता था। वह बचपन से ही एक–दूसरे के दोस्त थे। असल में उन्होंने अपनी बेटी की शादी काली के साथ इसलिए ही की थी। और जब वह दाहसंस्कार करने के लिए आगे आया, तो मैं मना नहीं कर सकी। मैंने यह भी सोचा कि इस तरह से उसको भी कुछ शान्ति मिलेगी। अगर काली अपनी पूरी ज़िन्दगी जीने के बाद गया होता, तो मैं तुम्हारे घरों की सभी औरतों को बुलाती और रस्म के मुताबिक़ उनसे सभी तरह के भोजन बनवाती और कौओं को खिलाती।

मैंने उन्हें नज़राना भी दिया होता। उसने तो अपनी जान ले ली और हम दो औरतों को ख़ुद ही अपना जुगाड़ करने के लिए छोड़ गया। अब उसके लिए किये गये संस्कार को लेकर सर के बाल नोचने का क्या फ़ायदा। सिर्फ़ रस्म अदा करने को उसकी सलहज ने कौओं के लिए छत पर खाना रख दिया। वह बैठी–बैठी इन्तज़ार करती रही और कौओं का आना तो दूर किसी कौए ने काँव–काँव तक नहीं की। यह तेरे जाने का वक़्त नहीं था कलियप्पा, हाय रे कलियप्पा! तेरा लेना–देना अभी चुकता कहाँ हुआ था। तेरा वक़्त अभी नहीं आया था, तेरा वक़्त अभी नहीं आया था!'

उसने मरसिया पढ़ते हुए अपनी बात समाप्त की। उन रिश्तेदारों की घरवालियों ने यह कहते हुए उसे ढाढस बँधाया, 'चीराई अक्का, रोओ मत। हमें यह बात उठानी ही नहीं चाहिए थी। केवल औरतें ही किसी औरत की पीड़ा को समझ सकती हैं। हम लोग आकर तुम्हारे साथ खड़े क्यों नहीं होंगे? हम अपने मर्दों को ज़रूर भेजेंगे और हम ख़ुद भी आयेंगे।'

चीराई उस बैठक का आमन्त्रण लेकर अपने मायके भी गयी। उसके दो छोटे भाई थे। एक समय था जब उनके साथ उसकी बहुत अच्छी बनती थी। काली जब युवा था, तब वह समय बिताने के लिए अपने मामाओं के घर जाता रहता था। परन्तु जब मामाओं को उसके लिए लड़की खोजने देने के बजाय उसने ख़ुद ही अपने लिए लड़की चुन ली, तो वह नाराज़ हो गये। उन्होंने उनके घर आना भी छोड़ दिया और काली के साथ उनके सम्बन्ध कटु हो गये। यदि उसने उनकी रिश्तेदारी में या फिर उनकी बताई हुई किसी लड़की से विवाह किया होता, तो विवाह पर कितने सारे उपहारों का आदान–प्रदान होता और उनके बन्धन भी काफ़ी मज़बूत बने होते। चूँकि काली की कोई सन्तान नहीं थी, उन लोगों की निगाह उसकी सम्पत्ति पर लगी हुई थी और कई बार उन्होंने अप्रत्यक्ष रूप से संकेत भी दिया था। बहुत साल पहले उन्होंने उसे अपने यहाँ होने वाले मन्दिर के उत्सव में बुलाया था। काली और पोन्ना का उत्सव में जाने का इरादा भी था,

परन्तु पोन्ना का बड़े मामा की पत्नी से झगड़ा हो गया और इस बात को लेकर उनका परिवार रुष्ट हो गया।

यह घटना उनकी शादी के छह साल बाद हुई थी। दोनों मामाओं के परिवार उन्हें गाँव के मन्दिर के उत्सव में आने का निमन्त्रण लेकर आये थे। बड़े मामा की पत्नी ने बड़े प्यार से कहा था कि काली और पोन्ना सुबह ही निकल पड़ें और जब वह लोग देवी के लिए पोंगल बना रहे हों, तो उस समय वह दोनों वहाँ पर अवश्य हों। चूँकि वह लोग उनको बुलाने के लिए स्वयं आये थे, चीराई ने भी उन दोनों पर जाने के लिए ज़ोर डाला। काली ने पोन्ना को पहले चले जाने के लिए कहा और बोला कि वह गाय–बछड़ों की देखभाल करने के बाद वहाँ आ जायेगा। अतः पोन्ना केलों के दो गुच्छे लेकर वहाँ जाने के लिए चल दी। तलैयूर अधिक दूर नहीं था, केवल पाँच मील जाना था। वह केवल थोड़ा–सा सत्तू खाकर पौ फटते ही निकल पड़ी थी और उनके यहाँ उस समय पहुँच गयी जब सूरज ठीक उसकी आँख की सीध में था। उस समय तक कोई और रिश्तेदार नहीं आया था। बाक़ी लोगों को देर से आना था।

पोन्ना के लिए करने को बहुत सारे काम थे। उन कामों के अलावा उसे दीप पूजा के लिए आटा भी गूँधना था और वड़ै बनाने के लिए घोल बनाना था। जैसे ही वह वहाँ पहुँची, वह काम में लग गयी। बड़े मामा की पत्नी ने पोन्ना के लाये हुए केले उससे लेकर एक तरफ़ रख दिये। पोन्ना दोनों घरों के लिए एक–एक गुच्छा लेकर आयी थी, परन्तु उसने कुछ नहीं कहा। उसने सोचा कि घर जाने से पहले वह उन्हें इसके बारे में बता देगी। तीसरे पहर उन्होंने गुड़ को उबाला और आटे के पिण्ड बनाये। ज्वार का आटा काफ़ी मात्रा में था और दीपक के लिए चावल का आटा भी पर्याप्त था। चने का आटा भी इतना था कि चार–पाँच पिण्ड बन सकें। असल में बड़े मामा के बेटे को चने के आटे से बने मीठे पिण्ड बहुत पसन्द थे। परन्तु चूँकि उनको बनाना महँगा होता, उन्होंने थोड़े–से ही पिण्ड बनाये।

जब वह पिण्ड बनाने के लिए आटे को बेलने के लिए बैठीं, तब मामी पोन्ना से बातें करने लगी। उसने पूछा, 'तुम्हारे भाई के साथ तुम्हारी निभती तो है, अच्छी तरह निभती है न?'

'हाँ, हाँ,' पोन्ना ने उत्तर दिया। 'पूरी तरह से। असल मैं मेरा भैया और मेरा पति दोनों बहुत अच्छे दोस्त हैं। अगर मैं मिलने न जाऊँ तो उन्हें कोई फ़र्क़ नहीं पड़ता है, पर अगर वह नहीं जाता है, तो कोई–न–कोई उसे बुलाने के लिए आ जाता है।'

'हाँ, पूरा गाँव भी यही कह रहा है। मगर थोड़ा–सा सावधान रहना। चूँकि तुम्हारे कोई बच्चा नहीं है, कहीं अपनी जायदाद भाई के नाम मत कर देना।'

वार्तालाप जिस दिशा में मुड़ रहा था, वह पोन्ना को अच्छा नहीं लगा। 'हम लोग तो अभी जवान हैं,' उसने जोखिम उठाया। 'हमें इन बातों की चिन्ता करने की अभी क्या ज़रूरत है।'

'नहीं, पोन्ना नहीं। तू इन बातों के बारे में कुछ नहीं जानती। मेरा पति और देवर दोनों ही अपनी बहन, चीराई को बहुत चाहते हैं और उसके ऊपर सौगातों की बौछार करते रहते हैं। अगर हम औरतें कुछ कहें, तो यह कहकर कि वह विधवा है और उसकी परवाह करने के लिए केवल उसके भाई ही तो हैं, हमारा मुँह बन्द कर देते हैं। अब तुम देखो, हमारी अधिकांश दौलत उधर ही जा रही है।'

यह सुनकर पोन्ना अपने ग़ुस्से पर क़ाबू न रख सकी। आटे का डला जो वह गूँध रही थी, उसे उसने बड़े ज़ोर से परात में दे मारा। 'वह कौन–से तोहफ़े हैं जिन्हें तुमने मेरी सास पर न्यौछावर किया है? मेरी शादी के बाद केवल चार ताँबे की देगची और एक पीतल की पतीली ही उस घर के अन्दर आयी हैं और वह भी इसलिए कि मैं उन्हें अपने घर से लेकर आयी थी। इससे पहले उनके पास बस माटी की हाँडियाँ ही थीं और वह भी ऐसी जिनका मुँह टूटा हुआ था। तो उन तोहफ़ों का क्या हुआ जिन्हें भाइयों ने अपनी बहन पर लुटाया था? क्या घर की दीवारें सोने से मढ़ी हुई हैं? तुम लोग तो हमारी धन–दौलत पर अभी से आँख गढ़ाये हो जब हम जवान और हट्टे–कट्टे हैं।

मेरे लिए यह ताजुब्ब की बात नहीं होगी अगर तुम हमें मारकर हमारी दौलत हड़प लो। अब मेरी समझ में आया कि तुम इतनी चापलूस और स्नेहशील क्यों हो। जो कुछ कमाती हो उसे अपने बेटे–बेटियों के लिए बचा कर रखो। किसी और की लावारिस ज़मीन जायदाद पर आँख मत लगाओ और लोभ में आकर अपनी जीभ मत लटकाओ।' यह कहकर पोन्ना तुरन्त बाहर निकलकर आ गयी और घर वापस लौट आयी। उसने उत्सव में काली को भी नहीं जाने दिया।

चीराई के लिए केवल यही लोग थे जो उसके अपने थे, उसके अपने भाई। उसने पहले से ही पोन्ना को आगाह कर दिया था, 'जो कुछ भी वह तुझसे मेरे बारे में कहें, लौटकर आने के बाद उसे मुझे मत बताना। वह मेरे भाई के घरवाले हैं। वह तुझे ऐसी बातें कहेंगे जो तुझे पसन्द नहीं आयेंगी। बस उन्हें चुपचाप सुन लेना और घर लौट आना।'

वह आख़िरी बार था जब पोन्ना उनके घर गयी थी। चीराई उनके घर समय–समय पर जाती रहती थी। और इस बार भी उसे वहाँ जाना पड़ा क्योंकि उसे बैठक में आने के लिए उन्हें बोलना था और पोन्ना के गर्भ से हो जाने की ख़ुशख़बरी भी देनी थी। इसके अलावा वह यह भी चाहती थी कि ग्राम पंचायत की बैठक में कुछ उसके अपने लोग उसके साथ आकर खड़े हों। उसका पहला भाई चिल्लाया, 'जब काली मरा था, तब हम तेरी ही ख़ातिर वहाँ पहुँच गये थे वरना उसने तो अपनी पत्नी की तरफ़दारी लेकर हमारे यहाँ आना ही छोड़ दिया था। हम मामा लोग और कितना करें? बहुत बोलती है वह औरत और उसको कोई कुछ नहीं कहता।'

'अगर पानी को डण्डी लेकर पीटते रहो, तो क्या वह दो हिस्सों में बँट जायेगा,' चीराई ने कहा। 'क्या ज़रूरत है कि हर वक़्त हम यही कहते रहें कि इसने यह कहा और उसने वह कहा और दोनों में कौन ज़्यादा ग़लत था। बस हो गया। मैं मानती हूँ कि वह बोलने में जल्दबाज़ी करती है। अगर बैलगाड़ी में जुते बैल अलग–अलग दिशा में गाड़ी को खींचें, तो हम भला किसी जगह कैसे पहुँच सकते हैं? उन लोगों ने कहा है कि ग्राम पंचायत की बैठक में कुछ रिश्तेदारों

का होना ज़रूरी है। तुम लोगों के अलावा और कौन है मेरा? मैं बड़ी बहन होने के नाते तुमको वहाँ आने के लिए बोल रही हूँ। अगर तुम आओगे और आकर मेरी बगल में खड़े हो जाओगे, तो उससे मेरी इज़्ज़त में इज़ाफा होगा और तुम्हारी भी इज़्ज़त बढ़ेगी। पर मैं यह तुम पर छोड़ती हूँ। जैसा तुम्हारा मन करे, वैसा करना।'

यद्यपि इस तरह से लोगों के घर जाने का उद्देश्य उनको होने वाली बैठक के बारे में केवल बताना भर था, चीराई को बराबर चिन्ता लगी थी कि कहीं कोई बैठक में कोई कड़वी बात न कह दे। पूरा सप्ताह वह अप्रत्यक्ष रूप से डाह–भरी बातें सुनती आयी थी। ऊपरी तौर से एक–दो लोगों ने यह भी कहा, 'अभी तक तो उनके बच्चा हुआ नहीं, अब अचानक कैसे हो गया? जैसे ही बच्चा आने को था, तो उसका पति मर कैसे गया? कोई–न–कोई बात ज़रूर है? पोन्ना भोली–भाली लड़की नहीं है। वह कुछ भी कर सकती है। उसने बच्चा पाने के लिए ज़रूर कुछ किया होगा और काली को इसका पता चल गया होगा। चूँकि वह इस बात की शर्मिन्दगी उठा नहीं सकता था, इसलिए ही उसने आत्महत्या कर ली।' ऐसे भी कुछ लोग थे जो इस तरह की अफ़वाहों को दूसरों के ऊपर रखकर चीराई के पास आ पहुँचते थे। इसके अलावा कुछ लोगों ने पोन्ना को बैलगाड़ी में उत्सव के लिए जाते हुए भी देखा था।

चीराई ने यह भी सुना कि कोई कह रहा था, 'अगर चालीस से ज़्यादा उमर की औरत उत्सव में जाये, तो वह सीधी–सादी बात होगी। पर अगर कोई जवान औरत जाये तो उसकी वजह कोई और नहीं हो सकती। वह गर्भवती होने के लिए ही गयी होगी। और ऐसा लगता है कि उसके पति को यह बात अच्छी नहीं लगी। सभी मर्द तो इसको क़बूल नहीं कर सकते, कर सकते हैं भला? एक–दो मर्द तो ऐसे होते ही हैं जिनका गरूर इससे घायल हो जायेगा। यह बच्चा काली का बच्चा नहीं है, यह तो मन्दिर के उत्सव से आया हुआ बच्चा है।' चीराई ने इस तरह के आक्षेपों का उत्तर देकर उन्हें गौरवान्वित नहीं करना चाहा, बल्कि उन्हें बहुत ही सामान्य रूप से लिया।

उसने केवल यही कहा, 'क्या कह सकती हूँ मैं? यह हमारी क़िस्मत है कि हमें यह सब झेलना पड़ रहा है। जो औरतें सीना तानकर दूसरे मर्दों के पास जाती रहती हैं, उन्हें किसी मुसीबत का सामना नहीं करना पड़ता। पर हमें तो इन बातों को बर्दाश्त करना ही होगा। ईश्वर सब जानता है। वही हमारी ख़ैर करेगा।'

परन्तु चूँकि वह इस बात से आश्वस्त हो जाना चाहती थी कि ग्राम पंचायत की बैठक में इस प्रकार की अनुपयुक्त और जटिल बातें सामने न आयें, वह अपने समर्थन में लोगों को एकत्रित करने में व्यस्त हो गयी। उसने तोरात्तु पाट्टि से भी बात की और बोली, 'तुम सब लोग उस दिन आये थे और मुझे ढाढस बँधाने के लिए तुमने क्या–क्या नहीं कहा था। उससे मेरे मन को बड़ी शान्ति मिली थी। पर लोग हमें ख़ुश रहते नहीं देखना चाहते। मैंने सुना है कि कुछ लोग तरह–तरह की बातें कर रहे हैं। अगर तुम सब भी पंचायत की बैठक में आओगी, तो मुझे बड़ी तसल्ली मिलेगी। मैं जानती हूँ कि आमतौर पर औरतें इन बैठकों में नहीं आतीं, पर इस बार यह दो औरतों की ज़िन्दगी का सवाल है। कितना अच्छा होगा अगर हम औरतें एक होकर इन चीज़ों का सामना करें। तभी हम दूसरे लोगों की कमीनी बातों से ख़ुद को बचा सकेंगे।'

तोरात्तु पाट्टि ने कहा, 'चीराई, मैंने भी ऐसी बातें सुनी हैं। तू फ़िक्र न कर, हौसला रख। गाँव में हम कोई पाँच–छह बूढ़ी औरतें हैं। हम किस मर्ज़ की दवा हैं? हम सब पंचायत की बैठक में ज़रूर हाज़िर होंगे। घर में बैठे रहने के बजाय बैठक में जाकर बैठ जायेंगे। और हम वहाँ जल्दी ही पहुँच जायेंगे। तू चिन्ता मत कर। जा, जाकर अपना काम कर।'

मुत्तु ने चीराई से पूछा, 'अतै, तुम सभी जगह क्यों जा रही हो और इतने सारे लोगों को क्यों बुला रही हो? क्या इतना काफ़ी नहीं होगा कि हमारे लिए बस चार लोग आकर खड़े हो जायें?'

चीराई उसकी बात पर बस मुस्करा भर दी और उसके साथ उसने अपनी आशंकाओं को साँझा नहीं किया।

18

ग्राम पंचायत की बैठक होने में अभी एक सप्ताह बाक़ी था, इस बात से पोन्ना की हिम्मत बनी रही। इस बीच उसे बहुत सारे लोगों का सहारा भी मिला। जब वह रात को सोने के लिए लेटती तो गहरे विचारों में डूब जाती। लोगों का मिलने के लिए आने से और इस स्थान से भी जो हर समय उसे काली की याद दिलाता रहता था, वह अपने अन्दर स्फूर्ति का अनुभव करने लगी थी। पोन्ना का चलना–फिरना जो पहले बाड़े तक ही सीमित था, अब पूरे खेत तक हो गया था। उसने यह संकल्प कर लिया था कि खेत का सारा काम अब उसकी ही ज़िम्मेदारी थी। अपने इस निर्णय से वह बहुत ख़ुश थी। अगले दिन सुबह होते ही मुत्तु किसी काम करने वाले को अपने साथ ले आया। उसका नाम सेंगान था। उससे एक दिन पहले मुत्तु ने खेत के एक चौकोर हिस्से में मकई बो कर मिट्टी पलट दी थी। उस दिन उसने खेत के एक और हिस्से में कोलुंजि की निराई करके मकई बो डाली। सेंगान खेत के एक और हिस्से में कोलुंजि उखाड़ने में व्यस्त था।

खेत में करने के लिए इससे अधिक और कुछ नहीं था। खेतों के बीच अच्छी–ख़ासी जगह थी जिसमें गाय आसानी से चर सकती थी। वह जगह बिना किसी उभार या पत्थरों के एकदम समतल थी। यदि कोई रस्सी को पकड़कर गाय को खेत के कगार पर चलने दे, तो वह बिना किसी रोकटोक के वहाँ चर सकती थी। खेत की ज़मीन भी जुताई करने के लिए चौरस थी। कहीं कोई भी बड़े रोड़े या पत्थर

नहीं थे जो हल चलाने या आदमी को चलने में बाधा डालते। काली ने मिट्टी को बहुत अच्छी तरह छाना था और इस बात का ध्यान रखा था कि उसका गठन अच्छा हो और ज़मीन के चौकोर हिस्से इस तरह बनाये गये थे कि उनमें से हर कोई पिछले वाले से थोड़े ढलान पर था और उनके बीच की ऊँचाई एक अंगुल से अधिक नहीं थी। हर भाग में मिट्टी एकसा की हुई थी ताकि बारिश होने पर पानी की बूँदें जहाँ गिरें तो वहीं पर ही रिस जायें और अगर वर्षा इतनी अधिक हो कि पानी इकट्ठा हो जाये, तो पानी पूरे खेत में समतल रहे और मिट्टी को अपने साथ लिए बिना एक खेत से दूसरे खेत में चला जाये।

सभी खेतों में मिट्टी लाल रंग की थी, परन्तु कुछ भागों में उसका रंग काला दिखायी देता था। मुत्तु ने जब जाँच की तो उसने देखा कि मिट्टी का रंग उसमें खाद मिल जाने के कारण काला हो गया था। काली लीद, कूड़ा–कर्कट, पत्तियाँ और डण्ठल कुछ भी व्यर्थ नहीं जाने देता था। वह उनकी खाद बनाकर उन्हें मिट्टी में मिला देता था। इस तरह से मिट्टी चार–पाँच साल तक उपजाऊ बनी रहती थी। यद्यपि काली के पास केवल चार एकड़ ही ज़मीन थी, परन्तु वह उसकी इतनी अच्छी तरह परवाह करता था कि हर बार फ़सल बहुत ही बढ़िया होती थी और उसको कुछ अतिरिक्त आमदनी भी हो जाती थी। अन्य लोगों की तुलना में वह एक क़दम आगे चलने में कभी नहीं हिचकिचाया। यही कारण था कि सन्तान प्राप्ति के लिए वह मन्दिरों के दर्शन, पूजापाठ और चढ़ावों पर इतना पैसा ख़र्च कर सका। मुत्तु ने सोचा कि इतनी अच्छी तरह रखी गयी ज़मीन पर काम करने में बहुत आनन्द आयेगा। परन्तु तुरन्त ही उसे यह ख़याल भी आया कि कहीं यह पराकाष्ठा ही काली को मृत्यु की ओर खींच कर तो नहीं ले गयी। क्या फ़र्क़ पड़ता है यदि कुछ चीज़ें अपूर्ण ही रह जायें? अगर ज़मीन में गढ़ा हुआ रोड़ा हल के आगे आकर उसे रोक ले, तो उसे उठाकर फेंक दो और उस समय यह भी देख लो कि हल के फल को कोई नुक़सान तो नहीं हुआ। इसके अलावा बैलों को थोड़ा आराम करने को मिल जायेगा और हल चलाने वाले को भी

कुछ समय मिल जायेगा कि वह किसी और चीज़ पर ध्यान दे सके। वह शायद किसी को मदद के लिए आवाज़ दे और इस तरह से उसे किसी से बातचीत करने का मौक़ा भी मिले। परन्तु इस खेत में जब काली हल चलाना शुरू करता था, तो वह बिना किसी अड़चन के और बिना कोई विराम लिए एक बार ही में उसे पूरा करके छोड़ता था।

पर इतनी बड़ी और समतल ज़मीन पर काम करना किसी को उबा भी सकता था। क्या काली अपनी ज़मीन को इसलिए साफ़–सुथरा रखता था ताकि वह लोगों को अपने से दूर रख सके? काली की देखभाल में सँभाली हुई इस ज़मीन पर एक धब्बा भी नहीं था, जिसको कोई उँगली उठाकर दिखा सके। बाड़ा जो उसने बनाया था उसमें भी कोई कमी नहीं थी। नालियाँ और पौधों की क्यारियाँ सभी ऐसी थीं कि कोई कमी नहीं निकाल सकता था। काली कुएँ से पानी निकालने के लिए जिस पुर का इस्तेमाल करता था वह भी एकदम सही ढंग से काम करता था। जितने भी पेड़ उसने लगाये थे वह सभी बड़े होकर फल–फूल रहे थे। उसकी कोई भी भेड़ या अन्य कोई मवेशी मरियल या बीमार नहीं था। अतः ऐसा आदमी अपनी पत्नी में किसी खोट को कैसे स्वीकार कर सकता था? मुत्तु खिन्न और हैरान था कि वह अपने ऐसे दोस्त को जिसके साथ उसने इतना समय बिताया था, समझने में भूल कर गया। परन्तु उसको यह भी ख़याल आया कि जब वे दोनों जवान थे, तब काली ऐसा नहीं था। लोगों के कटु शब्दों ने उसे बाड़े के एकान्त की ओर ढकेल दिया था और धीरे–धीरे उसने उत्कृष्टता का रवैया अपना लिया था।

चूँकि गर्मियों के मौसम में ज़मीन की जुताई नहीं हुई थी, अतः मुत्तु को खेत को दो बार जोतना पड़ा। ऐसा करने में उसे काफ़ी समय लगा। जब तक मुत्तु एक खेत की जुताई पूरी करे, तब तक सेंगान ने सारे खेत की कलोंजी निकाल डाली थीं और वह उनको इकट्ठा करके गट्ठर में बाँध रहा था। उसने मन–ही–मन सेंगान के काम को सराहा। हल में जुते बैलों को खोलकर वह उन्हें ओसारे में ले आया और उनको पानी पिलाकर उनके आगे चारा डाल दिया।

स्वयं बचा–खुचा भोजन करने के बाद उसने चलने की तैयारी की। वह वल्लाई से बोला, 'अम्मा, मैं अपने गाँव वापस जा रहा हूँ। सेंगान यहीं पर है और वह बाक़ी की जुताई कर लेगा। मैं कल सुबह आ जाऊँगा।' पोन्ना जाग चुकी थी और कुल्ला करने के बाद कॉफ़ी पी रही थी। मुत्तु ने अभी उसके साथ सीधे–सीधे बात करना शुरू नहीं की थी। उसको डर था कि अगर वह पोन्ना से कुछ कहेगा तो वह कहीं कोई उलटा–सीधा जवाब न दे दे। अतः उसने यह निश्चय किया था कि वह पोन्ना को ही पहल करने देगा। जब सेंगान बाक़ी की ज़मीन की जुताई कर रहा था, तब पोन्ना वहाँ आकर कुएँ के पास पालै के पेड़ की छाया में बैठ गयी।

उस जगह से वह पूरे खेत को अच्छी तरह देख सकती थी। चूँकि कोलुंजि के पौधों की निराई हो गयी थी, खेत ऐसे फैले हुए थे जैसे अभियान के लिए कोई मंच तैयार हो। हल खेतों के पूरबी कोने में खड़ा था। पोन्ना को याद आया कि उसी जगह पर उसने पूवरशु की डण्डी रोपी थी जिसे चीराई ने खींचकर दूर फेंक दिया था और पोन्ना ने उस जगह को याद रखने के लिए वहाँ पर एक सुडौल सा पत्थर लाकर रख दिया था। अब उसको इस बात की चिन्ता थी कि कहीं सेंगान उस जगह पर हल न चला दे। वह धीरे–से उठी और उस ओर चल दी। सूरज की किरणें बहुत ही प्रबल थीं। इस गर्मी के कारण ज़मीन में नमी एक दिन से ज़्यादा नहीं ठहर पाती थी। क्या वह सारी जुताई और बोआई एक दिन में कर पायेंगे? यदि नहीं तो उन्हें अगली वर्षा होने का इन्तज़ार करना पड़ेगा। जब सेंगान ने पोन्ना को अपनी ओर आते हुए देखा, तो बोला, 'आप इतनी कड़ी धूप में बाहर क्यों आयी हैं?'

सेंगान मुत्तु की ज़मीन पर कई सालों से काम करता आ रहा था और वह पोन्ना के प्रति विशेषरूप से बहुत ही स्नेहशील था। पोन्ना ज़मीन के पूर्वी भाग पर पहुँचकर उस पत्थर को तलाशने लगी। 'इस कोने में एक देवी की मूर्ति थी। मैं बस यही देखना चाहती थी कि कहीं तुम उस पर हल न चला दो,' वह बोली। वह पत्थर आसपास

की घासपात निकल जाने के कारण जगमगा रहा था। उसने मिट्टी से लाल रंग ले लिया था। और यह वह कोना था जहाँ पर खेत के दो चौकोर भाग आपस में मिलते थे। काली ने उस स्थल को काफ़ी चौड़ा बनाया था ताकि जब वह गाय को चराने के लिए लायें, तब वहाँ पर आराम से बैठ सकें। पत्थर के पीछे पालै के कुछ पौधे उग आये थे। वह बहुत दिन पहले निकले होंगे क्योंकि उनमें काफ़ी लचीलापन था। बारबार काटे जाने के बावजूद भी वह जड़ों में से फिर–फिर निकल आते थे। पोन्ना ने सोचा कि वह उनमें से एक पौधे को बड़ा हो जाने देगी। उसने सेंगान को कहा कि जब वह खेत की जुताई करे तब उस जगह को छोड़कर करे। सेंगान बोला, 'मेरी प्यारी बच्ची जा, जाकर छाँव में बैठ। मैं इसे देख लूँगा।'

परन्तु पोन्ना को सेंगान को कुछ और बातें भी बतानी थीं। 'कुएँ में अभी थोड़ा पानी और है। हम मिर्ची और टमाटर लगा सकते हैं और एक खेत में रागी भी। हफ़्ते में हमें बस एक बार ही सिंचाई करनी पड़ेगी। अगले साल तक तो मैं ख़ुद पुरवाही कर लूँगी और सिंचाई भी। इस साल तुम या मेरा भाई इसकी परवाह कर लो। सभी जगह मकई मत बोओ। हम ज्वार भी लगाकर क्या करेंगे। केवल रागी ही लगायेंगे और वह हमारा पेट भरने के लिए काफ़ी होगी।' उसने बड़ी तीव्रता के साथ यह सब कह डाला।

'ठीक है प्यारी बच्ची। जैसा तुम कहोगी, मैं वैसा ही करूँगा। मैं बैंगन की क्यारी और उसके बराबर लगे हुए ज़मीन के बड़े से हिस्से को अभी ऐसे ही छोड़े देता हूँ। उस पर वैसा ही करूँगा जैसा तुमने कहा है। मुझे लगता है कि मकई की बोआई आज पूरी हो जायेगी। बेटी, तू खेत पर बस इसी तरह आती रह, तेरे सारे दुःख–दर्द ऐसे उड़ जायेंगे जैसे वहाँ पर लगे हुए पालै के कपास जैसे फूल उड़ रहे हैं।' पोन्ना को इन शब्दों को सुनकर बड़ी सान्त्वना मिली।

चूँकि सेंगान ने आग्रह किया था, पोन्ना वापस आकर पालै के पेड़ की छाया में बैठ गयी और तभी उसने बाड़े से आती हुई अपनी माँ की आवाज़ सुनी। वह शायद उसे खाना खाने के लिए बुला रही थी।

अब उसे दो जनों के लिए खाना खाना पड़ता था। परन्तु यह ज़रूरी नहीं था कि वह तुरन्त ही जाये, वह थोड़ी देर बाद भी तो जा सकती थी। उसे लगा कि वहाँ इतनी दूर बैठकर चिल्लाकर अपनी माँ की पुकार का जवाब देने की ताक़त उसमें नहीं थी। दो दिन के अन्दर ही काली ने उसके शरीर की सारी शक्ति चूस कर रख दी थी। उसने काली को पेड़ पर देखा था। उसने उसे खेत में देखा था। उसने सारे स्थलों और सभी चीज़ों में समाकर उन्हें अपने से भर दिया था। उससे मुक्ति पाना असम्भव होगा। एक और सप्ताह, तब उसे पूरे गाँव के सामने खड़ा होना होगा। क्या कहेगी वह? वह तो केवल यह ही कह सकेगी कि यह बच्चा वास्तव में काली का ही था। वह पिछली रात को आया था और आकर उसके पास लेटा भी था। क्या उसमें इतनी सामर्थ्य थी कि वह एक रात में ही उसके अन्दर तीन माह का भ्रूण रख गया। और ऐसा करने के लिए उसने उसे कितना कष्ट भोगने दिया था। उसने तो बस अपनी ज़िन्दगी को एक तरफ़ करके उसे सुरक्षित बना लिया था।

नहीं! अगर गर्भ से हुए उसे तीन माह हो चुके हैं तो इसका अर्थ तो यह हुआ कि वह उस दिन गर्भ से हुई थी जिस दिन मुत्तु उन दोनों को मन्दिर के उत्सव में आने के लिए निमन्त्रण लेकर आया था। आधी रात को काली ने आकर दरवाज़े पर दस्तक दी थी। दरवाज़ा खटखटाने की आवाज़ से वह जान गयी थी कि वह काली ही था। उसने दरवाज़ा खोलते हुए कहा था, 'मेरा भाई तुमसे मिलने के लिए आया है, क्या तुम एक रात के लिए भी मुझसे अलग नहीं रह सकते हो? क्या सोचेगा वह?' परन्तु उसने उसे बाँहों में भरते हुए कहा था, 'तुम्हारा भाई तो गहरी नींद में सो रहा है। उसे तो किसी तूफ़ान का गरजना भी नहीं उठा सकता। पर मैं तेरे बारे में ही सोचता रहा और सो नहीं पाया।' उसने उस दिन के बाद से दिन गिनने शुरू किये जब काली उसके वक्ष पर अपना सिर रखकर सो गया था। उसने उसे उठाकर बाड़े में वापस भेज दिया था। वह इस बात से परेशान थी कि अगर उसका भाई जाग गया और उसे कहीं पता चल गया

कि काली वहाँ नहीं था। काली उसके जगाने के बावजूद भी बाड़े पर वापस जाने से इनकार करता रहा। उसे काली को बाहर धक्का देकर अन्दर से दरवाज़ा बन्द करना पड़ा था। यद्यपि उसको यह सोचने पर मज़बूर होना पड़ा था कि उसकी कोख में यह बालक उत्सव की आख़िरी रात वाले दिन से ही पनप रहा था, परन्तु वास्तविकता तो यह थी कि उस रात को वह एक क्षण के लिए भी काली के बारे में सोचने से अपने को रोक नहीं सकी थी।

इस कोशिश में कि उसे काली की याद नहीं आये, उसने कितने ही मर्दों को ठुकरा दिया था और उनसे परे चली गयी थी। परन्तु वह उस सीने के अन्दर भी मौजूद था जिस पर उसने अपने सिर को टिकाया था। जब उसने अपनी आँखें बन्द की थीं, तब उसे देखा था और जब उसने अपनी आँखों को खोला था, तब भी उसी को देखा था। चूँकि वह इस सम्बन्ध में कुछ कर नहीं सकती थी, उसने पूरे दिल से उसे आलिंगन में भर लिया था। तब फिर कोई कैसे कह सकता है कि यह बच्चा उसका नहीं है। काली तक को भी यह कहने का कोई अधिकार नहीं है। वह सारे गाँव के सामने ही नहीं, पूरे विश्व के सामने ऊँची आवाज़ में कह सकती है, 'मेरी कोख में जो जीवन अंकुरित हो रहा है, उसे मुझे काली ने ही दिया है।' अब उसे अतिशय निर्भीकता का आभास हुआ। चीराई यहाँ–वहाँ दौड़कर लोगों को बैठक में आने के लिए कह रही थी जैसे किसी विवाह का निमन्त्रण दे रही हो। एक रात पहले चीराई और वल्लाई ने नामों की सूची तैयार की थी कि किस–किस को बुलाना ज़रूरी था और किस–किस पर आने के लिए ज़ोर डालना था। पोन्ना के दादा का नाम भी उस सूची में शामिल था। परन्तु पोन्ना को अब किसी की भी ज़रूरत नहीं थी। वह अब निडर होकर बोलने के लिए तैयार थी। वह पालै पेड़ की छाया में आराम से लेट गयी।

वह वहाँ ऐसे लेटी हुई थी जैसे काली की गोद में लेटी हुई हो।

19

उस शनिवार की रात सब कुछ चाँदनी में नहलाया हुआ था। पोन्ना के साथ केवल चीराई और वल्लाई ही थे। वह सब किसी–न–किसी के आने और रात को उनके यहाँ ठहर जाने के इतने अभ्यस्त हो गये थे कि उन्हें लग रहा था जैसे कहीं कुछ कमी थी।

पोन्ना मतलियों के कारण परेशान थी। जैसे–जैसे दिन गुज़रता, तो वह किसी–न–किसी तरह काम निकाल लेती थी। उस दिन भी सुबह वह खेतों पर चली गयी थी और कई घण्टे वहाँ लगाकर बाड़े पर लौटी थी। उसको ऐसा प्रतीत हुआ कि जैसे वह खेतों का सम्पूर्ण विस्तार ठीक प्रकार से पहली बार देख रही हो। अब जाकर वह खेतों के विभिन्न भागों को जान पायी थी। ज़मीन के कुछ हिस्सों ने उसे अचम्भे में डाल दिया था। भिन्न–भिन्न चीज़ों को देखकर वह सोचने लगी कि यदि काली होता तो उनका क्या करता और अब वह उनका किस तरह इस्तेमाल करे।

थकावट होने के बावजूद भी रात को नींद आने में अब उसे समय लगा करेगा और सुबह भी वह देर तक सोती रहा करेगी। यदि पूवरशु के पत्ते खड़खड़ाएँगे या कुत्ता भौंकना शुरू करेगा, तो उसे लगेगा कि काली उससे मिलने फिर से आ रहा था। असल में वह उसके आने की व्यग्रता से प्रतीक्षा कर रही होगी, परन्तु वह आश्वस्त नहीं थी कि काली आयेगा। उसका प्रकरण अब समाप्त हो चुका था। संभवतः तीन माह लम्बी शोक अवधि का ध्येय भी यही था। यदि वह आया भी नहीं, तब भी वह आस–पास ही कहीं होगा।

शायद वह वही कौआ हो जो खेत के ऊपर मंडरा रहा था। वहाँ से वह सब कुछ देख सकता था। केवल वह ही उसे नहीं देख सकती थी। वह तो बस उसके बारे में सोचते हुए पलँग पर पड़ी रहेगी और झोंपड़ी के बाहर चीराई और वल्लाई एक–दूसरे से कुछ खुसर–फुसर करती होंगी। वह शायद अभी भी उन लोगों के बारे में चर्चा कर रही होंगी जिनको ग्राम पंचायत की बैठक में बुलाना ज़रूरी था।

पोन्ना इस बात से अधिक ख़ुश नहीं थी कि चीराई अपने भाइयों को बुलाने के लिए उनके यहाँ गयी थी। परन्तु चीराई ने कहा, 'उन्हें लगता है कि इस संसार में हम नीचे आ गये हैं, क्या हमें उन्हें यह नहीं बताना चाहिए कि हम नीचे नहीं बल्कि फिर से ऊपर उठ रहे हैं? मैं इसीलिए वहाँ गयी थी।' चलो यदि ऐसा करने से चीराई को शान्ति मिलती है, तो उसके लिए अच्छा ही है। पोन्ना ने यह निश्चय कर लिया था कि वह चीराई से कोई कटु बात नहीं कहेगी। 'मुझे तो एक ही झटका लगा है,' उसने अपने मन में सोचा, 'परन्तु चीराई ने दो–दो दुःख झेले हैं, पहले पति को खोने का और अब बेटे का।'

मेंड़ के दूसरी पार कुछ हरकत देखकर अचानक कुत्ता भौंकने लगा। चीराई यह देखने के लिए कि कौन था, यह कहते हुए उठी, 'यह कुत्ता तो अगर कोई छिपकली भी रेंगने लगे, तो भी भौंकने लगता है।' परन्तु उसने निकट आते हुए लोगों का शोर सुना। थोड़ी देर बाद कुत्ते के भौंकने के ऊपर स्वर सुनाई दिया, 'सामी...' 'कौन है?' चीराई कहते हुए फूँस के दरवाज़े की ओर बढ़ी।

'मैं कारान हूँ,' बाहर से जवाब आया। 'सामी, मैंने सोचा कि बात करने के लिए यह वक़्त ठीक रहेगा।'

'हाँ, हाँ, आओ,' चीराई ने उसको अन्दर बुलाया। वह अपने साथ अपनी पत्नी और बहू को भी लाया था। 'कारान, क्या तुम लोग खाना खाकर आये हो?' चीराई ने पूछा। वे लोग खाना खाने के बाद ही आये थे।

चीराई और वल्लाई ने उस शाम पोन्ना के लिए कुछ मूँगफली भूनी थीं। थोड़ी–सी अभी भी बची हुई थीं। चीराई ने मुट्ठी भरकर

मूँगफली उन तीनों को दीं। अपने हिस्से की मूँगफली अँगोछे में बाँधते हुए कारान बोला, 'उस दिन मालकिन के गर्भवती होने की ख़ुशख़बरी देने मैं ही अडैयूर गया था। लौटते वक़्त उनके भाई मुत्तु मुझे अपने साथ बैलगाड़ी में ले आये थे। उन्होंने मुझसे कहा था कि मैं खेत में काम करने के लिए किसी औरत का बन्दोबस्त कर दूँ। मैं उसी के बारे में आपसे बात करने आया हूँ।'

चीराई ने कहा, 'अच्छा, यह बात है? उसने तो हम से इस बारे में कुछ नहीं कहा। मुझे नहीं लगता कि खेतों में करने के लिए इतना काम है कि हम किसी को मदद करने के लिए रखें।'

वल्लाई ने भी चीराई का साथ दिया, 'उसने मुझसे भी कुछ नहीं कहा। शायद उसने ऐसे ही कह दिया होगा। कल मैं उससे बात करूँगी और फिर तुम्हें बता दूँगी, ठीक है?'

कारान एकदम हताश हो गया। वह बड़ी आशा लेकर आया था और अब वह नहीं जानता था कि क्या जवाब दे। उसको यह भी डर था कि उसकी पत्नी और बहू इसको न जाने किस तरह लें।

पोन्ना उठ बैठी और बाहर आकर पत्थर पर बैठ गयी। मिलने आने वाले तीनों लोग थोड़ी दूर ज़मीन पर बैठे हुए थे। वह बोली, 'भैया ने किसी कारण ही ऐसा बोला होगा। उसने सोच–समझकर ही यह कहा होगा। इतने सारे कामों के बीच शायद वह हमें बताना भूल गया।'

चीराई ने उत्तर दिया, 'ठीक है, पर क्या अभी हम इस हालत में हैं कि खेतों के लिए कोई मदद करने वाला रख सकें।'

परन्तु पोन्ना जानती थी कि उसकी माँ अपने गाँव जाने के लिए बेचैन थी। वह बस इसका ही इन्तज़ार कर रही थी कि मातम के तीन महीने पूरे हो जायें और बाक़ी की रस्में भी। घर वापस जाने के बाद बहुत सारे काम थे जिन्हें उसे पूरा करना था। पोन्ना की भाभी सब काम अकेले नहीं सँभाल सकती थी। और वे लोग यह भी सोच रहे थे कि वह पोन्ना को भी अपने साथ ले जायेंगे और सात महीने उसे वहाँ पर ही रखेंगे। मुत्तु ने इस सबके बारे में सोचा होगा और वह यह

भी जानता था कि चीराई भेड़ और अन्य मवेशियों की देखभाल अकेले नहीं कर पायेगी। पोन्ना का अपनी माँ के साथ उनके गाँव जाने का कोई इरादा नहीं था। उसने तो यही तय कर रखा था कि यहाँ बाड़े में ही बच्चे को जन्म देगी ताकि पूवरशु के पेड़ पर बैठा हुआ काली बच्चे की आवाज़ सुन सके। इसके अलावा वह खेतों की देखभाल भी तभी कर सकती थी, जब वह यहाँ पर ही रहे। अतः यदि किसी को मदद करने के लिए रख लिया जाये, तो यह अच्छा ही रहेगा।

वह कारान से बोली, 'काम कौन करेगा, तुम्हारी पत्नी या तुम्हारी बहू?'

उसने उत्तर दिया, 'सामी, मेरी बहू। इसके तीन बच्चे हैं। मेरे लड़के को जब कभी काम मिल जाता है, तो वह खेतों में काम कर लेता है। पर जो कुछ भी वह कमाता है उसे ताड़ी पर ख़र्च कर देता है। कैसे पाले बच्चों को यह? इनकी देखभाल करने को अभी तो मैं और मेरी पत्नी हैं। पर बाद में जब यह तीनों बड़े हो जायेंगे, तब मुश्किल हो जायेगी। मेरी पत्नी कहती है कि अगर हमारी बहू काम करने जाने लगे, तो वह बच्चों को सँभाल लेगी। बच्चे अभी छोटे हैं। अगर उनको सत्तू खिला दो तो खाकर खेलते–खेलते अपना वक़्त गुज़ार लेंगे। मेरी बहू को यहाँ आकर अपने खेत में काम कर लेने दो। इससे हम कम–से–कम अपने दाना पानी का ख़र्चा तो निकाल पायेंगे।'

'तुम कह रहे हो कि इसके बच्चे अभी छोटे हैं,' चीराई ने कहा। 'तो क्या यह काम करने के लिए सही वक़्त पर आ सकेगी? कारान, मुझे तो नहीं लगता कि इस तरह काम हो पायेगा।'

परन्तु पोन्ना ने उलटा ही सोचा। उसको लगा कि यह प्रस्ताव सही था। कारान की बहू पिछले वर्ष रागी की फ़सल के वक़्त मदद करने के लिए आयी थी। वह चुपचाप अपना काम करती रहती थी और बेकार की गप–शप में अपना समय नष्ट नहीं करती थी। और न ही वह कभी अपनी साड़ी के पल्लू में अनाज चुरा कर ले गयी। वह तो रागी से भरे हुए झाबे को भी आसानी से उठा लाती थी।

यह बात स्पष्ट थी कि वह एक मेहनती मज़दूर थी और इतना ही काफ़ी था। और अगर बच्चों के कारण वह एक–दो दिन न आ सके तो वह भी पोन्ना के लिए ठीक था। अतः उसने कहा, 'ठीक है, करने दो इसे काम। वेंगा, तू क्या कहती है? तुझे बहुत मेहनत करनी होगी। यहाँ यह खेतीबाड़ी हम औरतें चलाती हैं। अगर तू नियमित तरीक़े से नहीं आयेगी, तो फिर काम नहीं चलेगा।'

वेंगाई तुरन्त उठकर खड़ी हो गयी और बोली, 'सामी, मैं बिना नागा किये हर दिन आऊँगी। मेरी बेटी सात साल की है। वह घर का काम सँभाल लेगी। बेटा भी जल्दी पाँच का हो जायेगा। अगले साल मैं उसे कहीं भेड़ें चराने के लिए लगा दूँगी। सबसे छोटी लड़की है और वह तीन साल की है। वह चावल अपने आप पी सकती है और अगर उसे मेरी ज़रूरत हुई तो मैं उसे अपने साथ यहाँ ले आया करूँगी। यहीं कहीं खेलती रहेगी और मैं अपना काम करती रहूँगी।'

चीराई ने भी बहुत सारी बातें सोचीं और वह भी इसी निर्णय पर पहुँची कि ऐसा करना ठीक ही होगा। वह प्रत्यक्ष रूप से यह भी जानती थी कि बिना किसी सहायता के उसके लिए सब करना संघर्षपूर्ण होगा। वल्लाई यह सोचकर कि उसके लिए कुछ कहने का यह सही समय था, बोली, 'मेरी समझ में यह बहुत अच्छा ख़याल है, क्योंकि मैं भी बहुत जल्दी ही अपने घर चली जाऊँगी। मेरे लिए करने को वहाँ बहुत काम पड़े हैं। आख़िरकार पूवाई सारे काम अपने आप कैसे सँभाल सकती है?' तब वह वेंगाई से बोली, 'अपनी मजूरी तय कर ले और काम पर भरोसेमन्द रहना।'

चीराई ने कहा, 'ठीक है। क्या तुम कल से काम पर आ सकती हो? बाक़ी की बात हम कल कर लेंगे जब मुत्तु आ जायेगा।'

परन्तु पोन्ना बोली, 'नहीं, उस सबकी ज़रूरत नहीं है। क्यों न हम सब बातें आज ही तय कर लें? कारान, तुम क्या मज़दूरी ठीक समझते हो? जो आजकल गाँव में महसूल चल रहा है उसके मुताबिक़ ही बताना। हमारी ज़मीन ज़्यादा नहीं है और उस लिहाज से काम भी ज़्यादा नहीं होगा। हम उन लोगों में से नहीं हैं जो आज कुछ कह दें

और कल को मुकर जायें, तो बोलो!' कारान ने उत्तर में कहा, 'ऐसा तो कुछ है नहीं जो आप नहीं जानती हों। औरत मजूर को पोंगल पर और रथयात्रा वाले त्यौहार पर दो मटके अनाज और एक साड़ी मिलती है। उसके अलावा मूँगफली और बूट जो आपके पास हों सो दे देना। आप जो भी देंगी ठीक ही करेंगी।'

'कारान, दो मटके अनाज तो बहुत ज़्यादा हुआ,' चीराई ने कहा।

'मालकिन, ऐसा न कहें। उसी पर तो हम खाने के लिए बसर करते हैं,' कारान ने उत्तर दिया।

पोन्ना तुरन्त बोली, 'ठीक है, ठीक है। अत्तै यह छोटे बच्चों के खाने के लिए ही है। तो ऐसा ही करते हैं। जो तुमने माँगा है, हम तुम्हें वही देंगे। पर इस बात का ख़याल रखना कि यह दिन न छोड़े, कहीं कह दे कि रिश्तेदारी में जाना था या और कोई ऐसा ही बहाना न बनाये। सब कुछ ठीकठाक होना चाहिए। लोग कहते हैं कि औरतों की की हुई खेती पनपती नहीं है। हम उन्हें यह दिखाकर रहेंगे कि वह ग़लत हैं।'

वेंगाई, जो अभी भी खड़ी थी, उसने कहा, 'सामी, मेरे काम से आप ख़ुश होंगी।' चाँदनी के प्रकाश में पोन्ना ने देखा कि वेंगाई अपने दोनों हाथ जोड़कर आभार प्रकट कर रही थी।

कारान की पत्नी ने उठते हुए कहा, 'सामी, यह मेरे भाई की बेटी है। यह ठीक से व्यवहार करेगी। आप हमारी सुध ले लो। हम आपके भरोसे ही हैं।'

इस बात पर चीराई ने वल्लाई से कहा, 'बहना, अन्दर से एक सेर रागी तो ले आओ।'

परन्तु कारान की पत्नी ने पोन्ना की ओर देखते हुए कहा, 'यह गर्भ से हैं। इन्हें अपने हाथों से हमें नाज देने दें।' उसके ऐसा कहने से पोन्ना बहुत प्रसन्न हुई और वह वापस झोंपड़ी में चली गयी।

उसने चीराई को यह कहते हुए सुना, 'यह सावन का महीना है। हम लोग साल की शुरुआत बैसाख से करते हैं। इस बार पूरे साल होने में तीन महीने कम रहेंगे, तो हम तुम्हें मजूरी भी उस तरह ही देंगे।'

पोन्ना कुछ ज्वार लेकर बाहर आयी और उसने उसे वेंगाई की साड़ी के पल्लू में डाल दिया और पूछा, 'क्या तुम कल काम पर आओगी?'

कारान ने उत्तर दिया, 'कृपा करके इसे कल के लिए माफ़ी दे दें। हमारे पास एक मुर्ग़ी है और कल हम उसका चढ़ावा चढ़ाने की सोच रहे हैं। इसे परसों से काम शुरू कर लेने दें। वह सोमवार भी है।'

पोन्ना ने सहमति जताई। वह इस समाधान से बहुत सन्तुष्ट थी।

20

जब पोन्ना सोकर उठी तब तक वेंगाई आ चुकी थी। पौ फटे हुए देर हो गयी थी।

पोन्ना को गरम–गरम चावल खाने की ललक हो रही थी। दिन में खाने के लिए उसको तीन बार चावल ही दिये जाते थे। परन्तु वह सोचती थी कि उसको इतना मँहगा खाना बहुत दिनों तक नहीं खाना चाहिए। कुछ चावल उसके पिता के घर से भी सौगात में आये थे। परन्तु वह जानती थी कि उस चावल को उन्हें मुसीबत के दिनों के लिए बचाकर रखना चाहिए। इसके अलावा हर कोई उससे यह भी कहता रहता था कि उसका सुबह को मतलियों का आना एक महीने में बन्द हो जायेगा। कभी–कभी वह बड़ी जिज्ञासा से अपने पेट पर हाथ फेरती, परन्तु वह समझ नहीं पाती थी कि वहाँ हो क्या रहा था। वह तो बस इतना ही जानती थी कि उसे हर समय भूख लगती रहती थी और वह बात–बात पर ग़ुस्सा हो जाती थी। शायद वह प्राणी जो उसके भीतर पल रहा था, उसकी माँग खाना ही था। परन्तु ऐसा भी नहीं था कि जो मन में आये उसे दे दो और वह उसे खाले। उसको विशेष चीज़ों की ही ललक होती थी।

वह इस बात से अचम्भित थी कि नाक भी कितनी कुशल अंग है। यदि किसी चीज़ को नाक पसन्द न करे तो जीभ भी उसे अस्वीकार कर देती है। अगर बचे हुए चावल ज़रा–सा भी खट्टे हो जायें, तो नाक को दूर से ही मालूम पड़ जाता है। उसको अलग–अलग गन्ध की पहचान थी, जैसे कि उसकी नाक किसी कुत्ते की नाक हो।

गोबर या भेड़ की मेंगनियों की भभक उसको बहुत तीव्र लगने लगी थी। कुत्ते की मलिन गन्ध उसके लिए सहना दूभर हो गया था। पके हुए चावल के बर्तन को खोलकर उसके अन्दर झाँकना उसके लिए अब असम्भव था। उसकी सुगन्ध इतनी तीक्ष्ण लगती जैसे किसी ने चेहरे पर थप्पड़ मार दिया हो। उसे हर समय ऐसा लगता रहता था कि उसका शरीर उसके वश में नहीं है। जहाँ कहीं भी उसका शरीर उसे ले जाता, उधर ही वह चलती जाती।

चीराई उन दिनों ग्राम पंचायत की बैठक के अतिरिक्त किसी और चीज़ के बारे सोच नहीं पाती थी। पोन्ना ने उसे तसल्ली देने के लिए कहा, 'अत्तै, क्या कर सकते हैं वह? चिन्ता मत कर। कोई भी मुझ पर लांछन नहीं लगायेगा।' परन्तु कुछ भी नहीं था जो चीराई की चिन्ता को हलका कर सकता हो।

कुछ दिन पहले रात को वेंगाई के साथ सारी व्यवस्था तय करने के बाद जब वह कारान, उसकी पत्नी और वेंगाई के बाहर निकल जाने पर दरवाज़ा बन्द करने लगी, उस समय कारान ने कहा, 'पश्यूर में हमारे एक रिश्तेदार रहते हैं। उस दिन हाट में मेरी उनसे मुलाक़ात हो गयी और हम लोग बातचीत करने लगे। हम बहुत साल बाद मिले थे। उन्होंने बताया कि वह उत्सव के लिए मुत्तु की बैलगाड़ी में गया था। जब मैंने उन्हें काली के बारे में बताया तो वह बहुत दुखी हुए और कहने लगे कि भले लोगों के ऊपर ऐसी आफत क्यों आती है?'

चीराई ने उसकी बात बड़ी शान्ति के साथ सुन तो ली, परन्तु बाद में उसने वल्लाई से पूछा, 'जब तुम लोग मन्दिर के उत्सव में गये थे, तब क्या तुमने किसी को अपनी गाड़ी में जगह दी थी?' वल्लाई ने बताया कि उन्हें एक परिवार के चार लोगों को, पति, पत्नी और दो बच्चे, अपनी गाड़ी में क्यों ले जाना पड़ा था। उस आदमी का नाम मारन या ऐसा ही कुछ था। वह बैलों को हाँकने में बहुत निपुण था। पोन्ना को उस बच्चे का चेहरा बहुत अच्छी तरह याद था।

'अभी पता चला कि उससे कारान की रिश्तेदारी है,' चीराई ने झुँझलाते हुए कहा। 'लगता है वह हम लोगों के बारे में उससे पूछ रहा था।'

पोन्ना बोली, 'जब कभी हम कहीं जाते हैं, तो हज़ारों लोग हमें देखते हैं। हम हर किसी के बारे में तो नहीं सोच सकते और डर के मारे परेशान तो नहीं रह सकते।'

परन्तु चीराई की चिन्ता को शान्त नहीं किया जा सका। पोन्ना को लगा कि चीराई तब ही शान्त होगी, जब ग्राम पंचायत की बैठक ख़त्म हो जायेगी। परन्तु उसे ख़ुद भी इस बात की चिन्ता थी कि चीराई अपनी अकुलाहट में कहीं किसी से कुछ अधिक न कह डाले। उसने कारान की बात को बहुत गम्भीरता के साथ लिया था।

वेंगाई के चेहरे की ओर देखकर पोन्ना बहुत प्रसन्न हुई। उसमें एक अजीब सी दमक थी। वह कोई पच्चीस या छब्बीस साल की रही होगी। उसने अपने सिर में अण्डी का तेल लगाया था केशों में नीचे तक बड़े सुन्दर ढंग से कंघी की हुई थी और गर्दन में काले मानकों की माला पहनी हुई थी। उसके श्रृंगार और रूप–रंग पर उसे छेड़ते हुए पोन्ना ने कहा, 'क्या तुम वाकई में खेतों में काम करने के लिए आयी हो?' वेंगाई हँसने लगी।

वल्लाई पीछे से बोली, 'पोन्ना, तुम ख़ुद कुछ मत करना।'

पोन्ना ने व्यंग करते हुए कहा, 'मैं तो बस छाया में ही बैठी रहूँगी। हमारे खाने के लिए तो तुम्हारे घर से बैलगाड़ी में सामान आता ही रहता है।' वह एक डलिया लिए हुए थी जिसको उसने बाहर निकलने से पहले उठा लिया था। परन्तु वेंगाई ने तुरन्त उसके हाथ से वह डलिया ले ली। पोन्ना के कटाक्ष से वल्लाई अप्रसन्न नहीं हुई, बल्कि वह यह देखकर ख़ुश हुई कि पोन्ना की ज़ुबान में पहले जैसी चिंगारी फिर से भड़कने लगी थी।

जैसा कि पोन्ना ने कहा था वह पालै पेड़ की छाया में बैठ गयी। उस दिन का काम था बैंगनों की क्यारी के बराबर रेत की क्यारी तैयार करना और उसके एक भाग में मिर्ची के पौधे रोपना और दूसरे में रागी। वेंगाई ने फावड़ा लेकर काम शुरू कर दिया।

ऐसा लगता था कि उस जगह पहले भी कोई क्यारी रही होगी। अतः वह उस हद के अन्दर ही काम करती रही। यह देखकर कि बिना थके हुए वेंगाई ने कितनी अच्छी तरह रेती को खोद निकाला था, पोन्ना को बहुत अचम्भा हुआ। वह किसी भी चीज़ से तनिक भी विचलित नहीं हुई और अपने काम में लगी रही। जब ख़ुदाई पूरी हो गयी और क्यारी बन चुकी, तब पोन्ना ने उसे पुकारा और बाड़े में जाकर पानी पी आने के लिए बोला और उसके लिए भी पानी लाने के लिए कहा। वेंगाई ने जैसा कहा गया था वैसा ही किया और लौटते समय पानी की एक मटकी पोन्ना के लिए ले आयी। उसने पोन्ना को यह नहीं बताया कि वल्लाई ने तंज़ करते हुए उससे यह पूछा था, 'क्या तुम्हारी ज़मींदारिन ने तुम्हें कुछ ले आने के लिए भेजा है?' पोन्ना ने वेंगाई को एक बार फिर बाड़े में सूखा गोबर लाने के लिए भेजा। चूँकि वल्लाई बाड़े में अकेली थी और अनमनी बैठी थी, उसने वेंगाई को बातों में उलझा लिया।

वेंगाई ने सूखे गोबर का बुरादा बना कर उसे पूरी क्यारी में फैला दिया और रेती में अच्छी तरह मिला दिया। पोन्ना ने तब उसे मिर्ची और रागी के बीज बोने के लिए बोला और यह भी कहा कि वह बीजों के बीच इतना फ़ासला रखे ताकि अंकुरों को बढ़ने के लिए पर्याप्त जगह रहे। वेंगाई बोली, 'अच्छी फ़सल के लिए यह शुभ होगा कि तुम अपने हाथ से कुछ बीज बोओ।'

यह सुनकर पोन्ना रोने लगी। 'मेरी तरफ़ तो देख। मैं सफ़ेद कपड़ों में लिपटी हुई हूँ। अब मेरे चेहरे की ओर देखकर लोग यही कहा करेंगे कि दिन की शुरुआत इस मनहूस औरत को देखकर हुई। अगर वह मुझे सड़क पर आते हुए देखेंगे, तो मुँह फेर लेंगे। कहेंगे कि मुझे शुभ कामों में शरीक़ नहीं होना चाहिए। क्या तू सोचती है कि वह अब मुझे किसी भी काम में अपने साथ शामिल करेंगे? नहीं, पहले वह मुझे अलग इसलिए धकेलते रहे कि मैं बाँझ थी, अब मेरे बच्चा भी हो जायेगा पर वह मुझसे इसलिए किनारा करेंगे कि मैं एक राँड हूँ। वेंगा, देख तो मेरी ज़िन्दगी क्या बन

कर रह गयी है। मैं किसी भी चीज़ में अगुआई नहीं कर सकती और न ही किसी में हिस्सा ले सकती हूँ। वह मुझे कैसी हालत में छोड़कर चला गया।'

वेंगाई बोली, 'सामी, लोग तो यह कहते हैं कि सफ़ेद कपड़ों में औरतें देवी की तरह होती हैं। आप इस तरह ही सोचा करें। आप अब गर्भ से हैं। अगर आप अपने हाथ से बीज बोयेंगी, तो उन बीजों को आशीर्वाद मिलेगा और वह बहुत अच्छी तरह उगेंगे।'

'इस सफ़ेद साड़ी का सम्मान बस यहीं तक है,' पोन्ना ने उत्तर दिया, 'और इससे आगे नहीं। जैसे मूर्ति मन्दिर के भीतर ही बन्द रहती है, उसी तरह मेरा भी चलना–फिरना बाड़े तक ही सीमित रहेगा। वैसे भी औरतों की सीमा घर की चौखट ही होती है। पर अब मुझे तो वह भी नसीब नहीं है। मैं तो दरवाज़े पर जाकर भी खड़ी नहीं हो सकती...वेंगा तू ही बीज बो दे। तेरे बोये बीज भी बहुत अच्छे उगेंगे। तू ने तीन बच्चों को जन्म दिया है।'

दुःखभरी आवाज़ में यह कहते हुए वेंगाई ने बीज बोना शुरू किया, 'क्या रखा है साड़ी में? आप तो रंगीन साड़ी भी पहन सकती हो। हमारी बिरादरी में अब कोई भी इन बातों पर ज़ोर नहीं देता।'

'तुम्हारे यहाँ तो विधवा हो जाने पर दूसरी शादी भी हो जाती है,' पोन्ना ने उत्तर में कहा। 'तुम तो यह भी कहोगी कि औरत जितनी शादी करना चाहे, कर सकती है जैसे मर्द कर लेते हैं। पर यहाँ मेरी तरफ़ तो देख, मुझे कितने सारे लोगों के सामने खड़ा होने को कहा जायेगा और यह कहना पड़ेगा कि यह बच्चा जो मेरी कोख में पल रहा है वह मेरे पति का ही दिया हुआ है। यह मुझे उन मर्दों के आगे करना पड़ेगा जो जहाँ चाहें जा सकते हैं, जैसे कुत्ते और जो भी कूड़ा करकट उनके आगे डाल दिया जाये उसे चाटने लगते हैं। और यही लोग हैं जो इन्साफ़ करेंगे। क्या तुम्हारी बिरादरी में भी ऐसा कुछ होता है? बताओ मुझे।' पोन्ना को इस तरह की बातें किये हुए महीनों हो गये थे। पता नहीं क्यों उसे वेंगाई से बातें करने की तीव्र इच्छा हो रही थी।

'हमारी बिरादरी में,' वेंगाई बोली, 'यह कहा जाता है कि औरत को विधवा नहीं रहना चाहिए। मेरी माँ की छोटी बहन के बेटे की शादी पिछले महीने ही हुई है। उसके बाप को मरे पाँच–छह साल हो गये थे। मेरी मौसी इतने साल तक विधवा हो जाने के बाद अकेले ही रहती रही। उस उमर में पति को पाकर वह करती भी क्या? परन्तु लोगों ने कहा कि बेटे की शादी की रस्में पूरी करने ले लिए उसका पति होना चाहिए। तो मेरे बाप ने उसके माथे पर पोट्टु रखकर उससे शादी कर ली। बहुत सारे लोगों की मौजूदगी में मन्दिर के अन्दर मेरे बाप ने अपने हाथ में सिन्दूर लेकर उसकी माँग भर दी। बस हो गयी शादी। उसके बाद मेरे पिता और मेरी मौसी ने मिलकर उस लड़के की शादी की सारी रस्में पूरी कीं। हम ग़रीब लोगों में तो ऐसा ही होता है। आप लोग ही न जाने कितनी सारी बातों की चिन्ता करते रहते हैं।'

पोन्ना को सुखद रूप से आश्चर्य हुआ कि वेंगाई कितनी मुखर थी। एक साल पहले रागी की फ़सल के समय जब वह उससे मिली थी, तब उसने यह छाप छोड़ी थी कि वह चुपचाप अपना काम करने वालों में से एक है। परन्तु अभी भी बातें करते हुए उसके हाथ बिना रुके चलते ही रहते थे। पोन्ना ने दीर्घश्वास छोड़ी। 'ऐसा नहीं है कि हम दौलतमन्द लोग हैं। लेने–देने को हमारे पास यह ज़मीन ही है। बस इतना ही है। उन लोगों के पास भी और क्या है? कुछ भी तो नहीं! हाँ मन भर गरूर ज़रूर है।' पोन्ना के मुख से निकले हुए शब्द रोष से भरे हुए थे।

पोन्ना की बात सुनकर वेंगाई हक्का–बक्का रह गयी। वह यह तय नहीं कर पा रही थी कि पोन्ना का गुस्सा उसके ऊपर आ रहा था या पूरे विश्व पर। उसे लगा कि कहीं उसने ऐसी कोई बात तो नहीं कह दी जिससे पोन्ना आहत हुई हो। परन्तु पोन्ना ने पुनः वार्तालाप शुरू करके उसकी भ्रान्ति दूर कर दी। यह देखने के लिए कि वेंगाई बोआई का काम किस तरह कर रही थी, वह उसके पास आयी और बोली, 'तुम अपना काम करने में सच में बहुत होशियार हो। अब जो बचा है, वह है इस क्यारी में पानी देना। मेरा भैया आता ही होगा। मैं उसको कहूँगी कि पुरवाही के लिए बैलों को ले आये और पानी खींच दे।'

वेंगाई ने उत्तर दिया, 'इस छोटे–से टुकड़े के लिए वह सब क्या करना? पाँच या छह मटके पानी ही तो चाहिए।'

पोन्ना बोली, 'पर वह करेगा कौन? मैं तो इस हालत में हूँ नहीं। हाँ तुम से इस मदद के लिए कह सकती हूँ, पर मेरी माँ और सास दोनों ही मना करेंगी। इसे जिस तरह होना चाहिए, उस तरह ही होने दो।'

पोन्ना ने देखा कि बैंगन की क्यारी में भी कुछ नयी कोंपलें फूट रही थीं। उसने मुत्तु से ज़मीन के उस हिस्से को जोतकर तैयार करने के लिए कहा था। जब मिर्ची और रागी की कोंपलें निकल आयेंगी तब उन्हें निकालकर उस जगह पर लगाना था। जब मुत्तु और सेंगान काम करने के लिए आये थे, तब उन्होंने कुएँ से पानी खींचकर इस नयी क्यारी की सिंचाई भी कर दी थी। खेत के वह सभी हिस्से जहाँ उन्होंने मकई बोयी थी अब धूसर लग रहे थे। दूर पर एक लम्बा और संकरा भाग था जिसके लिए पोन्ना ने कहा था कि वहाँ पर कुछ भी न बोआ जाये। यह हिस्सा मेंढ़ के परे सार्वजनिक सड़क के साथ लगा हुआ था। उसके मुताबिक़ वह जगह मवेशियों को चरने के लिए बेहतर थी। दिन में वह पशुओं को वहाँ रस्सी से बाँध देगी और वह घास चरते रहेंगे। वेंगाई नारियल के कुछ सूखे पत्ते उठा लायी, जो पेड़ के नीचे गिरे पड़े थे और उन्हें उस क्यारी के ऊपर छा दिया, जहाँ उसने अभी बीज बोये थे। अगर सूरज की किरणें सीधी वहाँ पड़ीं, तो मिट्टी सूख सकती थी और फिर बीज फूट नहीं पायेंगे। यह देखकर कि वेंगाई बिना किसी आदेश के काम करने में स्वयं ही पहल कर रही थी, पोन्ना उसके मन लगाकर काम करने के ढंग की कायल हो गयी और वेंगाई की मदद से अकेले ही खेतीबाड़ी कर पाने का उसका हौसला भी बुलन्द हो गया।

बाड़े की ओर लौटते हुए पोन्ना वेंगाई से बोली, 'वेंगा, तुम मुझे 'सामी' या 'मालकिन' कहकर मत बुलाया करो। बस 'पोन्ना' ही कहा करो। वही ठीक रहेगा।'

'पर पोन्नु, लोग इस बात पर एतराज़ करेंगे,' वेंगाई यह कह कर हँसने लगी।

पोन्ना भी वेंगाई के विनोद में शामिल होते हुए और हँसते हुए बोली, 'पोन्नु ही आदर के लिए काफ़ी है। कोई कुछ नहीं कहेगा।'

उस दिन पोन्ना थोड़ा–बहुत हँस पायी थी।

21

वह तीनों की तीनों ग्राम पंचायत की बैठक होने के दिन गिन रही थीं। जब हम किसी घटना के घटित होने की व्याकुलता से प्रतीक्षा कर रहे होते हैं, तब वे दिन जो उसकी प्रतीक्षा में या फिर उसके लिए तैयारियाँ करने में गुज़रते हैं, वह ज़्यादा अहम हो जाते हैं। यह दिन चिन्ता, क्लेश, दुःख, पूर्वाभास और भय से भरपूर होते हैं और कुछ भी नहीं है जो हमें उन दिनों से छुटकारा दिला सकता हो। परन्तु सबसे बड़ा सन्तोष यह है कि अन्ततः ऐसे दिनों का अन्त हो ही जाता है। लोग उस अवधि के बीच विभिन्न प्रकार से समय बिताते हैं। जहाँ तक चीराई का प्रश्न था, उसको दृढ़ विश्वास था कि उसके परिवार का अच्छे दिन देखना उस बैठक पर ही पूरी तरह निर्भर था। पोन्ना का मनसूबा बस खेतीबाड़ी को अपने हाथों में ले लेना था। वल्लाई मात्र यही चाहती थी किसी तरह यह बैठक समाप्त हो और मातम के दिन पूरे हों और वह अपने गाँव वापस चली जाये। चूँकि मदद के लिए वेंगाई आ गयी थी, अतः घर जाने के लिए वह अब अधिक आश्वस्त थी। उसने सोचा कि यदि सम्भव हुआ तो वह हर दूसरे या तीसरे दिन आकर रात को रुक जाया करेगी और अपने साथ कुछ चीज़ें पकाकर भी ले आया करेगी।

ग्राम पंचायत की बैठक को सहजता से हो जाना चाहिए। चीराई दिन गिनने के अलावा किसी और चीज़ पर ध्यान ही नहीं दे पाती थी। मंगलवार की रात वह किसी व्यक्ति विशेष से नहीं, बस ऐसे ही बोली, 'बुध और बृहस्पतिवार। बस दो दिन रह गये हैं।'

'और उसके बाद क्या होगा?' बाहर से आवाज़ आयी। 'तुम स्वर्ग में अपने बेटे के पास चली जाओगी?'

आगन्तुक के आने पर कुत्ता नहीं भौंका था। यह सोचकर कि चाचा नल्लय्यन ही आये थे, चीराई ने उन्हें छेड़ते हुए कहा, 'लगता है मैंने फाटक ठीक से बन्द नहीं किया। शायद कोई कुत्ता अन्दर चला आया। अक्का, जाकर फाटक ठीक से बन्द कर आना,' उसने ऐसे कहा जैसे वह वल्लाई को सम्बोधित करते हुए कह रही हो।

अपने प्रत्युत्तर के साथ नल्लय्यन ने भीतर प्रवेश किया, 'इस कुत्ते को कोई नहीं भगा सकता। यह तो तभी जायेगा, जब इसका मन करेगा।'

वह आकर खाट पर लेट गये, परन्तु चीराई ने उन्हें छेड़ना जारी रखा, 'लगता है मेरे देवर जी बहुत थक गये हैं। इतने सारे बच्चों की देखभाल जो करनी होती है। कितना काम है बेचारे को!'

नल्लय्यन ने विवाह नहीं किया था। उनके दो छोटे भाई थे। उन्होंने जायदाद का अपना हिस्सा अलग कर लिया था और अकेले ही रहते थे। जहाँ उनका मन करता वहाँ घूमने के लिए निकल जाते और एक–दो हफ़्ते बाद या कभी एक माह बाद गाँव में वापस लौट आते थे। कभी–कभी वह अपने साथ किसी औरत को भी ले आते थे और कुछ दिनों के बाद उसे वापस भेज देते थे। उन्हें इस बात की कोई चिन्ता नहीं थी कि उनके भाई या गाँव वाले क्या कहेंगे। नल्लय्यन से काली की उसके पिता की ओर से रिश्तेदारी थी और काली उनका सगोत्र था। वह काली को बहुत पसन्द करते थे। वह अक्सर आकर उसके पास बाड़े में ठहर जाया करते थे और काली उनमें से था जिसको उनके साथ बातचीत करना बहुत भाता था। उनके साथ समय व्यतीत करने का अर्थ था अपनी चिन्ताएँ हलकी कर लेना। पोन्ना को उनकी बातें सुनना बहुत अच्छा लगता था। वह उनका स्वागत करने के लिए झोंपड़ी से बाहर निकल कर आयी।

'मेरी प्यारी बहू,' वह बोले। 'सुना है कि काली तुझे एक बच्चा देने के बाद गया है, परन्तु इस आशीष का सुख भोगना उसके भाग्य में नहीं था।'

पोन्ना चुपचाप खड़ी रही।

'कुछ लोग होते ही ऐसे हैं,' नल्लय्यन ने आगे कहा। 'वह जानते ही नहीं कब उन्हें ज़िन्दा रहना चाहिए और कब मरना। जब उन्हें ज़िन्दा रहना चाहिए, तब वह मर जाते हैं और जब उन्हें मर जाना चाहिए, तब रोने लगते हैं कि वह ज़िन्दा रहना चाहते थे। हमें जीने और मरने से डरना नहीं चाहिए। मैंने न जाने कितनी बार उससे यह बात कही होगी। लगता है मेरे शब्द उसके कानों से आगे गये ही नहीं। उसके हृदय में जगह नहीं बना सके। चलो ठीक है, अब उसको मुझे सुनने की कोई ज़रूरत ही नहीं है—पर उसने अपने बारे में भी नहीं सोचा।'

पोन्ना, जो नल्लय्यन की बातें वहाँ पर ही खड़े होकर सुन रही थी, अपने आँसुओं को थाम न सकी। क्या था जो यह पुरुष उसके पति के बारे में न जानता हो। काली सदैव कहा करता था कि नल्लय्यन चाचा से बात करने से उसे बड़ी तसल्ली मिलती थी। वह अक्सर कहा करता, 'मैं भी उस ही तरह की ज़िन्दगी जीना चाहता हूँ जैसे मेरे चाचा जीते हैं, पर मैं ऐसा कर नहीं पाऊँगा। उस तरह की ज़िन्दगी जीने के लिए और ही तरह का नज़रिया होना चाहिए।' पोन्ना ने अपनी सिसकियों को रोकने के लिए साड़ी के कोने को मुख में दबा लिया।

'मत रो, मेरी बेटी, मत रो,' नल्लय्यन ने उसे ढाढस बँधाया। 'रोने से क्या हासिल होगा? रोना उसे वापस लेकर तो नहीं आ सकता। ला सकता है क्या? उस दिन मैं यहाँ पर ही था। मैं उन लोगों में से हूँ, जिसने दुनिया देख रखी है। उसके चले जाने का दुःख मुझसे भी बर्दाश्त नहीं हुआ। उस दिन मुझे लगा कि मैं उसे हमेशा अपना ही बेटा मानता रहा था। जब मेरे माँ—बाप मरे थे, तब भी मैं इतना नहीं रोया था, जितना कि उस बेअक्ल कुत्ते के लिए रोया। वह हर किसी का चहेता था। कोई भी तो नहीं था जो काली को पसन्द न करता हो। गाँव का हर शख़्स जानता है कि तू उससे कितना प्यार करती थी। और तेरी सास? उसका तो वह पूरा संसार था।

तेरे भाई के लिए क्या कहा जाये? वह तो फ़र्श पर लुढ़कते हुए सिसकियाँ भर रहा था और चीख़ रहा था, 'मैं तो बस वही करना चाहता था, जो तेरे लिए अच्छा हो। तूने ऐसा क्यों किया?' ज़िन्दगी में पहली बार मैंने एक मर्द को इस तरह रोते और चीख़ते हुए सुना था। कितने लोगों को ऐसा साला नसीब होता है! और कौन? तेरे माँ–बाप, पोन्ना? क्या वह उनका चहेता नहीं था? या मैं? या फिर गाँव का कोई भी आदमी? हर कोई शख़्स काली को पसन्द करता था। ज़िन्दगी का तो एक ही मतलब है, उन लोगों के बीच जीना, जो हमें पसन्द करते हैं। इस बात की क्या परवाह करना कि गाँव क्या कहता है—वे लोग जो हमारे लिए कोई मायने नहीं रखते। गाँव का मुख तो दुर्गन्ध से भरा है। वह अगर जँभाई लेने के लिए भी खुले, तो मल उगलता है और अगर वह बोलने के लिए खुले तो उससे भी बदतर होता है। तो हम उसके शिकार क्यों बने? पर चलो, जाने से पहले वह तुझे बच्चा दे गया है। यही अपने में एक छोटा–सा आशीर्वाद है। इस बच्चे को पालपोस कर बड़ा करना और ख़ुश रहना। पर हमें बेटा देना। मैं अपनी धन–दौलत अपने इस पोते के नाम कर जाऊँगा।'

पोन्ना ने बड़ी नरमी के साथ कहा, 'चाचा, पर मुझे तो लड़की चाहिए। अगर लड़का हुआ, तो वह भी बिना कुछ सोचे–समझे किसी औरत को इसी तरह दुःख झेलने के लिए अकेला छोड़कर चला जायेगा।'

उन्होंने उत्तर दिया, 'इससे कोई फ़र्क़ नहीं पड़ता कि बेटा होता है या बेटी। बात तो यह है कि हमारे समाज में लड़की को बचपन से ही बहुत कुछ बर्दाश्त करना पड़ता है। लड़कों के लिए थोड़ा आसान हो जाता है। मेरा सिर्फ़ यही मतलब था। लड़का होगा तो वह इस घर और ज़मीन पर ही नहीं सारी दुनिया पर राज करेगा, सही में। वह जहाँ भी जाना चाहे और जब भी जाना चाहे, तो जा सकेगा। अपनी सास से पूछ, क्या वह काली के आने–जाने पर कोई रोक लगा सकी थी? इस दुनिया में तो मर्द लोग जहाँ भी हों, जो कुछ करना चाहें वह कर सकते हैं। औरतों के साथ ऐसा नहीं है। उनको एक जगह

ही बँधकर रहना पड़ता है। वह तो अपनी आँखों को भी भटकने नहीं दे सकतीं। जब हम बछड़े के मुख पर जाब बाँध देते हैं, तो वह कुछ भी नहीं कर पाता है। इन्सान के लिए भी ऐसा ही है। पत्नी के मर जाने के बाद मर्द तो दूसरी शादी कर सकता है या दूसरी औरत को लाकर घर में रख सकता है या फिर जब उसका दिल चाहे तो दूसरी औरतों के पास जा सकता है। पर अपनी तरफ़ देख! उन्होंने तुझे सफ़ेद साड़ी पहना दी है। मेरे ख़याल में हमें गोरे लोगों से अपील करनी चाहिए कि वह इस सफ़ेद साड़ी की प्रथा पर रोक लगा दें। अब तेरी क़िस्मत में बस यही है कि सफ़ेद साड़ी पहनो और इस बाड़े में क़ैद रहो। क्या तू किसी और मर्द के साथ शादी कर सकती है? क्या तू ऐसा करने की कभी हिम्मत जुटा पायेगी? औरत का जीवन बराबर क़ुरबानी करते जाना और एक छोटे से घेरे में ही रहते रहने तक निहित है। इसलिए ही तो मैं तुझसे कह रहा हूँ कि लड़के को ही जन्म देना। ताकि बालक को कुछ ख़ुशी तो मिल सके। पर अगर तू बेटी ही चाहती है, तो फिर बेटी ही सही।'

वल्लाई ने सहमति जताई, 'हाँ, और अगर बेटी की शादी भी कर दो, तो चिन्ताएँ ख़त्म तो नहीं हो जातीं। हमारी तरफ़ देख लो। अगर लड़का होगा, तो कहीं भी रह लेगा।'

'भौजी,' नल्लय्यन बोले, 'क्या मर्द को ही यह देखना है कि उसकी वंशावली आगे चलती रहे? क्या औरत को नहीं सोचना चाहिए? और फिर यह कुटुम्ब और वंश हैं क्या? क्या कौओं का भी वंश होता है? क्या गौरैया का भी वंश होता है? केवल इन्सानों को ही वंश और वारिस का होना जैसी चीज़ों की ज़रूरत है? इस संसार में जिन्होंने भी जन्म लिया है, वह सब बराबर हैं। सब जन्म लेते हैं, जीते हैं और मर जाते हैं। इसके अलावा और क्या है! ठीक है, भौजी, मैं आपसे एक बात पूछता हूँ। आप अपने वंश की महिमा की बात करती हैं, आपके पिता का क्या नाम था?'

'तुम उनका नाम जानती हो,' चीराई ने कहा। 'मेरे बाप का नाम चोनान था।'

'और आपके बाबा का नाम क्या था?'

'मेरे बाबा? मैं जानती हूँ उनका नाम। मैं जब किशोरी थी तब वह ज़िन्दा थे। उनका नाम मारप्पन या ऐसा ही कुछ था।'

'ठीक है। आपके परदादा का क्या नाम था?'

'कौन याद रखता है अपने परदादा का नाम? मुझसे तुम यह सब किसलिए पूछ रहे हो? इस उमर में तो यह भी याद रखना मुश्किल हो जाता है कि कल क्या हुआ था।'

'तुम्हें अपने परदादा का नाम याद नहीं है,' नल्लय्यन ने तर्क दिया। 'तुम्हारे नाम के साथ भी ऐसा ही होगा। इसके बारे में ज़रा सोचो तो। क्या तुम सोचती हो कि तुम्हारे परपोते को तुम्हारा नाम पता होगा? यह हुई वंश की बात!'

'अरे बस करो,' चीराई ने चिल्लाकर कहा। 'क्या मैं बहस में तुमसे कभी जीत सकती हूँ? हम तो बस उस डगर पर ही चलने की कोशिश कर रहे हैं जिसे लोगों ने युगों से बनाया है। पर अब तुम इस बात पर अड़े हो कि एक नयी डगर बना कर ही मानोगे।'

नल्लय्यन वल्लाई से भी बात करने के लिए उसकी ओर मुड़े और बोले, 'अगर लड़की हुई, तो वह नयी–नयी साड़ियाँ पहन सकती है। कुछ दिनों के लिए मायके जाकर वहाँ रह भी सकती है। आपके लिए मुर्गी और पुट्टू पकायेगी। और जब हम मरेंगे तो हमारे सिरहाने बैठकर हमारे लिए आँसू बहायेगी। और लड़का, वह तो बस बाहर खड़ा होकर चुपचाप गमछे से अपने आँसू पोंछता रहेगा।'

चीराई ने गहरी साँस ली। 'तुम जब इस तरह की बातें करते हो, तो सुनने में बहुत अच्छा लगता है। पर हर कोई तो इस तरह नहीं सोचता, सोचता है भला? हम तो बस इतना ही कर रहे हैं कि बस तालमेल बैठाये रखें।'

'ख़ैर छोड़ो,' नल्लय्यन ने निर्णयात्मक ढंग से कहा, 'अब इस बारे में हमें और अधिक बात नहीं करनी चाहिए। मैंने सुना है कि गाँव में ऐलान करने के लिए तुमने गाँव की बैठक बुलाई है। मैंने यह भी सुना है कि तुमने सबको बुलाया है। तो फिर मुझे क्यों नहीं बुलाया?'

चीराई ने सफ़ाई देते हुए कहा, 'मैं तुम्हें बुलाने के लिए तुम्हारे घर गयी थी। तुम वहाँ थे ही नहीं। मैंने काम करने वाले लड़के से पूछा था। वह बोला कि उसे नहीं मालूम था कि तुम कहाँ गये थे और कब तक लौटोगे।'

'तो,' उन्होंने पूछा, 'गाँव की सारी औरतों के बच्चे उनके अपने मर्द से ही हुए हैं? क्या वह यह बात पूरे गाँव के सामने साबित कर सकती हैं?'

'अगर वह यह तुम पर छोड़ दें, तो तुम तो यह घोषणा कर दोगे कि गाँव की सारी औरतें पतुरिया हैं।'

'चलो ठीक है। पर यह बताओ कि क्या वह सबकी सब पतिव्रता हैं?'

'मैं कुछ नहीं जानती। हमें इस बात से क्या मतलब कि कौन औरत क्या करती है।'

'तुम सब यह बातें करते रहते हो कि मैंने शादी नहीं की और न ही मेरे कोई बच्चे हैं। पर अगर तुम ठीक से गिनती करो तो इस गाँव में पाँच या छह बच्चे हैं जो मुझसे हुए हैं, क्या यह बात तुम्हें पता है?' और यह कहकर वह हँस पड़े।

चीराई ने मुँहतोड़ जवाब दिया, 'अच्छा! तो फिर अपनी सारी दौलत उन सबमें बाँट दो।'

'मैं तो करने को तैयार हूँ, पर उनकी माँ राजी नहीं होतीं। क्या कर सकता हूँ मैं?'

'अरे देवर जी, तुम कहना क्या चाहते हो? अगर हमें इसी गाँव में रहना है, तो हम गाँव के क़ायदे कानून से कैसे बाहर जा सकते हैं?'

'ठीक है,' वह बोले। 'चिन्ता मत करो। मैं भी आ जाऊँगा। वह लोग मुझे वहाँ बैठा देखेंगे, तो कोई ग़लत बात कहने से कतराएँगे। और अगर कुछ कहेंगे, तो मैं सँभाल लूँगा।'

'हाँ, ज़रूर आना,' अपनी चिन्ता को विस्तार देने से पूर्व, चीराई ने कहा। 'पर ज़रा सावधानी से बोलना। वरना वह फिर तुम्हारे लिए भी बुरा–भला कहने लगेंगे। वैसे भी लोग बड़ी डाह–भरी बातें कह रहे हैं,

जैसे उन्होंने ख़ुद अपनी आँखों से देखा हो। मैं तो बस यह चाहती हूँ कि जाकर यह कह आऊँ कि यह बच्चा काली का है, फिर किस्सा ख़त्म हो और हम अपने–अपने काम में लगें।

नल्लय्यन ने शान्तिपूर्वक कहा, 'इस गाँव के लोग मुझसे डरते हैं। मैं इस बात का फ़ायदा उठाऊँगा। तुम बस देखना कि मैं क्या करता हूँ।'

'ठीक है,' चीराई बोली। 'अच्छा! यह तो बताओ तुम गये कहाँ थे? हमने तो तुम्हें काफ़ी दिनों से देखा ही नहीं।'

नल्लय्यन चाचा अपनी यात्राओं के क़िस्से सुनाने में माहिर थे। पोन्ना उनकी कहानी सुनने की उत्सुकता लिए पत्थर पर बैठ गयी।

हवा का झोंका जिसने पूवरशु के पेड़ को लहराया था, वह बहुत हलका था।

22

'भौजी, मैं आजकल अपनी जान के लिए बहुत डरा हुआ हूँ,' नल्लय्यन डरी हुई आवाज़ में धीरे–से फुसफुसाये। जब मैं यात्रा से लौट भी आता हूँ, तो दिन में तो मैं खेतों में काम करता रहता हूँ मगर रात को कहीं और निकल जाता हूँ। आज रात को मैं यहाँ पर ठहरने की सोच कर आया था। जब काली ज़िन्दा था, तब जब कभी मैं यहाँ आया तो सोचा करता था कि क्या कभी मेरे पास ऐसी ही जगह होगी। पर सिर्फ़ सोचने से क्या होता है? कौन इतनी मेहनत कर सकता है और इतना बढ़िया बाड़ा बना सकता है जैसा कि काली ने बनाया। बड़े दुःख की बात है कि वह इस जगह का बहुत दिनों तक आनन्द नहीं उठा पाया। पर आज भी जब वह यहाँ नहीं है, तब भी यह जगह मेरी सुरक्षा कर रही है। तीन–तीन आदमी मेरी तलाश में हैं। वह मुझे मार डालना चाहते हैं। अगर मैं अपने घर में एक रात के लिए भी रुक जाऊँ, तो वह मुझे ज़रूर मार डालेंगे।'

पोन्ना सोचने लगी कि नल्लय्यन चाचा का दिमाग़ तो सही है। उसने यह भी सोचा कि कहीं यह किसी औरत का चक्कर तो नहीं है? उस औरत के परिवार को इनके ऊपर गुस्सा आ गया होगा और इसलिए ही यह आदमी इनके पीछे पड़े हैं।

'जो आदमी तुम्हें मार सके वह तो अभी पैदा ही नहीं हुआ है,' चीराई ने कहा। 'यह पागलों जैसी बातें क्यों कर रहे हो।'

चाचा आगे बोले, 'मेरा छोटा भाई और उसके दोनों बेटे मेरे पीछे पड़े हैं। वह तो यह भी कह चुके हैं कि अगर उनमें से किसी एक

को जेल भी जाना पड़े, तो उन्हें उसकी परवाह नहीं है बस मेरा ख़ून हो जाना चाहिए। मैं चुप नहीं रहा। मैंने पुलिस में रिपोर्ट लिखवा दी है। मैंने उनको कह दिया है कि मेरा भाई और उसके बेटे मेरी जान लेने पर उतारूँ हैं और अगर मुझको कुछ हो जाये तो उन्हें जेल में डाल दिया जाये।'

चीराई ने पूछा, 'वह तुम्हारी दौलत के पीछे इस समय क्यों पड़े हैं? तुम तो हट्टे–कट्टे हो, ताक़तवर हो और अगर चाहो तो दो–दो औरतों से शादी कर सकते हो। तो उन्हें जल्दी किस बात की है?'

'मुझे क्या मालूम,' वह बोले जैसे बहुत हताश हो गये हों। 'वह दोनों लड़के मेरी जायदाद पर निगाह लगाये हैं। मैं इससे बहुत आज़िज आ गया हूँ। कभी–कभी तो सोचता हूँ कि सब कुछ बेच–बाच कर कहीं दूर चला जाऊँ।'

जब नल्लय्यन के पिता की सम्पत्ति का भाइयों के बीच विभाजन हुआ, तब उन्होंने एक तिहाई हिस्सा माँगा। उस समय भी उनके दोनों भाइयों ने उनका हिस्सा हड़पने की पूरी कोशिश की थी। पहले तो उन्होंने उनकी बहुत आवभगत की और उनको मनाने में, उनको खाना खिलाने में और उनकी परवाह करने और लाड़–प्यार जताने में दोनों भाइयों के बीच होड़ लगी रहती थी। उन्होंने भी सोचा कि जब तक यह सब चलता रहे, तब तक वह उसका आनन्द क्यों न उठायें। परन्तु निस्सन्देह वह अधिक दिन नहीं चल पाया क्योंकि उनकी लाग–लपेट झूठी थी और उनकी आँखें केवल उनकी विरासत के हिस्से पर ही टिकी थीं। अन्ततः जब उन्हें यह लगा कि नल्लय्यन अपने निश्चय में डिगने वाले नहीं थे, तब उन्होंने अपनी चाल बदल दी। पहले भाई के एक बेटा और दो बेटियाँ थीं। बेटे को तो पिता का हिस्सा विरासत में मिलना ही था, अतः समस्या दोनों बेटियों के लिए उचित वर तलाशने की थी। परन्तु सबसे छोटे भाई के दो बेटे और दो बेटियाँ थीं अतः उन दोनों बेटों को पिता का हिस्सा आधा–आधा बाँटना पड़ता। इन दोनों बेटों ने अपने पिता के साथ मिलकर चाल चली कि यदि उन्हें अपने ताऊ का हिस्सा भी मिल जाये,

तो दोनों के पास अच्छी–ख़ासी जायदाद हो जायेगी। और चूँकि वह जानते थे कि औरत नल्लय्यन की कमज़ोरी थी, उन्होंने ऐसा पासा फेंका कि अपनी माँ को ही उनके पास भेज दिया।

एक रात को वह उनके लिए चावल और मुर्ग़ी का सालन लेकर आयी और उन्हें खाना परोसने के लिए रुक गयी। इससे पहले वह हमेशा खाना रखकर वापस लौट जाती थी। और जब वह खाना परोस रही थी, तो उसका वार्तालाप और उसके हावभाव खुले तौर पर उन्हें उकसाने वाले थे। चालीस की उम्र पार करने और चार बच्चों की माँ होने के वाबजूद भी वह काफ़ी जवान थी। इससे पहले कभी नल्लय्यन ने उसके साथ इतनी घनिष्ठता महसूस नहीं की थी। अतः अपना भाग्य आजमाने के लिए उन्होंने हाथ बढ़ाकर उसे छू लिया और उसने भी समर्थन की मुद्रा में प्रत्युत्तर दिया। उसके बाद से वह अपने पति, बेटे और बेटियों की पूरी जानकारी में हर सप्ताह आती रही। जहाँ तक नल्लय्यन का प्रश्न था, वह बहुत ही प्रसन्न थे कि उन्हें कहीं दूसरी जगह औरत की तलाश में नहीं जाना पड़ता था। उनके पास तो औरत स्वयं ही चलकर आ रही थी। वह उनकी अनुरक्त हो गयी और सप्ताह में उसका एक बार आना अब जल्दी–जल्दी आने में बदल गया।

नल्लय्यन बोले, 'मेरा भाई पूरा दिन खेतों में काम करता रहता है फिर रात को अपना पेट ताड़ी से भर लेता है और घर नहीं आता। उसने खेत में ही एक छोटी–सी झोंपड़ी डाल ली है सो रात को उसी में पड़ा रहता है। एक बेटी की शादी हो गयी है और दूसरी अभी छोटी है। दोनों लड़कों की उमर शादी के लायक है। और अगर मेरा भाई रात को घर लौट भी आये, तो वह किसी मतलब का नहीं होता। अगर सूखी ज़मीन पर बारिश होने लगे, तो फिर क्या होगा? तब वह सब कुछ सोख लेती है, सोख लेती है न? तो उसके साथ भी यही हुआ। मुझे तो बहुत तजुर्बा है, कितनी ही औरतों से मेरा पाला पड़ा है। इसलिए मुझे यह जानने में ज़्यादा वक़्त नहीं लगा कि वह किस चीज़ के लिए ललक रही थी। और मैं यह भी कहूँगा कि वह बहुत अच्छी भी थी।

जब उसे खड़ा होने को कहो तो खड़ी हो जाती, बैठने को बोलो तो बैठ जाती। वह तो झुक भी जाती थी, अगर मैं ऐसा ही चाहूँ। मेरी जो भी इच्छा हुई, उसने वह सब कुछ किया। मेरे भाई ने ऐसी औरत से शादी तो की, मगर उसके साथ ख़ुश होकर नहीं रह पाया। किस तरह का आदमी है वह?'

उनकी बातें सुनकर चीराई, वल्लाई और पोन्ना तीनों ही हँसने लगीं। यह क़िस्सा सुनकर पोन्ना का मन ख़ूब बहल रहा था। चीराई ने नल्लय्यन से कहा, 'तुम्हें ज़रा–सी भी शर्म–हया नहीं है। किस तरह की बातें करते हो!'

'चीराई, हमें इन सबके बारे में बातें ज़रूर करनी चाहिए,' वह बोले। 'मर्द को औरत से पूछना चाहिए कि उसे क्या पसन्द है। जाओ, काट्टूर के रंडी बाज़ार में जाकर देखो कि वहाँ क्या होता है। अगर वह किसी मर्द से सन्तुष्ट नहीं हो पाती है, तो वह उसे चप्पल से पीट–पीट कर भगा देती है।'

वह फिर से अपनी कहानी पर आ गये। उनके भाई की पत्नी उनके साथ सारा समय बिताने लगी थी। जब उसका पति और बेटे उसे ढूँढ़ते हुए आते, तब वह उन्हें यह कहकर लौटा देती थी, 'हाँ, हाँ, अभी आती हूँ, तुम लोग जाओ।' उसने पूरी तरह से एक नया ही रूप ले लिया था। वह अपना पूरा समय उनके लिए खाना बनाने में, उनके साथ खेत में काम करने हँसने और गप्पें लड़ाने में बिताती थी। अगर वह उसको चले जाने के लिए भी बोलते, तो वह इनकार कर देती थी।

यह सोचकर कि वह धन–दौलत के लिए ही उनके साथ इतनी घनिष्ठ हो गयी थी, उन्होंने उससे कहा था, 'क्या मैं अपनी जायदाद तुम्हारे या तुम्हारे बेटों के नाम कर दूँ? वैसे भी मेरे बाद यह उनके ही पास जायेगी।' तो उसने जवाब दिया था, 'यह सही है कि उन्होंने मुझे तुम्हारे पास इस इरादे से ही भेजा था कि वह तुम्हारा हिस्सा ले सकें। और जब मैं पहली बार तुम्हारे पास आयी थी तो इसी इरादे से आयी भी थी। पर अब न तो मैं तुम्हारी जायदाद चाहती हूँ

और न ही उन निकम्मों से कोई वास्ता रखना चाहती हूँ। मैं यहाँ तुम्हारे पास रहना चाहती हूँ। बस इतना ही चाहती हूँ। मुझे इतना अच्छा मर्द इससे पहले कभी नहीं मिला, जितने अच्छे तुम हो। मुझे तो यक़ीन ही नहीं होता वह तुम्हारे बारे में बुरी बातें क्यों कहते रहते हैं।'

परन्तु उसका पति, नल्लय्यन का भाई, यह बर्दाश्त नहीं कर सकता था कि उसकी पत्नी खुलेआम नल्लय्यन के साथ किस तरह से अपने अवैध सम्बन्ध का प्रदर्शन कर रही थी। एक बार जब वह उसे लेने के लिए आया, तो उसने कहा, 'मैं आती हूँ, तुम जाओ।' परन्तु वह बहुत ग़ुस्से में था। वह बोला, 'क्या ख़ास बात है इसमें? क्या यह दूध टपकाता है? क्या इसीलिए तू इसके पास आती है?' इस बात से वह भड़क गयी और बोली, 'हाँ, इसकी मर्दानगी में से दूध ही चूता है। तुम्हारी तरह नहीं। पहले उसे खड़ा करना तो सीख ले।' तब जाकर भाई ने जाना कि बात बहुत आगे बढ़ चुकी थी। उसने उसके बाल पकड़कर चार–पाँच मुक्के उसकी पीठ पर लगाये और घसीटता हुआ उसे अपने घर ले गया।

यद्यपि इस घटना के बाद नल्लय्यन के दिल में थोड़ा डर बैठ गया था, परन्तु उन्होंने यह सोचकर कि इस सबके लिए उन्हें दोषी नहीं ठहराया जा सकता था, इस बात को अधिक तूल नहीं दिया। परन्तु रात को वह उनके पास फिर से आ गयी। उसका छोटा बेटा उसके पीछे–पीछे आया और उसे खींचता हुआ घर ले गया। वह बुदबुदा रहा था, 'यह तो एक दिन के लिए भी इससे अलग नहीं रह सकती।'

वह चीख़ रही थी, 'छोड़ दे मुझे। मैंने तुझे जना है। क्या तू सोचता है कि तू मेरे साथ इस तरह सलूक कर सकता है? जब तुझे लगता था कि तू इस तरह से उसकी जायदाद ले लेगा, तब तू कुछ भी करने को तैयार था। उस दिन तूने अपने बाप से क्यों नहीं पूछा जब वह मुझे यहाँ काम करने के लिए भेजने को राजी हो गया था? पर आज तू यह कर रहा है। तेरे ताऊ ने कहा है कि वह अपनी जायदाद तेरे लिए छोड़ जायेंगे। क्या यही नहीं चाहता था तू?

अब छोड़ मुझे। मैं अब उसके पास ही रहूँगी और अपनी ज़िन्दगी अब यहाँ ही गुज़ारूँगी। मैं तुम लोगों को कोई तकलीफ़ नहीं दूँगी। तुम लोगों को मेरी परवाह भी नहीं करनी पड़ेगी। जब मैं ख़ुद अपनी परवाह नहीं कर पाऊँगी, तो फाँसी लगा लूँगी और मर जाऊँगी!'

वह रात का समय था और दूसरे भाई का परिवार यह सब सुन रहा था। यह देखने के लिए कि हो क्या रहा था, वह सब बाहर निकल आये। परन्तु उस समय तक बेटा ज़बरदस्ती अपनी माँ को घसीटते हुए घर के अन्दर ले जा चुका था। 'मेरे मर्द को पूछने दे मुझसे,' वह अभी भी चिल्ला रही थी। 'मैं उसको जवाब दूँगी। तू कौन होता है मुझसे सवाल करने वाला? तू अपनी माँ को ही उठाकर ले जा रहा है। कैसा मर्द है तू?' ग़ुस्से में आकर उसके बेटे ने उसके मुँह पर मुक्का दे मारा। वह टूटा हुआ दाँत लिए अपने घर में घुसी थी और उसके मुँह से ख़ून टपक रहा था।

'कोई ख़ास बात नहीं है,' नल्लय्यन ने अपने दूसरे भाई से कहा जो यह जानने के लिए बाहर आया था कि मामला क्या था। 'दोनों पति–पत्नी में झगड़ा हो रहा था, तो वह बीच–बचाव करवाने के लिए मेरे पास आयी थी। जब उसका बेटा उसे घर ले जाने के लिए आया, तो वह जाना नहीं चाहती थी।' परन्तु उनके भाई ने उनका विश्वास नहीं किया। वह बोला, 'मुझे सब पता है कि क्या हो रहा है। अच्छा, तो वह यह सोचता है कि वह अपनी पत्नी को तुम्हारे पास भेजकर तुमसे सारी जायदाद अपने नाम करा लेगा? मैं तो इतना नीचे नहीं गिर सकता। पर अगर तुमने इस वजह से अपनी दौलत उन्हें दे दी कि उस औरत ने तुम्हें यह दिखाया या वह दिखाया, तो मैं तुम्हारा गला काट दूँगा और जेल चला जाऊँगा।'

भयभीत होकर नल्लय्यन ने कहा था, 'मेरी दौलत मेरी है। जिसको भी देना चाहूँ, इसे उसको दे सकता हूँ। तुम इसके बारे में मुझसे क्यों झगड़ा कर रहे हो?' और उनके भाई ने धमकी दी थी, 'आधी मेरी है। इसे याद रखना। अगर तुम कुछ और करोगे तो मैं तुम्हारा गला काट कर तुम्हारा शरीर खेतों में फेंक दूँगा और लोगों

से कह दूँगा कि मुझे नहीं मालूम कि तुम कहाँ गये और तुम्हारा क्या हुआ।'

यह सब सुनने के बाद चीराई ने नल्लय्यन से पूछा, 'उस औरत को घसीटकर जब वह घर ले गये, तब उन्होंने उसके साथ क्या किया?'

'अरे पूछो मत,' उन्होंने खाट से उठते हुए अशुभ शब्द बोले।

हवा उत्तेजित होकर चीख़ते हुए चलने लगी।

23

नल्लय्यन चाचा के व्यक्तित्व में ऐसी कौन–सी विशेषता थी जो उनके भाई की पत्नी को इतनी सम्मोहक लगी, किसी एक चीज़ पर उँगली रखना कठिन था। परन्तु वह उनके ऊपर पूरी तरह आसक्त थी। उसका पति और बेटे उसे बेरहमी से पीटते थे और उसके साथ क्रूरतापूर्वक दुर्व्यवहार करते थे, परन्तु उसने नल्लय्यन को वह सब दिया, जो वह दे सकती थी। एक दिन सुबह जब उसके घर वाले सोकर उठे, तब वह घर पर नहीं थी। बाद में उन्होंने सुना कि वह नल्लय्यन के यहाँ थी और ओसारे में गोबर समेट रही थी। उन लोगों ने उसकी प्रतीक्षा करना ही ठीक समझा। परन्तु ऐसा नहीं लगता था कि वह स्वयं वापस आयेगी।

इस बात से भयभीत होकर कि यह स्थिति उनके लिए बड़ी मुसीबत खड़ी कर सकती थी, नल्लय्यन ने उसको बहुत समझाने की कोशिश की। 'देखो,' उन्होंने कहा। 'मैं जानता हूँ कि तुम मुझे बहुत पसन्द करने लगी हो, पर तुम उन औरतों में से नहीं हो जिन्हें मैं न जाने कहाँ–कहाँ से अपने साथ लाता रहता हूँ। तुम मेरे भाई की पत्नी हो। तुम एक बेटी की शादी भी कर चुकी हो और तुम्हारे तीन और बच्चे हैं जो शादी के लायक हैं। तुम एक घर–गृहस्थी चलाने वाली औरत हो। क्या तुम्हारे लिए ऐसा करना ठीक है कि तुम उन सबको छोड़कर यहाँ इस झोंपड़ी में पड़ी रहो। बस हफ़्ते में एक या दो बार ही आ जाया करो। तब हम साथ–साथ समय बितायेंगे और इसके लिए वह मना भी नहीं करेंगे। पर अगर तुम सब कुछ छोड़–छाड़

कर हमेशा के लिए यहाँ रहने लगो, तो वह इसको कैसे स्वीकार कर सकते हैं? तुम्हारे बच्चों की शादी के लिए जो लोग रिश्ता लेकर आयेंगे, जब उन्हें पता चलेगा कि यहाँ क्या हो रहा है, तब क्या वह आगे बात बढ़ायेंगे? अगर हम ऐसा चुपचाप करते रहें, तभी यह कुछ दिन चल सकता है। जाओ, अब अपने घर जाओ।'

परन्तु वह तनिक भी नहीं डगमगायी। 'मैं तो उसका चेहरा भी नहीं देखना चाहती,' उसने दृढ़तापूर्वक कहा। 'उसे हालात का सामना करने दो। वह तो मुझे अब रण्डी कहकर पुकारता है। पर शुरू में काम करने के लिए किसने मुझे यहाँ भेजा था? उसने ही, उसने भेजा था कि नहीं? अगर उसे जायदाद मिल जाये तो क्या वह इस बात की परवाह करेगा कि उसकी पत्नी पतुरिया हो गयी है। तुम्हारे भाई के गरूर को अब चोट लग चुकी है। वह तो यह भी कहता है, 'बता, बता! मेरा भाई करने में कैसा है? मैं भी तेरे साथ उस तरह ही करूँगा।' उसे पहले क्यों नहीं सूझी यह बात? मैं मर जाऊँगी, पर अब वहाँ नहीं जाऊँगी। मैं तो तुमसे एक बच्चा चाहती हूँ। हम दोनों उस बच्चे को पालपोस कर बड़ा करेंगे।'

उसकी इस दृढ़ता पर नल्लय्यन को बहुत क्रोध आ गया और उन्होंने उसको दो–चार थप्पड़ मारकर यह कहते हुए घर के बाहर धकेल दिया, 'तुम सबने, सारे परिवार ने, तेरा पति, तेरे बेटे और तू–तुम सभी ने मुझे सताने की ही सोच रखी है। मैं अपने साथ किसी भी औरत को नहीं रखूँगा। अब, जा यहाँ से, भाग यहाँ से! जब ज़रूरत पड़ेगी, तब तुझे बुला लूँगा। तब आ जाना। अब जा !' पर इस सब का उस पर कोई असर नहीं हुआ। वह उनकी ओर घूरती हुई घर के बाहर ज़मीन पर बैठी रही। यह देखकर नल्लय्यन चाचा को उस पर दया आ गयी। उसके पास सब कुछ तो था–पति, बेटे–बेटियाँ, परिवार। उसको पैसों की भी कोई कमी न थी, पर यहाँ उनके सामने वह एक भिखारी की तरह बैठी हुई थी। उन्होंने उसे अन्दर बुला लिया और खाने के लिए कुछ दिया। 'अगर तू वहाँ पर ही रहे और समय–समय पर यहाँ आती रहे, तो वह मुझे मंजूर है,

वरना मुझे तेरी ज़रूरत नहीं है। यहाँ ऐसा कुछ भी तो नहीं है जो मुझे बाँधकर रख सकता हो। मैं सब कुछ इसी तरह छोड़कर कहीं और चला जाऊँगा।'

वह उनसे बोली कि जैसा उन्होंने कहा है, वह वैसा ही करेगी और फिर वह अपने घर चली गयी। परन्तु उस रात को जब उसने उनके यहाँ आने की फिर से कोशिश की, तब घर वालों ने उसे पकड़ लिया और पीटा भी। उसने भाग जाने की कोशिश की, तो उन्होंने उसके हाथ–पाँव बाँध दिये। वह अपनी बेटी के आगे, जो अकेले ही घर का सारा काम सँभाल रही थी, गिड़गिड़ाई और मिन्नतें करने लगी। बेटी ने तरस खाकर उसके हाथ–पाँव खोल दिये और बोली, 'अम्मा, इस उमर में तुम इस तरह का व्यवहार क्यों कर रही हो? यह बहुत शर्म की बात है। अगर गाँव वालों को पता चल गया, तो फिर हम अपना सर कभी भी उठा नहीं पायेंगे।' कुछ देर तक तो वह वहाँ पर ही बैठी रही। घर के काम में बेटी का हाथ बँटाती रही। परन्तु फिर अचानक ही ग़ायब हो गयी। जब वह उसे ढूँढ़ रहे थे, तब उन्होंने उसे पास वाले खेत में नल्लय्यन के मकान की ओर जाते हुए देखा। यह जानकर कि उसका नल्लय्यन के यहाँ जाना ख़त्म होने वाला नहीं था, उन्होंने उसको घसीटकर बैलगाड़ी में डाल दिया और ले जाकर सीरूर में उसके बाप के घर छोड़ आये।

यह सोचकर कि कुछ दिन में मामला ठण्डा पड़ जायेगा, उन्होंने उसे वहाँ पर ही रहने देने का फ़ैसला किया। उसका परिवार बड़ा था–बाप, माँ, बड़ा भाई, छोटा भाई। उनका खलिहान भी काफ़ी बड़ा था। वह लोग पारी लगाकर उस पर निगाह रखते रहे। तीन दिन तक वह वहाँ पर रही। बस बैठी रहती जैसे स्तम्भित हो। परन्तु तीसरी रात को वह किसी तरह वहाँ से भागकर नल्लय्यन के घर पहुँच गयी। चूँकि वह घनी अँधेरी रात में उनके दरवाज़े पर आयी थी, वह उसे जाने के लिए न कह सके।

'मैं करता भी क्या?' नल्लय्यन विषादपूर्ण आवाज़ में बोले। 'मैंने उसे अन्दर बुला लिया और खाने के लिए कुछ दिया। वह इस तरह

खाना खा रही थी जैसे न जाने कितने दिन की भूखी हो। उसके मायके में उन्होंने उसे खाना तो दिया होगा, पर उसने खाने से इनकार कर दिया होगा। पता नहीं क्या हो गया। पर एक बात तो माननी पड़ेगी, मुझे इस बात से बहुत ख़ुशी हो रही थी कि कोई था जो मेरे लिए इस हद तक पागल हो सकता था। पर अब सवाल यह था कि उसको लेकर मैं करूँ तो क्या करूँ? एक बार तो मैंने सोचा कि उसको लेकर कहीं और चला जाऊँ और उसके साथ अपनी ज़िन्दगी गुज़ार दूँ। पर मेरे लिए अपना ही जुगाड़ करना एक मुश्किल काम है। किसी और की ज़िम्मेदारी मैं कैसे ले सकता हूँ? जब कभी मुझे कुछ गर्मी चाहिए, तब मैं औरत तलाश लेता हूँ। और जब मेरा काम पूरा हो जाता है, तब मैं उसे भगा देता हूँ। मेरे लिए तो यही ठीक है। चूँकि वह मेरे पास रात को आयी थी, तो मैं उसके साथ सो लिया। पर जब सुबह हुई, तब मैं उसे ले जाकर उसके घर छोड़ आया। उसके बाद फिर मैं एक लम्बी यात्रा पर निकल गया। मेरा इरादा तो यह था कि छह महीने तक घर नहीं लौटूँगा। पर अब मैं उस तरह काम नहीं कर पाता हूँ जैसे पहले कर लिया करता था। इन दिनों मेरी तबियत कुछ ठीक नहीं रहती है। इसलिए मैं एक महीने बाद ही लौट आया। मेरे लौटने पर खेत में काम करने वाला लड़का बोला, 'मालिक, वह औरत दिन में एक बार ज़रूर आती है और पूछती है कि आप कब वापस आयेंगे।' मैंने उससे छिपे रहने और दूर रहने की बहुत कोशिश की। पर मेरा एक ही खेत है और छिपने की कोई गुंजाइश नहीं है। और वह वापस आ गयी।'

एक बार फिर उसका पति और बेटे ज़बरदस्ती उसे उसके माँ–बाप के गाँव छोड़ आये। उनके खेत में कुछ नारियल के पेड़ थे। उन्होंने उसे एक पेड़ से बाँध दिया, कोई पतली रस्सियों से नहीं, बल्कि उसी तरह जैसे पुराने ज़माने में किसी को सज़ा देने के लिए मोटे–मोटे रस्सों से बाँधा जाता था और इस बात का पूरा ध्यान रखा कि वह टस–से–मस न हो सके। उन्होंने उसके दोनों पैरों को जंज़ीर से बाँध कर उसमें लोहे का बड़ा–सा गोला भी बाँध दिया।

वह बहुत भारी था। थोड़ी–सी दूर जाने के लिए भी उसे अपने हाथ में लोहे का एक भारी बाट लेकर चलना पड़ता था। वह उसको खाना भी वहीं खाने के लिए देते थे, जैसे कुत्ते को दिया जाता है। घावों के रिसने के कारण उसके पाँवों में फफोले पड़ गये। तब जाकर उनको उस पर तरस आया और उसकी रस्सियाँ खोल दीं। कुछ दिनों के बाद जब उसके ज़ख़्म थोड़ा भर गये, तो वह फिर भाग निकली। लोगों का कहना था कि नल्लय्यन ने काले जादू का आसरा ले रखा था और उसको जादू के पाश में रखता था। अन्ततः वह उसके घर वालों को फिर मिल गयी और तब वह उसे नल्लय्यन के जादू का असर उतरवाने के लिए सेल्लिमलै पहाड़ी की तली में वेप्पूर के पास ले गये। परन्तु उसका कुछ भी असर नहीं हुआ।

जब स्थिति यहाँ आ पहुँची, तब उन्होंने नल्लय्यन को धमकियाँ देना शुरू किया। 'जो कुछ भी जादू–टोना तुमने उस पर किया है, उसे वापस लो, वरना हम तुम्हें मार डालेंगे।'

'मैंने ऐसा कुछ भी नहीं किया है,' नल्लय्यन ने उन्हें समझाने की कोशिश की। 'मैं ऐसा क्यों करूँगा? न जाने कितनी औरतें मेरे पीछे पड़ी हैं, जिसको चाहूँ उसे बुला लूँ, तो फिर भला मैं तेरी पत्नी पर क्यों डोरे डालूँगा?'

पर उन लोगों ने उनकी बात का विश्वास करने से इनकार कर दिया। तब घर में काम करने वाले लड़के ने जो कुछ बनाया था, उसे खाकर नल्लय्यन घूमने के लिए निकल गये और रात को दबे पाँव लौटे ताकि किसी को पता न चले। उस दिन जिस तरह से उनके भाई के बेटे उनकी ओर देख रहे थे उसमें धमकी भरी हुई थी। उनको भय था कि कहीं वह उनको मार ही न दें। जब वह सो रहे हों, तब आकर वह उनका सर कहीं पत्थर से न कुचल दें। एक बार जब वह इतनी दूरी पर थे कि उनकी बात सुन सकें, उनका भतीजा अपने भाई से कहने लगा, 'ज़रा मुझे वह दराँती तो पकड़ाना।'

उनकी कहानी सुनने के बाद चीराई ने कहा, 'यह बात मेरी तो समझ से बाहर है कि कोई औरत ऐसी भी हो सकती है।

गाँव में हर कोई यही कह रहा है कि उसका तो दिमाग़ ख़राब हो गया है। उस दिन जब लोगों को ग्राम पंचायत की बैठक के बारे में बताने के लिए मैं वहाँ गयी थी, तो मैंने उसे देखा था। वह दीवार से पीठ टिकाये बैठी थी और मेरी तरफ़ ऐसे घूर रही थी जैसे किसी भूत के अधीन हो। मेरा भी यही ख़याल था कि वह पागल हो गयी है। और अब तुम्हारी बातें सुनकर मुझे तो तुम पर भी शक होने लगा है। बताओ मुझे, तुमने उसे जो खाना दिया था, क्या उसमें कुछ मिलाया था? वरना उसकी हालत ऐसे कैसे हो जाती?'

'भौजी, मैं ऐसी हरकत क्यों करूँगा?' नल्लय्यन ने प्रत्युत्तर में कहा। 'मैंने थोड़ी बहुत दुनिया तो देख रखी है, परन्तु मुझे इस क़िस्म की कोई औरत नहीं मिली। इसने तो हद ही कर दी। या तो वह उसे मार डालेंगे या फिर मुझको। अगर उन्होंने उसे मार दिया, तो वह उसे ही नहीं खोयेंगे, बल्कि उन्हें वह जायदाद भी नसीब नहीं होगी जिसकी वह आस लगाये बैठे हैं और अगर उन्होंने मुझे मार डाला, तो फिर यह क़िस्सा ख़त्म हो जायेगा और उन्हें जायदाद का मेरा हिस्सा भी मिल जायेगा। इसलिए उनका प्लान भी यही होगा। मैं नहीं जानता कि क्या करूँ। मुझे तो बड़ी चिन्ता हो रही है।'

चीराई ने उन्हें यह कहकर और भी डरा दिया, 'तुमने यह सब करके एक ऐसे परिवार को नष्ट कर डाला है, जो अच्छा–भला था। कौन जाने तुम कितने परिवार बर्बाद कर चुके हो? वह सारे कुकर्म अब तुम्हारा पीछा कर रहे हैं। वह तुम्हें यों ही नहीं जाने देंगे, तुम बस देखते जाओ।'

नल्लय्यन ने कहा, 'भगवान के लिए अपने सीने पर हाथ रखकर सच–सच बोलो। इसमें मैंने क्या ग़लत किया? उसने परिवार की जायदाद में से मेरा हिस्सा लेने के लिए, अपनी पत्नी को मेरे पास भेजा था। क्या आपको नहीं लगता कि उसने ग़लत क़दम उठाया था? आप तो बस मुझे ही दोषी ठहरा रही हैं। बड़े अफ़सोस की बात है कि दुनिया का दस्तूर अब यही हो गया है...मैं अपना हिस्सा बेच दूँगा और कहीं दूर जाकर उस पैसे से अपनी ज़िन्दगी बसर कर लूँगा।

या फिर मैं ज़मीन को पट्टे पर देकर कुछ पैसे कमा लूँगा। बाद में यह ज़मीन उसके पास चली जायेगी जो पैसे लौटाकर इसे वापस ले ले। जो भी हो, अब मैं इस गाँव में नहीं रह सकता। मुझे तो यहाँ से जाना ही पड़ेगा। देखता हूँ, मुझे क्या करना है। काट्टूर में एक वकील। मैं उससे सलाह करने की सोच रहा हूँ। मुझे यह भी मालूम करना है कि अगर मैं अपनी ज़मीन मन्दिर को दान कर दूँ, तो क्या अपना पेट भरने के लिए मुझे मन्दिर से खाना मिलता रह सकता है। सुना है कि गोरे लोग अब हमारा देश हमें वापस देकर यहाँ से चले जायेंगे। लोग कह रहे हैं कि उसके बाद क़ानून भी बदल जायेगा। देखते हैं क्या होता है। मेरी समस्या का कोई–न–कोई हल तो निकलना ही चाहिए।'

'तुम इस तरह क्यों दुःख झेलते रहते हो? अगर तुमने शादी कर ली होती, जैसे और लोग करते हैं, तो क्या आज तुम्हारी यह हालत होती कि भागते रहो और औरों से छिपते छिपाते रहो?' चीराई ने गहरी साँस ली।

'आज अगर काली होता तो उसने मुझे बचा लिया होता,' नल्लय्यन बोले। 'पर वह तो चला गया। अगर हालात ख़तरनाक हो गये, तो मैं यहीं आकर पनाह ले लूँगा। आपसे बस इतनी ही विनती है कि मुझे यहाँ आने से रोकना मत। अगर करोगी, तो मेरे लिए भी पूवरशु पेड़ की एक और डाल काटनी पड़ेगी जैसे आपको काली के लिए करना पड़ा था।' और यह कहकर वह ठहाका मार कर हँसे।

'पहले तो तुम काली की ऐसा करने के लिए निन्दा करते थे,' अपनी चुप्पी तोड़ते हुए वल्लाई ने कहा, 'और अब कह रहे हो कि तुम भी वही करोगे जो उसने किया।'

'अक्का, मैं अपनी जान क्यों लूँ? अगर वह मुझे मारने के लिए आये, तो यह पक्की बात है कि मरने से पहले मैं उनमें से कम–से–कम एक की जान तो ले ही लूँगा। मैं हमेशा अपनी कमर पर कटार लटकाये रहता हूँ। मैं इतनी जल्दी डरनेवाला नहीं हूँ। मैं अपनी जान क्यों लूँ? मेरे पास कुछ सुझाव हैं। देखना यह है कि

उनमें से कौन–सा काम करेगा। मैं बुद्धू तो हूँ नहीं कि मुसीबत से बाहर आने का रास्ता न सोच सकूँ। मैंने तो बस वैसे ही कह दिया था कि मैं काली की तरह अपनी जान ले लूँगा।' नल्लय्यन इसी तरह की बातें करते रहे।

इस बीच में पोन्ना झोंपड़ी के भीतर आकर पलँग पर लेट गयी। उसके मस्तिष्क में न जाने किन–किन ख़यालों का जमघट लगा हुआ था।

24

मुत्तु ने सभी को पीने के लिए सौंठ और मिठास के लिए करुप्पट्टी डालकर पनगम बनायी थी। कुछ लोगों ने उसे छोटे प्यालों में लेकर पी लिया और कुछ लोगों ने अपने डिब्बों में उड़ेल लिया ताकि उसे घर पर रह गये बूढ़ों और छोटे बच्चों के लिए ले जायें। मुत्तु को इसका आभास था, अतः उसने पनगम को एक बड़े से बर्तन में बनाया था। उसने एक डलिया में करुप्पट्टि और दो मटके पानी भी अलग से लाकर रख लिया था ताकि अगर और पनगम बनानी पड़े तो बनायी जा सके। वह पौ फटने से पहले ही अपने गाँव जाकर अपनी पत्नी को ले आया था और उसने सारा सामान भी तैयार कर लिया था। ग्राम पंचायत की बैठक मन्दिर के सामने वाले खुले मैदान में होनी थी। नीम के पेड़ के नीचे पत्थर रख दिये गये थे और पनगम पीने के बाद लोग उन पर बैठकर गप्पें लड़ा रहे थे।

धोबी ने दो सफ़ेद चादरें बराबर लगाकर बिछा दी थीं और नाई ने फल और नारियल लाकर उन पर रख दिये थे। पोन्ना और औरतों के साथ एक कोने में बैठी हुई थी। वल्लाई और मुत्तु की पत्नी, पूवाई उसके पास बैठी थीं। इस कार्यक्रम के लिए बहुत सारी औरतें आयी थीं। उन लोगों के अलावा जो चीराई के बुलाने पर आये थे, कुछ अन्य लोग भी आ गये थे क्योंकि उन्होंने बहुत समय से ऐसा समारोह नहीं देखा था और यह जानने के लिए उत्सुक थे कि यह बैठक किस तरह चलाई जाती है। तोरत्तु पाट्टि भी वहाँ मौजूद थी और अपनी टाँगें फैलाये हुए बैठी हुई थी। वह दो पीढ़ियों पहले हुए

ऐसे ही किसी समारोह की चर्चा कर रही थी और बहुत सारी औरतों ने सवाल करने शुरू कर दिये थे कि वह बैठक किस औरत के लिए की गयी थी और उसका क्या नतीजा हुआ था। सड़क साफ़ करने वाले जलती हुई मशालें लिए यहाँ–वहाँ खड़े थे और कुछ लोग उनको इशारा करके वहाँ बुला रहे थे जहाँ वह बैठने की सोच रहे थे ताकि वह रोशनी में देख सकें कि वह जगह साफ़ थी या नहीं।

चीराई ने यह देखने के लिए कि रिश्तेदारों में से कौन–कौन आया था, चारों ओर निगाह डाली। उसे यह देखकर सन्तुष्टि हुई कि हर घर से जहाँ वह गयी थी एक या दो आदमी वहाँ मौजूद थे। यहाँ तक कि चीराई के दोनों छोटे भाई भी आये हुए थे। बहुत–से लोग काफ़ी दूर से आये थे, अतः एक–दूसरे का हाल जानने के लिए उत्सुक थे। परन्तु चीराई ने ग़ौर किया कि नल्लय्यन वहाँ नहीं थे। उसने सोचा कि शायद वह गाँव छोड़कर चले गये थे। परन्तु वह यह सोचकर चिन्तित भी थी कि कहीं उनके भाई और भतीजों ने अपनी धमकी अंजाम न कर दी हो और उनकी बुरी तरह पिटाई न कर दी हो। उसने स्वयं को शान्त करने की कोशिश की कि शायद ऐसा नहीं हुआ होगा।

सरपंच जो लोगों से बातें करने और पनगम पीने में व्यस्त थे, एकत्रित लोगों के सामने आये और पूछने लगे, 'क्या सभी को पनगम पीने के लिए मिली?'

इस पर तेक्कनकाडु के कण्णन ने मज़ाक़ करते हुए जवाब दिया, 'सभी लोगों ने पेट भरकर पनगन पी है और अब पेशाब करने की जगह तलाश रहे हैं। थोड़ी ही देर में गाँव का पूरा चौक बदबू से भभक उठेगा।'

कण्णन युवा पुरुष था, परन्तु व्यंग करने के लिए मशहूर था। सरपंच बोले, 'यह कौन था? ऐसा लगता है कि हमारे बीच एक और नल्लय्यन मौजूद है।'

कण्णन ने उत्तर दिया, 'हाँ! मैं उनके साथ हाट और मेले में बछिया लाने के लिए जाना चाहता हूँ, पर वह तो मेरी पकड़ में आते ही नहीं हैं।'

सभी हँसने लगे।

'क्या तुम्हें यहाँ बछिया नहीं मिली?' किसी ने पूछा।

'यहाँ तो सब बूढ़ी और झुर्रीदार हैं,' कण्णन ने जवाब दिया।

'हर पीढ़ी में एक–न–एक नल्लय्यन जैसा पैदा हो ही जाता है,' सरपंच बोले। 'पर ऐसा कैसे है कि नल्लय्यन यहाँ नहीं है? चीराई, क्या तूने उसे बैठक के बारे में इत्तला दी थी?'

परन्तु चीराई के स्थान पर किसी और ने उत्तर दिया, 'हाँ, हाँ, उन्हें बैठक के बारे में पता था, पर लगता है कि वह शायद कहीं बाहर गये हुए हैं।'

सभी लोग आपस में यह कहते हुए कि नल्लय्यन के होने से गाँव पंचायत की बैठकें बहुत ही मज़ेदार होती थीं, उनको प्रेमपूर्वक याद करते रहे।

इन हलकी–फुलकी बातों को सुनकर चीराई को बड़ी तसल्ली हुई। उसे लगा कि बैठक में सभी कुछ सहज ढंग से होगा।

फिर सरपंच ने कहा, 'अच्छा तो अब हम बैठक शुरू करते हैं। मैं आशा करता हूँ कि सब लोगों को पता है कि यह बैठक क्यों बुलाई गयी है। आज की बैठक का मामला औरतों से सम्बन्ध रखता है। शायद इसीलिए आज इतनी औरतें भी यहाँ इकट्ठी हुई हैं। आमतौर पर ग्राम पंचायत की बैठकों में औरतों को बुलाने का चलन नहीं है। पर यह बैठक एक ऐसे रिवाज के बारे में है कि उसकी वजह से सारे लोग यहाँ मौजूद हैं। अच्छी–ख़ासी भीड़ है। मैं उम्मीद करता हूँ कि यह मामला, जो लोग इससे ताल्लुक रखते हैं उनकी तसल्ली के मुताबिक़ तय हो जायेगा।' तब वह नाई से बोले, 'अब तुम कार्यवाही शुरू कर सकते हो।'

भीड़ में से कोई बोला, 'अगर हमने औरतों को पंचायत की बैठकों में आने दिया, तो वह मर्दों के सारे गन्दे राज यहाँ खोल कर रख देंगी।'

'मैं सिर्फ़ रीति–रिवाज के बारे में कह रहा था,' सरपंच ने इस पर ज़ोर दिया। 'अच्छा होगा अगर इसके अलावा हम ओछी बातों पर वक़्त जाया न करें। ठीक है, कार्यवाही शुरू की जाये।'

एक आदमी उस जगह के पास मशाल लेकर आया, जहाँ ज़मीन पर चादर बिछी हुई थी। नाई ने थोड़ा–सा गोबर लेकर उससे देवता की मूर्ति बनायी। फिर उसने एक नारियल को फोड़कर एक मटके में डुबो दिया जो ऊपर तक पानी से भरा हुआ था। इसके बाद उसने चावल से भरा कटोरा देवता की मूर्ति के आगे रख दिया और पोन्ना को वहाँ पर आने के लिए कहा। जब वह आकर मूर्ति के सामने खड़ी हो गयी, तब उसने पोन्ना को मटके से पानी लेकर आसपास छिड़कने के लिए बोला। इसके बाद उसने चावल के बने तीन लाल रंग के छोटे–छोटे गोलों को मूर्ति के चारों ओर घुमा कर तीन दिशाओं में फेंकने के लिए कहा। जब उसने पोन्ना को जनसमूह की तरफ़ मुड़कर अभिवादन करने के लिए बोला, तब वह अपना सिर थोड़ा–सा ऊपर उठाकर और दोनों हाथों को जोड़कर खड़ी हो गयी। नाई ने तब उसे एक ओर बैठ जाने के लिए कहा और स्वयं ऊँची आवाज़ में बोलना शुरू किया।

'सामी,' वह ऊँचे स्वर में बोला ताकि हर कोई सुन सके, 'बुजुर्गों को, उम्र में छोटे लोगों को, बुजुर्ग और छोटी उम्र की सभी औरतों को मेरा प्रणाम। यह बैठक इसलिए बुलाई गयी है कि आज से तीन महीने और आठ दिन पहले, फागुन माह की बाईसवीं तारीख़ को, गुरुवार के दिन, भोर के समय, पेरियाक्काडु के रहने वाले तंगसामी और चीराई के बेटे और पोन्नायी के पति ने आत्महत्या कर ली। उसके तीन महीने बाद पोन्नायी को ज़ोर की मतलियाँ और चक्कर आना शुरू हुए। तब गाँव की दाई ने इसकी नब्ज़ देखकर बताया कि यह माँ बनने वाली थी। अब चौथा महीना चल रहा है। सामी, इन नम्बरों का हिसाब दस या पन्द्रह दिन इधर–उधर हो सकता है। पोन्नायी अब पूरे गाँव के सामने खड़े होकर यह बताना चाहती है कि उसकी कोख में पल रहा बच्चा उसके पति का ही है और अब उसका चौथा महीना चल रहा है। उसने चावल के तीन गोले देवता को अर्पण कर दिये हैं। उसके पेट में पल रहा बच्चा काली ही का नाम लेगा। सामी, हमारे सिर पर सूर्य और चन्द्रमा इसके साक्षी हैं।

दूर–दूर से नातेदार यहाँ आये हैं–चाचा, मामा और अन्य रिश्तेदार। उन सबने स्वीकार कर लिया है कि पोन्नायी की कोख में काली का ही बच्चा है। इस गाँव के और अन्य गाँवों के रहने वाले सभी सम्बन्धी, जो आज की बैठक में शरीक नहीं हो सके हैं, उन्होंने भी इस सच्चाई को स्वीकार कर लिया है। अतः सामी, इस गाँव को भी यह स्वीकार कर लेना चाहिए।'

यह कहकर वह थोड़ा पीछे सरककर खड़ा हो गया।

भीड़ में से अचानक एक आवाज़ आयी, 'इससे अच्छी बात और क्या हो सकती है कि सभी औरतें इसी तरह आकर ऐलान किया करें।'

तोरत्तु पाट्टि ने इसका मुँहतोड़ जवाब दिया, 'तुम सारे मर्द भी पूरे गाँव के सामने आकर यह क़सम क्यों नहीं खाते हो कि तुम सिर्फ़ अपनी पत्नी के साथ ही सोये हो?' उसकी बात से औरतों के समूह में थोड़ी उत्तेजना आ गयी।

सरपंच तुरन्त ही बीच में आ गये और बोले, 'नाई ने रस्म अभी पूरी नहीं की है। अतः शान्ति बनाये रखें। जब बैठक ख़त्म हो जाये, तब आप लोग आपस में बात कर सकते हैं। इस लड़की ने अपना पति खो दिया है और यह उस सदमे से अभी पूरी तरह उभरी नहीं है। हमें ऐसा कुछ नहीं करना चाहिए जिससे इसको और दुःख पहुँचे। इसलिए कृपया ख़ामोश हो जायें।' फिर उन्होंने नाई की तरफ़ देखा और बोले, 'तुम चुप क्यों हो गये? आगे कहो।'

नाई ने तुरन्त फिर से बोलना शुरू कर दिया, 'सामी, जब आप कोई बात कहें, तब इस बात का ध्यान रखें कि हमारी पोन्ना के लिए आप लाँछन लगाने वाले शब्द, शक और शुबहा वाले शब्द, कटाक्ष वाले शब्द या अपमान करने वाले शब्दों का इस्तेमाल न करें।'

भीड़ में से किसी ने शरारत भरा सवाल किया, 'क्या बच्चा दस महीने में हो जायेगा?'

कोई भी नहीं पहचान सका कि वह आवाज़ किसकी थी। परन्तु सरपंच ने कहा, 'आमतौर से बच्चे को पैदा होने में क्या इतना वक़्त नहीं लगता? यह सवाल किसने किया था? जब हममें से कोई व्यक्ति

मुसीबत का सामना कर रहा हो, तब उसकी मुसीबत हम सबकी मुसीबत होनी चाहिए। शादी के बाद बारह साल तक उनके औलाद नहीं हो सकी और काली ने अपनी जान ले ली। अब हमें इस बात का ख़याल रखना चाहिए कि उसकी पत्नी, पोन्ना पर कोई कलंक न लगाये। अगर कोई इस तरह के शब्द बोलेगा और यह मेरी तवज्जो में आयेगा, तो उस शख़्स को सज़ा दी जायेगी। किसी औरत के लिए इस तरह के हालात कभी कभार ही पैदा होते हैं। ठीक है! चलो अब गाँव ने भी इसे स्वीकार कर लिया। बैठक समाप्त होती है। जिन्हें पहले पनगन पीने के लिए नहीं मिल पाया था, वह जाने से पहले उसे पी लें।' यह कहकर सरपंच उठ खड़े हुए।

नाई ने बड़ी थाली में से फल और नारियल लेने के बाद उसको पोन्ना को लौटा दिया और बोला, 'कृपा करके मुझे मेरी दक्षिणा दे दें।' तुरन्त मुत्तु सरपंच के पास गया और उसने माँगी हुई रकम उन्हें दे दी। सरपंच ने उन पैसों को नाई और धोबी के बीच बाँट दिया। भीड़ का एक हिस्सा पनगन के मटके के पास पहुँच गया और बाक़ी के लोग आपस में बातें करते हुए बिखरने लगे। बाहर से आये हुए कुटुम्बियों को चीराई ने अपने घर आने के लिए कहा और रात उसके यहाँ ही बिताने के लिए विनती की। सारे रिश्तेदारों के लिए भोजन तैयार था। उन सब रिश्तेदारों को साथ लेकर, जो रात को रुकने के लिए मान गये थे, चीराई घर की ओर चल पड़ी।

पोन्ना ने पूरे समय अपना सिर ऊपर नहीं उठाया।

25

पोन्ना ने अपने शरीर में हो रहे बदलाव के साथ धीरे–धीरे समझौता कर लिया था। उसे प्रतिदिन अनेक समस्याएँ झेलने पड़ती थीं, जैसे सुबह सोकर उठने में आने वाली बाधा, उठने के बाद की सुस्ती और जड़ता, सर का चकराना और शरीर को स्थिर बनाये रखने के लिए प्रयास करना, परन्तु वह अब इन सबका सामना करने के लिए सक्षम थी। इन सब समस्याओं का निदान उसने बिना उद्विग्न हुए अपने ही ढंग से निकाला। चूँकि वेंगाई मदद करने के लिए आने लगी थी, उसने अपनी माँ को बोल दिया कि वह अपने घर जा सकती थी। परन्तु उसकी माँ ने तब तक रुकने का निश्चय किया, जब तक मातम मनाने की अवधि पूरी नहीं हो जाती।

इन चारों औरतों का हर दिन का काम अलग–अलग वर्गों में बँटा हुआ था। वल्लाई का काम था खाना पकाना, बर्तन माँजना, कुएँ से पानी लाना और अन्य घर के काम करना और वह यह काम बड़े सधे हुए ढंग से करती थी। चीराई पशुओं को चराने के लिए ले जाती थी। वह उन्हें चरागाह में ले जाकर रस्सियों से बाँध देती थी और उनके लिए घास भी इकट्ठा करके लाती थी। हर दिन वह घास का कम–से–कम एक गट्ठर तो लाती ही थी। जब कभी उसे लतायें और भिन्न प्रकार की घास मिल जाती, तो वह एक गट्ठर और बना लेती थी। चीराई का बाक़ी का समय भेड़ों को इकट्ठा करने में जाता था।

पोन्ना का काम था खेतों में वेंगाई के काम की देखभाल करना। इतने वर्षों के बाद अब जाकर पोन्ना को इन सारे कामों में दक्षता

प्राप्त हुई थी। इन बारह सालों में जब वह शादी के बाद यहाँ रहने के लिए आयी थी, खेतीबाड़ी के सारे काम काली ही करता था। जब कभी वह खेतों में आती, तो स्वयं को उन कामों में लगा लेती जिनको करने में उसे आनन्द आता था या फिर वह उन कामों को पूरा कर देती थी, जो काली उसे करने के लिए कहता था परन्तु अब ऐसा लगता था कि किसी भी काम को करना ऐसा था जैसे उसे वह पहली बार कर रही हो। जब कभी उसको किसी काम में निपुणता प्राप्त हुई, तो उसे ऐसा प्रतीत हुआ कि काली ताड़ के पेड़ की तरह उसके पीछे आकर खड़ा था और उसकी तरफ़ देखकर मुस्करा रहा था। काम करने की अपनी रफ़्तार के अनुसार उसने कुछ कामों को सरल भी बना लिया था। उसने वेंगाई को दो बड़ी–बड़ी नाँदें कुएँ के पास लाकर रखने के लिए बोला ताकि बैल वहाँ पर ही पानी पी सकें। चूँकि उन्हें चराने के लिए ऊसर खेत में या फिर और खेतों की बीच पड़ी जगह पर ले जाया जाता था, उनको पानी पिलाने के लिए यह जगह अधिक सुविधाजनक थी। अन्यथा कुएँ से पानी बाड़े तक लाना होता जो अधिक कठिन काम था। अधिक–से–अधिक वह लोग दो या तीन मटके पानी ही ला सकते थे और वह एक बहुत ही थकाने वाला काम था। जब काली जीवित था, तब सुबह उठकर सबसे पहले वह पशुओं का मल–मूत्र साफ़ करता था और फिर कुएँ से पानी लाता था। परन्तु उसके काम करने की गति अत्यन्त सक्षम थी। पोन्ना ने पानी का एक मटका मेंड़ के पास भी रखवा दिया ताकि जब कुएँ से पानी निकाला जाये, तब उसे वहाँ से ही भर दिया जाये। उसने एक लोटा भी उसके पास रख दिया ताकि वह लोग अपने को वहाँ पर ही साफ़ कर सकें। साधारणतः खलिहान में काम करने वाली यह तीनों औरतें झुटपुटा हो जाने पर ही नहाती थीं। परन्तु यदि वह दिन में ही नहाना चाहतीं, तो भी समस्या नहीं थी क्योंकि दिन में कोई पुरुष वहाँ नहीं होता था।

पोन्ना ने वेंगाई को पानी लाने के लिए एक मटका अलग से रख दिया था। उसका कारण यह था कि वेंगाई के लिए कुएँ से

पानी खींचना निषिद्ध था। परन्तु यदि कोई और पानी खींच दे, तो वह उसे मटके में भरकर ले जा सकती थी और बाड़े की नाँदों को भर सकती थी। जब कभी कुएँ से सिंचाई करने के लिए पुर लगाया जाता, तब यह सभी नाँदें और बर्तन भर दिये जाते थे। इस तरह से पोन्ना ने इन कामों को करना सरल बना दिया। वह अब यह सोचकर आश्चर्यचकित थी कि हर दिन काली को कितने मटके पानी कुएँ से खींचना पड़ता था और उसने इसके बारे में कभी कोई शिकायत नहीं की। पर शायद उसके लिए यह कोई बड़ी बात नहीं थी। उसने भेड़ों का घेरा भी खेतों के पास लाकर इस प्रकार रख दिया कि वह लोग बाड़े में बैठे हुए उन पर निगाह रख सकें। उसने कुत्ते का पट्टा खोलकर उसको भेड़ों के घेरे के पास बाँध दिया। उसने सेंगान को एक पिल्ला लाने के लिए पहले से ही बोला हुआ था ताकि उसे वह बाड़े के अन्दर रखने के लिए पाल सकें। परन्तु कुतियाएँ अधिकांशतः आश्विन माह में गाभिन होती थीं और बाद में बच्चे देती थीं। अतः उन्हें तब तक प्रतीक्षा करनी थी।

चूँकि उन्होंने सभी खेतों में कुछ–न–कुछ बो दिया था, पशुओं को खड़ा करने के लिए कोई और स्थान नहीं हो सकता था। अतः पशुओं के फ़र्श को साफ़ करने का काम भी वेंगाई के ऊपर आ गया। खेतों में मकई लहरा रही थी। तीन माह में जब मकई की फ़सल कट जायेगी, तब वह पशुओं को जहाँ भी चाहें वहाँ बाँध सकते थे। ऐसा प्रतीत होता था कि कुछ समय तक उन्हें बाड़े में ही रहना पड़ेगा। अगर वह गाँव जाकर घर में रहने लगें, तो ढोर और भेड़ों की निगरानी कौन करेगा? पोन्ना को तो बाड़े में रहना ऐसा लगता था जैसे वह काली के आगोश में हो। पोन्ना ने महसूस किया कि उस जगह से स्वयं को अलग करना, उसके लिए बहुत कठिन था। गाँव के घर का इस्तेमाल वह बर्तन, घरेलू सामान और दालें आदि रखने के लिए कर सकते थे और महीने में एक बार वहाँ जाकर झाड़ू और सफ़ाई कर आ सकते थे। बाड़े की झोंपड़ी में पक्की दीवारें नहीं थीं। काली उसका भण्डारे की तरह इस्तेमाल करता था। अब यदि उन्होंने वहाँ

पर ही स्थायी रूप से रहने का इरादा किया, तो उन्हें झोंपड़ी के चारों ओर दीवार उठानी पड़ेगी।

पोन्ना ने सोचा कि अच्छा तो यह होगा कि बाड़े में एक और झोंपड़ी बना ली जाये जहाँ पर फ़ालतू की चीज़ें रखी जा सकें। अगली बार जब मुत्तु आया, तब पोन्ना ने उससे इस बारे में बात की। काली की मृत्यु के बाद वह मुत्तु से पहली बार बोली थी। वह बैंगन की क्यारी की सिंचाई करने के लिए आया था और यह देखने के लिए भी कि क्या रागी की बोआई की जा सकती थी या नहीं। जब वह यह सब काम ख़त्म कर पाया, तब अँधेरा होने लगा था। अतः पोन्ना ने अपनी माँ से कहा, 'भैया से कहो कि रात को यहाँ पर ही रुक जायें। अभी करने को कुछ और भी काम हैं। वह सुबह वापस जा सकते हैं।' यह सुनकर उसकी माँ को बहुत प्रसन्नता हुई और मुत्तु को भी।

मुत्तु ने खेत से बैलों को बाड़े में लाकर अन्दर बाँध दिया। उसने उनके चारे के लिए गट्ठर से भूसा निकालकर पहले से ही तैयार कर रखा था। जब बैल भूसा चर चुके, तब उसने बचे–खुचे भूसे को बुहार कर एक तरफ़ इकट्ठा कर दिया। काली चारे की बची हुई कतरनों को भी बेकार नहीं जाने देता था। वह बची हुई हरी घास को सूखने के लिए धूप में डाल देता था और बाद में गट्ठर बना कर रख लेता था। गर्मियों में जब हरी घास का मिलना मुश्किल हो जाता, तब गायें उस सूखी घास को ही चबाया करती थीं। मुत्तु के लिए बाड़े में काम करते समय काली के बारे में न सोच पाना दुर्लभ था। छोटे–से–छोटा काम भी उसकी स्मृति को प्रेरित करता रहता था। उसको हर समय यही ध्यान रहता कि पता नहीं पोन्ना स्वयं को किस तरह सँभाले हुई थी। बहुधा ही मुत्तु उस प्यार के घोंसले को नष्ट कर देने के लिए स्वयं को धिक्कारता रहता था। दिन भर के सारे काम निपटाने के बाद वह एक खाट पर बैठ गया और खाना खाने लगा। वल्लाई पोन्ना के लिए जितना चावल पकाती थी, उस दिन उसने उससे कुछ ज़्यादा ही बना लिए थे। उसने थोड़े–से चने भी बनाये थे और चूँकि वह जानती थी कि मुत्तु को मसालेदार चने पसन्द थे,

उसने मसाले में एक मिर्च और ज़्यादा डाल दी थी। सामान्यतः खाना खाते समय मुत्तु शान्त नहीं रहता था। वह सदैव ही कोई–न–कोई शब्द खाने की प्रशंसा और सराहना में अवश्य ही कहता था। परन्तु आज उसने अपना खाना चुपचाप खाकर ख़त्म किया। पोन्ना तुरन्त ही झोंपड़ी से बाहर आयी जैसे वह मुत्तु के खाना ख़त्म करने का ही इन्तज़ार कर रही थी। अँधेरा घना हो चला था। वे मात्र एक–दूसरे की गतिविधि का अनुमान ही लगा सकते थे और उस अन्धकार में एक–दूसरे के चेहरे स्पष्ट रूप से देख नहीं सकते थे।

'हमें इस झोंपड़ी के लिए दीवारें उठानी होंगी,' पोन्ना ने मुत्तु को सम्बोधित किये बिना कहना शुरू किया जैसे कोई सामान्य बात कह रही हो। 'तभी जाकर हम लोग यहाँ रह पायेंगे। इसके अलावा बाड़े के कोने में एक ओसारा और चाहिए। जहाँ हम फावड़ा, सब्बल आदि और चीज़ें रख सकें। बहुत अच्छा होगा अगर तुम यह काम करवाने के लिए किसी को बुला लाओ।'

'हाँ, हो जायेगा यह काम,' मुत्तु ने उत्तर दिया। 'पर अभी क्यों तकलीफ़ उठाती हो? बच्चा आने में अभी तो छह–सात महीने हैं। उसके बाद भी सात–आठ महीने गाँव के मकान में रह सकती हो। इस बीच मैं नियमित रूप से आकर खेत और पशुओं का काम देखता रहूँगा।'

'मैं कहीं नहीं जाने वाली। दूसरों के लिए वह मर गया हो, पर मेरे लिए नहीं। वह यहाँ ही मौजूद है–इस बाड़े में और खेतों में। वह बराबर देखता रहता है कि मैं क्या कर रही हूँ और हर समय वह मेरे साथ होता है। इस वक़्त भी वह पूवरशु के पेड़ पर बैठा हुआ मेरी ओर देख रहा है। मैं उसकी आँखों को अपने ऊपर चमकते हुए देख सकती हूँ जैसे आसमान में तारे हों। जो भी काम मैं कर सकती हूँ, उन्हें मैं कर लूँगी। अगर कोई काम मुझसे नहीं हो पायेगा, तो मुझे यक़ीन है कि किसी–न–किसी तरह वह आकर मेरी मदद करेगा। जैसे उसने वेंगाई को मेरी मदद करने के लिए भेज दिया। जब मैं उसके साथ होती हूँ, तभी मैं ख़ुश रहती हूँ। मैं जानती हूँ कि अगर मैं कहीं और चली गयी, तो मैं बहुत दुःखी रहूँगी।'

मुत्तु ने उत्तर में कुछ नहीं कहा। वह नीचे की ओर देखता हुआ चुपचाप बैठा रहा। फिर बोला, 'मैं फूँस के टट्टर और जो भी और कोई चीज़ चाहिए वह सब ले आऊँगा। दीवार बनाने के लिए ईंट और बालू की ज़रूरत होगी। यह सब चीज़ें भी बैलगाड़ी में दो–चार चक्कर लगाकर ले आऊँगा।'

पोन्ना कुछ नहीं बोली। वह बस अन्दर जाकर पलँग पर लेट गयी। रात भर मुत्तु सो नहीं सका और किसी को भी पता नहीं चला कि वह कब उठकर अपने घर चला गया। दूसरे दिन सुबह उठकर पोन्ना ने बाड़े में चारों ओर निगाह डाली। उन रोड़ों के अलावा जिनका इस्तेमाल वह भूसा तौलने के लिए करते थे, उसने दस–बीस पत्थर और इधर–उधर बाड़े में बिखरे हुए और कुछ मेंड़ के पास भी पड़े हुए देखे। उसने वेंगाई को उन पत्थरों को उठाकर झोंपड़ी के पीछे खाली पड़ी जगह पर रखने के लिए बोला। उनका एक छोटा–सा अम्बार बन गया। यदि वह इसी तरह के तीन या चार ढेर लगा लें, तो दीवार की नींव के लिए वह पत्थर पर्याप्त होंगे।

कुएँ के आसपास कुछ ग्रेनाइट पत्थर के टुकड़े भी पड़े थे। जब कुआँ खोदा गया था, तब वह पत्थर वहाँ से निकले थे। काली इन पत्थरों का इस्तेमाल पुरवाही के पानी को नालियों में जाने से रोकने के लिए सोकार पर बाँध बनाने के लिए किया करता था। जो भी पत्थर वहाँ से उठाये जा सकते थे, पोन्ना ने उन्हें भी झोंपड़ी के पीछे वाले ढेर पर लाकर रखवा लिया। खेतों में चलते हुए उसने और भी पत्थरों को चुना जिनका इस्तेमाल किया जा सकता था। खेतों की सीमाओं पर, मेंड़ पर, सिंचाई की नालियों के किनारे, सभी जगह यह पत्थर उसकी निगाह अपनी ओर खींच रहे थे। वह सब इन्हीं जगहों पर न जाने कब से पड़े थे, परन्तु उसकी निगाह इससे पहले उन पर कभी नहीं पड़ी थी। मात्र तभी जब हम किसी चीज़ के लिए जागरूक हो जाते हैं, वह हमें अचानक ही दिखलायी देने लगती है। तब तक यदि वह ठीक हमारी आँखों के सामने ही क्यों न हो, हमें उसके अस्तित्त्व का आभास ही नहीं होता। पोन्ना इस बात से अचम्भित थी

कि उसको कितनी तरह के और भिन्न–भिन्न आकर के पत्थर मिल गये थे। उनमें से अधिकांश स्याह ग्रेनाइट और बिल्लौरी पत्थर थे। परन्तु उसको कुछ नदी के तल वाली शिलाएँ भी मिल गयी थीं जो आसानी से टूट सकती थीं।

खेतों के पास चल रही सार्वजनिक कच्ची सड़क बहुत लम्बी थी। वह गाँव से शुरू होकर न जाने कितने लोगों के खेतों के पास से होती हुई कौन जाने कहाँ जाकर समाप्त होती थी। सम्भवतः वह किसी दूसरे गाँव तक जाती थी। कदाचित वह मवूर की पहाड़ी पर जाकर ख़त्म होती हो। पोन्ना को अनायास ही यह ख़याल आया कि किसी दिन यह देखकर आना चाहिए कि आख़िरकार वह सड़क जाती कहाँ थी। 'वेंगा, यह रास्ता कहाँ तक जाता है?' उसने पूछा।

'पोन्नु, यह सड़क तो अजगर की तरह फैली हुई है,' वेंगाई ने उत्तर में कहा। 'मैं इस पर ज़्यादा दूर नहीं गयी हूँ। पर कहीं–न–कहीं जाकर तो ख़त्म होती होगी, है न?'

पोन्ना बच्चों जैसी कौतूहल भरी आवाज़ में उससे बोली, 'क्यों न किसी दिन हम इसको जहाँ यह ख़त्म होती है वहाँ तक जाकर देखकर आयें?'

'हाँ, क्यों नहीं?' वेंगाई ने कहा। 'एक दिन अपने साथ खाना बाँधकर सवेरे ही निकल पड़ेंगे। और फिर झुटपुटा होने तक चलते रहेंगे। मैं नहीं समझती कि यह रास्ता इससे ज़्यादा लम्बा होगा। रास्ता ख़त्म होने पर अगर हमें कोई गाँव मिल गया, तो रात वहीं बिता लेंगे और फिर सुबह होने पर लौट आयेंगे।'

पोन्ना को यह तदबीर अच्छी लगी। वह उस रास्ते पर जाकर ज़रूर देखना चाहती थी कि वह रास्ता आख़िर जाता कहाँ था। वह इतना चौड़ा था कि बैलगाड़ियाँ आसानी से उस पर आ जा सकती थीं। बोआई के दिनों में तो बैलगाड़ियाँ उस पर लगातार चलती रहती थीं और फिर इसी तरह फ़सल काटने के समय पर भी। उसके दोनों किनारों पर छोटे–छोटे पेड़ और झाड़ियाँ थीं। यदि वह उस रास्ते पर चलकर देखे, तो उसे बहुत सारे पत्थर और मिल सकते थे।

उसने वेंगाई को पत्थर तलाशने के लिए कहा, परन्तु उसे यह भी चेतावनी दी कि वह सड़क पर ही रहे और झाड़ियों में इधर–उधर न जाये। उसने वेंगाई को यह भी बोला कि वह बस उतने बड़े पत्थर ही उठाये जिन्हें वह आसानी से उठाकर ला सकती थी।

खेत में काम पूरा करने के बाद वह दोनों उस रास्ते पर पत्थर ढूँढ़ने के लिए निकल पड़ीं। पत्थरों के नीचे कनखजूरे या बिच्छू हो सकते थे, इसलिए पत्थरों को उठाने से पहले वह उसे लुढ़काकर देखतीं। अगर वहाँ कुछ नहीं हुआ, तो वह उस पत्थर को उठा लेतीं। और अगर वहाँ पर कोई कीड़ा–मकोड़ा हुआ, तो पत्थर उठाने से पहले वह उसके चले जाने का इन्तज़ार करतीं। एक बार जब उन्होंने एक पत्थर को लुढ़काया, तो एक लाल बिच्छू, जिसने उसके नीचे अपना घर बनाया हुआ था, उस पत्थर के नीचे आकर कुचल गया। उसके पेट के अन्दर जो बच्चे थे, वह चारों ओर इधर–उधर भागे। वे कम–से–कम बीस–बाईस तो रहे होंगे।

'अरे भगवान,' वेंगाई रोने लगी, 'यह तो मर गयी।'

'बिच्छू के बच्चे अपनी माँ का पेट फाड़ कर ही बाहर आते हैं,' पोन्ना बोली। 'कुछ जन्तु अपनी नस्ल को बढ़ाने के बाद ख़ुद मर जाते हैं। बिच्छू भी उन्हीं में से है। तू चिन्ता मत कर। देख, दस या बीस छोटे–छोटे बिच्छू हैं अब। इनमें से पाँच या छह तो बच ही जायेंगे।'

इसके बाद वह दोनों रास्ते से पत्थर उठाने में फिर से लग गयीं। कुछ देर बाद उन्हें लगा कि दूसरी झोंपड़ी बनाने के लिए भी उन्होंने पर्याप्त पत्थर एकत्रित कर लिए थे।

पोन्ना ने सोचा कि काली भी उसी लाल बिच्छू की ही तरह था। अपनी सन्तान को जन्म देकर मृत्यु को प्राप्त हो गया।

26

एक बार जब शोक की अवधि पूरी हो गयी, तब पोन्ना और भी कार्यशील हो उठी।

इस आशा से कि वह शीघ्र ही अपने शरीर पर नियन्त्रण पा सके, वह शरीर में होने वाले हर बदलाव पर ध्यान देने लगी थी। यदा–कदा वह अपने पेट को स्पर्श करती और कुछ महसूस करने का प्रयास करती। वह हाथ से पेट को थोड़ा–सा दबाती, परन्तु तुरन्त ही हाथ को हटा लेती कि कहीं ऐसा करने से पेट में बच्चे को कष्ट न हो जाये। लोगों ने कहा था कि पाँचवें महीने के बाद वह पेट के अन्दर बच्चे का घूमना महसूस कर सकेगी। वह उस पल का अनुभव करने के लिए बहुत व्यग्र थी कि तब उसको कैसा लगेगा। अभी तक तो उसके लिए हर चीज़ नयी थी और अचरज से भरी हुई थी। वेंगाई भी पोन्ना में एक नयी उत्तेजना देख रही थी। जिस दिन मातम की अवधि पूरी हुई, पोन्ना की माँ और सास ने मिलकर घर को अच्छी तरह साफ़ किया और पूरे घर में पोंछा लगाया। उसका भाई मुत्तु और उसके पिता पहाड़ी वाले देव के मन्दिर में गये। शुरू में तो उन्होंने सोचा कि क्या उन्हें कुछ निकट के सम्बन्धियों से भी साथ चलने के लिए पूछना चाहिए या नहीं? परन्तु इसके लिए उन्हें कोई सत्रह–अठारह परिवारों के घर जाना पड़ता, अतः पोन्ना ने इसके लिए उनको मना कर दिया और अपने भाई और पिता को ही जाने के लिए कहा।

चूँकि केवल दो व्यक्तियों का जाना उचित नहीं था, अतः यह तय किया गया कि मुत्तु का पुत्र भी उनके साथ चला जाये।

पहाड़ी के पास पहुँचकर पहले तो उन्होंने प्रार्थना की और फिर ऊपर जाकर चढ़ावा चढ़ाया। जब वह नीचे उतरकर आये, तब वहाँ पर बने मन्दिर में भी उन्होंने भेंट चढ़ायी। घर की औरतें केवल गाँव के मन्दिर में ही गयीं। वहाँ उन्होंने पुजारी को दक्षिणा देकर उससे देवी का स्नान और अभिषेक करवाया। उन्होंने देवी को घर का बना मीठा पोंगल, नारियल और फल आदि अर्पित किये। ताकि देवी प्रसन्न हो जाये, वह सभी सामग्री पर्याप्त मात्रा में ले गयी थीं। पोन्ना ने बड़े उत्साह के साथ प्रार्थना की, 'देवी, मुझे वरदान दो कि मेरा पति हमेशा मेरे साथ रहे। उसको मुझसे दूर नहीं भेजना। मैं चाहती हूँ कि वह ख़ुश रहे। मैं छोटे–से–छोटा जो कुछ भी काम करूँ, वह उससे प्रसन्न रहे। देवी, इसका ध्यान रहे कि वह कष्ट नहीं उठाये।'

अगले दिन मुत्तु बाड़े में बनी झोंपड़ी की दीवारें बनवाने के लिए अपने साथ एक मज़दूर को ले आया। पत्थरों के ढेर को देखकर वह बोला, 'यहाँ पर तो इतने पत्थर हैं कि एक पूरा मकान बन जाये।' उन्होंने बालू और पत्थरों का इस्तेमाल करके मज़बूत दीवारें बनाना तय क्या। मुत्तु ने सलाह दी कि क्यों न पहले नयी झोंपड़ी बनायी जाये और वह उसका इस्तेमाल रहने के लिए कर लें। परन्तु पोन्ना सहमत नहीं हुई। बाड़े में पहले से बनी झोंपड़ी ही काली का निवास स्थल थी। अतः उसने कह दिया कि वह तो उसी झोंपड़ी में ही रहेगी। लोगों ने उसे समझाने की कोशिश की कि काली तो पूरे बाड़े में ही रहता था, अतः रहने के लिए नयी झोंपड़ी ही ठीक रहेगी। परन्तु पोन्ना अपनी बात पर अटल रही। मुत्तु उसके ऊपर दबाव नहीं डालना चाहता था, परन्तु उसका इरादा अभी भी दूसरी झोंपड़ी को पुख़्ता दीवारें उठाकर और छप्पर डालकर इस तरह बनाने का था ताकि उसमें कोई रह भी सके। उसने कामगर को बीच में दीवार उठाकर झोंपड़ी को दो हिस्सों में बाँट देने के लिए भी बोला। उसने कहा कि यदि नयी झोंपड़ी पहले बन गयी तो वह अपना सारा सामान वहाँ लाकर रख सकेंगी और इस तरह से सामान बरसात के दिनों में सुरक्षित रहेगा। वर्षा ऋतु शुरू होने को थी। परन्तु सभी निर्णय लेने में पोन्ना का मत ही अन्तिम मत था।

चीराई के पास देने के लिए सुझाव सदैव ही रहते थे। परन्तु पोन्ना की दृढ़ता देखकर, वह बोली, 'अब यह सब कुछ तेरा ही है, तेरा काम, तेरी ज़िम्मेदारियाँ, तेरे खेत, तेरा घर। जैसा तू चाहे, वैसा ही कर। अब जो भी दिन मेरे जीने के लिए बचे हैं, मैं इन सब झंझटों से दूर हो जाना चाहती हूँ।' अतः कहाँ क्या बने, कैसे बने उसमें उसने कोई अड़चन नहीं डाली।

दीवारों के बनना शुरू हो जाने के बाद भी, पोन्ना वेंगाई के साथ जाकर पत्थर तलाशती रही। उस सड़क पर घूमने का साहस जुटाने में उसे आनन्द आने लगा था। वह खेतों के दक्षिणी कोने पर भी गयी जहाँ उसने काली की भस्म को दफ़ना कर एक शिला रख दी थी और वहाँ जाकर बहुत देर तक वह शान्तिपूर्वक खड़ी रही। एक दिन उसने वेंगाई को उस स्थल के लिए भी कुछ पत्थर लाने के लिए कहा। वहाँ पर पालै की पौध जो उसने लगायी थी वह अब थोड़ी बड़ी हो गयी थी। उस पौधे के आसपास की जगह साफ़ करके उसने उन पत्थरों को पौधे के चारों ओर क्रम से एक वृत में लगा दिया और इस तरह से पौधे के लिए एक क्यारी बना दी। एक समतल पत्थर को लेकर उसने उस शिला के सामने रख दिया। वह शिला अब उसके लिए एक पावन शिला थी।

चीराई यह जानने ले लिए बहुत उत्सुक थी कि पोन्ना इतने दिनों से खेतों में क्या कर रही थी। इसी अटकलबाज़ी में दो दिन निकल गये। यह देखने के लिए कि वहाँ हो क्या रहा था, वह स्वयं उस स्थल पर जा पहुँची। यह देखकर कि पोन्ना ने क्या किया था, वह बैठ गयी और रोने लगी। 'किसी की याद में पत्थर गाढ़ने का हमारे यहाँ रिवाज नहीं है,' तड़पते हुए ऊँचे स्वर में वह बोली। 'अरे, नयी रस्में मत बना और इस परिवार को बर्बाद मत कर!'

पोन्ना ने कहा, 'अतै, यह तो कूलि देवी का मन्दिर है।'

'अरे लड़की, खेतों में तुझे कूलि देवी का मन्दिर नहीं बनाना चाहिए,' चीराई ने कहा। 'वह देवी तो अंगारा है अंगारा। सब कुछ जलाकर रख देगी।'

'अतै, यह तो कूलियप्पन के लिए है।' पोन्ना ने समझाने की कोशिश की।

'कूलियम्मा या कूलियप्पन, कोई फ़र्क़ नहीं पड़ता। दोनों ही उसी देवी के स्वरूप हैं। मेरी बात सुन। मत कर ऐसा। लोग अपने खेतों में सिर्फ़ करुणाचामी देव को ही रखते हैं। और हमारे खेतों में तो वह भी नहीं हैं। बहुत दिन पहले वह हुआ करते थे, पर जब खेतों का बँटवारा हुआ, तो वह हिस्सा किसी और के पास चला गया। मैंने सुना था कि उसके बाद भी हमारे लोग पोंगल बनाकर देवता के लिए उस खेत में ले जाते थे, पर फिर आपसी झगड़ों की वजह से वह रस्म भी ख़त्म हो गयी। तभी से हमारे खेतों में कोई भी देवता नहीं है। अब तू क्यों कुछ नया शुरू करना चाहती है?'

'यह तो काट्टू करुणाचामी हैं, अतै,' पोन्ना ने तुरन्त जवाब दिया। 'यह तो सभी के खेतों में हैं। काली कहा करता था कि हमारे यहाँ भी इन्हें होना चाहिए। जब वह ज़िन्दा था, तब हम ऐसा नहीं कर पाये। इसलिए ही मैं अब यह कर रही हूँ।'

'हमारी बिरादरी में,' वेंगाई बोली, 'मरे हुए आदमी की याद में पत्थर गाढ़ने का रिवाज है। हर साल जब हम पोंगल का त्योहार मनाते हैं, तब इन समाधियों पर भी पोंगल चढ़ाते हैं। जो लोग मर चुके हैं, वह भी तो देवताओं के समान ही होते हैं, होते हैं न?'

उस दिन के बाद से पोन्ना ने हर किसी को बोल दिया कि वह काट्टू करुणाचामी का पवित्र स्थल था, जो खेतों की रक्षा करने वाले देव हैं और उन्हीं की कृपा से हर फ़सल अब बहुत अच्छी होगी। अतः हर दिन वहाँ पर दिया जलाना चाहिए और माघ के माह में पोंगल का भोग और मुर्ग़े की बलि देनी चाहिए। कुछ लोगों को उसने यह भी कहा कि देवता स्वयं उसके सपने में आये थे और उन्होंने कहा था, 'अगर मेरे लिए कोई मन्दिर नहीं होगा, तो फिर मैं खेतों की निगरानी कैसे करूँगा। मेरे लिए मन्दिर बनाओ, दीपक जलाओ।' कभी–कभी वह यह भी कहती कि उनकी विपत्तियों का कारण भी यही था कि बँटवारा हो जाने के तुरन्त बाद उन्होंने करुणाचामी का मन्दिर क्यों नहीं बनाया।

वह सभी लोग जिन्होंने विरासत में खेत मिल जाने पर करुणाचामी देव के मन्दिर बनाये थे, उससे सहमति रखते थे।

शोक की अवधि पूरी हो जाने पर वल्लाई अपने गाँव चली गयी। अब पोन्ना ही सारा खाना पकाती थी। एक दिन चीराई भेड़ों को चराने के बाद उन्हें उनके घेरे में बन्द करके वल्लाई से बात करने के लिए उसके गाँव पहुँच गयी। 'यह सही है कि उसे हर काम करना आता है,' वह बोली, 'पर अब तो हद हो गयी है। कुछ वक़्त तो वह ठीकठाक रहती है, पर कुछ बार ऐसे व्यवहार करती है जैसे उस पर भूत चढ़ आया हो। मेरी तो समझ में नहीं आता कि उसके साथ कैसे बर्ताव करूँ।'

अगले दिन वल्लाई उनके यहाँ आ गयी जैसे यूँही मिलने के लिए आयी हो। नये पुण्य–स्थल को देखकर उसने पोन्ना से उसके बारे में पूछा और पोन्ना ने एक बार फिर वही कहानी दोहरा दी, जो वह हर किसी को सुना रही थी। मिर्ची और रागी के पौधे रोपे हुए अभी दस दिन ही हुए थे, परन्तु पोन्ना ने वल्लाई से कहा कि रागी के सभी पौधे पीले पड़ गये थे और मुरझा गये थे। उसने करुणाचामी देव से प्रार्थना की और वह स्वप्न में प्रकट हुए और बोले, 'तुमने खेत में मुझे ज़रा–सी भी जगह नहीं दी है, दी है क्या? जब तेरा पति ज़िन्दा था, तब मैं हवा बनकर चक्कर लगाता रहता था और अपने लिए कोई जगह ढूँढ़ता रहता था। मेरे लिए कोई जगह तलाश कर जहाँ आकर मैं वास कर सकूँ। मेरे वरदान से तेरी रागी फिर से हरी भरी हो जायेगी।'

वल्लाई ने उत्तर में कुछ नहीं कहा। वास्तविकता तो यह थी कि जब उसने उस पुण्य–स्थल को देखा, तब उसे लगा कि ऐसा करना ठीक ही था। हर एक खेत में करुणाचामी देव का स्थल था, अतः यहाँ खेत में थोड़ा–सा स्थान उन्हें देने में क्या बिगड़ता था? और यदि पोन्ना उसे काली का स्मारक मानती थी, तो वह भी ठीक ही था। अतः वह चीराई से बोली, 'चीराई, तू चिन्ता मत कर। उस जगह को ऐसे ही रहने दे। वह अपने पति को देवता समझती है।

आजकल ऐसी औरतों का होना मुश्किल है, है न? हम दोनों न जाने कितनी औरतों को जानते हैं जिन्होंने पति के मरते ही दूसरे मर्दों की तरफ़ देखना शुरू कर दिया था। और यहाँ एक औरत है जो अपने पति की देवता की तरह पूजा करती है। यह अच्छी बात है। करने दो उसे उसकी पूजा। तुम्हें याद है न कि पहले उसकी क्या हालत थी। हमें डर लगा रहता था कि कहीं यह भी पूवरशु के पेड़ से लटककर अपनी जान न दे दे। अब इसकी हालत बहुत सुधर गयी है। बड़ी ज़िम्मेदारी के साथ खेतीबाड़ी का सारा काम सम्हालती है। तू किसी भी चीज़ की चिन्ता मत कर। बस अपना काम करती रह और शाति से रह।'

पोन्ना ने अपनी माँ के द्वारा भाई को एक झाँझी लाने के लिए सन्देश भिजवा दिया। अतः अगली बार जब वह रागी और मिर्ची की सिंचाई करने के लिए आया, तो उसके लिए झाँझी भी लेता आया। उस साल कन्नूर में कुम्हारों ने तरह–तरह की झाँझियाँ बनायी थीं। कार्तिक माह में बहुत से लोग पोंगल बनाकर करुणाचामी को भोग लगाते थे। उस समय वह पुरानी झाँझियों को भी बदल डालते थे। दो सेर कुम्बु ज्वार के बदले में एक नयी झाँझी ख़रीदी जा सकती थी। जो झाँझी मुत्तु लेकर आया था वह गेरुए रंग से रंगी हुई थी और उस पर सफ़ेद धारियाँ बनी हुई थीं। अपनी ऊँची नुकीली चोटी के कारण वह बहुत सुन्दर लग रही थी। पोन्ना ने उसे करुणाचामी के पास रख दिया। मुत्तु उस पवित्र स्थल को देखकर अचम्भित था। पोन्ना ने चौरस पत्थर बिछाकर बड़ी होशियारी से फ़र्श तैयार किया था। मुत्तु देवता के सामने खड़ा हो गया और प्रार्थना करने लगा, 'अय्या स्वामी, अगर मैंने आपके प्रति कुछ ग़लत किया हो, तो उसके लिए मुझे क्षमा करना। अगर मुझसे अनजान में कोई भूल हो गयी हो तो उसके लिए मुझे दण्ड मत देना। देव आकर इस स्थल पर विराजो। आशीर्वाद दो कि पोन्ना बच्चे को ख़ुशी–ख़ुशी जन्म दे और अच्छी तरह रहती रहे। अगले साल मैं आपके लिए भेड़ की बलि दूँगा।' उसने पोन्ना को भी देवता को दिये वचन के बारे में बता दिया।

मुत्तु अभी भी पोन्ना से बात करते समय उससे आँख मिलाने का साहस नहीं कर पाता था। वह उससे ऐसे बातें करता जैसे पास खड़ी चीराई से बात कर रहा हो। परन्तु करुणाचामी के लिए मुत्तु की विनती सुनकर पोन्ना बहुत प्रसन्न हुई। उस दिन उसने चीराई, मुत्तु और वेंगाई को विशिष्ट धर्माचार के लिए उस धर्म–स्थल पर आने के लिए कहा। माटी के दीप में अरंडी का तेल जलाकर वह करुणाचामी देवता की स्तुति करने लगी। उसने बाक़ी सभी लोगों से भी प्रार्थना करने के लिए कहा। देवता के सामने रखे समतल पत्थर पर उसने थोड़ा–सा कपूर भी जलाया। उस रात पूजा करने के बाद जब वह सब बाड़े में लौटे, तब वह सभी एक अशेष तृप्ति का अनुभव कर रहे थे।

पोन्ना एक नये जोश से भरी थी जैसे उसकी सारी ख़ुशियाँ वापस लौट आयी थीं।

27

बैंगन के पौधे अब काफ़ी बड़े हो गये थे और उन्होंने पूरी क्यारी को ढँक लिया था। पौधों पर लगे बैंगन बहुत ही सुन्दर और बड़े थे। हर बैंगन बिल्ली के सर के बराबर था। पोन्ना उन्हें भिन्न–भिन्न प्रकार से बनाती थी। एक दिन उसने उन्हें थोड़ा–सा पानी डालकर कसे हुए नारियल के साथ पकाया। उस सब्जी को बनाने में उसने चार बैंगनों का इस्तेमाल किया था वह बड़े चमकदार और हरे थे और पक जाने के बाद भी उन्होंने अपना रंग बनाये रखा था। पोन्ना और चीराई के लिए उस दिन की बनी सब्ज़ी तीन वक़्त का खाना खाने के लिए पर्याप्त थी। एक और दिन पोन्ना ने बैंगनों को टमाटर के साथ कुचलकर पकाया और उसमें थोड़ा–सा घी भी डाल दिया। उससे सब्ज़ी की महक बहुत ही उत्कृष्ट हो गयी थी। एक दिन उसने बैंगनों को आग पर इतना भूना कि उनका अरक ही निकल आया। इनके अलावा एक दिन उसने बैंगन पीसकर इमली के साथ मिलाकर बनाये। और फिर बैंगन अरहर दाल के साथ। और बैगन रमास के साथ। वह दोनों हर दिन बैंगन ही खाती थीं, परन्तु उनको ऐसे बनाती थीं ताकि वह बैंगन खाते–खाते उकता न जायें। अब जाकर चीराई को पोन्ना के खाना बनाने के कौशल का पता चला था और उसे इस बात पर आश्चर्य नहीं था कि काली पोन्ना पर इतना क्यों मोहित था।

बैंगन की क्यारी में इतने बैंगन उतर रहे थे कि वेंगाई भी हर दिन दो बैंगन घर ले जा सकती थी। पोन्ना ने कुछ बैंगन अपने मायके भिजवा दिये। चीराई ने बाक़ी के बैंगन तोड़कर मंगलवार की

हाट में बेच दिये और उस पैसे से घर के लिए कुछ सामान ख़रीद लायी। पोन्ना प्रतिदिन जाकर बैंगन के हर पौधे से बातें करती। यदि वह किसी भी पौधे पर एक भी मुरझायी हुई पत्ती देखती तो उसे तुरन्त तोड़कर ज़मीन में दबा देती। यदि वह पौधों पर कोई कीड़ा या भुनगा देखती तो उसे मसलकर मार डालती। माहू पत्तियों के नीचे छिपे होते हैं, उसे उनका भी ध्यान रखना होता था। उसने चूल्हे की राख लाकर बैंगनों की क्यारी पर छिड़क दी और इसका भी ख़याल रखा कि वह राख सिर्फ़ पत्तियों के ऊपर ही नहीं बल्कि उनके नीचे भी पहुँच जाये। चूँकि कभी–कभार हो जाने वाली बारिश का पानी नालियों में इकट्ठा हो गया था, अतः उस क्यारी की सिंचाई भी भरपूर हो रही थी।

मिर्ची के पौधों पर भी ख़ूब बौर लगी थीं और नयी मिर्चियाँ उन पर ख़ूब फल–फूल रही थीं। कुछ लाल मिर्चियाँ थोड़ी बहुत पक भी गयी थीं। उन्होंने पकी मिर्चियों को तोड़कर उन्हें सुखाने के लिए खेत में पड़े एक पत्थर पर फैला दिया। चीराई का अन्दाज़ा था कि लाल मिर्च की फ़सल कम–से–कम बीस सेर की तो हो जायेगी। यदि वह उन्हें सुखाकर डलियों में बन्द करके रख लें, तो वैशाख और जेठ के महीनों में वह उन्हें अच्छे दामों में बेच सकती थीं। पोन्ना का भी यही ख़्याल था। जैसे ही कोई मिर्च पक जाती, वह उसे तुरन्त दिखायी दे जाती थी। रागी के पौधे भी काफ़ी बड़े हो गये थे और उन्होंने भी पूरे खेत को भर लिया था। वह उसकी फ़सल को भी शीघ्र ही काट सकेंगी और चूँकि वह केवल एक ही खेत में उग रही थी, फ़सल काटने के लिए उन्हें अतिरिक्त मदद को दिहाड़ी पर लगाने की ज़रूरत नहीं थी। पोन्ना फ़सल काटने का काम चीराई और वेंगाई की मदद से आसानी से कर सकती थी। परन्तु उन्हें इसका ध्यान रखना था कि आषाढ़ की वर्षा फ़सल को बरबाद न कर दे।

वर्षा ऋतु आने तक दोनों झोंपड़ियाँ बनकर तैयार हो जायेंगी और वह फ़सल को संचित करके झोंपड़ी के अन्दर रख सकेंगी। वह रागी के डण्ठल भी अलग कर लेंगी, परन्तु गाहने से पहले उनको सुखाना होगा।

अतः डण्ठलों को दस–पन्द्रह दिन खेत में ही खड़ा छोड़ देना ठीक रहेगा। वह उन्हें पूस के महीने में काट लेंगी। अगर वह उन्हें महीने के आरम्भ में ही काट लें, तो एक क्यारी में वह प्याज बो सकती थीं और चूँकि कद्दू और खीरे के पौधों को ज़्यादा पानी की ज़रूरत नहीं होती है वह उनके भी कुछ पौधे लगा सकती थीं। ज़मीन की नमी को सोखकर वह आसानी से उग आयेंगे और फैल जायेंगे। पूस के महीने के बाद वह मकई की फ़सल काट डालेंगी। पोन्ना का इरादा यह सारा काम अतिरिक्त मज़दूरों को लगाये बिना ही करने का था। अगर यह सब उन्होंने उचित ढंग से किया तो माघ के महीने के बाद करने के लिए कुछ ज़्यादा काम नहीं बचेगा। उनके लिए केवल ढोर और भेड़ों की परवाह करना रह जायेगा।

पोन्ना के हिसाब से बच्चे का जन्म पूस माह के अन्त में या फिर माघ माह के आरम्भ में होना चाहिए था। इन दिनों वह अपने अन्दर बच्चे को पैर फैलाते हुए महसूस कर रही थी। उस समय यदि वह झुककर खड़ी हुई होती, तो बच्चे का लात मारना उसको बहुत आराम देता था। उसके लात मारने के बल को देखकर पोन्ना को लगता था कि वह बालक लड़का था। काली फिर से लड़का बनकर ही पैदा होना चाहता था। आख़िर क्यों? लड़की बनकर क्यों नहीं? पोन्ना की तीव्र इच्छा लड़की पाने की थी। चीराई कहा करती कि उस परिवार पर कोई शाप था जिसके कारण परिवार में लड़कियाँ नहीं हो सकती थीं। अतः चीराई का दृढ़ विश्वास था कि पोन्ना के बेटा ही होगा। परन्तु पोन्ना ने यह प्रार्थना की थी कि उस शाप का अन्त करने के लिए लड़की ही जन्म ले। इस परिवार का ऐसा ही भाग्य क्यों हो कि मात्र बेटे ही पैदा होते रहें और कम उम्र में ही मर जाया करें? 'भगवान करे कि बेटी हो और उसके साथ–साथ इन खेतों में एक नयी वंशावली की शुरुआत हो,' उसने कामना की।

अगहन माह में एक दिन सुबह पोन्ना का परिवार बैलगाड़ी में आ पहुँचा। उन सबके आने ने पोन्ना को पूर्णरूप से आश्चर्य में डाल दिया। उसका भाई मुत्तु कुछ दिन पहले ही खेतों की सिंचाई करने

के लिए आया था। बहुधा ऐसे काम करने के लिए वह सेंगान को न भेज़कर स्वयं ही आता था। इस प्रकार उसको पोन्ना को देखने का अवसर नियमित रूप से मिलता रहता था। पोन्ना के स्वास्थ्य के बारे में पूछते हुए, उसकी निगाह पूवरशु के पेड़ पर या चीराई के ऊपर टिकी रहती थी। पोन्ना को उसका ऐसा करना बहुत मनोरंजक लगता था, परन्तु उसने मुत्तु की पूछताछ का उत्तर स्वयं कभी नहीं दिया। केवल चीराई ही उत्तर देती थी। मुत्तु एक स्नेहशील भाई था और वह इस तरह से कष्ट भुगत रहा था। वह करुणाचामी के स्थल पर जाकर थोड़ा–सा समय वहाँ भी बिताता था। वहाँ वह प्रार्थना करता और कुछ देर वहीं पर बैठा रहता था। उसके लिए ऐसा करना, काली के साथ बातें करने जैसा था।

दोनों झोंपड़ियों की दीवारें बनकर तैयार हो गयी थीं और मुत्तु की निगरानी में छप्पर भी बहुत अच्छी तरह छाये गये थे। इन छप्परों के ऊपर उसने रागी की पुली बिछवाकर उन्हें मज़बूती से बँधवा दिया था ताकि छत कम–से–कम दस साल तक तो चल सके। काली ने रागी के पुली का ढेर अलग से रख छोड़ा था जिसे उसने कूटा नहीं था। मवेशी तो उन्हें चरने वाले थे नहीं। मुत्तु के अपने घर में भी एक ऐसा ढेर पड़ा था। उसने छप्परों के ऊपर उन दोनों ढेरों का इस्तेमाल कर लिया। नयी झोंपड़ी काफ़ी बड़ी थी और चीराई उस जगह का पूरी तरह से इस्तेमाल करने लगी थी। दोनों झोंपड़ियों पर दरवाज़े भी लगे थे। परन्तु रात को चीराई पोन्ना के पास झोंपड़ी के बाहर ही सोती थी।

चीराई ने भी पोन्ना को उसके परिवार के आने के बारे में नहीं बताया था। उनकी बैलगाड़ी तरह–तरह के उपहारों से भरी थी। पोन्ना के प्रसव का यह नौवाँ महीना था। यदि काली जीवित होता तो वह पूरे गाँव को भोज खिलाकर पोन्ना को बड़ी धूमधाम के साथ अपने घर ले गये होते। परन्तु आज की स्थिति में ऐसा होना सम्भव नहीं था। यदि उन्होंने पहले आकर भोज देने की अपनी इच्छा को पोन्ना के सामने व्यक्त किया होता, तो वह जानते थे कि पोन्ना उसके

लिए कभी तैयार नहीं होती। यही कारण था कि वह बिना बताये आये थे। चीराई उनके आने से बेहद प्रसन्न थी। वह पोन्ना के लिए चाहती थी कि यह भोज अवश्य हो, परन्तु वह नहीं जानती थी कि पोन्ना से इस बारे में कैसे बात करे। पोन्ना बाड़े और खेतों के अलावा कहीं भी नहीं जाती थी। बाहर की दुनिया से उसका सम्पर्क मात्र वेंगाई और चीराई के द्वारा ही था। यदि गाँव का कोई व्यक्ति उनके यहाँ आ जाता, तो वह उससे बातें कर लेती थी। इसके अतिरिक्त तोरात्तु पाट्टि और नोनी किशवी, गाँव की दोनों बुढ़ियाएँ सप्ताह में कम–से–कम एक बार भेंट करने के लिए आ जाती थीं। पोन्ना सदैव ही उनकी बातों को उत्सुकतापूर्वक सुनती, परन्तु उसमें भाग नहीं लेती थी।

वह दोनों बुढ़ियाएँ आकर पोन्ना को सलाह दिया करतीं कि उसको क्या और क्या नहीं खाना चाहिए। यदि चिराई को कोई शंका होती, तो वह उनसे पूछ लेती थी ताकि पोन्ना न सुन सके। उन्होंने धीरे–से चीराई से कहा, 'अगर तेरा बेटा जीता होता, तो उसके ससुराल वालों ने आकर पूरे गाँव को भोज दिया होता और फिर पोन्ना के साथ खाना बाँधकर वह उसे अपने घर ले गये होते। बदक़िस्मती से हालात देखते हुए ऐसा तो होगा नहीं।' चीराई इसके उत्तर में कह भी क्या सकती थी? पोन्ना ने भी इसके बारे में सोचा था, परन्तु गाँव को भोज कराने की वह सोच भी नहीं सकती थी। उसके घरवालों की इतनी मेहरबानी बहुत थी कि वह बराबर आते रहते थे। उसने सुना था कि मुत्तु सभी से कहता रहता था : 'तुम्हें यह देखकर ताज्जुब होगा कि पोन्ना किस तरह से खेती का सारा काम सम्हाले हुए है। मर्द लोग भी इतनी अच्छी तरह से काम नहीं कर पाते हैं।' पोन्ना को यह सुनकर बहुत सन्तोष हुआ था। परन्तु जब सुबह–सुबह पूरा परिवार बैलगाड़ी में आकर उनके द्वार पर खड़ा हो गया, तब वह नहीं जानती थी कि क्या कहे। उसने नरम आवाज़ में अपनी भाभी, पूवाई से बस इतना ही कहा, 'यह सब करने की क्या ज़रूरत थी? तुम लोग तो इतना सारा सामान लेकर आये हो जैसे यहाँ पर सब ठीकठाक हो और मैं इस बच्चे को ख़ुशी के माहौल में जनम दे रही हूँ।'

'पोन्ना, इससे कोई फ़र्क़ नहीं पड़ता,' पूवाई ने कहा। 'सिर्फ़ यह बात ही कि तू एक बच्चे को जन्म देने वाली है, ख़ुशी का मौक़ा है।' और यह कहकर वह अपने काम में लग गयी।

मुत्तु और उसके पिता दोनों खेतों की ओर निकल गये। वेंगाई सिंचाई वाली नालियों में से घास निकाल रही थी। मुत्तु ने हँसते हुए उससे कहा, 'क्या तू और तेरी मालकिन सड़क से पत्थर उठाने का काम पूरा कर चुके?'

वेंगाई भी हँस पड़ी। 'नहीं सामी। हम तो अभी भी उनको उठाकर लाते रहते हैं और उनका ढेर लगा रहे हैं। मालकिन कहती हैं कि वह खेतों के चारों ओर दीवार बनायेंगी जैसे क़िले के चारों ओर बनी होती है।'

पोन्ना के पिता बोले, 'अगर तुमने ऐसा किया तो मुझे कोई ताज्जुब नहीं होगा।'

खेतों में घूमते हुए उन्होंने विशेष सन्तोष महसूस किया और जब वह बाड़े में लौटे, तब ताज़ा बने हुए वड़ै उनका इन्तज़ार कर रहे थे और यही नहीं साथ में चावल की टिकिया भी थीं। इसके अलावा भिन्न–भिन्न प्रकार से बनाये चावल भी थे–इमली चावल, टमाटर चावल, और दही चावल। जिस स्थान पर उन्होंने हाथ धोये थे उस जगह पोन्ना ने एक केले का पेड़ भी लगा रखा था। उन्होंने कुछ केले के पत्तों को तोड़ लिया ताकि उन पर रखकर वह खाना खा सकें।

पोन्ना का चेहरा पीला दिख रहा था और उसके पाँव भी सूजे हुए थे। उसकी माँ उससे बोली, 'पोन्ना, तुझे अपनी सेहत का ख़याल रखना चाहिए। अगर तू ऐसे ही रहती रही तो तेरे अन्दर बच्चे को बाहर धकेलने की ताक़त कहाँ से आयेगी। चल, हमारे साथ चल। जो कुछ भी तू खाना चाहेगी, वह हम पका कर तुझे खिलायेंगे। आराम से बच्चे को जनम देने के बाद तू वापस लौट आना।' पूवाई ने भी समर्थन देते हुए यही कहा। पोन्ना ने उत्तर में कुछ नहीं कहा, परन्तु उसकी मुस्कराहट ने उन पर यह बात स्पष्ट कर दी कि वह कहीं जाने वाली नहीं थी। उसकी दृष्टि पूवरशु के पेड़ पर टिकी थी।

पेड़ पर वह स्थल जहाँ उन्होंने शाखा काटी थी अब गहरे रंग का हो गया था और वहाँ पर कुकुरमुत्ते उग आये थे। अन्दर–ही–अन्दर पोन्ना बहुत दुःखी थी कि इस भोज का आनन्द लेने के लिए काली वहाँ पर नहीं था। परन्तु वह एक केले के पत्ते पर थोड़ी–थोड़ी हर चीज़ रखकर उसे झोंपड़ी के पीछे उस खपड़े पर रख आयी जो उसने किशुवे के पेड़ पर इस काम के लिए रखा हुआ था। वह जो भी खाना पकाती थी, तो हाथ में ले जाकर वहाँ उस खपड़े पर रख आया करती थी। कौए आकर उस खाने को चुग लिया करते थे। उस दिन भी कुछ कौए वहाँ पर आ गये। पोन्ना स्वयं भी तभी कुछ खा–पी सकी जब उसने कौओं के आने का शोरगुल सुन लिया।

वल्लाई ने उससे पूछा, 'ठीक है, अगर तू नहीं जाना चाहती तो क्या मैं यहाँ रहने के लिए आ जाऊँ? अगर रात को तुझे किसी चीज़ की ज़रूरत पड़ी तो तेरी सास शायद सब कुछ अपने आप न कर पाये।'

पोन्ना ने उत्तर में कहा, 'अगर तुम पूस के महीने में आ जाओ, तब ठीक रहेगा। तीसरे पहर तक वेंगाई यहाँ पर ही होती है। रात को कुछ बुढ़ियाएँ आ जाती हैं और पौ फटने तक बातें करती हुई यहाँ पर ही रुकी रहती हैं। कोई फ़िक्र करने की बात नहीं है। दाई भी आती रहती है। हमने दाई को बोल दिया है कि गाँव से ज़्यादा दूर कहीं न जाये। उसने कहा है कि जब पेट नीचे की तरफ़ आ जायेगा, तब वह बता पायेगी कि बच्चा कब होगा।'

उस दिन गोधूलि के समय पोन्ना का परिवार अपने गाँव लौट गया। उस दिन जो कुछ भी पका था पोन्ना ने थोड़ा–थोड़ा वह सब वेंगाई को दिया और बोली, 'यह अपने बच्चों के लिए ले जा। पर एक बात बता। तूने तीन बच्चे जने हैं, तो सच–सच बता क्या बच्चा जनते हुए बहुत तकलीफ़ होती है?'

वेंगाई हँसने लगी और बोली, 'हाँ, तकलीफ़ तो होगी, पर ज़्यादा नहीं।'

कष्ट होने और बहुत कष्ट होने के बीच क्या अन्तर था?

28

पूस के महीने के आरम्भ होने पर पोन्ना ने खेतों में जाना छोड़ दिया। वह बाड़े में ही बनी रहती। वह वहाँ से खेतों की ओर देख सकती थी, परन्तु देखने के लिए वहाँ कुछ भी नहीं था। सब कुछ सपाट फैला पड़ा था। बैंगनों के पौधों पर पत्तियाँ गहरे पीले रंग की हो गयी थीं। मिर्ची के पौधों के केवल डण्ठल ही बचे थे। सारी फ़सलें काटी जा चुकी थीं और घर के भीतर लाकर अच्छी तरह से रखी जा चुकी थीं। 'अब तेरी बारी है,' पोन्ना अक्सर अपने पेट पर हाथ रखकर कहती। इन दिनों अगर वह थोड़ी दूर भी चलती थी, तो हाँफने लग जाती थी। परन्तु उसके लिए बिना कुछ किये खाली बैठे रहना भी बहुत कठिन था। उसको स्वयं को किसी–न–किसी काम में लगाये रखना ज़रूरी था। अतः दोनों समय का पूरा खाना वह ही पकाती थी।

चीराई भी हर समय कुछ–न–कुछ करने में लगी रहती थी। वह जब ढोरों का फ़र्श साफ़ कर चुकती, तब मवेशियों को ले जाकर चरागाह में चरने के लिए रस्सियों से बाँध देती। यदि वह किसी काम को करने के लिए बाड़े से बाहर आती, तो कई और काम भी कर डालती थी जैसे अरंडी की सूखी पत्तियों को इकट्ठा करके और गट्ठर बनाकर घर ले आना। जब यह पत्तियाँ पीली पड़कर नीचे गिर जातीं, तो भेड़ें इन्हें खाना पसन्द करती थीं। चीराई ने छोटे–छोटे गट्ठरों में लाकर उनका ढेर लगा दिया था। चैत्र और वैशाख के महीनों में जब सूरज की तेज़ किरणों से चरागाह झुलस जायेगा,

तब वह इन पत्तियों को भेड़ों को खिला देगी और भेड़ें एक भी पत्ती बरबाद किये बिना उनको बड़े स्वाद से खायेंगी।

बाड़े से ही पोन्ना पुण्य–स्थल को बहुत अच्छी तरह देख सकती थी। उसके कहने के अनुसार वेंगाई और पत्थर उठा लायी थी और उन्हें पुण्य–स्थल के चारों ओर चुन दिया था। पूर्व की ओर वाली दीवार इतनी ऊँची हो गयी थी कि कमर तक आती थी। पोन्ना ने वेंगाई को बोला कि जब तीन तरफ़ की दीवारें बन जायें, तो वह सामने की दीवार में एक मेहराबदार द्वार भी बना दे।

पालै का पौधा भी अब काफ़ी बड़ा हो गया था। उसके साथ लगा नीम का पेड़ भी बड़ा हो रहा था। उसने सभी को मना कर दिया कि कोई उन्हें काटे नहीं और उन्हें बड़ा होने दे। जब वह दोनों पेड़ बड़े हो जायेंगे, तब वह उस पुण्य–स्थल पर प्यारी–सी छाँव डाला करेंगे। उस वर्ष उसने पुण्य–स्थल पर पोंगल का भोग नहीं लगाया। सभी ने उससे यही कहा कि जब बच्चा हो जाये तब वह अगले वर्ष से भोग लगाना शुरू करे और वह इसके लिए मान गयी। परन्तु वह हर रोज़ शाम को पुण्य–स्थल पर जाकर दिया जलाना नहीं भूलती थी। शाम को उस समय जब दिन का उज्ज्वल प्रकाश अपनी समाप्ति पर होता था और धीमा–धीमा प्रकाश परछाई की तरह बना रहता, तब वह एक प्याली में तेल लेकर पुण्य–स्थल की ओर जाने लगती। एक दिन चीराई वेंगाई से बड़बड़ायी, 'हर दिन दिया जलाने के लिए कई कटोरे तेल चाहिए और शायद वह भी काफ़ी न हो। क्या तू सोचती है कि हम इतना तेल ख़र्च कर सकेंगे? वह हर शुक्रवार को ही दिया क्यों नहीं जलाती? इसके अलावा खास मौक़ों पर जला लिया करे। क्या करुणाचामी के लिए कोई हर दिन दिया थोड़े ही जलाता है? लोग तो देवता के बारे में उस दिन ही सोचते हैं, जब उन्हें पोंगल चढ़ाना हो और तब वह उसे ऊँची घास के बीच और पत्थरों के पीछे जाकर तलाशते फिरते हैं। परन्तु इसने तो उसके लिए एक अच्छा–ख़ासा मन्दिर ही बना दिया है।' परन्तु चीराई ने प्रत्यक्ष रूप से पोन्ना से कुछ भी नहीं कहा।

दाई ने पोन्ना के पेट पर हाथ रखा और बोली कि बच्चा पन्द्रह दिन में हो जायेगा। चूँकि पेट काफ़ी बड़ा लगने लगा था और पोन्ना को साँस लेने में कुछ तकलीफ़ भी हो रही थी, उसने यह भी कहा कि उसके बेटा ही होगा। परन्तु साथ में उसने यह भी जोड़ दिया, 'लोग ऐसा कहते हैं कि बारिश और बच्चा होने की भविष्यवाणी तो ईश्वर भी नहीं कर सकता। हम तो सिर्फ़ लक्षण देखकर अन्दाज़ा ही लगा सकते हैं।' पोन्ना रागी के घोल से दोसा बनाते हुए भी दाई के शब्दों पर ही सोच रही थी। उसने दो दोसे चीराई के लिए और दो अपने लिए बनाये। और ज्योंही वह दोसा खाने के लिए बाहर पत्थर पर आकर बैठी, उसने नल्लय्यन चाचा की आवाज़ सुनी। उनकी आवाज़ के साथ एक औरत की भी आवाज़ शामिल थी। चीराई चिन्तित हो गयी कि कहीं वह किसी औरत को यहाँ पर रात बिताने के लिए तो नहीं ला रहे थे। हाँ नल्लय्यन के साथ एक औरत ज़रूर आयी परन्तु वह गाँव की ही तोरत्तु पाट्टि थी।

चीराई ने बुढ़िया से कहा, 'तुम तो पहले भी आ सकती थीं जब दिन की कुछ रोशनी बाक़ी थी। अब अँधेरे में क्यों चलकर आयी हो? अगर कहीं तुम्हें ठोकर लग गयी होती और तुम गिर पड़ी होतीं, तो तुम्हारे पोतों को कौन जवाब देता?'

तोरत्तु पाट्टि आकर खाट पर बैठ गयी और बोली, 'अगर मैं गिरी तो शायद मर ही जाऊँ। पर मेरे लिए मौत इतनी जल्दी आने वाली कहाँ है।'

और चीराई ने कहा, 'अगर तुम गिरते ही मर जाओ तो कोई झंझट नहीं होगा। पर अगर तुम्हारी टाँग या बाँह टूट गयी, तो तुम्हारी देखभाल कौन करेगा? तुम्हारा पाखाना पेशाब कौन साफ़ करेगा?'

'हाँ, यह तो सही है,' तोरत्तु पाट्टि ने सहमति दिखाते हुए कहा।

'पाट्टि, तुम्हें चाचा कहाँ मिल गये?' नल्लय्यन की ओर सबका ध्यान लाते हुए पोन्ना बीच में बोली। 'मैंने तो सोचा था कि यह देश छोड़कर हमेशा के लिए कहीं चले गये हैं।'

अब चीराई भी नल्लय्यन से बोली, 'देवर जी, एकदम सही कह रही है यह। मैंने तो पिछले छह महीनों से तुम्हें देखा ही नहीं। मैं सोचती थी कि शायद तुम्हारे भाई ने अपनी धमकी पूरी कर दी और तुम्हें मारकर रागी के खेत में दफ़ना दिया। जब भी वह मुझे कहीं मिला, तब मैंने उससे तुम्हारे बारे में पूछा और उसने बस यह ही कहा, 'अरे वह मादरचोद घूमता होगा कहीं पर। वह निकम्मा कुत्ता किसी भी मतलब का नहीं है।' क्या जवाब देती मैं इसका।'

तोरत्तु पाट्टि ने भी अपना सन्देह प्रगट किया। 'मैंने जब भी तुम्हारे भाई की पत्नी के बारे में पूछा, तो उन्होंने यही कहा कि वह अपने मायके में थी। पर मुझे लगता था कि जब तुम यहाँ से भागकर गये, तो उसे भी अपने साथ ले गये। आजकल तो लोग अपनी जात के बाहर भी शादी कर लेते हैं और फिर भागकर बड़े शहरों में चले जाते हैं और वहाँ जाकर आराम की ज़िन्दगी जीते हैं।'

यह सुनकर नल्लय्यन हँस दिये। 'अरे तुम बूढ़ी औरतों, तुम कौओं और गौरैयायों को ताक़ते हुए रहती तो हो गाँव में, पर बाहर दुनिया में क्या कुछ हो रहा है उसकी सारी ख़बर रखती हो। अगर किसी की पत्नी और किसी का पति मिलकर रहने लगें, तो क्या गाँव वाले ऐसा होने देंगे? फिर तो उन्हें भागना ही पड़ेगा चाहे उन्हें समुद्र ही पार क्यों न जाना पड़े। मेरे ख़याल में अगर दो लोगों की जोड़ी ऐसी हो जैसे गारा और ईंट, तो लोगों को उन्हें छोड़ देना चाहिए। पर मैं अब जवान तो रहा नहीं हूँ कि किसी औरत के साथ भाग जाऊँ और कहीं और जगह जाकर फिर से ज़िन्दगी शुरू करूँ। जब मैं जवान था तब भी मैं कड़ी मेहनत करने से कतराता था। मैं नहीं सोचता कि अब इस उमर में मैं किसी औरत को पालने और उसको सँभालने की ज़िम्मेदारी ले सकता हूँ।'

इसके बाद उन्होंने सबको पूरा क़िस्सा सुनाया कि असल में हुआ क्या था। वह कहने लगे कि अपने ही घर में रहते हुए उन्हें बहुत डर लगने लगा था। यहाँ तक कि अगर कोई छिपकली भी रेंगती, तो उन्हें लगता कि उनका भाई और उसके बेटे उन पर हमला

करने के लिए आ रहे हैं। वह दरवाज़े की झिरी से झाँककर देखते कि उनका सोचना सही था या नहीं। उन्होंने इतना भ्रमण किया था, जगह–जगह जाकर तरह–तरह के लोगों के साथ समय गुज़ारा था, परन्तु इस प्रकार का भय इससे पहले उन्होंने कभी नहीं महसूस किया था, उन्होंने कहा। वह भयभीत होकर कब तक रह सकते थे? अतः अगले ही दिन उन्होंने अपने ढोर और भेड़ें बेच दीं। खेत में काम करने वाले लड़के को कुछ पैसे देकर उसे जाने के लिए कह दिया और ख़ुद भी गाँव छोड़कर चले गये। अब वह छह महीने बाद वापस लौटकर आये थे।

'जाने से पहले,' वह बोले, 'मैंने खेत में मकई बोयी थी। मुझे नहीं मालूम उन्होंने उसका क्या किया। सारी की सारी पशुओं को चर लेने दी या फिर उन्होंने फ़सल को काट कर उसे अपने घर में रख लिया। अब खेत में एक पूला भी नहीं दिखायी देता। सभी खेतों की कगारें टूट गयी हैं और सारे खेत उजड़े पड़े हैं। उन्होंने उन्हें ऐसे छोड़ दिया है जैसे कि वह कोई क़ब्रिस्तान हो। मानता हूँ यह ज़मीन उनकी नहीं है, पर वह सब भी तो किसान हैं, हैं कि नहीं? तो क्या उन्हें यह नहीं पता कि खेतों को इस तरह नहीं छोड़ा जाता, चाहे वह किसी के भी हों? अगर तुम किसी आदमी को पसन्द नहीं करते हो, तो इसका मतलब यह तो नहीं हुआ कि तुम उसकी ज़मीन भी हड़प लो।'

पाट्टि ने जवाब दिया, 'हर किसी के लिए ख़ुद अपने ही खेतों की देखभाल करना मुश्किल है। तो तुम क्या उम्मीद करते हो? तुम ख़ुद तो सब कुछ छोड़–छाड़कर भाग गये और तुम दूसरों से यह उम्मीद करते हो कि वह तुम्हारे खेतों की देखभाल करें और उन्हें सही हालत में रखें। तुम किसी और को दोष नहीं दे सकते और ख़ासतौर से उस हालत में जब तुम ख़ुद मेहनत करने से कतराते हो और खेतों में काम नहीं करना चाहते। चलो छोड़ो! यह तो बताओ छह महीने से तुम थे कहाँ?'

कहीं जाने के लिए कोई–न–कोई जगह मिलने में नल्लय्यन को कभी भी समस्या नहीं हुई थी। परन्तु इस बार, उन्होंने कहा, वह तय नहीं कर पा रहे थे कि कहाँ जायें। उन्होंने एक रात मांगूर के रास्ते में एक धर्मशाला में गुज़ारी। भिक्षुकों का एक समूह भी वहाँ पर ठहरा हुआ था। उनसे उन्हें पता चला कि वह लोग एक सौ अस्सी मन्दिरों की तीर्थ यात्रा पर निकले हुए थे। वह उन्हीं के साथ हो लिए। वह लोग हर दिन लम्बी दूरी तय करते और जब और चलना कठिन हो जाता तो वह किसी धर्मशाला में या फिर किसी ऐसी ही जगह पर ठहर जाते थे। उन्हें अपने भिक्षा के कटोरों में जो कुछ भी भोजन मिलता था, वह उसे आपस में बाँटकर खा लेते थे। अगर उन्हें भिक्षा में रागी या अनाज मिलता तो वह उसे हाट में बेच देते थे। जब वह किसी मन्दिर में पहुँचते तो उन्हें कम–से–कम एक बार का भोजन मुफ़्त में मिल जाता था। केवल एक ही ऐसी चीज़ थी जिसको भिक्षा में मिलने पर वह बेचते नहीं थे बल्कि सँभालकर रख लेते थे, वह थे चावल। एक दिन खाने के लिए उन्हें कुछ नहीं मिला, तो उन्होंने खाने के लिए चावल पका लिए।

नल्लय्यन ने कहा, 'हमारी ज़रूरतें ही क्या थीं बस एक गेरुआ रंग की धोती, एक गमछा और भिक्षा माँगने के लिए एक कटोरा, केवल यही। जब भी हम अपना कटोरा लोगों के सामने बढ़ाते, तो वह हमें लौटाए बिना कुछ–न–कुछ उसमें डाल ही देते थे। ऐसे भी कुछ लोग थे जो आशीष माँगने के लिए हमारे पैरों में गिर पड़ते। छह महीने मैंने इस तरह से ही गुज़ारे। कितने सारे मन्दिर देखे। हम लोगों ने तो केवल काट्टूर का ही मन्दिर देखा है और हमें लगता है कि वह कितना बड़ा है। तुम्हें चोला देश में जाकर मन्दिर देखने चाहिए। उन राजाओं ने बहुत विशाल मन्दिर बनवाये थे, हर एक मन्दिर कई एकड़ ज़मीन पर फैला हुआ है। लोग तुम्हें बतायेंगे कि फलाँ राजा ने यह मन्दिर बनवाया और फलाँ राजा ने वह मन्दिर बनवाया। इसके अलावा उस प्रान्त में लोग बेकार की चीज़ें नहीं खाते हैं जैसे हम, मिसाल के तौर पर जैसे कम्बु, रागी का सत्तू या समै का आहार।

वे लोग तो बस चमचमाता हुआ सफ़ेद चावल ही खाते हैं। दिहाड़ी पर काम करने वाला मजूर भी वही चावल खाता है। इन छह महीनों में मैंने जीने का एक नया तरीक़ा सीखा। बस कटोरे को लोगों के सामने बढ़ा दो और अपना पेट भर लो।'

यह सब सुनकर तोरत्तु पाट्टि को बहुत गुस्सा आया। उसने पूछा, 'तुमने एक किसान के घर में जन्म लिया है तो तुम पेट भरने के लिए भीख कैसे माँग सकते हो? और तुम इसे जीने का ढंग कहते हो? नल्लय्यन, हमारी बिरादरी में हम भूखे रह सकते हैं और अपनी भूख को दबाने के लिए पेट पर गीला कपड़ा कसकर बाँध सकते हैं, पर हम वह खाना नहीं ले सकते जिसे हमने ख़ुद पैदा न किया हो और जिसके लिए हमने ख़ुद मेहनत न की हो। क्या तेरी माँ ने तुझे एक किसान से ही पैदा किया था?' बातचीत में आया यह मोड़ पोन्ना के लिए अप्रिय था। वह चुपचाप वहाँ से खिसक ली और झोंपड़ी के अन्दर जाकर पलँग पर लेट गयी। परन्तु वह उनकी बातें अभी भी सुन सकती थी।

'मुझे क्या पता कि मुझे जन्म देने के लिए मेरी माँ किसके साथ सोयी थी?' नल्लय्यन ने ताना मारा। 'यह भी तो हो सकता है कि उसे ख़ुद भी पता न हो। मान लो कि एक औरत दस मर्दों के साथ सोती है, तो क्या वह कह सकती है कि जिस बच्चे को उसने जन्म दिया है उन दस लोगों में से कौन उसका बाप है? इसके अलावा क्या सारे किसान उस तरह की ही ज़िन्दगी जीते हैं जिसका तुम बखान कर रही हो? हमारी ही बिरादरी में ऐसे भी मर्द हैं जो अपनी पत्नी को दूसरे मर्दों के पास भेज देते हैं।' जैसे–जैसे वह आगे बढ़े उनकी आवाज़ में रोष भी बढ़ता गया। 'भिक्षा का कटोरा लेकर चलना कोई आसान काम नहीं है। तुम्हें भीख माँगनी पड़ती है। लोगों के आगे हाथ फैलाना पड़ता है। क्या तुम्हें लगता है कि इसका आदी हो जाना सहज है? अगर एक आदमी यही सोचता रहे कि वह किसान है, उसके पास ज़मीन और खेत हैं, वह काफ़ी अच्छे घराने से आया है और वह इस सबके योग्य है, तो वह ख़ुद को भीख माँगने के

लिए तैयार नहीं कर सकता। उसको उन सब बातों को भूल जाना पड़ेगा। उसको यह समझना पड़ेगा कि वह ख़ुद है क्या, कुछ भी तो नहीं और उसकी बिसात बाल के बराबर भी नहीं है। और यह सब बेकार की चीज़ें जैसे घमण्ड, सम्मान, शर्म, आदर, प्रतिष्ठा, कुटुम्बी, धन–सम्पत्ति, ऐशो–आराम–इन सबसे उसे छुटकारा पाना होगा। यह हक़ीक़त है। लोग तो एक जैसे ही होते हैं। भीख माँगने के लिए हम अपने हाथ किसी के भी सामने जोड़ सकते हैं। हम किसी से भी खाने के लिए कुछ भी ले सकते हैं। आख़िरकार तुम हो क्या? इस धरती पर तुमने ही क्या हासिल कर लिया? तुमने पूरे जीवन भर खेतों की जुताई की है, पर तुम्हारे पास दिखाने के लिए है क्या? तुम्हारी पूरी ज़िन्दगी चली गयी और यह ज़मीन ही तुमको ले बैठेगी। काली को मरे हुए दस महीने होने को हैं। उसकी तो अस्थियाँ भी नहीं बचीं। तो फिर बेमतलब का गुमान क्या करना। क्या तुम अपना सब कुछ छोड़ सकोगी? ऐसा करना बड़ी बात है। एक बुलन्द आदमी ही ऐसा कर सकता है। मैंने सब कुछ त्याग देने की कोशिश की, पर नहीं कर पाया। अभी भी न जाने कितना कचरा भरा है मेरे दिल और दिमाग़ में। मैं नहीं जानता कि कब इसे हमेशा के लिए झाड़ पाऊँगा।'

'क्या हो गया है इसको?' चीराई बड़बड़ायी। 'बेवकूफ़ों की तरह क्यों बातें कर रहा है यह?'

29

नल्लय्यन ने अपनी कहानी ज़ारी रखी। ऐसा लगता था कि उनके छोटे भाई की पत्नी अपनी बड़ी बेटी के साथ रहने के लिए ऊक्कूर चली गयी थी जो अडैयूर से दस मील की दूरी पर था। उन इलाकों में सिंचाई नहर से होती थी, अतः खेतों में करने के लिए बहुत काम था। पर दो–तीन बार वह वहाँ से भी भागकर नल्लय्यन को तलाशती हुई अपने गाँव आ गयी थी। उनका मकान और बाड़ा किस क़दर धूल और कूड़े–करकट से भरा हुआ और उजाड़ था, यह देखकर वह रोने लगी थी। वह लड़का जो उनका सारा काम करता था, वह भी वहाँ पर नहीं था इसलिए वह यह मालूम नहीं कर सकी कि वहाँ हुआ क्या था। उसके पति और बेटों ने उसे खदेड़कर भगा दिया और वह पैदल चलकर ओक्कूर में अपनी बेटी के घर चली गयी। अब अगर नल्लय्यन जाकर अपने मकान में रहने लगें और अगर उसको इसकी ख़बर लग गयी, तो वह दौड़ती हुई फिर उनके पास आ जायेगी। परन्तु लगता था कि नल्लय्यन ने उसके बारे में सोचना छोड़ दिया था।

'मुझे बँटवारे का अपना हिस्सा लेने का अफ़सोस है,' चुप होकर जैसे वह कुछ सोच रहे हों। 'एक यही बात है जो मुझे इस जगह से बाँधे हुए है। मैं ऐसे ही सब कुछ जाने देना नहीं चाहता और न ही उससे अपनी जीविका ही चलाना चाहता हूँ। इसे बेचना भी कोई व्यावहारिक हल नहीं है। मेरे पास सवा तीन एकड़ ज़मीन है। मुझे उसके सात सौ रुपये मिल सकते हैं। पर मैं उन रुपयों को रखूँगा कहाँ?

घूमने के लिए इधर–उधर जाता रहता हूँ, तो उन्हें अपने साथ तो नहीं ले जा सकता, लेजा सकता हूँ क्या? कभी मैं सड़क किनारे सोता हूँ, तो कभी धर्मशालाओं में। कभी–कभी मैं इमली के पेड़ के नीचे ही सो जाता हूँ। अगर इतनी बड़ी रकम मैं अपने साथ ले जाऊँ, तो क्या मैं सो पाउँगा? और अगर मैं थोड़ा–थोड़ा करके इस पैसे को ख़र्च करना शुरू कर दूँ, तो कितने दिन चलेगी यह रकम? अगर इतनी रकम मेरे पास रहे और उसे में अपनी मर्जी से ख़र्च करता रहूँ, तो यह मुझे बिगाड़ कर रख देगी। एक तरीक़ा यह भी हो सकता है कि इसे में ब्याज पर चढ़ा दूँ और ब्याज का जो पैसा आये उससे अपना गुजारा करूँ। पर उसके लिए किसके पास जाऊँ? हर कोई पैसा चाहता है, मगर बाद में वह अगर मुकर गये कि उन्होंने मुझसे पैसे लिए थे, तब? मैं करूँ तो क्या करूँ? बताओ भौजी, मुझे क्या करना चाहिए। कभी–कभी मैं सोचता हूँ कि इस पैसे को इन नीच कुत्तों पर ही लुटा दूँ। अगर मैं किसी गाड़ी के नीचे आकर मर गया, तो लोग मुझे लावारिस समझकर मेरी लाश को ठिकाने लगा देंगे। परन्तु अगर मैं जीता रहूँ और मरने से पहले बीमारियों का शिकार हो जाऊँ, तो उस हालत में अगर मेरे पास कुछ पैसे हुए तभी कोई मेरी देखभाल करेगा। मैं नहीं जानता कि मुझे क्या करना चाहिए।'

तोरत्तु पाट्टि बोली, 'एक यही वजह है कि हर किसी को परिवार की ज़रूरत होती है। क्या कोई परिवार वाला आदमी इन चीज़ों के बारे में चिन्ता करता है, बता मुझे? मेरे अपने कोई बच्चे नहीं हैं और न ही कोई जायदाद मेरे नाम है। जब मेरा पति मर गया, तब मैं आकर अपने भाई के घर में रहने लगी। उस समय मेरे ससुराल वालों ने मुझे पचास रुपये दिये थे। मैंने उन्हें अपने लिए संभाल कर रख लिया। आज भी जो कुछ काम मैं कर सकती हूँ, उसमें ही अपना समय लगाती रहती हूँ। मेरे भाई का एक बेटा है और एक पोता है। यही पोता मुझे पाल रहा है। मैं घर में जो कुछ भी काम कर सकती हूँ, करती रहती हूँ। अगर मेरा परिवार नहीं होता, तो क्या मैं गुजारा कर पाती? नल्लय्यन, बताओ मुझे।'

'पाट्टि, यह बुढ़िया, अपने कमर के छोटे से बटुए मैं हज़ारों रुपये लेकर चलती है,' चीराई ने कहा। 'तुम तो मर्द हो और तुम सात सौ रुपये रखने का रोना लेकर बैठे हो।'

इसके आगे तोरत्तु पाट्टि ने जोड़ा, 'मेरे पास कुछ भी पैसे नहीं हैं। मैंने वह पचास रुपये उधार पर इधर–उधर देकर पाँच–दस रुपये उनमें और मिला लिए हैं। बस इतना ही है। एक दिन वह जब मुझे दफ़नाएंगे, तो मैं नहीं चाहती कि लोग कहें, 'इस बूढ़ी चुड़ैल के पास तो कुछ भी नहीं था।'

'आया, परिवार और इसी तरह की बाक़ी चीज़ें मेरे लिए कोई मायने नहीं रखतीं,' नल्लय्यन ने कहा। 'मैं तो एक आजाद पंछी हूँ। चलते हुए दाना पानी का जुगाड़ कर लेता हूँ और एक–एक दिन करके जीवन बसर करता हूँ। अगर कुछ नहीं बन पाया, तो इस दुनिया से विदा ले लूँगा जैसा कि काली ने किया। कल अपने भाईयों से मैंने यह स्पष्ट कह दिया। मैंने उनसे बोला, 'मैं भीख माँगने का कटोरा उठाने का आदी हो गया हूँ। मैं यहाँ अपने गाँव में भी भीख मांग सकता हूँ। मुझे इसमें कोई शर्म नहीं है। परन्तु मैं सोच रहा हूँ कि इसका तुम दोनों पर क्या असर पड़ेगा। कुछ लोग मेरे खेत पट्टे पर लेने को तैयार हैं। खेतो के लिए हर तीन दिन बाद पानी खींचना पड़ेगा और हर बार उससे ज़मीन के चार हिस्सों की अच्छी खासी सिंचाई हो जायेगी। खेत की मिट्टी लाल मिट्टी है। इसलिए उसमें कुछ भी बोओ, फ़सल अच्छी होगी। साथ में घर और बाड़ा भी है। पूरा परिवार वहाँ आकर रह सकता है। तुम्हारा क्या ख़याल है? मेरी तो यही सलाह है कि तुम दोनों पट्टेदारी आधी–आधी बाँट लो और जो भी फ़सल हो उसे तुम लोग ही रख लो। मुझे खेत की पैदावार में से कुछ भी नहीं चाहिए। बस मुझे नकद पैसे देते रहना। मैं इसे किसी अनजान आदमी को पट्टे पर नहीं देना चाहता। पर तुम्हें पैसे मुझे साल के शुरू में देने होंगे। ऐसा कर लो और मैं यह ज़मीन वसीयतनामे में तुम दोनों के नाम कर दूँगा।' उन्होंने कहा है कि वह इसके बारे में सोचेंगे। सबसे छोटा भाई चाहता हे कि मैं पूरी ज़मीन पट्टेदारी पर केवल उसको ही दूँ।

यह वही है जिसने अपनी पत्नी को मेरे पास भेजा था। पर मुझे उसके साथ सौदा करने में डर लगता है। और अगर मैं उसके साथ सौदा करूँ, तो मैं गाँव के कुछ लोगों को गवाह बनाना चाहूँगा। बस एक ही बात है कि गाँव वाले पूछेंगे कि मैं उन्हें अब क्यों फँसा रहा हूँ। मैंने इससे पहले तो उनसे कभी सलाह ली नहीं है।'

यह सब सुनकर पोन्ना को बहुत दुःख हुआ। इससे पहले कभी भी नल्लय्यन ने इस तरह की बातें नहीं की थीं। वह हमेशा ही हँसने–हँसाने की मनोदशा में रहते थे। परन्तु किसी का जीवन सदैव एक ही रास्ते पर तो नहीं चलता। कोई–न–कोई बात ऐसी हो जाती है कि वह अच्छे–खासे जीवन को भिन्न दिशा में मोड़ देती है। हम अपनी राह स्वयं चुनें, यह हम पर कहाँ निर्भर है। अचानक उसको ख़याल आया कि नल्लय्यन ने कई बार खाने का ज़िक्र किया था। अतः उसने पूछा, 'मामा, क्या आप खाना खाकर आये हैं?'

वह बोले, 'नहीं पोन्ना, मैंने अभी कुछ नहीं खाया है। पर जब मैं आया तो मैंने देखा कि तू और तेरी सास दोनों ही खाना खाने के बाद अपने हाथ धो रही थीं। और मैं ऐसी औरत के ऊपर जो पेट से है कोई और काम नहीं डालना चाहता था, इसीलिए मैं ख़ामोश रहा। पर हमारे विश्वासों से अनजान हमारा पेट अपनी ज़रूरतों को बतला ही देता है। तुझे इसका पता चल ही गया। अगर तेरे पास कुछ पानी में भीगे चावल हों, तो मुझे दे दे। तब तक मैं अपने पेट को खामोश रखने की कोशिश करता हूँ।'

'तुम भी बड़े अजीब इन्सान हो,' चीराई ने कहा। 'अगर तुमने बता दिया होता कि तुम भूखे हो, तो खाने के लिए मैंने तुम्हें कुछ दे दिया होता।'

पोन्ना हँसते हुए झोंपड़ी से बाहर आयी और बोली, 'जब आप खाने के लिए हमसे ही नहीं बोल सकते, तो फिर गैर लोगों से खाना कैसे माँगा करेंगे?'

नल्लय्यन हँसने लगे और बोले, 'ग़ैर लोगों से माँगना आसान होता है।'

नल्लय्यन को बचे हुए खाने में से पानी में भिगोये चावल देने की बजाये, पोन्ना ने रागी का आटा पानी में घोलकर और उसमें कटी हुई प्याज और हरी मिर्च डालकर उनके लिए चरपरे दोसे बना दिये। यह उसके लिए कोई बड़ा काम न था। उसने एक दोसा तोरत्तु पाट्टि के लिए भी बनाया जो पोन्ना की प्रसंशा करते हुए बोली, 'मैं नहीं जानती थी कि तू इतना अच्छा खाना बनाती है। उस दिन जो तूने बैंगन बनाये थे वह भी बहुत ही महकदार थे। और अब यह दोसा! पोन्ना, यह बहुत ही स्वादिष्ट है। किसी को तेरे अनमोल हाथों को सजाने के लिए सुन्दर से कंगन बनवाने चाहिए।'

जब पोन्ना ने जवाब दिया तब जाकर पाट्टि को अपनी ग़लती का एहसास हुआ, 'अब मेरे हाथों के लिए चूड़ियाँ, गले में डालने के लिए हार, कान में पहनने के लिए बुन्दे अब यह सब मेरे लिए नहीं हैं....पर आया, मैं आपके सोचने की क़दर करती हूँ।'

तोरत्तु पाट्टि ने तुरन्त ही स्थिति सँभालने की कोशिश की, 'इससे क्या फ़र्क़ पड़ता है कि तू यह सब नहीं पहन सकती है। तू बुरा न मान। वह औरतें भी जो यह सब पहने रहती हैं, उन्हें भी इस संसार से एक दिन नंगा होकर ही जाना है।'

इस बीच में नल्लय्यन स्वाद लेते हुए दोसा खाते रहे। 'दोसा बनाने के लिए रागी का आटा ही सबसे बढ़िया है। रागी का दलिया बनाने के बजाय इसका दोसा ही बनाना चाहिए।' पोन्ना ने उनके लिए एक और दोसा बना दिया और इस बार मिठास लाने के लिए उसने शाम के खाने में से बची हुई करुप्पट्टी भी उसमें मिला दीं। नल्लय्यन को खाना खिलाना पोन्ना को बहुत ख़ुशी देता था। ऐसा लगता था कि पेट पूरी तरह भर जाने पर वह भी बहुत ख़ुश थे। यह उनकी आवाज़ की उल्लास भरी लय से साफ़ ज़ाहिर था। 'मुझे यहाँ बाड़े में ही आकर रह लेने दो और जो कुछ भी तुम खिलाओगी मैं वह खा लूँगा,' वह बोले। 'मैं अपनी जायदाद पोन्ना के नाम कर दूँगा। क्या कहती हो, भौजी?'

'ऐसा ही कर डालो!' तोरत्तु पाट्टि ने प्रोत्साहित किया। 'इस तरह से तुम्हारे लिए रहने को एक जगह भी हो जायेगी।'

परन्तु चीराई बोली, 'नल्लय्यन, मैं नहीं समझती कि ऐसा ज़्यादा दिन चल पायेगा।'

पोन्ना को लगा कि चीराई के लहजे में एक संकोचभरी अभिलाषा छिपी थी। वह वहाँ पर पत्थर पर बैठ गयी और उसने अपनी बात शुरू की, 'चाचा, हमें किसी की जायदाद नहीं चाहिए। अगर हम इन खेतों में मेहनत करते रहें तो हमारे पास इतना हो जायेगा कि हम दो और परिवारों को भी खिला सकें। पहले से ही गाँव में लोग न जाने कैसी–कैसी बातें कर रहे हैं। अगर हमने आपका भी पैसा ले लिया तो कमीनी बातें करने के लिए उन्हें और चारा मिल जायेगा। वह बड़ी आसानी से यह भी कह सकते हैं कि मैं आपकी रखैल हूँ और इसीलिए मेरे पति ने अपनी जान ले ली। मैं जानती हूँ कि आप मेरे पति को बहुत ही चाहते थे, पर क्या और लोग भी यह जानते हैं? हमें गाँव के बनाये क़ायदे क़ानून के अनुसार ही चलना पड़ेगा। उन क़ायदे क़ानून ने ही मुझे सबके सामने खड़े होकर यह कहने के लिए मज़बूर किया कि जो बच्चा मेरी कोख में है वह काली का ही है और मुझे यह करना पड़ा। हम में से कोई और कर भी क्या सकता है। इसके अलावा हम औरतें हैं। हम आपके भाइयों से लड़ भी नहीं सकतीं। आप भी उनसे डरते रहते हैं और इधर–उधर छिपते फिरते हैं। अगर वह हमें मारने के लिए आ गये, तो क्या हम उनका मुक़ाबला कर सकेंगे? अगर हमने आपका पैसा ले लिया, तो हमारा रहा–सहा सुकून भी चला जायेगा। चैन की साँस लिए बिना हम कितने दिन रह सकेंगे, बताओ मुझे? बस इसी तरह मिलने के लिए आते रहिए। आपकी पसन्द का जो कुछ भी खाना हम पका सकेंगे, बनाकर आपको खिलाते रहेंगे। यही नहीं कभी हमारे पास ठहर भी जाया करें। पर धन और वसीयत की बात न करें। मैं अपने पति के चले जाने से वैसे ही पीड़ित हूँ। मैं अब और क्लेश नहीं बढ़ाना चाहती। ठीक है न, चाचा?'

हुंकारें भरता हुआ और पूवरशु के पेड़ को हिचकोले देता हुआ पवन भी अब थम गया था।

30

माघ महीने के पहले बृहस्पतिवार को प्रातःकाल में पोन्ना ने एक पुत्र को जन्म दिया। किसी को रंचमात्र भी शंका नहीं थी कि काली ने स्वयं ही इस बालक के रूप में जन्म लिया था। सभी परिचित लोग और रिश्तेदार जो बालक को देखने के लिए आये, उन सभी ने कहा कि बालक काली के ही सरूप था। परन्तु बच्चे को जन्म देने के बाद एक माह तक पोन्ना स्वयं को रोने से रोक नहीं पायी। वह किसी भी तरह यह नहीं समझ पा रही थी कि वह क्या था जो उसे इस क़दर रुला रहा था—क्या इसलिए कि उसके बेटा हुआ था और वह बेटी चाहती थी या फिर यह कि उसको डर था कि यदि बेटा हुआ तो कहीं उसकी भी उम्र आधी ही न रह जाये। प्रसूति के कारण पोन्ना अभी भी बहुत कमज़ोर थी। हर रात चीराई उसे जल्दी ही सो जाने के लिए कहती। चीराई और वल्लाई ने सारा काम सँभाला हुआ था—बालक को नहलाना, तेल से उसकी मालिश करना और हर समय उसे उठाये रखना, आदि। वह इस कोशिश में भी पूरी तरह लगी रहती थीं कि पोन्ना शीघ्र ही अपनी खोयी हुई ताक़त वापस पा ले। उसको खिलाने—पिलाने के लिए वह भाँति—भाँति की पोषक चीज़ें बनाती रहती थीं।

प्रसव के समय पोन्ना को काफ़ी संघर्ष करना पड़ा था। वेंगाई ने तो उसको कहा था कि थोड़ा मुश्किल होगा, परन्तु इसमें 'थोड़ा' सा क्या था। एक दिन पहले उसके हलका—सा दर्द उठा था, परन्तु पोन्ना यह नहीं समझ सकी कि वह प्रसव के दर्द का आरम्भ था।

इससे पहले भी कभी–कभी सुबह के समय उसके उदर के निचले भाग में या कूल्हों में दर्द हो जाया करता था, परन्तु थोड़ी देर बाद वह अपने आप कम हो जाता था। अतः उसे लगा कि यह दर्द भी उसी प्रकार का था। परन्तु वह दर्द तेज़ी के साथ बढ़ता ही गया। दोपहर होने पर जब वह दर्द को सह न सकी, तब उसने वल्लाई को उसके बारे में बताया। पोन्ना से यह पूछने के बाद कि दर्द किस क़िस्म का था और कहाँ हो रहा था, वल्लाई ने पोन्ना को बोला कि उसे पक्का विश्वास था कि वह दर्द प्रसव का ही दर्द था। जब दर्द बढ़ता ही गया, तो पोन्ना घबरा गयी और उसने वेंगाई को दाई को बुला लाने के लिए भेज दिया। चीराई ने पास के खेतों में काम कर रहे मजूर से अडैयूर जाने के लिए कहा। जब तक दाई ने अपना सारा सामान सँभाला और उनके यहाँ आयी, उस समय तक शाम का झुटपुटा हो चला था। दाई के आने से पहले पोन्ना बार बार पूछती रही कि दाई कब आयेगी जैसे कि दाई तुरन्त आकर उसका दर्द अपने ऊपर ही ले लेगी।

जब दाई, तंगाई, आयी तो उसे जैसे कोई जल्दी नहीं थी। उसने पोन्ना का पेट देखा और कहा कि बच्चा सुबह होगा। पोन्ना को यह सुनकर बड़ा झटका लगा। वह तो सोच रही थी कि जैसे ही तंगाई आयेगी, तो झटपट बच्चा हो जायेगा। अब वह यह सोचकर बुरी तरह भयभीत थी कि उसको यह दुखदाई दर्द पूरी रात सहना पड़ेगा। वेंगाई यह कहकर कि वह घर जाकर जल्दी ही लौट आयेगी अपने घर चली गयी। चीराई मवेशियों को बाड़े में बाँधने के लिए निकल गयी। तंगाई ने कहा, 'पोन्ना, चिन्ता मत कर। चूँकि यह तेरा पहला बच्चा है, इसलिए थोड़ा दर्द तो होगा। पर उसे बर्दाश्त करना उतना मुश्किल नहीं होगा जैसा तुझे डर लग रहा है। तू तो न जाने कितनी तरह की तकलीफ़ें और दिल तोड़ने वाली मुसीबतों से उभर चुकी है, तो यह दर्द तेरे लिए क्या है! याद रख कि यह दर्द तो तेरे भले के लिए है। इसका नतीजा बहुत अच्छा निकलने वाला है।' उसने पोन्ना को यह भी कहा कि जब तक प्रसूति न हो जाये वह कुछ भी न खाये।

उसने उसे यह भी सलाह दी कि जितनी जल्दी हो सके वह मल–मूत्र से भी निपट ले।

तंगाई ने करुप्पट्टी का काढ़ा बनाकर पोन्ना को पीने के लिए दिया। वह अपने साथ एक बक्से में बहुत सारी चीज़ें लेकर आयी थी। परन्तु इस समय उसने बक्से में से कुछ भी नहीं निकाला और रात भर के लिए वह भी चली गयी। अब बस पोन्ना और वल्लाई ही वहाँ पर रह गये। पोन्ना को लगा जैसे सभी ने उसका बहिष्कार कर दिया हो। शौच के लिए जब वह बाहर आयी, तब पहले करुणाचामी के धर्म स्थल पर गयी। परन्तु उसके लिए प्रार्थना करना उतना आसान न था। अपने दुःखते हुए कूल्हे को थामकर उसने प्रार्थना में बस इतना ही कहा, 'देव, सब कुछ ठीक से हो जाये, बस इतना करना।' इसके अलावा कहने के लिए वह कुछ और नहीं सोच सकी।

जब वह घर लौटी, तब उसने करुप्पट्टी का थोड़ा–सा काढ़ा और पिया और पलँग पर लेट गयी। परन्तु वह उस मुद्रा में कुछ पल से ज़्यादा नहीं रह सकी। वह उठकर बैठ गयी और फिर दूसरी ओर मुड़कर उस करवट लेट गयी। पर यह भी कोई बेहतर नहीं था। वह उठ गयी और बाहर आकर पत्थर पर बैठ गयी और रोने लगी।

उसको रोता हुआ देखकर वल्लाई ने हँसते हुए कहा, 'तू चाहे कितना रो ले, पर बच्चे को जन्म तो तुझे ही देना है।'

पोन्ना ने ग़ुस्से में आकर कहा, 'जब मैं रो रही हूँ, तो तुम हँस कैसे सकती हो?'

उसकी माँ ने कहा, 'अगर तुझसे इतना–सा भी दर्द बर्दाश्त नहीं हो रहा है, तो तू आगे कैसे सँभाल पायेगी? अभी तो तेरे मरोड़ होनी शुरू होगी। जब वह होने लगे तब बच्चा जल्दी ही बाहर आ जायेगा। उस समय तुझे ऐसा लगेगा कि जैसे तेरे कूल्हे टूटकर गिरने वाले हैं। तुझे बर्दाश्त तो करना ही होगा।'

धीरे–धीरे करके एक के बाद एक बहुत सारे लोग इकट्ठे हो गये। बाड़े में अच्छी–ख़ासी भीड़ लग गयी। दाई भी आ गयी। उसने पोन्ना को एक गिलास में पीने के लिए कोई दवा दी और कहा कि

वह उसे पूरा पी जाये। वह बहुत कड़वी और कसैली थी, परन्तु पोन्ना ने सोचा कि उसके पीने से शायद उसका कष्ट कुछ कम हो जाये या फिर वह उसके दर्द को और अधिक बढ़ा दे ताकि शीघ्र ही सब कुछ निपट जाये। वह पूरी दवा एक ही घूँट में पी गयी, पर कुछ भी तो नहीं हुआ। कुछ लोग यह कहकर, 'ऐसा लगता है कि बच्चा सुबह ही होगा।' वापस चले गये। जो लोग रह गये थे उनका आपस में बातें करना और हँसना हँसाना चलता रहा। कुछ इधर–उधर लेट गये। पोन्ना इस सब से बहुत चिढ़ी हुई थी। यदाकदा दाई आकर उससे उसके दर्द के बारे में पूछ लेती थी। परन्तु फिर वह भी सोने के लिए चली गयी।

पोन्ना कह नहीं सकती थी कि रात को कब उसकी आँख लग गयी और न ही उसको यह पता था कि वह कितनी देर सोई। उसको ऐसा लगता था कि उसे थोड़ा आराम था और साथ में बेचौनी भी। सुबह होने से पहले तंगाई ने उसे पीने के लिए दवा की एक खुराक और दी। पौ फटने पर जब कालेगौरैयों ने ताड़ के पेड़ों में शोर–गुल मचाना शुरु किया, तब पोन्ना का दर्द बहुत ही तीव्र हो गया। जब वह अपने कष्ट को सह न सकी, तब ज़ोर से चीख़ी, 'अय्यो! अय्यो!' दाई ने उससे कहा, 'अय्यो' मत कह। कह 'स्वामी' भगवान का नाम ले।' जब उसके पेट में मरोड़ उठने लगीं और उसकी थैली फट गयी, तब दाई ने उसको लेट जाने के लिए कहा और ज़ोर लगाने के लिए बोला। पोन्ना ने सांस रोककर बहुत ज़ोर लगाया। तंगाई ने भी उसके पेट पर मज़बूती से दबाव डाला। परन्तु यह सब करने से भी कुछ नहीं हुआ। अतः दाई ने उनको एक मोटी रस्सी लाकर छत के बीच लगी शहतीर से लटकाने के लिए बोला। इस काम को करने के लिए मुत्तु अन्दर आया और रस्सी लटकाने के बाद पोन्ना की ओर देखे बिना ही वह बाहर चला गया। दो या तीन औरतों ने पोन्ना को पलंग से नीचे आने में मदद की। फिर वह उसको वहाँ ले आयीं जहाँ रस्सी लटकी हुई थी। उन्होंने उसको रस्सी मज़बूती के साथ पकड़ने को कहा। पोन्ना ने अपनी टाँगों को फैलाकर और नीचे

की ओर झुककर रस्सी के दोनों सिरों को थाम लिया। उसे ऐसा लगा जैसे वह रस्सी पूवरशु के पेड़ से लटकी हुई थी।

उसने अपनी आँखें बन्द कर लीं और रस्सी को खींचते हुए बड़ी प्रबलता के साथ ज़ोर लगाया। केवल एक बार ही ज़ोर लगाने से उसे ऐसे लगा जैसे उसकी साँस रुक गयी हो और उसके पेट में से कुछ अलग हो रहा है। वह बेहोश हो गयी पर उससे पहले उसने अस्पष्ट रूप से किसी को कहते हुए सुना, 'बेटा हुआ है।'

बाद में जब उसे होश आया, तब उसने सब लोगों को खुश होकर टहलते हुए देखा। उसको अपनी भाभी की आवाज़ सुनाई दी, 'पोन्ना, यह लड़का तो बिल्कुल अपने बाप पर गया है। एकदम काला कलूटा।' पोन्ना में इतनी भी शक्ति नहीं थी कि वह अच्छी तरह से रो सके, वह केवल रिरिया पायी। उसकी भाभी ने उसे उसका बेटा दिखाया, परन्तु पोन्ना उसे ठीक से देख नहीं सकी। पोन्ना ने बाद में भी उसकी ओर ऐसे नहीं देखा जैसे देखना चाहिए था।

बच्चे के पैदा होने के बाद एक माह तक उसकी माँ और उसकी सास ने ही बालक का हर काम किया। पोन्ना धीरे–धीरे ठीक से खाना खाने लगी थी। वह शौच के लिए भी ख़ुद चलकर बाहर मैदान में जाने लगी थी। उसकी माँ ने बताया कि बालक को पैदा हुए एक महीना हो गया था और उन्हें बालक को दीप दिखाना था। वल्लाई उस अवसर की तैयारी करने में लगी हुई थी। उसने एक माटी के बड़े से दिये में अरंडी का तेल उड़ेल दिया जो उन्होंने अरंडी के बीजों को तेल निकालने वाले के पास भेजकर ख़ुद ही निकलवाया था। उसके अन्दर एक मोटी–सी बाती रखकर उसने उसे लकड़ी की चौकी पर रख दिया। जब चीराई झोंपड़ी के अन्दर आयी, उस समय पोन्ना खाट पर बैठी हुई थी।

वल्लाई ने दीपक को इस तरह से रखा कि बालक पलँग पर से उसे देख सके। उसके बाद उसने दीपक को जला दिया। जैसे ही बत्ती ने धीरे–धीरे लौ पकड़ी, पीली दीप्ति पूरे कमरे में फैल गयी। चीराई ने धीमे–से बालक के गाल को थपथपाया ताकि वह अपनी

आँखें खोल सके और उससे बोली, 'मेरे नन्हें मुन्ने, इधर देख।' बच्चे ने धीरे–धीरे अपनी आँखें खोलीं और प्रकाश की चौंध से समंजन करने के लिए उसने आँखों को कई बार झपकाया। उसके बाद वह हक्का–बक्का होकर दीपक की नाचती हुई लौ को देखने लगा। वह लौ, जो इस संसार की पहली अद्‌भुत चीज़ थी जिसे उस बालक की आँखें निहार रही थीं। वह दोनों औरतें कुछ देर तक बालक से बातें करती रहीं और उसके बाद उसकी नज़र उतारने के लिए सामान लेने के लिए चली गयीं।

पोन्ना ने लौ का हिलना–डुलना और बच्चे की आँखों का उसके साथ–साथ घूमना देखा। उसके अन्दर अचानक ही बालक को अच्छी तरह देखने की उत्कंठा पैदा हुई। बच्चे की आँखें बारी–बारी से उसके चेहरे और दीपक की लौ पर फ़िसल रही थीं। वह प्रसन्न होकर अपनी उँगलियाँ बालक के उलझे हुए बालों में फेरने लगी और अपना हाथ उसके श्यामल तन पर। उसके हृदय में अपने बेटे के लिए असीम प्यार उमड़ पड़ा, एक ऐसा प्यार जो इससे पहले उसने महसूस नहीं किया था। उसने बालक के नन्हे–नन्हे पैरों को हाथ से सहलाया और उसके गालों पर अपने हाथों को रख दिया। उसने बालक के शिश्न की ओर देखा। वह ऐसा लगता था जैसे वह उसकी एक और उँगली हो। वह बोली, 'मेरा छोटा–सा झुनझुना' और फिर उसने अपनी उस उँगली को चूम लिया जिससे उसने बालक का शिश्न छुआ था। बालक ने अपने पैरों को झटकारा और उसकी ओर देखकर कुछ बुदबुदाया। पोन्ना बालक पर लाड़ लड़ाते हुए उसके साथ खेलने लगी। उसने हलके–से उसका पेट छुआ और अपना चेहरा उसके चेहरे के पास रख दिया।

बालक आँखें फाड़कर उसके चहरे की ओर अचम्भे से देखने लगा जो उसके पास आने से बड़ा हो जाता था और फिर पीछे चले जाने पर छोटा हो जाता था। जब पोन्ना ने इस तरह चार–पाँच बार किया, तो बालक हँस दिया। उसने गड़गड़ाहट भरी आवाज़ में हँसते हुए अपना मुँह पूरी तरह खोल दिया। पोन्ना बहुत ही ख़ुश हुई।

जैसे ही उसने अपनी उँगलियाँ बढ़ाकर बालक के होंठ छूने चाहे, उसे एक आवाज़ सुनाई दी, 'बता मुझे, यह मुख बड़ा है कि नहीं।'

क्या यह बालक ने कहा?

वह बालक के चेहरे की ओर देखने लगी और अचानक ही उसे उस चेहरे और उस आवाज़ का स्मरण हो आया। वह चेहरा जिससे वह उत्सव के अठारहवें दिन मिली थी। वह चेहरा जिसने उससे पूछा था, 'क्या मेरा मुँह बहुत बड़ा है?'

वह चेहरा जो पोन्ना के मस्तिष्क की गहराइयों में कहीं दबा पड़ा था।

31

उसने पोन्ना को उमड़ती हुई भीड़ के बीच अकेले खड़े पाया था और पोन्ना ने भी उसे तभी देखा था।

उसने पोन्ना को एक नया नाम दे दिया था–सेल्वी। पोन्ना को उसके लिए नाम की आवश्यकता नहीं थी। उत्सव के उस दिन भीड़ बहुत ज़्यादा थी। सड़कों और गलियारों में भाँति–भाँति के नाटक और खेल–तमाशे खेले जा रहे थे। कुछ लोग उन दोनों को साथ देखकर सीटियाँ बजाने लगे और उन पर जुम्ले कसने लगे। पोन्ना उनकी बातों की अनसुनी करते हुए और अपने सिर को नीचे झुकाये हुए आगे चलती गयी। उसने जल्दी से पोन्ना का हाथ पकड़ा और उसे उस मण्डली से दूर ले गया। वह दोनों चाँदनी की विभा में चले जा रहे थे जो मन्दिर की पहाड़ी के चारों ओर अन्धकार को दूर करने में लगी थी। उसकी बाँह पोन्ना को निकट खींचते हुए उसकी कमर के चारों ओर लिपटी हुई थी। पोन्ना ने उसका अर्थ यह लिया कि उसके भय को दूर करने के लिए उसने ऐसा किया था। वह और निकट आकर उससे चिपट गयी।

उसका रूप–रंग और डील–डौल बहुत कुछ काली ही जैसा था। कमर पर उसने धोती पहनी हुई थी जिसे उसने दोहरा करके ऊपर बाँध लिया था। उसके अनावृत सीने पर केवल गमछा था जिसे उसने गर्दन पर लपेटा हुआ था और एक बड़े कपड़े से उसने अपना सर ढाँका हुआ था। पोन्ना ने सोचा कि शायद यह उसका स्वयं को छिपाने का तरीक़ा था। काली भी जब कभी बाहर जाता था,

तो वह भी धोती को दोहरा करके इसी तरह बाँधता था और उसके वक्ष पर भी एक गमछा रहता था। कभी–कभी वह उस गमछे को सर पर बाँध लेता था। काली का शरीर भी जब उसके शरीर के साथ इसी तरह रगड़ता था, तब वह भी उसको एक शिला की तरह ठोस और सख़्त महसूस होता था। काली को दिमाग़ से निकाल देने के लिए उसने अपने सिर को कई बार झटका। यह पुरुष तो काली नहीं था। तो फिर काली की छवि को वह उसके ऊपर क्यों थोप रही थी? यह तो कोई और ही पुरुष था। यह तो देवता थे जो स्वयं प्रगट होकर उसे कहीं ले जा रहे थे। पोन्ना ने हिचकिचाते हुए अपना हाथ उसकी कमर पर रख दिया। उसने उसके हाथ को निकट खींचकर वहाँ पर मज़बूती से लगा लिया। वह उसे कहाँ ले जा रहा था? वह उस सड़क को नहीं जानती थी। चन्द लोग ही उस सड़क पर आ–जा रहे थे वरना वह एकदम शान्त और सुनसान थी। केवल वहाँ चाँदनी थी जो उन पर उजाला कर रही थी।

वह अचानक मुड़ा और एक चट्टान की ओर चल दिया। वह नहीं जानती थी कि उधर कोई रास्ता भी था या नहीं। उस जगह पर तो बस चट्टानें ही चट्टानें थीं। वह उसे वहाँ ले गया। बकरी की तरह बड़ी फ़ुर्ती के साथ वह उन चट्टानों पर चढ़ने लगा। कभी वह पोन्ना को स्वयं चलने के लिए छोड़ देता और कहीं पर यदि रास्ता ख़तरनाक और ऊँचा–नीचा होता, तो वह उसे सावधानी से बाहों में उठाकर रास्ता पार करा देता था। ऐसा लगता था कि वह लोग उस पहाड़ी पर एक चौथाई दूरी पार कर चुके थे। वहाँ पहुँचकर उसने देखा कि उसके सामने एक बड़ी–सी चट्टान सीधी खड़ी थी और पीछे की ओर वह फ़र्श की तरह एकदम सपाट थी। वहाँ से ऊपर केवल चन्द्रमा ही देखा जा सकता था। उस स्थान पर कोई भी नहीं था। उसने सर पर लपेटा हुआ कपड़ा खोल लिया। न तो वह धोती थी और न ही गमछा। वह एक ओढ़नी के बराबर था। उस कपड़े को ज़मीन पर बिछाकर वह उस पर बैठ गया और पोन्ना को भी आकर बैठ जाने के लिए उसने इशारा किया। जब वह बैठ गयी,

तब उसने उसे अपने सीने के पास खींचा। उसने उसकी इच्छा को स्वीकार कर लिया और अपने हाथों को उसकी पीठ पर रखने का प्रयत्न करने लगी। उसने पोन्ना के हाथों को अपने हाथों में लेकर आलिंगन में लेने के लिए अगुवाई की।

चन्द्रमा विश्व पर आनन्द बिखराता हुआ पूरे आकाश को पार कर चुका था। ऊपर उस विस्तीर्णता में बादल का कोई भी चिह्न नहीं था। अपनी राह में कोई भी विघ्न न पाकर चन्द्रमा तेजस्वी होकर लोक–परलोक और पृथ्वी को जगमगा रहा था। भूमि जिसने चन्द्रमा की मधुर किरणों का पान किया था, अब मदहोशी की अवस्था में पसरी पड़ी थी। हाथ–पैर पसारे हुए एक मदहोशी का विस्तार।

उसने पोन्ना से पूछा, 'क्या तुम यहाँ एक बच्चा पाने की आशा लेकर आयी थीं?'

उसने कोई उत्तर नहीं दिया, बस अपना हाथ उसके वक्ष पर रख दिया।

'तुम्हें बालक ज़रूर मिलेगा,' वह बोला। उसके होंठों को दुलारते हुए उसने कहा, 'क्या तुम कुछ भी नहीं बोलोगी?'

परन्तु केवल पोन्ना के हाथ ही बातें करते रहे।

'क्या तुम अपने बच्चे का नाम मेरे नाम पर रखोगी?' उसने पूछा।

'हम्म,' वह उसके कान में धीमे–से फुसफुसाई।

वह कहने लगा, 'जो भी हो, लड़का या लड़की तुम उसका नाम मेरे नाम पर ही रखना, रखोगी न?' वह अपने सीने पर सहमति में हिलता हुआ सिर महसूस कर रहा था। 'मेरा नाम है....' वह बोला। 'बताओ, मैंने अपना नाम क्या बताया?'

और जैसे उसने पहले भी किया था, वह उसके कान में फिर फुसफुसाई, '...'

वह बोला, 'तुम्हारी आवाज़ सुनकर ऐसा लगता है जैसे मेरे कानों में चाँदनी छलक रही हो।'

फिर उसने उसके चेहरे को अपने हाथों में लेकर ऊपर उठाया और अपने चेहरे के पास लाकर बोला, 'मेरा एक और नाम भी है,'

और हँसने लगा। 'देखो, देखो, मैं जब हँसता हूँ, तब मेरा मुँह बहुत बड़ा हो जाता है, हो जाता है न? मेरी तरफ़ देखकर बताओ, क्या मेरा मुँह बहुत बड़ा है, क्या मैं बड़े मुख वाला आलवायन हूँ? बताओ न।' उसने अपना मुख चौड़ा कर खोल दिया। वह वास्तव में ही बहुत बड़ा था। परन्तु वह उससे यह कैसे कह सकती थी। उसने पोन्ना की हलकी–सी हँसी को महसूस किया।

'बड़ा है न, है या नहीं? इसी वजह से गाँव में सभी मुझे आलवायन कहकर पुकारते हैं। क्या मेरा मुँह बहुत बड़ा है? बताओ न! क्या मैं आलवायन हूँ? अगर तुम्हारे बेटा हो, तो तुम उसका नाम आलवायन ही रखना। और अगर बेटी हो जाये, तो उसका नाम आलवायची, रखोगी न?'

पोन्ना उस नाम को सुनकर अपने को हँसने से रोक न सकी।

'तुम हँस क्यों रही हो? क्या तुम्हें पता है कि बड़े मुख वाला क्या कर सकता है?' और उसने उसके चेहरे को अपनी ओर खींच लिया। एक बार फिर पोन्ना को चाँदनी की शीतलता का आनन्द प्राप्त हुआ। 'क्या तुम्हें पता है कि मैं किस गाँव का रहने वाला हूँ?' उसने पूछा। पोन्ना ने अपना हाथ उसके मुख पर रख दिया जैसे कह रही हो कि वह यह जानना नहीं चाहती थी। वह बोला, 'कोई बात नहीं, चलो मैं इसी पहाड़ी का रहने वाला हूँ।'

वह आगे बोला, 'तुम बच्चे को लेकर अगली साल ज़रूर आना। मैं तुम्हारी राह देखूँगा, आओगी न? तुम आओगी, मैं जानता हूँ तुम ज़रूर आओगी। तुम मुझे भूल नहीं सकतीं। और अगर तुम मुझे भूल भी गयीं, मैं तुम्हें नहीं भूल पाऊँगा। क्या तुम मेरे साथ मेरे गाँव जाना पसन्द करोगी? बताओ मुझे। मैं तुम्हें अपने साथ ले जाना चाहता हूँ। मैं तुम्हें बहुत चाहता हूँ। तुम मेरे साथ क्यों नहीं चलतीं?'

उसके मुख से शब्द उमड़ते ही गये जब तक कि वह एक रिक्त कोलाहल बनकर पोन्ना के कानों में गिरने न लगे।

32

पोन्ना ने एक बार फिर बालक के मुख की ओर देखा। वह वास्तव में बहुत बड़ा था। एक बड़ा मुख। आलवायन...और शक्ल भी ठीक वैसी ही।

बालक ने मुख बन्द कर लिया और पोन्ना की ओर निगाह डालने से पहले उसने दीपक की लौ को एक बार फिर भावविभोर होकर देखा। इस तरह शान्त होकर संवाद तो काली ही करता था, यह तो काली का चेहरा था।

इसी बीच उसकी माँ और सास दोनों ही झोंपड़ी के अन्दर आयीं और बालक की नज़र उतारने लगीं।

चीराई बोली, 'ज़रा इसे देखो, दीपक की तरफ़ किस तरह से टकटकी लगाकर देख रहा है। प्यारे मुन्ने, तुम वहाँ क्या देख रहे हो?'

वल्लाई ने कहा, 'इसका चेहरा तो एकदम अपने बाप के जैसा है।'

बालक का जन्म होने के बाद पहले महीने में ही न जाने कितने लोगों ने भी तो यही कहा था। सबके कहने का ढंग भी एक जैसा ही था, परन्तु केवल पोन्ना ने बालक के हावभाव में एक दूसरा ही चेहरा देखा जिसने उससे कहा था, 'तुम मुझसे मिलने ज़रूर आना।' एक माह में जेठ का महीना लग जायेगा। और इस साल रथयात्रा जेठ के महीने के शुरू में ही होने वाली थी। क्या वह जा पायेगी और उस चेहरे को एक बार फिर देख सकेगी?

वह चेहरा वहाँ उसका इन्तज़ार ज़रूर कर रहा होगा। उसको पूरा यक़ीन होगा कि उसकी सेल्वी उससे मिलने ज़रूर आयेगी।

क्या वह उसको सफ़ेद साड़ी में पहचान पायेगा। वह ज़रूर पहचान लेगा और सेल्वी का हाथ थाम लेगा। पर वह काली से क्या कहेगी? काली का चेहरा तो एक भ्रमजाल था, था न? परन्तु एक भ्रम होने के बावजूद भी वह उसके सामने जीवन से भरपूर दिखलायी पड़ता था और वह प्रतिदिन उसको सफ़ाई देती रहती थी। अब वह दोनों चेहरे एक–एक करके उसके सामने आने लगे और हँसने लगे। वह रात को सो नहीं पाती थी और यदि उसको नींद आ जाती, तब वह बालक के रोने की आवाज़ भी नहीं सुन पाती थी। उसकी माँ ने उसको जगाते हुए कहा, 'अब तू बच्चे वाली है। तू इस तरह नहीं सो सकती।' पोन्ना ने अपनी माँ की बात को ठीक से सुना भी नहीं। वह बच्चे को दूध पिलाने लगी जैसे कि वह एक यन्त्रवत क्रिया हो।

जब बालक ने अपना मुख उसके चूचुक पर रखा, तो उसने अपनी आँखें बन्द कर लीं। वह कल्पना करने लगी कि वह किसका मुख था। काली का मुख तो लटकते होंठ लिए छोटा–सा था। दूसरे पुरुष का मुख बहुत बड़ा था। यह कौन–सा था? उसे लगा जैसे छोटा वाला मुख स्वयं को बड़ा करके दूध पी रहा हो। जल्दी–जल्दी दूध पीने में उसको काली की भूख दिखलायी दी। उसने स्तनों की अदला–बदली की। ऐसा लगता था कि बालक का पेट भर गया था। वह अब अपने होंठों से उसके चूचुक के साथ छेड़खानी कर रहा था। वह काली की जैसी ही शरारत थी। बालक उसके चूचुक को मुँह में लिए हुए ही सो गया। उसने बालक को पलँग पर लिटा दिया और हलके–से उसके मुख को अपनी साड़ी के पल्लू से पोंछ दिया। बालक ने अपना मुख बन्द कर लिया। वह किसके होंठ थे? पोन्ना झोंपड़ी से बाहर आ गयी।

पौ फटे हुए काफ़ी देर हो चुकी थी। वह नहीं जानती थी कि उसको इतनी उलझन क्यों हो रही थी? उसकी निगाह पूवरशु के पेड़ पर गयी। वह उसकी भव्यता को कनखियों से देखने लगी। वह पूरे बाड़े के ऊपर एक भीमकाय छतरी की तरह फैला हुआ था। कहीं भी थोड़ी–सी भी जगह खुली छोड़ देना उसको स्वीकार नहीं था।

वह अपनी शाखाएँ इसी तरह सभी दिशाओं में फैलाता रहेगा। उस एक शाख को खोने के बाद उसका उत्साह और भी बढ़ गया था। काली के मृत्यु के बाद इन दस महीनों में वह अपनी पत्तियों और शाखाओं को चारों ओर फैलाकर फलता–फूलता रहा था। पहली बार उसने सोचा कि अगर यह पेड़ गिर पड़े, तो फिर यह जगह उसके बिना कैसी लगेगी। अगर वह एक सपाट जगह हो गयी, तो वह फिर से एक नयी डण्डी लगा देगी। या फिर वह इस जगह को धूप में नहाता हुआ सहन ही रहने देगी। यद्यपि उसने अपनी कल्पना में पेड़ को गिरा डाला था, वह वापस आकर उसके सामने दृढ़ता से खड़ा हो गया। उसने अपनी सारी सामर्थ्य उसको अपने मस्तिष्क से बाहर निकालने में लगा दी। परन्तु वह उस तरह ही अचल खड़ा था। वास्तविकता तो यह थी कि पेड़ उस जगह पर न होकर उसके मस्तिष्क में फैला हुआ था और कोई आरी या कुल्हाड़ी उसको वहाँ से हटा नहीं सकती थी।

पोन्ना अपनी माँ से बालक के ऊपर निगाह रखने के लिए कहकर, खेतों की ओर निकल गयी। जो पत्थर उन्होंने धर्म–स्थल के चारों ओर लगाये थे, वह सुबह की धूप में जगमगा रहे थे। जो शिला उसने गाढ़ी थी उसने अब दृढ़ता से अपनी जगह बना ली थी। उसने उसको वहाँ पर गाढ़ा ही नहीं था बल्कि रक्त से पोषित भी किया था। अब वह वहाँ से निकाली नहीं जा सकती थी। उस स्थल पर सदैव ही दीपदान और पोंगल का चढ़ावा होता रहेगा। कभी–कभार वह रक्त की बलि भी माँगेगी। 'मुझे तकलीफ़ दिये बिना क्या तू मेरी मदद नहीं कर सकती?' उसने दुआ माँगी। वह नहीं जानती थी कि इसके अलावा और क्या माँगे। वह फिर ओसारे में लौट आयी।

वापस आते समय उसको ऐसा लगता रहा जैसे कोई चीज़ उसका पीछा कर रही हो, परन्तु वहाँ कुछ भी नहीं था। 'हाँ, तुम मुझे इस तरह ही बुद्धू बनाते हो,' उसने कहा। बालक अभी भी सो रहा था। वह झोंपड़ी के बाहर पड़े पत्थर पर बैठ गयी और माँ का दिया हुआ सोंठ का काढ़ा पीने लगी। उसके पीने का प्रयोजन यह था कि बच्चे को सर्दी न लगे।

एक दिन उसकी माँ उससे बोली, 'पोन्ना, मुझे आये हुए अब तीन महीने हो गये हैं। क्यों न हम अपने गाँव चलें और तू कुछ दिन वहाँ पर ही रह लेना। तेरी सास ने कहा है कि हम बच्चे का नामकरण भी वहाँ पर ही करा सकते हैं। क्या नाम रखें इसका?'

चीराई जो मवेशियों के फ़र्श के पास थी, बोली, 'हमें उसका नाम देवता के नाम पर मचामि रखना होगा। मगर हमने ऐसा किया तो सारे गाँव को मालूम पड़ जायेगा। हम किस–किस को समझाते फिरेंगे! इसलिए उसका नाम तो वही रखेंगे पर उसको पुकारेंगे किसी और नाम से। बीस–बाईस साल बाद जब उसकी शादी होगी, तब कह देंगे कि उसका असली नाम मचामि है। तब उस समय हम से कौन पूछताछ करेगा? दो नाम रखने में कोई हर्ज नहीं है, एक घर के लिए और दूसरा बाहर वालों के लिए। भगवान के भी हज़ारों नाम हैं, तो फिर इन्सान के भी कई नाम क्यों न हों?

इसी बीच बालक ने कुछ कूँ, काँ की। पोन्ना दौड़कर झोंपड़ी के अन्दर गयी। बालक जागा हुआ था और अपने पैरों को पटकते हुए वह पोन्ना की ओर देखकर मुस्कराया। फिर वह बच्चों की अपनी भाषा में बड़बड़ाने लगा।

'क्या नाम है तेरा?' वह धीमी आवाज़ में बोली। 'ठीक है, मैं तुझे कन्नू पुकारूँगी, मेरा छोटा–सा बछड़ा, मेरा ख़ज़ाना।' बालक अपना चौड़ा मुख खोलकर हँसने लगा। 'मैं तुझे एक और नाम दूँगी, पर तू किसी और को बताना नहीं, ठीक है? आलवाय, चौड़े मुख वाला ...हे, आलवाय!' वह बड़े लाड़ से बोली और बालक को छाती से लगाकर वह उसके पास ही लेट गयी।

पोन्ना को बालक के साथ इस तरह से चिपटकर लेटने में बहुत अच्छा लग रहा था।

❐❐

शब्दावली

अक्का	बहन के लिए सम्बोधन का शब्द।
अतै	बुआ और सास के लिए सम्बोधन का शब्द।
आलवायन	बड़े मुख वाला, शिव के नामों में से एक।
आया	दादी या उसी स्तर की अन्य स्त्री।
नंगै	भाभी के लिए आंचलिक शब्द।
पाट्टि	दादी तथा बूढ़ी स्त्री को आदर से सम्बोधन लिए शब्द।
पनगम	गुड़ से बनाया हुआ ठण्डा शरबत।
मामा	माँ का भाई तथा कुछ समाज में स्त्रियों द्वारा अपने पति–लिए सम्बोधन का शब्द।
माप्पिल्लै	दामाद, अपने ही समाज की कन्या से विवाह करने वाले पुरुष के लिए स्नेहपूर्ण सम्बोधन शब्द
सामी	स्वामी, जातीय वर्गीकृत पर आधारित सम्बोधन के लिए शब्द।

लेखक परिचय

पेरुमाल मुरुगन तमिल के प्रतिष्ठित कवि, उपन्यासकार एवं लेखक हैं। उनके ग्यारह उपन्यास, पाँच कहानी संग्रह एवं पाँच कविता संग्रह प्रकाशित हो चुके हैं। इसके अतिरिक्त उनको कथेतर साहित्य की दस पुस्तकों के लेखन का भी श्रेय प्राप्त है। उनके अनेक उपन्यासों, कहानियों एवं कविताओं का अंग्रेज़ी तथा अनेक भाषाओं में अनुवाद हुआ है। उनके उपन्यासों के अंग्रेज़ी अनुवाद *वन पार्ट वुमेन, पायर, करंट शो, सीजंस ऑफ़ द पाम* तथा *द स्टोरी ऑफ़ ए ब्लैक गोट* उल्लेखनीय हैं। *सीजंस ऑफ़ द पाम* किरियामा पुरस्कार की शॉर्ट लिस्ट में था तथा सुप्रसिद्ध उपन्यास *वन पार्ट वुमेन* ख्यातिप्राप्त पुरस्कार आई.एल.एफ. समन्वय भाषा सम्मान से पुरस्कृत हुआ है। उनका नया उपन्यास *पूनाची* जे.सी.बी. पुरस्कार के अलावा कई अनेक पुरस्कारों की सूची में है। पेरुमाल मुरुगन गवर्नमेंट आर्ट्स कॉलेज, तमिलनाडु में तमिल लिटरेचर के प्रोफ़ेसर तथा अध्यक्ष हैं।

अनुवादक परिचय

मोहन वर्मा हिन्दी के कवि एवं अनुवादक हैं। *बूँद से नदी तक : एक कविता यात्रा* कविता संग्रह, पेरुमाल मुरुगन के तीन उपन्यास *मादोरुबागन, अर्द्धनारी* एवं *आलवायन* के हिन्दी अनुवाद *नर–नारीश्वर, पोन्ना का अभिशाप, पोन्ना की अग्निपरीक्षा* तथा मुरुगन के कविता संग्रह *कोषैयिन पडालकल* का हिन्दी अनुवाद *एक कापुरुष के गीत* प्रकाशित हो चुके हैं। इसके अतिरिक्त *सामाजिक न्याय एवं चेतना की भारतीय कविताएँ* संकलन प्रकाशनाधीन है। उन्होंने कन्नड़ की कवि ममता सागर की कविताओं का भी हिन्दी में अनुवाद किया है जो *आँखमिचौनी* शीर्षक से प्रकाशित हुआ है। पिछली शती के साठवें दशक में हिन्दी काव्य के सहज कविता आन्दोलन का सूत्रपात करने में वह रवीन्द्र भ्रमर तथा त्रिवेणी प्रकाश त्रिपाठी के सहयोगी रहे हैं और ई–पत्रिका 'जागरी' के कविता सम्पादक भी।